벽사아씨전

뎍사아씨전

박에스더
장편소설

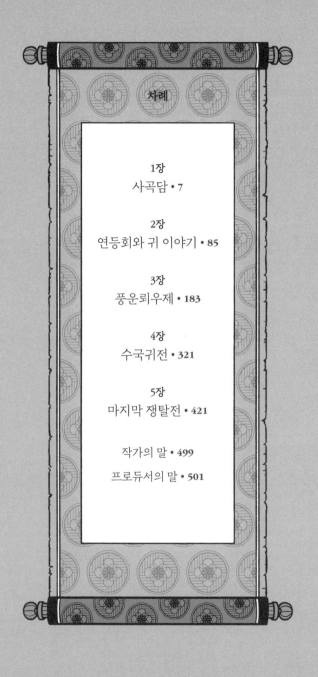

차례

1장

사곡담

사곡(蛇谷)에 뭔가 있긴 한가 보오.

방마다 늘어뜨려 놓은 비단발이 바람에 흔들릴 때마다 짙은 향기가 났다. 지독할 정도로 진한 향기에 갓 그늘 아래 파리한 안색을 한 남자의 얼굴이 더욱 찌푸려졌다.

희뜩한 얼굴, 핏기 없는 입술. 남자치고는 가느다란 체구. 하지만 눈빛만큼은 폭풍우를 닮아 있었다. 절대 스러지지 않을 바람의 눈을 가진 깊고도 깊은 눈동자.

서문빈이 가만히 두루마기 자락 사이에 숨겨 놓은 사인검(四寅劍)의 손잡이를 만졌다.

화려하게 치장된 방들, 기기묘묘한 화초로 가득한 정원, 그리고 술잔을 든 채 그곳을 누비는 사람들 사이를 서문빈의 깊은 눈이 하나씩 훑어 갔다.

"……신진 세력들이 뭉친다고는 하나 그저 풋내기 무리

인 것이지요. 어찌 영의정 대감과 비교할 수 있겠습니까?"

비단발로 가려진 방에서는 이야기들이 흘러나왔다.

이곳은 왕보다 더한 권력을 가지고 있다는 영의정의 별장, 사곡정. 어두운 밤에도 영의정에게 잘 보이기 위해 금은보화를 싸 들고 온 자들로 불야성처럼 빛나는 곳.

그러나 서문빈이 찾는 것은 살아 있는 자들의 권세나 돈이 아니었다.

획.

앉아서 술잔을 나누는 사람들 사이로 뭔가가 움직였다. 열린 장지문 밖 복도에 선 빈이 슬쩍 발걸음을 멈췄다. 그러고는 한쪽 무릎을 꿇고 앉아 방 안을 들여다보았다.

"……그래서 이 몸이 직접 영의정 대감께 가서 아들놈 자리를 하나 마련했다는 것 아니겠습니까!"

방 안에는 그저 비싸 보이기만 하는 옷을 입은 남자 몇이 앉아 있었다.

가운데 있는 배불뚝이 남자 옆으로 그림자가 길게 늘어졌다. 그것을 본 빈의 눈이 가느다래졌다. 길게 늘어진 그림자의 손가락이 배불뚝이가 차고 있는 갓의 진주 끈에 가닿았다.

찰그랑찰그랑.

그건 오로지 빈의 귀에만 들리는 소리.

번들거리는 눈으로 진주를 만져 대는 그림자의 모습은 황홀해 보이기까지 했다.

'아직은 아니다.'

빈이 숨을 느리게 들이쉬며 방 안의 기척을 살폈다. 저것은 오늘 빈이 찾는 게 아니었다. 그러나 저런 잡귀가 꼬였으니 분명 빈이 찾는 것도 이곳에 나타날 거였다.

사곡에 있는, 알 수 없는 무언가.

"다 같이 마시고 죽세!"

남자들이 왁자지껄 잔을 들어 올렸다. 높게 들린 잔들이 날카로운 소리를 내며 부딪쳤고 순간, 잔에서 흩뿌려진 술 사이로 뭔가가 보였다.

길고 가느다란 그림자가 꿀꺽꿀꺽 술을 마시는 남자들의 입과 목을 타고 내려갔다.

그걸 본 빈이 자리에서 일어났다.

'응?'

빈의 눈이 방 너머 건너편 장지문 사이를 향했다.

누군가 거기에 서 있었다. 빈처럼 이 방 안을 몰래 엿보고 있던 다른 사람이.

"나리들, 어째 술맛은 입에 맞으셔요?"

교태로운 목소리와 함께 방 안에 들어온 기생이 빈 술병을 가지고 일어섰다. 술병의 곡선을 타고 무언가가 어룽거렸다. 다른 생각을 할 시간이 없었다.

저거다.

빈이 술병을 가지고 밖으로 나온 기생의 뒤를 따랐다. 기생의 붉은 치맛자락이 이곳 사곡정의 복도를 가로질렀다. 술병을 든 기생은 정원의 뒤편으로 향했다. 그 뒤를 따라 빈이 바쁜 발걸음으로 모퉁이를 돌았다.

쾅!

"아야! 이게 무슨……."

모퉁이에서 뛰쳐나온 남자와 정통으로 부딪친 빈이 넘어져 바닥을 굴렀다.

빈이 얼른 고개를 들어 기생의 모습을 찾았지만 그사이 어디로 간 건지 머리카락 한 올 보이지 않았다.

"당신 때문에 놓치지 않았습니까!"

빈이 해야 할 그 말이 오히려 머리 위에서 들렸다. 올려다보자 숨이 턱 막힐 정도로 잘생긴 얼굴이 빈의 눈에 들어왔다.

짙은 눈썹 아래로 수려한 얼굴이 존재감을 톡톡히 발휘했다. 옆에 옥으로 깎아 만든 꽃을 두면 꽃이 제 보잘것없음을 알고 고개를 조아릴 만한 외모였다.

남자가 고개를 숙여 빈을 들여다보았다. 갑자기 훅 가까워진 얼굴에 빈이 뒷걸음질을 쳤다.

"봤소?"

"무, 무얼 봤느냐는 거요?!"

빈의 목소리가 저도 모르게 뾰족하게 나갔다. 하지만 남자는 그런 빈을 똑바로 쳐다보며 물러서지 않았다.

"그대도 저 앞에서 방 안을 엿보고 있지 않았습니까."

한 발자국 더 가까이.

"그러니…… 보지 않았소?"

남자에게서 훅 시원한 향기가 느껴졌다.

이상했다. 고작 얼굴을 마주 보고 선 것뿐인데 피하고 싶었다. 살아 있지 않은 것들을 앞에 두고도 잘만 노려보았던 시선이 이 남자 앞에서는 어디로 가야 할지 갈피를 잡지 못하고 허공을 맴돌았다.

슥.

남자의 손이 자신의 허리춤에 닿는 게 느껴졌다. 빈이 순간 놀라 커다랗게 소리쳤다. 아니, 정확히 말하면 소리치려고 했다.

"지금 이게 뭐 하는……!"

"이거, 여기서 들키면 상당히 귀찮을 텐데. 안 그렇습니까?"

"어느새에?!"

남자의 손에 들린 것은 빈이 허리춤에 차고 있던 검이

었다.

검이라고는 하지만 그리 길지 않아 도포 자락에 다 숨겨질 정도였다. 그걸 용케도 찾아낸 남자가 빈을 빤히 내려다보았다.

"당장 주시오! 남의 물건으로 뭘 하는 겁니까!"

"이 검, 살아 있는 걸 베는 검이 아니지요?"

남자의 말에 빈의 표정이 살짝 굳었다.

"그걸 어찌⋯⋯?"

"호랑이의 기운을 받기 위해 인년, 인월, 인일, 인시에 만든 사인검이라. 오로지 귀를 베어 벽사를 하기 위해 만든 검이 아닙니까. 비슷한 걸 본 적이 있습니다."

벽사진경(辟邪進慶). 삿된 것을 쫓고 복을 불러들이는 일.

남자의 수려한 눈썹이 슬쩍 들렸다.

"물론 나라의 허락 없이 이런 사인검을 제작하는 일은 명백한 범법 행위라는 것을 아실 테고."

빈이 남자를 노려보았다.

"무얼 원하는 게요?"

"아, 말뜻을 빨리 알아듣는 분이시군요. 그건 마음에 듭니다."

"대답이나 하시오."

"이런 걸 가지고 다닐 정도면, 보통 사람은 아닌 듯싶은

데. 그쪽도 벽사가요?"

그 말에 빈이 살짝 눈썹을 찌푸렸다.

"그쪽'도'?"

남자가 품에서 꺼낸 흰 비단부채를 소리 나게 펴들며 대답했다.

"왜요. 벽사가를 하기엔 제가 너무 잘생겼습니까?"

"그게 무슨 말도 안 되는……."

당당하게 대놓고 자신더러 잘생겼다 말하는 남자의 눈꼬리가 아래로 휘었다.

"그래요. 솔직히 말하면 벽사 일보다는 얼굴값을 더 잘합니다. 그러니 나를 좀 도우시지요."

"뭐라고요?"

"이곳은 나는 새도 떨어뜨린다는 영의정의 별장. 차림새를 보면 분명 초대를 받아서 온 것은 아닌 듯하고."

남자의 눈이 서문빈의 남루한 행색을 위아래로 훑어보았다.

빈의 물빛 도포는 가지고 있는 옷 중 가장 그럴듯한 것이었으나 여기 사곡정에 있는 자들에 비하면 볼품없었다.

"그러는 그대도 아무 장식 없는……!"

빈이 벌컥 성질을 내며 남자의 옷차림을 지적하려 했다. 하지만 곧 말문이 막혔다.

아무 장식 없는 평범한 두루마기라고 생각했건만 다시 보니 거기엔 비단과 같은 옥색 실로 놓은 구름무늬 자수가 빽빽했다. 자세히 들여다봐야 알 수 있는 세밀한 자수는 몇 사람의 품이 들어간 건지 가늠할 수가 없었다.

"이제 알겠습니까?"

빈이 주변을 살폈다. 이러고 있을 시간이 없었다.

"뭘 어떻게 도우라는 거요?"

짜증스러운 대답에도 남자는 웃어 보였다.

"말했다시피 내가 벽사 일은 초보라. 그대가 하는 일에 동행을 좀 했으면 하는데."

빈이 어이없다는 듯 혀를 찼다.

"허, 지금 당신이 무슨 부탁을 하는지 알고나 하는 소립니까? 그 잘난 얼굴에 흠집이 날 수도 있는 일이오."

"아, 그대 눈에도 내 얼굴이 잘나긴 한 모양입니다? 눈은 제대로 달려 있는 걸 보니, 귀들도 잘 보겠군."

"뭐요?"

"그만 물어보고 갑시다. 그대는 모르겠지만 나는 꽤 바쁜 사람이라서 말이지요."

이어지는 말에 빈이 고개를 내저었다. 계속 대꾸하다가는 정말 끝도 없을 사람이었다.

'그냥 잘생긴 미친놈이로군.'

그렇게 생각한 빈이 좋을 대로 하라는 듯이 고개를 끄덕였다.

"좋소. 뭐, 벽사에 대해서 그래도 대략은 아는 듯하니 신경 쓰지 않겠소. 내 일에 방해만 되지 않는다면 알아서 따라오시오."

그렇게 말한 빈이 먼저 걸음을 옮겼다.

아까 기생이 가져간 술병의 위치를 확인하는 게 먼저였다. 빈이 남자에게 손을 까닥였다.

"팔 벌려 보시오."

"팔?"

뭐 하는 건지 모르겠다는 얼굴이었지만 남자가 순순히 팔을 벌렸다.

남자의 너른 품을 가림막 삼아 빈이 품 안에서 작은 실패 하나를 꺼냈다. 반짝반짝 빛나는 실이 감긴 작은 물건이었다.

휙.

실 끝을 잡아 날리자 반짝거리는 실이 마치 살아 있는 생물처럼 허공을 맴돌다 곧 왼쪽 복도로 꺾어졌다. 빈이 손안에서 풀리는 실을 보며 고개를 끄덕였다.

"저쪽이오."

그 말만을 남긴 채 잰걸음으로 복도를 향하는 빈을 보며 남자가 헛웃음을 지었다.

"지금 날 병풍 대용으로 사용한 건가?"

천하의 현은호를 이런 식으로 대하다니. 다른 사람이 봤더라면 놀랄 만한 일이었다.

"일단은 저자를 따라가는 게 우선이겠지. 전하께 받은 명도 있으니."

빈의 뒤를 현은호가 큰 걸음으로 성큼성큼 뒤따라갔다.

"여긴……."

서문빈이 고개를 들었다. 풀린 실의 끝부분이 그곳에 머물러 있었다.

쏴아아.

사곡의 골짜기를 타고 불어온 눅진한 바람이 빈의 뺨을 스쳐 지나갔다. 달도 없는 밤은 평소보다 더 어둡고 스산했다. 사람으로 가득하던 사곡정과는 다르게 빈이 서 있는 곳은 고요했다. 흥겨운 음악 소리도, 독하기까지 하던 달큰한 향기도 사라져 있었다.

허리춤에 매달려 있는 귀혼구령들이 부르르 떨리는 게 느껴졌다. 사인검을 쥔 손에 힘이 들어갔다.

"그건 뭡니까?"

옆에 서 있던 은호가 빈의 허리에 매달려 있는 색색의

구슬 끈을 보았다. 기기묘묘하게 빛나는 구슬은 눈을 사로잡기에 충분했다.

"뭘 그렇게 다 알려고 합니까?"

빈의 되물음에도 은호는 부채를 살랑이며 대답했다.

"좀 배우려는 사람에게 그런 식으로 대답하면 좋습니까?"

"그대는 그냥 얼굴값만 잘해도 좋아할 곳이 많을 것 같습니다만. 굳이 이런 것까지 배워야 하는 이유가 뭡니까?"

은호가 어깨를 으쓱였다.

"나도 하고 싶어서 하는 건 아닙니다. 여하튼 그것도 귀와 관련된 물건이겠군요?"

"귀들을 벽사해 나온 것들입니다."

"오호라, 장수로 친다면 적의 수급을 허리에 매달고 다니는 꼴이겠군요."

"……말을 해도 꼭 그렇게 해야겠습니까?"

"틀린 이야기는 아니잖습니까."

"됐습니다. 그냥 입을 좀 다물고 계시지요. 여기서부터는 정말 조심해야 하니."

빈이 앞에 펼쳐진 연못을 바라보았다.

죽은 물풀로 무성한 연못에서는 썩은 냄새가 났다. 그 뒤로 다 쓰러져 가는 전각이 하나.

번듯한 사곡정과는 다르게 이곳은 인적이 끊긴 지 오래
인 듯한 모습이었다. 반짝이는 실은 연못을 지나 전각까지
이어져 있었다.

빈이 마음을 다잡고 발걸음을 옮겨 전각의 문 앞에 섰
다. 오래된 나무 문이 끼익하는 불길한 소리를 내며 열렸
다. 두 사람은 어둠 속으로 성큼성큼 들어섰다.

처음으로 찾아온 건 그저 까만 어둠이었다. 흔한 창문
하나 없는 전각 안은 달도 없는 밤에 더더욱 깊은 어둠으
로 가득했다. 그리고 훅 코끝에 끼치는 독하고 화한 냄새.

'뭐지? 분명 어디선가 맡아 본 적 있는 냄새인데.'

빈이 얼른 손을 뻗어 벽을 짚었다. 아니, 벽이라고 생각
했었다.

그러나 벽이라고 하기엔 질감이 너무 매끈했다. 얼른 품
속에서 야광주를 꺼냈다. 가볍게 입김을 불자 야광주가 훅
밝아졌다.

그러자 어슴푸레한 야광주의 빛에 '그것들'의 모습이 똑
똑히 보였다.

"이게 대체 무슨……!"

옆에 있던 은호의 입에서도 놀란 소리가 흘러나왔다.

창백하게 질린 빈이 고개를 들어 전각의 유리벽을 올려
다보았다. 정확히 말하면 그것은 전각의 벽을 이루는 거대

한 수조였다.

그리고 그 수조에는 황금빛 물이 까마득한 높이까지 찰랑찰랑 차 있었다.

새끼 뱀.

팔뚝만 한 새끼 뱀들이 꼬리와 머리가 어딘지도 모르게 뒤엉켜 수조 안에 새까맣게 들어차 있었다.

"헉!"

빈이 숨을 들이마시며 뒤로 넘어졌다. 손에 들고 있던 야광주가 바닥을 굴렀다.

"괜찮습니까?"

은호가 빈의 쪽으로 다가왔다.

이리저리 뻗친 야광주의 불빛이 수조 안 새끼 뱀들의 무늬 여기저기를 밝혔다가 다시 어둠에 잠기게 만들었다. 황금빛 물속에서 기포가 올라오는 게 보였다.

"아."

빈이 짧은 비명을 질렀다. 이 전각 안을 가득 채운 독한 냄새가 뭔지 이제야 알 수 있었다. 천장부터 바닥까지 꽉 차 있는 수조 안의 황금빛 물. 그리고 그 안의 새끼 뱀들.

빈이 멍한 얼굴로 거대한 수조를 바라보았다.

"뱀술……."

그것을 알아차리자 속에서부터 욕지기가 올라왔다. 이

전각 자체가 뱀을 담근 거대한 술병인 셈이었다. 빈의 말에 은호도 그게 뭔지 알아차린 모양이었다.

"사곡정의 술잔에 담긴 것이……."

사람들의 손마다 들린 술잔, 그 안에 가득히 부어져 있던 황금빛 술. 쥐꼬리만 한 권력을 가지고자 개미처럼 몰려든 이들의 오장육부에 내리는 것이 바로 이 뱀술이라니.

빈의 머리가 어찔해졌다.

전각과 수조를 만든 것은 귀가 아니라 육신을 가진 사람일진대, 이 안에서 느껴지는 악의는 보통의 귀들이 지닌 것보다 더욱더 짙었다.

빈이 수조를 노려보았다.

"그것이 모두 이 뱀술이었군요."

독한 술이 든 병에 뱀을 넣고 입구를 틀어막아 만드는 뱀술.

그러나 완전히 입구를 봉해서는 안 된다. 뱀이 숨을 쉴 구멍은 남겨 놓는 것이 뱀술을 만드는 핵심이다. 그래야 그 안에서 뱀이 조금이라도 더 오래 살아남아 죽을 때까지 독을 모조리 뿜어낼 수 있기에.

그 생각을 하자 신물이 왈칵 올라왔다. 겨우 구역질을 참아 내곤 빈이 위를 올려다보았다.

"이게 정녕 사람이 할 짓이란 말인가."

"이제 어떡할 생각입니까?"

은호의 물음에 빈이 품속에서 부적을 꺼냈다.

"일단은 이 안에 깃들어 있는 삿된 기운이라도 정화를
해야겠지요."

빈이 부적을 수조의 가운데 부분에 붙였다.

쿵.

동시에 유리가 미세하게 흔들렸다. 그 진동을 따라 빈의
시선이 움직였다.

"잠깐……!"

은호의 말이 이어지기도 전에 커다란 소리가 났다.

쾅!

수조 안에서 이쪽을 보고 있는 뱀의 새빨간 눈과 마주쳤
다. 다시 한번 뱀이 제 몸을 세게 유리벽에 부딪쳤다.

쩌적!

커다란 소리를 내며 수조의 유리에 금이 갔다. 그러고
는 피할 틈도 없이 독한 술이 빈의 몸에 쏟아져 내렸다.

"으아아악!"

미끈거리고 축축한 뱀들이 득시글거리며 빈의 팔과 다
리에 마구 엉겨 붙었다. 뜨거울 정도로 도수 높은 술과 뱀
들이 내뿜는 김에 숨이 막혀 왔다. 빈이 손에 쥐고 있던 사
인검을 겨우 뽑아 들었다. 번뜩이는 검이 새끼 뱀들의 몸

을 갈랐다.

좌악!

술인지 피인지 알지 못할 것이 빈의 얼굴을 덮었다. 앞이 제대로 보이지 않았다. 몸에 돋은 소름이 사라지지 않았다. 몸을 휘감은 감촉이 느껴지지 않을 때까지 빈이 마구잡이로 검을 휘둘렀다.

"허억, 헉……."

가쁜 숨을 몰아쉬며 빈이 주변을 둘러보았다.

"괜찮습니까?"

사방이 피 칠갑이었다. 동강 난 뱀의 사체들이 여기저기 떨어져 있었고, 피가 섞인 술들이 바닥을 적셨다. 부르르 떨리던 새끼 뱀의 꼬리가 축 늘어졌다. 저쪽에서 은호의 목소리가 들렸다.

"괜, 괜찮습니다."

그의 옥빛 두루마기도 술과 뱀의 피에 젖어 있었다.

살아 있는 건 더 없는지 확인하려 걸음을 옮기는 빈의 등 뒤로 목소리가 들렸다.

……누이.

그 소리에 빈의 발걸음이 멈췄다.

어둠 속에서 작은 발이 가만히 흘러나왔다. 새하얀 버선, 종이 끈으로 꽁꽁 싸맨 그 작은 발.

빈의 얼굴이 일순 멍해졌다. 수의를 입은 작은 소년이 어둠 속에서 걸어왔다. 아직 댕기를 드리운 어리고 맑은 얼굴.

누이, 나요. 나.

어찌 그 목소리를 모를까.

"……환아?"

빈이 떨리는 목소리로 그날 이후 한 번도 입에 담아 보지 못한 그 이름을 불렀다.

서문환. 자신 때문에 죽은 남동생의 이름.

맞소. 나, 환이요. 나, 환이요.

사인검을 붙잡고 있는 빈의 손에서 일순 힘이 풀렸다. 어둠 속에 서 있는 어린아이를 바라보는 빈의 눈빛에 슬픔이 스며들었다.

"환아, 너 왜 여기 있느냐. 너 좋은 곳으로 가라고 그리 빌었건만……"

빈의 목소리에 울음이 섞였다.

누이, 내가 불쌍하지 않소?

아이의 맑은 눈에 눈물이 그렁그렁 차올랐다. 시선의 끝에 원망의 기색이 섞여 있었다.

누이, 이제 나와 같이 갑시다.

소년이 손을 내밀었다. 소년의 손은 핏기도 없이 새하얬다. 애처로운 소년의 얼굴.

"환아, 환아."

얼마나 생각했는지 모른다. 서문빈, 자신이 없었더라면 남동생 환이가 죽지 않았을 거라고.

내민 손에 서문빈의 손이 겹쳤다. 얼음장처럼 차가운 기운이 손을 타고 올라왔다.

"네가 가자고 하면 가야지."

멍하니 허공을 쳐다보며 중얼거리는 빈을 은호가 바라보았다.

"도대체 무슨……!"

무언가에 단단히 홀려 버린 얼굴이었다. 은호가 이를 꽉 깨물었다.

이런 상황까지 올 줄은 몰랐다. 그저 사곡정 안을 살펴보며 삿된 것이 있는지 조사만 하려고 했는데.

"이보시오!"

은호가 빈의 어깨를 손으로 쥐었다. 그러나 그의 목소리가 빈의 귀에 들릴 리 없었다.

어떻게든 빈을 환시에서 구해 내려 했지만 귀로 되살아난 뱀들이 은호의 다리를 타고 올라왔다. 뱀귀들이 닿은 부분이 불에 덴 듯 뜨거웠다. 은호가 손으로 뱀귀들을 뜯어냈지만 그것으로는 역부족이었다.

"진우가 준 부적도 바닥이 났는데……."

뱀귀들이 굼실거리며 은호의 온몸에 붙어 왔다. 은호가 빈을 향해 외쳤다.

"이보시오! 정신 차려야 합니다!"

그러나 은호의 말은 곧 온몸을 뒤덮는 파도와 같은 뱀귀들에 의해 묻히고 말았다. 뻗은 은호의 손이 옥빛 소맷자락과 함께 안으로 먹혀들어 갔다.

'안 돼.'

뱀귀들이 뿜어내는 기운에 은호의 몸에서 힘이 빠져나갔다.

희미해지는 은호의 시야로 검은 그림자 하나가 보였다.

'저건 누구……?'

하지만 더 생각할 수가 없었다. 멍하니 선 빈의 옆으로 다가오는 검은 그림자를 마지막으로 은호의 정신이 까무룩 깊은 곳으로 내려앉았다.

찰랑.

길고 검은 머리칼 사이로 늘어진 붉은 귀걸이가 어둠 속에서도 선연히 빛났다.

"쯧."

가볍게 혀를 찬 그림자가 멍하니 서 있는 서문빈을 바라보았다.

"물러가라."

그러자 남자아이 모습을 한 귀가 커다랗게 소리 질렀다.

싫어싫어싫어싫어!!

하지만 그림자가 가볍게 손을 흔들자 고막을 찢을 것처럼 커다랗던 비명 소리도 한순간에 사라졌다.

빈이 멍한 눈으로 텅 빈 공간을 쳐다보았다. 남은 건 무너진 전각과 유리 조각들, 그리고 바닥에 찰박이는 술뿐이었다. 무너진 벽 사이로 바람이 불었다.

"무슨……?"

그제야 정신을 차린 빈의 시야에 까마귀 날개 같은 검은 머리칼이 들어왔다.

바람에 날리는 긴 머리칼이 스쳐 지나가자 처음 보는 남자의 옆얼굴이 보였다. 창백한 피부에 이쪽을 바라보는 음울한 눈동자. 긴 속눈썹이 그의 하얀 뺨에 그림자를 드리우고 있었다. 한눈에도 평범한 사람은 아니었다.

남자의 길고 검은 옷자락이 펄럭였다.

"이제 좀 정신이 드시는지."

낯선 목소리. 동시에 빈의 몸이 앞으로 훅 끌려갔다. 빈의 어깨를 제 쪽으로 당긴 남자가 빈의 눈을 한번 들여다보고는 됐다는 듯 손을 놓았다.

"허억……."

비로소 빈이 크게 숨을 들이마실 수 있었다.

차가운 밤공기가 폐부 안으로 밀려 들어왔다. 그제야 생각났다는 듯 빈이 뛰어가 뱀 사체들 사이를 뒤졌다. 그러고는 축 늘어져 있는 은호를 끌어냈다.

검은 옷의 남자는 이런 광경에도 전혀 놀라지 않은 얼굴로 죽은 새끼 뱀을 살폈다. 남자가 쓰러진 은호와 빈을 힐긋 바라보았다.

"꼴을 보아 하니 벽사를 하러 온 것 같은데 도리어 죽으려 들면 어쩝니까."

그렇게 말하는 남자의 목소리는 버석거렸다. 겨울 나뭇가지에 바람이 맴돌 듯.

"조금만 늦었으면 그대로 삼도천을 건널 뻔했습니다."

생기라고는 하나도 없는 남자의 얼굴엔 묘한 분위기가 감돌았다.

"가, 감사합니다……."

"사인검까지 들고 있길래 벽사를 꽤 할 줄 아나 싶었습니다만."

남자가 품 안에서 꺼낸 병의 마개를 열고 뱀의 사체 위에 뭔가를 뿌렸다. 액체가 닿자마자 사체가 녹아 사라졌다. 그걸 보는 남자의 유리알 같은 눈에는 일말의 귀찮음과 무감각한 탄식 같은 게 서려 있었다.

남자가 휙 고개를 돌려 빈을 보았다.

"자, 그럼 제가 그대와 저 남자의 목숨값을 뭘로 받아야 할까요?"

남자가 빈을 쳐다보았다.

온몸의 솜털이 전부 곤두서는 기분이었다. 빈이 사인검을 그러쥐었다.

분명 보통 사람은 아니다. 아니, 그보다 먼저 사람이긴 한 걸까?

"원하는 게 뭡니까?"

그렇게 묻는 빈의 목소리는 떨리고 있었다. 남자가 천천히 빈을 향해 다가왔다.

"보지 말아야 할 것을 보지 않았습니까. 이곳은 내 관할이기도 해서요."

관할.

그 말에 빈은 나는 새도 떨어뜨린다는 영의정을 떠올렸다. 이곳은 영의정의 별장. 그렇다면 저치는 영의정의 사람이라는 걸까.

"죽은 자들은 들을 귀도, 말할 입도 없다지 않습니까."

남자의 말투는 공손했지만 내포된 뜻은 그렇지 않았다. 여기서 죽어 준다면 모든 게 조용할 거라는 의미에 빈이 사인검을 빼 들었다.

얼마나 버틸 수 있을지는 모르지만 운 좋게 팔 하나, 다리 하나만 베어 넘긴다면 바로 도망칠 요량이었다. 그런 빈의 생각을 읽었는지 남자가 나른한 어투로 말했다.

"죽음을 불사하지 않는 검은 나에게 아무런 의미가 없습니다, 선비님."

훅.

시선이 마주쳤다. 너무 가까웠다. 창백한 남자의 피부 아래 혈관까지 보일 것만 같았다. 반쯤 얼굴을 가린 긴 머리칼과 새빨간 귀걸이. 그 모든 게 비현실적이었다.

죽음이 사람의 형태를 하면 이런 모습일까.

그런 생각이 든 순간, 빈은 이상한 기시감에 휩싸였다. 분명 예전에도 이런 생각을 한 적이 있지 않나.

그게 언제였더라?

"……대체 당신은 누굽니까?"

남자의 긴 머리칼이 바람에 날렸다. 사방에 깔린 어둠도 그와 비교한다면 밝아 보였다.

빈의 물음에 남자는 말을 골랐다. 내놓을 수 있는 수만 가지 대답 중에서 하나를.

"글쎄요. 이승과 저승에 발을 하나씩 걸친 자라고 해 두지요."

남자의 목소리는 고저가 없이 일정했다. 그 대답에 빈의 눈이 커졌다.

분명 과거에도 똑같은 대답을 들은 적이 있었다.

"아."

순간 번개처럼 기억 하나가 떠올랐다.

'제발, 살려만 주십시오. 다른 무엇을 내놓아도 좋으니, 살려만 주십시오!'

오래된 기억 속 그렇게 울며 고개를 조아렸던 사람.

그것은 다름 아닌 빈 자신이었다. 가장 소중한 것을 지키기 위해 온 힘을 다해 빌었던 그때.

그때도 저 존재는 지금과 똑같은 표정을 짓고 있었다. 누워 있는 그의 목숨을 살려 달라며 울던 자신을 내려다보던 저 얼굴.

메마른 표정. 이 세상에서 일어나는 어떤 일도 자신과 관련이 없다는 눈빛.

빈은 검은 옷자락을 잡고는 머리를 조아리고 또 조아렸다. 결국 그는 빈의 소원을 들어주었다. 아마 그에게는 바람이 부는 정도의 변덕이었을 것이다.

'대신 나는 이자에게 너와 관계된 모든 기억을 받아 갈 것이다.'

'……좋습니다.'

기억과 맞바꾸어 목숨을 구하고 사랑과 맞바꾸어 살려 낼 수만 있다면 얼마든지.

그는 보란 듯이 서문빈의 사랑을 구하고 대신 그에게서 빈과 관련된 모든 기억을 봉인했다.

그 선택으로 서문빈의 인생은 엉망이 되었지만 빈은 한 번도 그 선택을 후회해 본 적이 없었다. 가장 힘든 때에도 오히려 그를 지켜 낼 수 있었다는 그 사실이 빈을 지탱해 주는 단 하나의 버팀목이었으니까.

"파려."

빈의 부름에 남자의 얼굴이 굳었다.

그러고는 믿을 수 없다는 놀라움이 퍼져 나갔다. 이어지는 부정, 마지막에 밀려오는 불같은 화까지.

쾅!

남자의 커다란 손이 빈의 목덜미를 움켜쥐었다. 빈의 몸이 바닥에서 붕 떴다.

"고작 인간이 어찌 나의 이름을 알고 있지?"

남자의 유리알 같은 눈에는 이제 분노가 가득했다. 손아귀 안에서 버둥거리던 빈이 가느다란 목소리로 겨우 대답했다.

"나, 나의 부름에…… 당신이 대답하지 않았습니까!"

그 말에 남자의 표정이 굳었다. 손의 힘이 풀린 틈을 타

빈이 얼른 남자에게서 벗어났다. 컥컥거리며 무릎을 꿇고 쓰러진 빈의 앞에 남자가 섰다.

"내가 그대의 부름에 답했다고?"

빈이 천천히 일어나 남자와 눈을 마주쳤다.

"당신과 똑같이 저승과 이승을 보던 그 아이가 기억나지 않으십니까?"

그 물음에 남자의 시선이 묘해졌다.

"당신이 제 소원을 들어주셨잖습니까. 귀에 홀려 죽을 뻔한 사람을 살려 달라 그렇게 부탁했지요."

"목숨을 살려 달라고 했다고?"

"……예. 그때, 되살아난 이의 기억을 대가로 받아 가지 않으셨습니까."

빈의 마지막 말에 남자가 아, 하는 소리를 냈다.

남자가 처음 보는 것처럼 빈의 얼굴을 다시 훑었다. 남자의 유리알 같은 눈이 순간 번쩍였다.

"그때도 누구냐는 제 물음에 당신이 똑같이 '이승과 저승에 발을 하나씩 걸친 자'라고 하지 않으셨습니까, 파려."

빈이 부른 그 호칭에 파려가 살짝 고개를 외로 꼬았다.

"그 이름만으로 누군가 나를 불러 주는 건 너무 오래간 만이구나. 분명 그런 되지도 않는 소원을 빌어 대던 어린 애가 있긴 했는데……."

남자가 서 있는 빈을 위아래로 훑어보았다.

"어릴 때와는 행색이 다르구나."

그 말에 빈이 자신의 옷차림을 내려다보았다. 두루마기를 입은 남자의 차림새.

"아무래도 바깥에서 벽사가 노릇을 하기엔 이쪽이 더 나아서 말입니다."

파려가 천천히 빈의 얼굴을 뜯어보았다.

붉은 댕기를 하고 있던 당돌한 꼬마 계집애는 어느새 자라 벽사가의 길을 걷고 있었다.

물론 스스로의 뜻은 아니리라.

인간으로 태어나 귀를 보는 운명을 가진 자들이 할 수 있는 일이 이런 것밖에 없다는 건 사람이 아닌 파려도 잘 알고 있는 사실이었다.

"이걸 어쩐다?"

본디대로라면 그냥 죽여야 마땅했다. 자신의 얼굴과 이름, 정체까지 다 알고 있는 사람이었으니. 그러나 기묘한 망설임이 들었다.

"지금도 파려께서는 제 목숨을 구해 주지 않으셨습니까. 그냥 두었다면 저는 귀들에게 끌려가 이미 죽었을 것입니다. 굳이 저를 환시에서 꺼내 주신 것은……"

"귀혼구를 모으고 있군요."

파려가 빈의 허리춤에 달린 귀혼구령을 보고 말했다.

"……귀혼구 108개를 모으면 본래의 운명으로 돌아간다는 이야기를 들었습니다. 할 수 있는 건 다 해 보자고 마음먹었기에 벽사가의 길을 걷고 있는 것입니다. 벽사를 하여 나오는 귀혼구를 모아 저도 한 번은 평범한 사람의 인생을 살아 보고 싶어서요."

"솔직히 말해 나는 지금까지 그대가 살아남을 줄은 몰랐습니다. 그래서 존재 자체를 까맣게 잊어버린 것이고요."

파려가 몸을 굽혀 얇은 껍질만 남은 뱀 사체들 사이로 손을 집어넣었다. 파삭하는 소리와 함께 껍질이 부서져 날렸고 파려가 무언가를 들어 올렸다.

"뭐, 그대가 살아 온 시간이 오늘 내가 살려야 하는 이유가 되었다고 합시다."

빈이 뭐라 대답하기도 전에 파려가 들어 올린 것을 빈의 손에 건넸다.

"살아남은 게 기특해서 말입니다. 그러니 이건 선물로 드리겠습니다."

빈이 제 손에 들린 핏빛 구슬을 보았다. 그건 새끼 뱀을 벽사할 때 나온 귀혼구였다.

"어쩌면 우리가 서로에게 도움이 될 수도 있겠습니다. 생각이 있다면 찾아오십시오."

"찾아오라는 말씀은……?"

빈이 파려를 바라보았다.

"내가 그대의 벽사를 도와줄 수도 있을지 모른단 소립니다. 물론, 나 역시 그대에게 도움받고 싶은 것이 있고요."

그 말에 순간 빈의 얼굴이 묘해졌다. 잠깐 머뭇거리던 빈이 작은 목소리로 물었다.

"제가…… 도움이 될 수 있는 일이 있다는 말씀이십니까?"

"물론 나를 찾아올 수 있다면 말입니다."

파려가 고개를 살짝 들어 별도 달도 없는 밤하늘을 쳐다보았다.

"원하던 귀혼구도 손에 넣었으니 돌아가시지요. 뒤도 돌아보지 말고 여기서 빠져나가는 게 좋을 겁니다."

"예? 그건 또 무슨 뜻인지요?"

파려가 가볍게 손을 들었다. 길게 끌리는 검은 옷자락이 바람에 날렸다. 파려가 슬쩍 빈을 바라보았다.

"그 말은……."

번쩍!

순간 섬광이 터졌다. 그리고 빛보다 느리게 하늘을 울리는 쾅 하는 소리가 찾아왔다. 놀란 빈이 소맷자락으로 겨우 얼굴을 가렸다. 하지만 곧 느껴지는 뜨거움에 얼른 고개를 들었다.

"무, 무슨……!"

전각에 꽂힌 번갯불이 미친 듯이 타오르는 게 보였다. 일어나는 불길에 파려의 얼굴이 붉게 물들었다. 하지만 그의 표정은 아까와 비슷했다. 권태로운 얼굴.

"그 말은 내가 이곳을 없앨 거라는 뜻입니다. 그러니 도망칠 수 있을 때 도망치라고요."

훅, 불어온 바람에 불똥이 날려 연못 근처에 있는 숲에 옮겨붙었다.

번쩍!

다시 한번 떨어진 번갯불이 이번엔 사곡정의 본채에 떨어졌다. 멀리서 사람들의 비명 소리가 들렸다. 빈이 놀란 얼굴로 파려가 있는 쪽을 쳐다보았지만 이미 그의 모습은 사라지고 없었다.

화르륵!

화려한 사곡정이 금방 불길에 휩싸였다. 커다란 천둥소리와 활활 타기 시작하는 불에 사람들이 놀라서 바깥으로 빠져나오는 게 보였다.

"으아악!"

술에 취한 사람들이 비명을 지르며 밖으로 뛰어나왔다.

"불을 꺼라! 불을 꺼!"

누군가 커다랗게 외쳤지만 제대로 듣는 사람은 없었다. 불길은 이미 삽시간에 퍼져 사곡정 뒤쪽으로는 도망칠 길이 없었다.

'사곡정을 넘어 도망쳐야 한다는 건가……!'

빈이 입술을 깨물었다.

"이쪽으로! 이쪽으로!"

하인들이 손님을 향해 도망치라고 손을 흔드는 게 보였다. 빈이 정신을 잃은 은호를 쳐다보았다.

"도대체 이자는……."

어디서 굴러먹다 온 놈인지 몰라도 도움이 되지 않았다. 하지만 죽으라고 버리고 갈 수도 없었다.

'뱀귀의 환시에 씌었을 때, 정신 차리라는 이 남자의 목소리가 아주 멀리서 들렸지.'

도대체 무슨 사정으로 벽사를 제대로 하지도 못하면서 이런 일에 뛰어든 건지 알 수가 없었다. 하지만 일단은 둘 다 목숨을 부지하는 게 먼저였다.

"이 빚은 나중에 톡톡히 갚아야 할 것입니다."

그렇게 말한 빈이 은호를 겨우 어깨에 반쯤 들쳐 멨다.

물론 빈보다 훨씬 큰 은호의 다리가 땅바닥에 질질 끌렸지만 달리 방법이 없었다. 빈의 어깨 위에 푹 숙인 은호의 옆얼굴이 보였다.

길게 늘어뜨려진 속눈썹, 꼭 감은 눈.

"왜······."

빈이 눈을 깜박였다.

이상했다. 아까는 몰랐는데 이렇게 눈을 감고 있는 모습을 보니 누군가가 떠오를 것만 같았다.

"그럴 리가."

빈이 고개를 저었다.

은호를 업은 팔에 힘을 준 채 겨우 걸어가는 빈의 귓가에 누군가의 목소리가 들렸다.

"은호! 현은호!"

그 외침을 들은 빈의 걸음이 뚝 멈췄다.

'도대체 왜 여기서 저 이름이······!'

차마 목소리도 제대로 나오지 않았다. 사방이 불길에 휩싸였는데도 그런 건 눈에 들어오지 않았다.

빈이 그 이름을 부르는 쪽을 향해 고개를 돌렸다.

"현은호!"

커다랗게 이름을 부르던 남자의 눈이 빈의 눈과 마주쳤다. 남자가 눈을 크게 떴다. 이쪽으로 달려온 남자가 빈에게 업혀 있던 은호의 얼굴을 확인했다.

"은호! 이게 도대체 무슨 일인가!"

그 말에 빈의 얼굴이 하얗게 질렸다.

"은호……?"

빈이 다시 한번 자신이 업은 남자의 얼굴을 확인했다.

그리고 그제야 자신이 느낀 기시감의 원인을 깨달을 수 있었다. 이런 곳에서 다시 마주칠 거라고 상상하지도 못했기에, 기억 속 그 얼굴을 한구석으로 밀어 두고 있었건만.

빈.

옛 기억 속 훤칠한 도령이 자라 어른이 된다면.

"……그렇구나. 딱 이런 얼굴이겠구나."

현은호.

서문빈의 정혼자, 현은호.

"에구머니나! 아기씨!"

금줄을 걷고 별당 정원 안으로 들어오는 서문빈을 보고, 몸종 삼월이 놀란 얼굴로 달려왔다.

"이 피는 뭐랍니까!"

빈의 얼굴에 묻어 있는 피를 보며 삼월이 허둥지둥했다. 빈이 고개를 내저었다.

"괜찮다. 내 것이 아니야."

"예? 그, 그럼 다행이지마는. 다른 곳도 다치신 곳은 없는 거지요? 옷은, 옷은 왜 이렇게 되셨습니까? 갓은 또 어디에 놓고 오신 거고요. 무슨 전쟁이라도 치르고 오신 줄 알겠어요!"

이어지는 삼월의 말에 빈이 가볍게 손을 흔들었다.

"그냥, 그냥 오늘 벽사가 조금 힘들었을 뿐이다."

"그러니까 그런 일은 더 이상……."

뭔가 더 말을 하려던 삼월이 입을 다물었다. 마루에 앉아 있는 빈의 옆에 삼월이 옷이 들어 있는 바구니를 놓았다.

"일단 씻으실 수 있게 물을 준비하겠습니다."

빈이 겨우 고개를 끄덕였다. 그제야 사인검을 꽉 쥐고 있던 빈의 손에서 힘이 풀렸다. 얼마나 꽉 쥐고 있었던지 손바닥에 검의 손잡이 무늬가 그대로 불그스름하게 찍혀 있었다. 빈이 긴 한숨을 내쉬었다.

눈을 감으면 그 얼굴이 떠올랐다. 제 등에 쏟아져 내린 그 무게.

그리고 들려왔던 낯익은 이름. 결코 잊을 수 없는.

"……현은호."

그 세 글자가 빈의 마음에 무겁게 떨어져 내렸다.

이런 식으로 다시 보게 될 줄은 몰랐다.

"이대로 평생 잊을 수 있을 줄 알았는데."

빈이 가만히 고개를 떨궜다. 이상한 일이었다. 정말 다 이상했다.

그를 다시 만나게 된다면 어떤 표정을 짓고 어떤 말을

해야 할지 수백 번도 넘게 상상해 왔다.

그때마다 하고 싶은 말도, 표정도 달랐지만 그래도 한 가지만큼은 늘 같았다.

현은호를 보는 순간, 그를 단번에 알아볼 거라고. 제 기억과 목숨을 바친 사람이었으니 당연히 그럴 거라고. 아무리 많은 사람들 속에서도 그를 찾아낼 수 있을 거라고 생각했다.

"……하하."

허망한 웃음소리가 빈의 입술에서 터져 나왔다.

그런데 그렇게 가까이서 보고도 제 눈앞에 있는 사람이 자신의 정혼자인지도 알아보지 못했다.

물론 몇 년의 시간이 흐르긴 했다.

그동안 서로 다른 길을 걸었고 많은 것들이 바뀌었으며, 또…….

"그 사람은 나와의 모든 기억을 잃은 채, 지금까지 살아왔으니."

그러니 지금의 현은호는 서문빈의 기억 속에 있는 현은호와는 다른 사람이라고 할 수 있었다. 서로 다른 기억과 시간으로 채워진, 다른 존재.

머릿속으로는 알고 있었지만 깨닫지 못한 문장을 오늘 고스란히 온몸으로 다 맞아 버린 기분이었다.

기억 속과는 다른 말투, 다른 표정, 커 버린 얼굴과 모습.

"그렇구나. 이제는 정말 없는 사람이구나. 내 기억 속 현은호는."

빈이 고개를 들어 별당 정원을 바라보았다.

꽃이 피면 이곳에서 함께 구경했고, 첫눈이 내리는 날에는 몰래 눈을 숨겨다 서로의 방문 앞에 두었으며, 서문빈에게 있었던 그 모든 일에도 불구하고 늘 현은호는 이 자리에 서 있었다.

빈.

기억 속 어린 현은호가 서 있던 자리를 빈이 물끄러미 바라보았다.

가끔은 저잣거리에서 사 온 주전부리들을, 가끔은 계절에 맞게 피어난 꽃들을, 그리고 작은 장신구를 든 채 이곳에 서 있던 현은호.

"나의 정혼자……."

빈이 저도 모르게 귀혼구령에 걸린 늘어진 장식 술을 매만졌다. 오래되어 때가 탄 술 역시 언젠가 은호가 사다 준 것이었다.

이제는 준 사람 없이 받은 사람만이 남은 선물이었지만.

빈이 오늘 보았던 현은호의 모습을 떠올렸다. 서늘한 눈동자와 완전히 남자가 되어 버린 윤곽들을.

"……이젠 정말로 놓아주어야겠구나."

놓겠다고 생각하면서 지금까지 붙잡고 있었다는 걸 스스로도 깨달을 수 있었다.

"아기씨, 목욕물이 다 준비되었습니다."

삼월의 말에 빈이 안으로 들어섰다. 남장 차림새를 벗는 걸 삼월이 옆에서 도와주었다.

"그런데 혹시 들으셨어요?"

"무엇을 말이냐?"

빈의 물음에 삼월이 잠깐 머뭇거리다 입을 열었다.

"……은호 도련님께서 이번에 동부승지 자리를 받아, 도성에 다시 오신다고 합니다."

똑.

빈의 속눈썹에 맺혀 있던 물방울이 꼭 눈물처럼 아래로 떨어졌다.

"아휴, 제가 또 쓸데없는 소리를 했네요. 그쪽 집안에서 혼약 이야기가 안 나온 지 몇 년인데."

삼월이 제 입이 방정이라는 듯 고개를 숙였다.

"동부승지라고."

"예? 아, 네네. 그쪽 하인들 말로는 그렇다던데요. 나이도 젊은데 높은 관직에 올랐다고 현가네 하인들마저 목에 뻣뻣하게 힘을 주고 다니더라고요."

"그렇구나."

그 대답만을 한 채 빈이 눈을 감았다.

삼월이 잠깐 눈치를 보다가 빈이 혼자 편하게 있을 수 있도록 밖으로 나가는 소리가 들렸다.

동부승지.

그는 점점 더 멀어지고만 있었다. 잡을 수 없는 곳으로.

"역시 우리의 길은 이미 갈라진 게 맞군요."

해가 지기 시작하는 강가, 붉은빛으로 물들어 가는 너른 창공.

현은호는 이게 꿈속이라는 걸 알아차렸다. 불어오는 바람에 강 어귀에 서 있는 커다란 나무의 잎사귀들이 와르르 흔들리는 게 보였다.

'……그럼 내가 그대를 도와주면 되지 않겠습니까.'

그렇게 말하는 건 아직 소년티가 남아 있는 어린 자신이었다. 언제일까.

어린 현은호 앞에 누군가 서 있었다.

푸른 잎사귀 사이로 언뜻언뜻 보이는 붉은 치맛자락. 희미한 옆모습.

꾹 다문 입술 사이에서 어떤 대답이 흘러나올지 기다리는 자신의 모습은 은호의 기억 속에 없는 장면이었다.

저이는 누구일까. 그렇지만 야속하게도 꿈은 그이의 얼굴을 비추지 않았다.

하지만 대답을 기다리는 어린 현은호의 마음은 고스란히 전해져 왔다.

떨리는 손, 두근거리는 심장.

제발, 내가 도와도 된다고 말해 줘. 내가 할 수 있는 일이라면, 조금이라도 좋으니……

어린 현은호가 속으로 중얼거리는 것이 부는 바람처럼 들렸다. 물론 어린 은호의 앞에 서 있는 저 소녀는 듣지 못했겠지만.

이윽고 소녀의 입술이 달싹였다. 그리고 그 순간.

"현은호!"

커다란 부름이 은호의 귀청을 때렸다. 어깨를 확 잡는 손길에 은호가 눈을 깜박였다.

"이제야 정신이 드는가!"

겨우 초점이 잡힌 은호의 시야에 익숙한 얼굴이 보였다.

"……진우?"

"날 알아보는 걸 보니 다행히 별 이상은 없군."

"도대체 이게…… 윽."

일어나려던 은호의 입에서 신음이 터져 나왔다. 그제야 온몸이 욱신거리는 통증이 느껴졌다. 진우가 얼른 손을 내밀어 은호가 다시 누울 수 있도록 해 주었다.

"갑자기 움직이지 말게나. 아마 몸이 말이 아닐 것이니."

그렇게 말하는 진우의 상태도 좋아 보이지는 않았다. 어디 난장판에서 구르고 온 것인지 옷이며 머리가 한껏 흐트러져 있었다. 거기에 묘한 불 냄새와 여기저기 묻은 검댕까지.

"무슨 일이 있었던 건가?"

은호의 물음에 진우가 기억나지 않느냐는 듯 물었다.

"자네야말로 무슨 일이 있었던 겐가? 자네를 업고 나온 이름 모를 선비가 아니었다면 그대로 개죽음을 당했을 걸세!"

"죽었을 거라고⋯⋯?"

"사곡정에 갑자기 불이 났네. 그것도 벼락이 떨어져서 말이야."

"불? 벼락?"

은호가 눈썹을 찌푸렸다.

"자넨 이미 쓰러져 있었으니 모르는 게 당연하지."

"나를⋯⋯ 그 선비가 구해 주었다는 말인가?"

"그래."

진우의 말에 은호가 가만히 눈을 깜박였다.

사곡정에서 보았던 그의 얼굴이 떠올랐다. 손이라도 대

면 부서질 것만 같은 체구, 엷은 미소, 어딘지 모르게 희미했던 시선들이.

"이름, 이름이 뭔지 물어보았나!"

진우가 고개를 저었다.

"그럴 새도 없었고 그쪽도 알려 줄 생각이 없어 보였네. 나에게 자네를 넘기곤 바로 사라졌으니까."

"그럼 우리가 찾으러 간 건?!"

진우가 씩 웃으면서 품 안에서 작은 책 한 권을 꺼냈다.

"아예 수확이 없는 걸 아닐세. 하인들을 뒤따라갔다가 발견한 사곡정의 명부일세. 그동안 사곡정을 드나든 자들, 얼마를 바쳤고 그 대가로 무엇을 얻어 갔는지 기록해 놓은 거지."

진우의 말에 은호가 눈을 빛냈다.

"그거라면 이 조정에 뿌리 깊게 뻗어 있는 영의정의 숨은 수족들이 누군지 확실히 알 수 있겠군!"

"그러니 이것으로 전하께 조금이라도 힘이 되어 보라고, 동부승지 현은호."

동부승지.

그 자리를 현은호에게 내리는 데 격렬한 반대가 있었다고 들었다. 그러나 젊은 왕이자 사가 시절 현은호의 벗이기도 했던 이휘는 이 문제에서만큼은 뜻을 굽히지 않았다.

그만큼 현은호에게 많은 기대를 하고 있다는 뜻이었다.

"그래서, 왜 그런 꼴이 되어 있었던 건가?"

진우가 재차 물었다.

그 말에 현은호가 자신이 보았던 것을 떠올렸다.

"아무래도 영의정이…… 인간이 아닌 것에도 손을 뻗치기 시작한 모양일세."

"인간이 아닌 것?"

은호가 사곡정의 뒤편에서 보았던 뱀과 뱀술에 대한 이야기를 짤막하게 했다.

"그 선비도 자네와 똑같은 벽사가라 하더군. 덕분에 그런 것까지 알게 되었지."

그 말에 진우가 갸웃거렸다.

"벽사가라고? 처음 보는 얼굴이었는데. 도성 안에 내가 모르는 벽사가도 있었나……."

"자네도 모르는 벽사가라니. 이상하군, 돌팔이는 아닌 것 같았는데."

목숨까지 빚졌는데 이름도 모르는 것이 은호의 마음에 걸렸다.

"뭐, 인연이라면 어디선가 또 만날 수 있겠지."

"인연이라……."

은호가 가볍게 한숨을 내쉬었다. 바깥에서 하인의 목소

리가 들렸다.

"도련님, 기침하셨습니까?"

그 말에 은호와 진우가 서로 시선을 나누었다. 자신들이 사곡정에 갔던 일, 그곳에서 보았던 것은 밖으로 새어 나가서는 안 되는 일이었다. 은호의 눈짓에 얼른 진우가 대신 방문을 열었다.

"무슨 일인가? 은호는 오늘 궐에서 부름을 받고 새벽에 나갔다네. 내가 은호의 물건을 챙기러 잠깐 들렀네만."

진우의 얼굴을 알아본 하인이 고개를 숙였다.

"진우 도련님이시군요. 예, 알겠습니다. 마님께 그리 전하겠습니다."

진우가 고개를 끄덕이곤 방문을 다시 닫았다. 옆에서 은호가 가볍게 한숨을 내쉬었다. 진우가 고개를 내저었다.

"자당 마님께서는 무슨 일로 이 시간에 자네를 찾으시는 겐가?"

"요새 어머님께서 여기저기서 혼처를 찾아 오시는 게 일이라서 말이야."

진우가 고개를 갸우뚱거렸다.

"혼처? 자네는 이미 정혼자가 있지 않던가? 그래, 이름이 뭐라고 했었지?"

은호 역시 이름이 바로 생각나지 않았다. 기억을 더듬자 겨우 이름 하나가 굴러 나왔다.

"서문…… 빈. 그래, 그런 이름이었지."

은호의 대답을 들은 진우가 놀란 목소리로 되물었다.

"잠깐, 서문가의 여식이 자네의 정혼자라고?"

"왜?"

"허어, 그렇다면 자당 마님께서 저리 나오는 것을 이해할 수 있겠네."

"대체 왜 그러는 건가?"

"자네야 소문에 별 관심이 없어서 모르겠지만 서문가의 사람들이 좋지 않은 명줄을 가지고 태어났다는 이야기는 아는 사람들 사이에선 꽤 유명하네. 실제로 그 집안사람들이 줄줄이 죽어 나가던 때도 있었고."

"진짜로 사람이 죽어 나갔다고?"

"그래. 글쎄, 한 5년 정도 되었나? 내가 알기로는 그래. 하인이며 친척들이며 할 것 없이 하나씩 다 죽어 나가다가 마지막에는 서문가의 다음 대를 이을 남자아이마저 어린 나이에 갑자기 요절했다지."

"남자아이라면…… 서문 아씨의 남동생이었나."

"아마 그랬겠지. 남자아이마저 죽고 나선 서문가 사람들도 밖으로 잘 나오지 않았다고 하더군."

"그런 일이 있었다고……?"

처음 듣는 표정을 하고 있는 은호를 보며 진우가 쯧쯧 혀를 찼다.

"허어, 아무리 정혼자에게 관심이 없어도 그렇지. 어찌 이런 것도 모를 수가 있단 말인가."

"사실 거의 잊힌 혼약이나 다름없네. 혼약을 맺은 조부님께서 돌아가시고 난 후엔 우리 집도, 서문가도 그 정혼에 대해서 이야기를 나누지 않았으니까."

현가의 집 문턱이 닳도록 중매쟁이들이 드나드는 것을 서문가라고 모를 리가 없었다. 하지만 단 한 번도 혼인에 관한 이야기를 꺼내지 않았다.

진우가 턱을 쓸며 말했다.

"뭐라고 해야 하나. 그래도 분수를 아는 집안이군."

분수.

그 말에 은호의 눈썹이 찌푸려졌다. 어쩐지 미묘하게 기분이 좋지 않았다.

"동부승지의 자리까지 올라 주상 전하를 옆에서 보필하게 될 사람이 바로 자네일세. 그런 자네의 배필이 되려면 집안 역시 어느 정도 힘이 있어야 하지 않겠는가. 그런 점에서 본다면 지금 자당 마님의 뜻이 맞긴 하지."

"……."

그 말에 은호가 대답 없이 얼굴을 굳혔다.

분명 스스로도 그렇게 생각했다. 어릴 적에 집안 어른들 끼리 정한 혼약 같은 건 큰 의미가 없다고. 상황 역시 그런 혼약은 원래 없었던 듯이 흘러갔다.

집을 떠나 과거 시험 준비를 하면서도, 과거에 급제해 지방관으로 부임했을 때도, 그리고 동부승지 자리를 받아 도성으로 되돌아왔을 때도 그 혼담이 신경 쓰인 적은 한 번도 없었다.

얼굴 한번 보지 않은 그림자 같은 정혼자.

어떤 목소리를 가졌을지, 어떤 눈빛을 할지, 어떻게 움직이고 어떻게 웃을지.

깊게 생각해 본 적이 없었다.

그런데 왜 이제 와서 그런 것들이 궁금한 건지, 알 수가 없었다.

"어제 사곡에 큰 불이 났다고 하옵니다."

상선이 낮은 목소리로 말했다. 새벽녘의 차가운 공기가 침전 안으로 스며들어 왔다. 상선이 고개를 더 깊게 숙였다. 발 너머 옷을 갈아입고 있던 이가 그 소식에 잠깐 뭔가를 생각하는 듯했다.

"그래, 사곡에 말이지……."

옆에 있던 나인들이 천천히 발을 걷어 올렸다.

예복으로 갈아입은 왕의 모습이 보였다. 상선이 시선을 아래로 내리깔았다.

"국구께서는 생각하시는 모든 바를 이루시는군."

그렇게 말하는 왕의 목소리는 냉담했다.

"황공하옵니다."

이 나라의 왕, 이휘의 눈이 어둡게 내린 새벽하늘을 한 번 쏘아보았다. 왕의 예복이 무겁게 휘의 어깨를 내리눌렀다. 본디 여기가 너의 자리가 아니라고 말하는 것처럼.

"동부승지를 부르게. 아무래도 직접 이야기를 들어 봐야겠어."

"분부 받잡겠나이다."

상선의 대답에 휘가 가벼운 숨을 토해 냈다.

왕의 자리, 누구나 바라는 권력의 정점.

그러나 휘에게는 어쩌다 보니 인생이 자신을 이 자리에 데려다 놓았다는 말이 더 맞았다. 물론 왕가의 피를 잇긴 했지만 방계의 핏줄이었다. 왕의 자리에 오르는 건 꿈도 꾸지 못할 정도의 서열이었다.

하지만 영의정 한길전의 하나뿐인 딸과 혼인을 치른 후, 인생의 흐름이 바뀌었다.

처음부터 이야기가 많았다. '그' 영의정의 하나뿐인 딸이 왕자도 아니고 세손도 아니고 저 먼 방계의 자산군에게 시집을 간다니. 다들 그게 무슨 의미인지 알 수 없다고 말들을 해 댔다.

그러나 휘는 한길전의 딸, 한채령의 둥글고 고운 눈을 처음으로 바라보았을 때 깨달을 수 있었다.

"나는 왕비가 되고자 태어난 자입니다."

고작 열몇 살짜리의 눈이 그렇게 형형하게 빛날 수 있는지 휘는 처음 알았다.

왕비가 되려면 두 가지 방법이 있었다. 하나는 왕비로 간택이 되는 것이요, 다른 하나는 어떻게든 자신의 지아비를 왕으로 만드는 것이었다.

그리고 한길전과 그의 딸 채령은 두 번째 방법을 선택했다. 채령과 혼인했을 때, 휘는 한씨 가문이 어떻게 해서든지 자신을 왕의 자리에 올려놓을 것임을 깨달았다.

혼인한 지 1년이 채 되지 않아 세자가 병에 걸려 죽었다. 다음 왕자들 역시 세자의 자리를 받기도 전에 급사했다.

"자산군은 나와 선왕 전하의 유지를 받들라!"

결국 휘에게까지 그 자리가 돌아왔다. 또 죽어 나가는 사람이 생기는 게 아니냐고 수군거렸던 사람들의 목소리가 아직까지 생생했다.

"독주일세."

그때 휘는 자신의 옆에 서 있던 현은호에게 그렇게 속삭였다.

거절할 수도 없는 독주.

책봉식이 거행될 때, 대례복을 입은 채 자신의 옆에 서 있던 한채령을 휘는 똑똑히 기억했다.

빨갛고 파랗고 금빛이 나는 여러 겹의 옷에 파묻힌, 둥그런 눈을 가진 여인. 부드러운 눈매와 앳된 얼굴.

박석 위에 늘어서 있던 신하들이 하나같이 입을 모아 채령의 솟은 이마와 환한 얼굴이 딱 왕횻감이라고 속삭였다. 어쩌면 자신이 왕이 된 것보다 저 여인이 왕비가 된 것이 어떤 이들에겐 더 중요한 일일지도 모르겠다는 생각이 들었다.

왕이 된 이휘와 왕비가 된 한채령.

이 나라의 왕비이자 한길전의 하나뿐인 딸, 한채령.

그랬기에 휘 역시 채령을 왕비로는 대접하였으나 자신의 반려로 생각하지는 않았다. 두 해 전, 채령에게서 자식을 보았을 때도 사내아이라는 말에 가장 먼저 근심의 낯빛을 보이지 않았던가.

중전의 몸에서 태어난 적자이기에 당연히 세자 책봉을 진행해야 한다는 이야기가 많았다. 하지만 그렇게 된다면 정말로 영의정에게 날개를 달아 주는 꼴이었다. 세 명의 왕을 모시고 국구의 자리까지 오른 늙은이가 그렇지 않아도 조정을 제멋대로 좌지우지하고 있는데, 여기에 세자의 외할아버지 자리에까지 오르게 된다면 그 꼴이 어떻게 될지는 불 보듯 뻔한 일이었다.

자신이 왕의 자리에 오르게 된 것도 영의정의 커다란 정치적 판단이었다.

그러니 만일 채령의 아이가 세자가 된다면 더 이상 휘는 필요하지 않을 거였다. 한씨의 피가 왕으로 올라설 수 있는데 휘를 계속 왕의 자리에 둘 이유는 없었으니까.

한씨 일가의 손에서 키워진 세자의 즉위.

그리고 수렴청정.

"그렇게는 둘 수 없지……."

휘가 입술을 깨물었다. 영의정의 뜻이라고 해도 어쨌든 지금 이 나라의 태양은 자신이었다. 뒤에 서 있던 상선이 가만히 입을 열었다.

"사곡의 일과 관련하여 동부승지가 들었다 합니다. 어찌할까요?"

"들라 하라."

그 말에 문이 소리도 없이 열렸다. 문 뒤에 서 있던 현은호가 예를 올리고 안으로 들어왔다. 현은호이기에 가능한 독대였다. 휘가 은호의 모습을 살폈다.

"몸이 많이 상했군, 은호."

이름을 부르는 휘의 목소리에 은호가 고개를 한 번 숙였다. 둘만 있을 때 휘는 좀 더 편하게 은호를 대했다. 마치 사가 시절 함께 공부했던 그때처럼.

"황공하옵니다."

"그래, 도성에 돌아오니 어떤가?"

"하해와 같은 전하의 성은으로 다시 돌아올 수 있게 되어 기쁩니다."

"더 빨리 부르고 싶었건만 아무래도 보는 눈들이 많아서 말이야."

"이미 충분합니다."

"앞으로 내 옆에서 잘 보필해 주길 바라네."

"성은이 망극하옵니다, 전하."

휘가 사곡정의 이야기를 꺼냈다.

"사곡에 불이 난 이야기는 상선을 통해 들었네."

"하필이면 그때 벼락이 떨어지다니. 어쩌면 이 역시 영의정의 간교일 수 있습니다. 그러나 다행히 사곡정을 드나든 자들의 이름을 적은 명부를 빼내 올 수 있었습니다."

은호가 사곡정의 명부를 휘에게 올렸다.

"명부라."

"이제껏 영의정이 어디까지 손을 뻗었는지 알 수가 없었지만 이 명부에는 그동안 사곡정에 오간 이들의 이름, 가지고 온 것들, 그에 대한 대가로 준 보상들이 상세히 적혀 있으니 이것이 우리에게 그물이 되어 줄 것입니다. 그리고 저들은 그 그물에 걸린 물고기가 될 것이옵니다."

휘가 은호를 바라보았다.

"그대가 그 물고기들의 목을 잘 따 주길 바라지."

"여부가 있겠습니까, 전하."

그렇게 대답하는 은호의 눈빛은 무감하게 가라앉아 있었다.

휘 역시 잘 아는 눈빛이었다. 은호는 정도(正道)에 맞지 않으면 그게 누구든 베어 넘길 수 있는 성정을 가진 자였다. 약자에게는 관대했지만 강자에게는 냉정했다.

휘는 그런 현은호를 부러워하기도 했다. 그래서 자신이 왕위에 올랐을 때 가장 먼저 부른 신하도 은호였다.

"또한 영의정이 삿된 것에 손을 댔을지도 모르는 정황이 발견되었습니다."

"삿된 것?"

"예, 아직 전하께 정식으로 보고드릴 것은 없으나 경계심을 늦추지는 마십시오."

그 말에 휘가 이마를 짚었다.

"최근 도성에 괴이한 사건들이 줄지어 일어나고 있네. 관상감에서 별들의 움직임이 이상하다고도 했고. 뭔가 있는 건 분명하네. 그게 정확히 뭔지 모를 뿐."

"곧 연등회가 있지 않습니까. 사건이 터진다면 아마 그때일 겁니다. 전하께서도 궁궐 밖으로 나가 민심을 살피시지 않습니까."

"그렇지."

"그러니 혹시라도 연등회에 문제가 생기지 않도록 조사에 착수하겠습니다."

휘가 고개를 끄덕였다. 밖에서 상선의 목소리가 들렸다.

"……전하, 중전마마께서 오셨습니다."

그 말에 휘의 얼굴이 굳었다. 은호가 일어나 자리를 옮겼다. 동시에 문이 소리도 없이 열렸다.

"전하, 아침 문안 인사를 드리고자 신첩 이리 들렀사옵니다."

나긋한 목소리, 이쪽으로 향하는 부드러운 발걸음.

그러나 왕의 허락도 없이 문을 열고 들어오는 기세는, 그저 유약해 보이는 겉모습과 성정이 많이 다르다는 것을 확연히 보여 주었다. 고개를 숙이고 있던 은호가 얼른 먼저 입을 열었다.

"옥체 강녕하시옵니까, 중전마마. 신, 동부승지 현은호입니다."

이쪽으로 쏟아지는 눈길이 느껴졌다.

다른 자들은 채령을 온화하고 자비가 넘치는 중전마마라며 입이 닳도록 칭송했다. 사가 시절부터 성정이 검소하고 다른 이들에게 베풀기를 좋아한다고. 그런 이가 왕비가 되었으니 내명부가 평안할 것이라고.

실제로도 그랬다. 채령은 한 번도 왕비의 법도에 어긋나지 않았다.

그러나 은호에게는 그 모든 것이 마치 언젠가의 도약을 위해 준비하는 살쾡이 같다는 느낌이 들었다. 자신의 힘을 비축해 놓고서는 단 한 번에 적의 숨통을 끊을 수 있도록 준비하는 맹수의 긴장감이 채령에게서 느껴졌던 것이다.

"아아, 전하께서 총애하시는 그 젊은 신하 말이지요. 궁녀들 사이에서도 그대의 이름이 자주 들려 내 궁금하던 차인데."

채령의 말에 은호가 황공하다는 듯이 연신 고개를 조아렸다.

"자자한 소문 중에 좋은 것만 마마의 귀에 들어갔으면 더할 나위 없이 기쁘겠습니다."

은호의 말에 채령이 픽 웃었다.

"이리 듣기 좋은 말만 하니 전하께서 동부승지를 아끼시나 봅니다."

중전과 왕, 그리고 현은호.

셋의 기운이 이 방 안에서 소리도 없이 부딪쳤다. 휘가 살짝 불편한 듯한 목소리로 말했다.

"영의정의 별장에서 갑자기 불이 났다는 이야기를 중전께서도 들으셨소?"

휘의 말에 채령이 살짝 고개를 갸웃거렸다.

"미처 듣지 못했습니다, 전하. 궁 안에서만 지내는 제가 어찌 바깥의 일을 사사로이 알 수 있겠습니까."

이어진 말은 그야말로 현숙한 중전의 표본 같았다.

"그러나 전하께서 이리 신경을 쓰셔서 제 아비의 일을 전해 주시니 감읍할 따름입니다. 본가도 아닌 별장에서 불이 난 정도이니, 제가 더 주의를 기울일 일은 없을 듯합니다. 아버지께서도 그리 생각하시니 저에게 따로 연락을 하지 않으신 거겠지요. 다만 전하의 성심을 어지럽힌 듯하여 신첩은 그것이 마음에 걸리옵니다."

"……중전께서는 아버지인 영의정에 대해서는 관심이 없는 게요, 아니면 없는 척을 하는 것이오?"

휘의 말에 채령이 가만히 웃었다.

"신첩의 세상은 전하가 전부입니다. 물론 아버지께서는 저에게 육신을 주셨지만 그 외의 모든 것은 전하께서 저에게 주신 것이 아닙니까? 그리고 제 아버지께서는 이미 전하의 은덕을 넘칠 듯이 받았으니 저까지 신경을 쓸 필요는 없을 듯합니다."

도리와 법도에 어긋남이 없는 채령의 말을 들으며 은호가 속으로 혀를 내둘렀다. 이런 식으로 나오는 채령을 휘가 껄끄러워하는 것도 당연했다.

"이리 이른 아침부터 들기에 나는 중전께서 영의정에 대한 이야기라도 듣고 오나 싶었소."

"그보다 곧 다가오는 풍운뢰우제에 대한 이야기를 나누려 했습니다."

"아직 시간이 남아 있는데 벌써 그에 대한 이야기를 나눌 것이 있단 말이오? 중전의 생각이 참으로 깊소."

"혹여 그 전에 다른 경사가 있을지 미리 아는 것이 좋을 듯싶어서 말입니다."

채령의 그 말에는 뜻이 담겨 있었다.

풍운뢰우제와 엇비슷할 만한 경사라면 예정되어 있는 것은 없었고 새로 생길 수 있는 것이라면 하나뿐이었다.

세자 책봉.

"다른 경사가 뭐가 있을 수 있겠소. 중전께서 왕실의 존엄함을 모든 이들에게 보여 줄 수 있는 제사를 준비하면 될 것 같소."

"……알겠습니다, 전하."

채령이 휘를 한번 쳐다보고는 자리에서 일어났다.

"전하의 뜻은 잘 알겠으니 그럼 이만 나가 보겠습니다."

찬바람을 일으키며 채령이 바깥으로 향했다.

"마마."

밖에서 채령을 기다리고 있던 상궁이 고개를 숙였다. 채령이 닫힌 방문을 바라보았다. 잠깐 뭔가를 생각하던 채령이 바로 뒤에 선 상궁에게 속삭였다.

"아버지의 사곡정에 불이 났다고 하는군. 관련하여 무슨 일인지 알아보고 또……."

잠시 고민하던 채령이 다시 말을 이었다.

"그리고 오라버니께 조만간 내가 간다고 전해라."

채령의 명을 들은 상궁이 고개를 깊게 숙였다.

"……그래서 어찌 되겠습니까. 제발 아이만은 좀 살려 주십쇼!"

작은 마당에 모인 사람들 몇이 굽신굽신 두 손을 모아 빌었다.

그들의 옆에는 궤짝 가득히 비단과 패물이 쌓여 있었다. 사람들이 우는 소리를 내며 디딤대 위의 누각을 향해 빌었다. 내려진 비단발 뒤에는 그림자 하나가 앉아 있었다.

"돈이라면 집과 밭을 팔아서라도 드리겠습니다! 우리 가문에 하나뿐인 아이입니다. 제발!"

"제발 부탁드립니다!"

그러나 비단발 뒤에선 아무런 소리도 흘러나오지 않았다. 사람들이 더더욱 고개를 숙이며 빌었다.

"쯧."

그렇게 비는 사람들을 내려다보는 눈은 차가웠다.

뒤에서 시종이 부치는 바람에 파려의 검은 머리칼이 가볍게 날렸다. 유리알 같은 눈동자가 비단발 너머 등을 굽히고 있는 자들에게 꽂혔다.

지루하고 또 지루했다. 인간들은 전부 다 원하는 게 있었다.

그리고 그들은 하나의 소원을 이루면 또 다른 소원을 가지고 왔다. 소원은 새끼를 치듯이 계속해서 이어졌다.

"그렇게 소원을 이루어 보았자 죽으면 끝인 것을. 저승으로 가지고 가지도 못할 소원들."

파려가 혼잣말처럼 중얼거리며 턱을 괸 손을 바꾸었다. 다리를 옆으로 뻗었다.

"그래, 아이를 살리고 싶다고?"

파려의 질문에 마당에 엎드려 있던 사람들이 예예, 하면서 크게 고개를 끄덕였다. 잠깐 뭔가를 생각하던 파려가 다시 입을 열었다.

"네놈의 집을 들쑤시면 커다란 지네가 하나 나올 것인데 그것을 잡아다가 산 채로 삶아 그 물을 아이에게 먹여라. 그럼 아이가 다시 움직일 것이다.”

그 말에 사람들이 큰 소리로 울면서 고개를 연신 숙였다.

“아이고! 감사합니다! 감사합니다! 업님, 이 은혜는 잊지 않겠습니다. 이것들은 제 성의이니 받아만 주십시오!”

보석이 든 자루를 놓고는 연거푸 인사를 하며 돌아가는 사람들의 뒷모습을 보면서 파려는 길게 하품을 했다.

물론 살아서 움직이는 것은 그 아이가 아니라 그 아이의 몸속에 들어간 지네의 원이겠지만 그들이 보기엔 똑같을 것이다.

큰 차이는 없었다. 파려도 거짓을 말하진 않았다. 아이가 다시 움직인다고만 했지 살아 돌아올 것이라고는 하지 않았으니까.

마당 한쪽에는 곡식 가마니와 비싼 사치품들, 돈이 들어 있는 궤들이 작은 산을 이루었다. 오늘 하루 동안 사람들이 파려에게 바친 것들이었다. 옆에 놓인 화려한 파초선을 만지작거리면서 파려가 중얼거렸다.

“이놈이고 저놈이고……”

심기가 불편했다.

엊그제 있었던 사곡정의 일만 해도 그랬다. 잠깐 신경을 쓰지 못했다고 생각했는데 언제 그런 것들을 만들어서 가져다 됐는지.

"인간들이란."

이곳의 일도 이제 지긋지긋했다.

"도대체 그분께선 어디 계신단 말인가."

벌써 이승에서 보낸 세월이 한 갑자가 훌쩍 넘었다. 중간에 몇 번, 깊은 잠에 빠지기도 했지만 그때도 그분을 찾는 일은 멈추지 않았다. 그러나 그 어디서도 그분의 흔적은 찾아낼 수가 없었다.

파려는 습관처럼 자신의 왼쪽 귀에 걸린 붉은 귀걸이를 매만졌다. 아래로 늘어뜨려진 귀걸이는 특이한 모양새였다.

"마치 그냥 그렇게 사라진 것처럼……."

하지만 그럴 수는 없었다.

"그분께서는 생과 사를 맡고 계신 분이다. 이렇게 사라지실 수는 없어."

유리알 같은 파려의 눈동자가 번뜩였다. 그분의 자리를 이렇게 비워 두는 것도 이제 슬슬 한계였다.

"다른 시왕들이……."

"파려 님."

검은 옷을 입은 누군가 나타나 조용히 부복하며 파려를 불렀다. 그 이름을 부를 수 있는 자의 소속은 오직 하나였다. 파려가 귀찮다는 듯 물었다.

"왜. 길전이가 또 지랄병이 났니?"

아무렇지도 않게 영의정을 이름으로만 부르는 파려의 모습은 그야말로 오만했다.

아마 다른 이가 그 이름을 입에 담았다면 바로 사지가 찢겨 죽었을 것이다. 그러나 파려는 눈 하나 깜짝하지 않고 부복한 이를 내려다보았다.

대답은 뒤편에서 흘러나왔다.

"오늘은 아버지가 아니라 채령입니다, 오라버니."

살짝 올라간 꽃신의 코가 화려한 치맛자락 밑에서 맵시를 뽐냈다. 하늘거리는 자태로 마당에 들어선 여인이 파려를 바라보았다.

"오래간만이지요?"

파려가 가볍게 한숨을 쉬곤 비단발을 걷었다. 둘의 시선이 곧바로 마주쳤다.

"부녀가 쌍으로 돌아가면서 난리 친다는 말을 듣고 싶은 거야?"

"난리를 치지 않으면 오라버니께선 움직이지도 않으시잖아요. 그래서 제가 직접 온 겁니다. 제가 궁에서 나오기가 얼마나 힘든지 아신다면 오라버니도 좀 나와서 맞아 주실 텐데요."

"나이가 들어서 몸 움직이기가 힘들다. 네가 들어오렴.

그래도 자리는 내어 줄 테니."

오색으로 누빈 방석 하나를 꺼내 제 옆에 털썩 내려놓으며 파려가 손을 까닥였다.

"한 나라의 왕비에게 이렇게 하는 작자는 오라버니뿐일 것입니다."

"나는 이 나라의 백성도 아니고, 여기에 온 너도 한 나라의 왕비가 아니라 한채령일 뿐이니까."

"마음에 드는 대답입니다. 제 옆에 앉을 수 있는 상을 내리지요."

채령이 치맛자락을 말아 쥐고 성큼성큼 움직여 파려의 옆에 앉았다.

"그래, 왕비 하는 재미가 있어?"

"뭐, 생각한 대로입니다. 현숙한 모양새는 제가 잘하는 것 중 하나니까요."

"네가 길전이를 똑 닮았지."

세 명의 왕 밑에서 권세가로 이름을 날리고 그것도 모자라 자신의 딸을 결국 이 나라의 왕비로 만든 한길전, 그리고 그런 아비를 닮은 한채령.

칭찬 아닌 칭찬을 한 파려는 눈을 가느다랗게 뜨고 채령의 얼굴을 다시 한번 뜯어보았다. 채령의 조막만 한 얼굴은 심통이 나 있었다. 어릴 적에도 뭔가 하나 맘에 들지 않으면 방에 틀어박혀 저런 표정을 짓곤 했다. 다른 사람에게는 절대 보이지 않는 얼굴이었다.

"말해 보아. 뭐가 또 맘에 들지 않아?"

부드럽게 묻는 파려의 목소리에 채령이 툭 던지듯 대답했다.

"대체 무슨 심중인 건지 전하께선 세자 책봉에 대한 일이라면 입에도 올리지 못하게 합니다."

세자 책봉.

처음에 채령이 남자아이를 낳았을 때 온 나라가 술렁였다. 중전이 남아를 낳았으니 이는 종묘사직의 적통을 잇는 경사요, 조선 팔도가 기뻐해야 할 일이라고. 다들 세자 책봉이 눈 깜짝할 새에 이뤄질 거라고 믿었다. 후궁 숙빈의 슬하에 아들이 있긴 했지만 그것은 아무런 문젯거리도 되지 않았다.

하지만 정작 책봉을 명해야 할 왕은 입을 다물었다. 아이가 태어난 해에 세자 책봉을 거행한 일은 없다는 게 이유였다. 채령도 그래서 가만히 기다렸지만 그 후 다시 1년이 지나도 세자 책봉에 대한 말은 나오지 않았다.

"제가 이 자리에 오른 것은 우리 집안의 피가 왕가에 흐르게 하기 위함인데 왜 전하께선 책봉을 미루려고만 하시는지."

파려는 입궁해서 보았던 아주 조그만 아기의 얼굴을 떠올렸다. 왕 이휘와 중전인 한채령 사이에서 낳은 아이. 아기는 왕도 중전도 닮지 않았다.

'손자나 조카라고 생각해 주세요.'

누가 파려에게 그렇게 말했던가. 손자도 조카도 되지 못할 아기를 앞에 두고 파려는 그것이 가지고 태어난, 그리길지 않은 명줄을 읽었다. 중요한 건 아니었다. 명줄이 짧다면 다른 이의 것을 가져다 엮으면 될 일이었다. 물론 그것도 파려가 그럴 마음이 내킬 때의 이야기였지만.

"오라버니, 제 자식을 세자로 만들어 주실 수 있으시지요?"

채령의 커다란 눈이 파려를 바라보았다.

"오라버니가 제 아버지에게 약속했던 것처럼 저에게도 약속을 해 주세요."

어떻게 할까 잠깐 생각하며 파려가 부채를 부쳤다.

처음엔 이곳에 이렇게 오래 머무를 생각이 아니었는데 어쩌다 보니 그렇게 되었다. 게다가 아직 이곳을 떠날 이유를 찾지 못했으니 예정보다 체류가 더 길어질 전망이었다.

관심 없다는 표정을 지으며 파려가 입을 열었다.

"아직 두 돌도 지나지 않았잖아. 뭘 그리 서둘러. 너무 어릴 때 좋은 것들을 손에 다 넣으면 그걸 질투한 귀들이 아기를 저승으로 데려가 버린다는 말도 들어 본 적 없니."

나긋한 어투였지만 채령은 그 속에 숨어 있는 파려의 대답을 읽어 냈다.

파려는 제 옆에 앉아 있는 채령의 화려한 금작 노리개와 봉황 비녀와 금박 치마와 산호 단추를 보았다.

"궁에서도 이리하고 다니는 건 아니지?"

"아까 오라버니가 말씀하지 않으셨습니까. 지금 저는 중전이 아니라 그냥 한채령입니다. 제가 왜 이런 것도 못 해입고 궁에 앉아만 있는데요."

마루에 걸터앉아 도성을 내려다보던 채령이 다시 입을 열었다.

"그럼 다른 부탁은 들어주실 겁니까?"

"일단 이야기라도 해 봐. 원래 마음은 갈대 같은 거란다."

"다음 달에 궁 안에서 풍운뢰우제가 열립니다. 전하와 저도 참석하는 제사지요."

"알아. 나도 그거 몇 번 봤으니까."

"거기서 겁만 한번 주십시오. 이 정도는 들어주실 수 있으시지요?"

그 말에 파려의 눈에 흥미가 일었다.

"뭐, 죽이라거나 아니면 세뇌를 하라고까진 부탁드리지 않겠습니다. 저도 그동안 지아비와 살아 온 정이 있거든요. 게다가 세자를 책봉하기도 전에 왕이 비명횡사를 하면 모양새가 썩 좋지 않으니까요. 그저 아주 살짝 겁만 주시라는 겁니다."

"왕이 귀 같은 것에 약한 체질이라는 건 당연히 알고 있는 거지?"

파려의 물음에 채령이 환하게 웃으며 대답했다.

"물론요. 명색이 지아비인데 그것도 모를까 봐요."

"아비고 딸이고 다들 제정신인 사람이 없어."

"제정신으로 살아가기엔 이 세상이 너무나 험난해서 그래요. 그러니까 제가 오라버니한테 시집간다고 할 때 그냥 두셨어야죠. 이 나라보다 오라버니 하나가 더 가지고 싶었는데."

파려가 아주 엷게 웃었다.

"이 세계에 속하지 않는 걸 탐하는 게 제일 슬픈 거야. 그보다 넌 나라를 가졌으니 그걸로 만족하렴."

"만족하려고 노력은 해 볼게요. 그래서 대답은요?"

풍운뢰우제에서 왕을 놀래는 것이라. 재미는 있을 것 같았다.

"그거 줘."

파려가 고갯짓했다. 파려의 시선을 읽은 채령이 흐드러지게 쌓아 올린 가체에서 가장 좋은 비녀를 뽑았다.

"점사집을 차리시더니 이젠 저에게도 대가를 바라셔요?"

"대가를 받지 않으면 주술이 제대로 먹히지 않아서. 거기에 두고 가렴."

채령이 봉황 비녀를 내려놓고 자리에서 일어났다.

"오는 그믐입니다. 오라버니만 믿고 있겠어요."

"그래. 배웅은 하지 않으마."

채령이 파려를 잠깐 바라보더니 혀를 차며 말했다.

"오라버니도 이 세계에 속하지 않는 걸 탐하길 그만두실 때가 된 것 같아요."

마지막으로 샐쭉한 미소를 짓곤 채령이 호위 무사들과 함께 문을 나섰다. 그 모습을 보던 파려가 가벼운 웃음을 터트렸다.

이 세계에 속하지 않는 것.

그래, 그 말을 들어야 할 자는 채령이 아니라 파려 본인이었다.

누구보다 이 세계에 속하지 않는 사람을 찾아 왔으니까.

저승에서 다시 이승으로. 저승의 귀는 이승을 구천처럼 떠돈다. 출생이 이승이 아니었다면 파려 역시 이렇게 오랫동안 이곳에서 버티지 못했을 것이다. 본래의 장소가 아니면 누구나 힘을 잃기 마련이니까.

그렇기에 저승의 시왕들도 함부로 이승으로 올라오지 않았다. 각자의 세계에는 지켜야 할 규칙이라는 게 있으니. 그 규칙 사이를 넘나들 수 있는 건 타고난 존재 자체가 양면적인 파려 같은 존재뿐이었다.

'그런데 도대체 어디에 계십니까, 지금 어디에 어떤 모습으로…….'

파려가 책상에 팔을 뻗곤 얼굴을 묻었다. 동시에 문이 다시 열리는 소리가 들렸다.

"채령아, 나 피곤해. 할 말 있으면……."

"점사를 본다고 해서 왔습니다만."

들려오는 목소리에 파려가 퍼뜩 고개를 들었다.

바람에 휘날리는 연둣빛 치마가 시야에 들어왔다. 파려의 시선이 자연스럽게 물결치는 치맛자락을 따라 올라갔다. 이쪽을 보는 시선은 버들잎처럼 푸르고 담담했다. 사월의 강 물결과 같은 서늘함도 느껴졌다.

제 집 마당에 서 있는 여인이 누구인지 파려는 바로 알아챘다.

파려의 눈에 금방 흥미로운 기색이 어렸다.

"들어오십시오."

점사를 볼 땐 쓰지 않던 존대가 자연스럽게 흘러나왔다.

"생각보다 나를 빨리 찾았습니다?"

서문빈이 그런 파려를 바라보았다.

마당을 가로지른 빈이 가볍게 걸터앉은 자리는 공교롭게도 방금 전 채령이 앉은 그 자리였다.

"이래 봬도 나름대로 아는 벽사가들이 있습니다. 팔도를 떠돌아다니며 점사를 보는 유명한 사람이 도성에 다시 왔다는 소문이 돌더군요. 이야기를 듣자마자 파려, 그대일 거라 생각했습니다."

"내가 점사도 잘 보긴 합니다."

"그럼 온 김에 제 질문에도 답해 주실 수 있습니까?"

"어떤 것이 궁금한지요?"

빈이 파려를 똑바로 바라보았다.

"나에게 딸린 귀가 몇인지 알고 싶소."

빈의 질문을 기다리며 천천히 찻상을 두드리던 파려의 손가락이 뚝 멈췄다. 가느다란 파려의 눈동자가 빈을 향했다. 빈은 시선을 돌리지 않았다.

파려가 아주 천천히 빈에게 몸을 숙였다. 꼿꼿이 세운 허리 그대로 빈은 파려를 바라보았다. 빈의 쪽으로 고개를 숙인 파려의 입술이 빈의 귓가에 닿았다. 파려의 시선은 빈의 어깨 너머를 향하고 있었다. 파려의 입술이 호선을 그리며 열렸다. 아주 조용한 목소리로 속삭이듯 대답했다.

"……너무 많아서 셀 수가 없는데."

나른한 목소리가 귓가에 감기자마자 찌릿한 기분이 들었다. 빈이 어깨를 흠칫 떨었고 동시에 파려가 몸을 뒤로 움직여 자기 자리로 돌아갔다.

빈이 그제야 파려의 얼굴을 찬찬히 들여다보았다.

짙은 어둠 속에서도 이리 밝은 대낮에도 그는 엷은 그림 자처럼 느껴졌다. 허리춤까지 흘러내린 머리칼과 늘어뜨린 귀걸이 장식. 확실히 보통 사람은 아니었다. 더 이상 읽어 낼 수 없는 안개 같은 것이 파려를 감싸고 있는 느낌이었다.

파려 역시 빈을 뜯어보다 입을 열었다.

"이렇게 보니 예전의 그 모습이 많이 남아 있는 것도 같고요."

뭐든지 어린 것들은 나약하고 어여쁘다.

강아지나 고양이, 혹은 갓 피어난 꽃이나 여린 잎새들이 그러하듯.

5년 전, 자신의 앞에 서 있던 저 아이도 비슷했다. 귀밑 머리를 풀어 헤친 채, 달랑거리는 댕기가 붉었다. 자신이 무엇을 불러냈는지도 모르던 말간 얼굴. 그저 소원을 들어 달라 몇 번이나 되뇌는 그 목소리가 꼭 기억도 나지 않는 과거의 저를 보는 것 같았다.

그래서 처음으로 인간의 소원이라는 걸 나서서 들어주

었다. 물론 이승에 터를 잡을 당시 보잘것없던 한씨 일가의 소원을 들어주긴 했지만 그건 이것과는 다른 일종의 거래 같은 개념이었다.

저승에서 온 존재인 파려가 이승에 머무를 수 있도록 한씨 일가가 지원한다, 그리고 한씨 일가를 위해 업신인 파려가 힘을 쓴다.

평범한 집안이던 한씨 가문이 영의정의 자리를 꿰차고 채령이 왕비가 될 수 있었던 것은 파려의 존재 때문이었다.

업신. 구렁이신.

집 안에 살면서 복과 재물을 가져다준다는 신이었다.

'물론 그 권능 역시 본디 나의 것이 아니지마는.'

보잘것없는 구렁이에게, 넘치는 복을 준 것은…….

"내가 도움이 될 수 있다고 하셨지요."

빈의 목소리에 파려의 상념이 깨졌다. 파려의 시선이 빈의 얼굴을 향했다.

핏기가 하나도 없는 얼굴은 메말라 보였다. 파려는 저런 얼굴에 대해 잘 알고 있었다. 이승에서 내쳐진 자들은 다들 저렇게 하나같이 희뜩한 얼굴을 하고 있었다. 가여운 얼굴들.

"그럴 수도 있다 했지요."

"그럼…… 도움이 되어 보고 싶습니다."

"귀혼구를 모으고 싶은 게 아니고요?"

빈이 살짝 몸을 움츠렸다.

"물론 그것도 그렇지마는……."

"없는 말은 못 하는군요. 뭐, 좋습니다. 아, 그때 그자는 어찌 되었습니까?"

파려의 물음에 빈이 눈을 깜박였다.

"그대가 나를 불러내서라도 지키려 했던 예전의 그자 말입니다."

파려가 누구를 이야기하는지 빈도 곧 깨달았다. 순간 빈의 얼굴이 어두워졌다. 잠깐 생각하던 빈이 입을 열었다.

"제 소원은 이루어졌습니다."

하지만 그 이면에 있는 뜻을 파려는 금방 눈치챘다.

"소원은 이루어졌지만 결국 그대에게 중요한 무언가를 놓친 모양이군요."

"그걸 어찌……?"

파려가 가볍게 팔을 펼쳤다. 자신을 보라는 듯.

"내가 어디서 왔겠습니까?"

"어디서라니요. 그대의 온 곳을 내가 어찌 안단 말입니까?"

그렇게 묻는 빈의 목소리가 가느다랗게 떨렸다. 기울인 파려의 얼굴 위로 늘어진 붉은 귀걸이가 핏방울처럼 보였다. 살짝 드러난 파려의 목덜미에 뱀의 비늘 모양 자국이 반짝였다.

그것을 본 순간, 빈의 눈동자가 아득히 먼 곳을 보는 것처럼 초점을 잃었다가 다시 되돌아왔다. 빈의 입술이 저절로 움직였다.

"북망산 넘어, 삼도천 건너, 혼백을 이끌고 굽이굽이 가면 당도하는 겹겹의 저승. 그중 그림자로 지어 만든 다섯째의 집, 서까래 위……."

거기까지 말한 빈이 놀라 입을 손으로 막았다.

파려의 표정 역시 그대로 굳었다. 빈이 눈을 깜박였다.

"가, 갑자기 제가 왜 이런 소리를 하는지 모르겠습니다!"

커다랗게 외치며 빈이 먼저 고개를 숙였다. 그걸 본 파려가 헛웃음을 터뜨렸다.

"하하! 하하……."

그러고는 떨고 있는 빈의 어깨에 가만히 손을 댔다. 커다란 파려의 손이 빈의 작은 어깨를 모조리 감쌌다. 차가운 파려의 손가락이 얇은 옷자락 위로 고스란히 느껴졌다.

"그래. 그것이 보였단 말이지요?"

"보, 보려고 본 것이 아닙니다."

"상관없습니다. 그대의 눈에 그런 것들이 보인다면 됐습니다."

혼잣말처럼 중얼거린 파려가 빈의 턱을 가볍게 잡아 들어 올렸다. 파려의 시선이 빈의 얼굴을 쓸어내렸다.

"아무래도 이번엔 내가 잘 찾은 듯싶군요."

덜덜 떨리는 빈의 속눈썹이 눈동자 위에서 춤추는 그림자를 만들어 냈다. 그걸 보며 파려가 대답했다.

"좋습니다."

"예?"

"서로의 도움이 되어 주기로 합시다, 우리. 그대의 눈은 보지 말아야 할 것들을 보니 말입니다."

그 말에 빈의 눈동자가 커졌다. 파려가 웃어 보였다. 채령이 있을 때 보여 준 웃음과는 전혀 다른 진짜 미소였다.

"하지만 내가 그대의 눈을 사용하기에 지금 그대는 너무 약해요."

파려가 뭔가를 곰곰이 생각하더니 어쩔 수 없다는 듯 말을 이었다.

"그대의 벽사 능력을 확인하고 내가 어떤 식으로 그대를 도와주어야 할지 생각해 보겠습니다. 또한 그대의 능력을 내가 어떻게 사용할지도요."

빈은 자신의 대답에 앞으로의 미래가 걸려 있다는 것을 느낄 수 있었다.

과연 지금의 소원으로는 어떤 대가를 치러야 할지 아직

알 수 없었다. 그러나 빈이 할 수 있는 대답은 그때나 지금이나 하나였다.

"좋습니다."

2장

연등회와 귀 이야기

아침 조례는 미묘하게 무거운 공기를 띠고 있었다.

최근 영의정의 별장이 벼락에 맞아 전소된 사건 때문인지 다른 대신들도 말을 아끼는 분위기였다. 현은호가 무감각한 눈으로 각자의 자리에 서 있는 대신들을 훑어보았다. 붉고 푸른 옷들 사이로 흐르는 보이지 않는 권력의 힘.

그리고 그 권력의 힘들이 흘러 모이는 자리엔, 항상 그가 있었다.

주름이 가득한 얼굴, 노회한 눈.

현은호의 시선이 영의정 한길전과 맞부딪쳤다. 대신들 사이로 은호는 마치 평가라도 하듯 그를 뜯어보았다. 동부승지의 자리에 오른 이상, 이제 영의정파와 정면 대결은 피할 수 없는 숙명이 되었다. 아마 한길전도 그것을 잘 알고 있을 테고.

'그렇다고 삿된 것에까지 손을 대다니······.'

은호가 사곡정에서 보았던 뱀들을 떠올렸다. 자신의 몸을 휘감았던 차갑고도 축축한 감각이 다시금 떠올랐다.

그렇다면 이쪽도 수단과 방법을 가릴 처지가 아니다. 현은호가 슬쩍 왕이 앉아 있는 옥좌를 바라보았다. 휘의 고개가 아주 살짝 움직였다.

몰이를 하라.

매잡이가 매를 띄우면 사냥이 시작되는 법이었다.

주군의 뜻에 따라 은호가 한 발 앞으로 나섰다. 슬슬 파하는 분위기이던 조정의 시선이 다시 현은호에게 집중되었다.

"동부승지 현은호입니다. 지난해 말, 전하의 어명으로 전국 팔도에 파견되었던 암행어사들의 장계가 올라왔습니다."

그 말에 몇몇 사람들이 끄응 하는 소리를 냈다. 꽤나 걸릴 것이 많은 자들이었다. 물론 그자들 사이에서도 한길전은 꼿꼿이 허리를 편 채, 현은호가 아닌 휘의 쪽을 바라보고 있었다. 은호가 말을 이었다.

"그에 관련하여 조사가 필요한 자들은 도성으로 압송하고 확실한 증좌가 있는 자들은 해당 관직에서 파직하며 합당한 형벌을 내리기 위한 재판이 진행될 것입니다."

은호가 눈짓하자 뒤에서 기다리고 있던 사람들이 두루마리가 쌓인 궤짝들을 가지고 나왔다.

"허어······."

그 엄청난 양에 누군가 신음 소리를 냈다. 대신들의 낯빛이 어두워졌다.

"각 지방의 관리들 역시 부패한 자들이 있다지만 그 중심은 결국 도성을 향하고 있었습니다. 지금 이곳에 계신 분들께서도 이것들이 의미하는 바가 무엇인지 알고 계실 겁니다."

은호가 가장 위에 있는 두루마리를 집어 들었다.

"여기에는 병조와 관련한 이야기가 담겨 있군요. 각 지방마다 하나씩 거점을 두고 따로 물품을 바치지 않는 군관들의 인사 처우를 부당히 했다는 내용입니다. 받은 물품의 목록도 상당히 호화롭군요. 지방에 있는 군관들의 사정으로는 이 정도 물품을 1년에 한 번씩 바치는 것도 힘들었을 듯한데요. 한 번이라도 빼먹으면 바로 변방으로 관직을 돌렸습니다. 상벌이 아주 뚜렷하네요. 하지만 덕분에 인과관계 역시 확실하게 나온 건 좋다고 해야 할지? 보니 그 거점들을 관리한 분이 병조참판이신데 이 물품들은 또 다 어디로 갔습니까?"

은호의 시선이 덜덜 떨고 있는 병조참판을 향했다.

"그, 그, 그런 말도 안 되는 이야기를⋯⋯."

참판이 말을 더듬었다. 하지만 은호는 바로 다음 두루마리를 집었다.

"아하, 이것은 공적을 팔아먹은 자에 대한 장계입니다. 마치 전하께서 내린 것처럼 공적첩이라는 것을 만들고 이것을 모르는 자들에게 돈을 받고 팔았군요. 이 역시 중죄입니다."

서 있던 다른 대신들 중 하나가 사시나무 떨듯 떨었다.

하지만 그들을 보는 은호의 눈은 그야말로 냉정했다. 이 조정 안에 권력을 잡은 사람치고 제대로 서 있는 자들이 없었다. 모두 한쪽 팔이나 다리를 영의정 한길전에게 저당 잡혀 있는 사람뿐이었다.

그걸 잘 알면서도 지금까지 어쩔 수 없었던 것은 왕을 대대로 모셨던 한길전의 영향력 때문이었고, 휘의 권력이 그렇게 강하지 않기 때문이었다. 그러나 언제까지 이렇게 있을 수만은 없었다. 게다가 중전 채령의 몸에서 태어난 아기까지 있는 작금의 경우엔 더더욱.

"이것은 국경을 지켜야 하는 이들이 상단들에게 따로 통행료를 받은 혐의이고⋯⋯. 이건 또 뭡니까? 사사로이 관기들을 모아다가 개인적인 연회에 사용했다고요?"

한마디씩 은호의 말이 이어질 때마다 조정 안의 분위기

가 가라앉았다. 하지만 그들의 머릿속에 무슨 생각이 가득할지는 듣지 않아도 뻔했다.

'풋내기 주제에 왕의 총애를 등에 업고 조정 안에서 이리 설쳐?'

은호의 이야기를 듣고 있던 휘의 목소리가 떨어졌다.

"충정에 대해 그렇게 말을 하더니, 이것이 그대들이 말하던 충정이오?"

대신들이 고개를 조아렸다. 하지만 이건 겨우 시작에 불과했다.

은호가 휘를 향해 고개를 숙였다.

"전하, 나라가 바로 서려면 먼저 나라를 다스린다는 자들부터 바로 세워야 할 것입니다. 이 일은 한두 해에 걸쳐 일어난 일이 아닙니다. 이번 일에 대해 자세히 조사하여 주시기를 청하나이다."

"윤허한다."

"성은이 망극하옵니다, 전하."

고개를 숙였다가 올리는 은호의 마지막 눈길이 영의정 한길전을 향했다.

그러나 한길전은 아까와 똑같은 얼굴이었다. 지금까지 어떤 풍파가 밀어닥쳤어도 자신은 늘 이 자리에 서 있었다고 말하고 있는 것처럼.

"나리."

막 나가려던 현은호를 내관이 불렀다. 휘의 부름일 것이다. 은호가 다른 대신들의 눈에 띄지 않게 움직여 복도의 뒤편으로 향했다. 궁궐의 그림자 속으로 은호가 움직였다.

'오늘부로 공공의 적이 되었겠군.'

지금까지는 왕의 총애를 받았어도 지방관으로 떠돌아다녔기에 그나마 견제를 덜 받을 수 있었다. 그러나 이제부터는 달랐다. 동부승지의 자리에 올랐고 오늘 보란 듯이 영의정파 사람들을 거론하며 이들에 대한 심문이 있을 것임을 공표했다.

물론 그 뒤에 왕이 있다는 것을 다른 대신들도 모두 알고 있겠지만 반발의 화살은 가장 먼저 앞에서 움직이고 있는 자신에게 쏠릴 것이다.

과연 그 화살 중 얼마를 막고 얼마를 맞게 될 것인가.

은호가 잠깐 눈을 들어 먹구름이 끼기 시작한 하늘을 바라보았다.

"안쪽으로 드시지요."

내관의 말에 은호가 정신을 가다듬고 안으로 들었다. 소리도 없이 열린 문 뒤로 휘의 모습이 보였다. 이렇게 가까이서 보는 휘는 버석거리는 소리가 들릴 것만 같았다.

"은호."

"전하."

은호가 고개를 깊게 숙였다.

"간만에 그대가 날뛰는 꼴을 보니 내 가슴이 다 시원하더군."

"자제를 하지 못한 듯하여 송구스럽습니다."

"뭐 어떤가. 저들은 지금까지 한 번도 자제라는 걸 해 본 적이 없는 자들인데."

"일단은 병조부터 파헤치시지요. 가장 썩어 있는 곳이기도 하지만 만약 저들이 들고 일어난다면 전하께서도 심려가 크실 것입니다."

"그렇지 않아도 그럴 참이었어. 내 이번 병조 내부의 일들을 해결하기 위해 병조참의 이만수를 기용할 작정이라네."

"참의 이만수라 하심은……."

휘의 말에 은호가 병조참의 이만수를 떠올렸다. 조정에 있을 때 뒷줄에 서 있던 그의 얼굴이 떠올랐다.

"병조의 인사들 중에서 유일하게 영의정 쪽으로 넘어가지 않은 사람이지. 성질이 대쪽 같아 선왕께서도 그를 아끼셨고. 하지만 그 출신이 미천하여 더 위로 올리질 못했어. 이번 일로 그에게도 마음의 빚을 좀 덜 수 있을 것 같군."

"그렇다면 저 역시 전하의 뜻에 따르겠습니다. 일단 그자에게……."

그때 내관이 종종걸음으로 들어왔다. 그의 발걸음을 보아 하니 뭔가 문제가 생긴 듯했다. 내관이 송구스럽다는 얼굴로 휘에게 뭔가를 속삭였다. 그 이야기를 듣던 휘가 눈썹을 찌푸렸다.

"알겠다. 나가 보라."

"예."

내관이 허리를 굽혀 예를 올리고 방을 빠져나갔다. 은호가 물었다.

"무슨 일입니까?"

"모레 있을 연등회에 함께 참여하면 어떻겠느냐는 중전의 전갈이로군."

"중전마마께서요?"

"그래. 글쎄, 이렇게 굴면 내가 좋아할 거라고 생각하는 건지."

"어찌하실 생각이십니까? 아시다시피, 이번 연등회에는 위험 요소가 많습니다."

휘가 어두운 눈으로 창밖을 쳐다보았다.

"하지만 내가 거절한다면 또 이상한 소문이 파다하게 나겠지."

그 말에 은호도 입을 다물었다.

그렇지 않아도 도성 안의 괴이한 일들이 전부 왕이 부덕한 탓이라고 떠들어 대는 치들이 있었다. 물론 그치들을 입히고 먹여 주는 게 누구인지 휘도 모르는 바는 아니었다.

"그런 소문이 나는 데 일조하느니 차라리 중전의 얼굴을 마주하는 게 나아."

"그럼 신도 그 자리에 함께하도록 하겠습니다."

은호의 말에 그제야 휘의 얼굴이 조금 밝아졌다.

"그렇게 해 주겠나?"

"당연한 일 아니겠습니까. 제 일은 전하를 보필하는 것이니까요. 연등회에 삿된 것들이 나올 수 있다는 이야기가 있으니 관상감의 박 직장도 불러 함께 대동하도록 하겠습니다."

"그리하도록 하라."

은호가 고개를 숙인 채 뒷걸음질로 방을 빠져나왔다.

중전 한채령과 함께하는 연등회. 예조를 통한 전갈이 아니었으니 아마 신분을 숨긴 채 나갈 예정일 것이다.

"준비할 것들이 좀 있겠군. 다른 벽사가 몇을 더 불러야……."

머릿속에 사곡정에서 보았던 벽사가 떠올랐다.

갓 그늘 아래 자리한, 선이 고왔던 창백한 얼굴. 자신의 목숨을 구해 준 것을 보면 어느 정도 책임감도 있어 보이고 나름대로 믿을 만한 사람인 것 같았다.

"찾을 수 있으면 좋으련만."

적어도 자신의 목숨을 구해 준 것에 대한 고마움은 전하고 싶었다. 그리고 비단 그 이유만이 아니더라도 한 번 더 만나 보고 싶었다.

"……이상하게 꼭 어디서 본 것 같은 느낌이 들어."

죽을 뻔한 위기.

생각해 보면 비슷한 일이 어렸을 적 한 번 있었다.

"그때는 강에 빠졌다고 했던가."

그 사건에 대해 유독 쉬쉬하는 부모님 대신, 하인들의 입을 통해 얻은 몇 가지 단서들을 조합해 짜 맞춘 사고는 다시 생각해도 이상한 구석이 많았다.

물이 불어날 시기도 아닌 강에 갑자기 빠졌던 것도, 거의 죽을 뻔한 고비를 넘겼는데 그에 대해서 부모님이 일언반구 없던 것도.

"그리고 분명…… 그때 누가 있었는데."

은호가 고개를 살짝 옆으로 기울였다.

정확히 기억에 남아 있지는 않지만, 불구덩이 같은 열 속에서도 누군가의 목소리가 들려왔던 게 가끔 생각났다.

눈물에 젖어 있던 그 목소리는, 까무룩 정신을 잃은 은호의 이름을 몇 번이고 불러 댔다. 깜박이는 시야 속에서도 자신을 부르던 목소리는 한 줄기 빛이나 다름없었다.

밤이고 낮이고, 몇 날 며칠을 함께 옆에서 자리를 지켜 주었던, 이름 모를 그 사람.

"……갑자기 예전 생각이 나는 걸 보니, 나도 꽤 감상적이 되었군."

은호가 고개를 저었다.

"한가하게 예전 생각이나 할 때가 아니지."

빈이 천천히 걸음을 옮겼다.

벽사를 하고 오는 길이었다. 오늘 보았던 귀의 모습이 아직도 눈에 선했다. 사지 육신이 뒤틀린 기괴한 모습을 한 채, 천장의 대들보에 거꾸로 매달린 그 모습.

평범한 사람들 눈에는 보이지 않았지만 빈에게만큼은 똑똑히 보였다. 그 귀에게서 흘러나오는 진득한 검은 핏물이 집 안 바닥을 가득 채워 찰박이는 것을.

이 모든 것들을 보지 않을 수 있었더라면. 이런 눈을 가지고 태어나지 않았더라면. 평범한 운명을 가지고 태어났더라면.

너에겐 절대 행운도, 햇볕도, 사랑도 오지 않는다.

너는 어둠이고 우리와 같은 존재다.

귀의 몸에 사인검을 박아 넣기 전, 위아래로 길게 찢어진 귀의 입에서 그런 목소리가 흘러나왔다.

벽사가라고 해서 모두 귀들의 목소리를 듣는 건 아니었다. 이승에 속하지 않은 존재들의 말을 듣고 모습을 볼 수 있는 자는 벽사가들 중에서도 많지 않았다.

하지만 빈은 아주 어릴 때부터 귀들의 목소리를 들었다. 끊임없이 속살거리는 목소리들. 실체가 없어 벗어날 수도 없는 목소리들이 어린 빈에게 말하고 또 말했다.

반은 저승에, 반은 이승에 걸쳐 있는 빈의 육체는 귀들이 탐낼 만한 것이었다. 살아 있는 것보다 죽은 것들과 더 많은 시간을 보낸 빈의 어린 시절은 죽음의 그림자가 짙게 드리워져 있던 시기였다.

귀에게 홀려 밤에 산을 올라가 흙을 파곤 무덤처럼 드러누워 있던 적도, 동네 모든 닭 모가지를 비틀어 죽인 적도, 연못의 물고기들을 전부 떠다가 햇볕에 말린 적도 있었다.

제 손에 느껴지는 물고기 비늘의 감각, 축축하게 옷을 적시는 동물 피의 냄새.

이런 짓은 하고 싶지 않다고 마음속으로 외치고 또 외쳤지만 어쩔 수 없었다. 귀들이 움직이는 대로 휘둘리는 수밖에는. 그렇게 한바탕 귀들이 날뛰고 나면 몇 날 며칠을 심하게 앓았다. 하지만 그렇게 아픈 와중에도 문지방 너머 부모님의 목소리는 똑똑히 들렸다.

"아무래도 단단히 귀신이 들렸습니다."

"차라리…… 죽으면 좋을 것을. 그러면 이런 꼴을 보지 않고 살 수 있을 터인데."

어머니의 목소리에 이은 아버지의 대답. 그리고 이어진 마지막 한마디.

"내 배로 난 자식이지만 견디기가 힘듭니다, 대감."

가끔은 귀들보다 그런 사람의 말이 더 견디기 힘들었다. 빈의 몸을 드나드는 귀들의 악행이 거세져 동물을 넘어 사람까지 해치기 시작한 것도 그 무렵이었다.

비슷한 시기에 남동생이 태어났다.

서문가의 모든 관심은 귀가 들린 딸보다는 앞으로 이 집안의 대를 이을 남자아이에게로 향했다. 서문가에서 빈의 존재는 암묵적으로 지워졌고 별당에 가두다시피 하여 홀로 떨어뜨려 놓았다. 혹시라도 귀가 쓰인 빈이 본채로 와 남동생에게 해코지라도 할까 봐 빈이 지내는 별당에는 금줄까지 걸어 두었다.

"그랬었지……."

빈이 자신이 기거하는 별당 앞 금줄을 멍하니 바라보았다. 그때 쳐 둔 금줄은 이제 역설적으로 빈을 지켜 주고 있었다. 바깥의 잡귀들이 들어오지 못하게 막는 역할을 해 주었으니까.

별당은 서문빈만의 작은 세계였고 감옥이었다.

이곳을 오가는 사람은 빈의 몸종인 삼월이 말고는 아무도 없었다. 하인들은 별당에 오는 것을 꺼려해 심부름조차 제대로 하지 않았고, 부모님도 마찬가지였다. 이곳에 자신의 딸을 내버려 둔 채 존재 자체를 잊어버리고 싶어 하는 눈치였다.

빈의 손이 금줄을 매만졌다.

딱 한 사람.

아무렇지도 않게 금줄을 걸고 이 안에 들어온 사람이 있었다.

빈.

모든 사람이 넘지 않는 금을 넘어, 자신의 이름을 부르던 그 목소리.

그가 별당 안에 발을 들이면 이 어두운 곳에도 햇살이 쏟아지는 것 같았다. 서문빈의 세계에 그는 단 하나의 태양이었고 봄이었으며 숨 쉴 수 있는 공기였다.

그러니 어떻게 그를 사랑하지 않을 수 있었을까.

그를 처음 본 그 순간부터, 그를 좋아하지 않는 법 따위는 서문빈의 세상에 없는 거였다.

"은호……."

태양이었던, 봄이었던, 공기였던 그 이름이 서문빈의 입에서 가만히 흘러나왔다.

현은호는 서문빈에게 다가온 유일한 사람이었다. 그저 할아버지들끼리의 약조에 따라 혼약을 맺은 것에 불과한데도 은호는 끊임없이 빈을 찾아왔다.

처음에는 귀에 씐 자신의 모습을 보면 바로 발걸음을 끊을 거라고 생각했다. 그러나 은호는 귀에 씌어 몸부림치는 빈을 그대로 끌어안아 주었다.

여기에 혼자만 있는 게 아니라는 걸 알려 주려는 것처럼 온 힘을 다해 끌어안으며 빈을 진정시켰다. 여기저기 긁히고 다친 흔적이 남아 있는 얼굴로 저를 보며 웃던 은호의 얼굴을 어떻게 잊을 수가 있을까.

나중에서야 알게 되었다. 은호는 태어날 때부터 벽사의 기운을 가지고 있다는 것을.

그래서 부러 빈의 외할아버지가 은호를 빈의 신랑감으로 점찍은 거였다. 빈의 외할아버지에게 목숨을 빚진 적이 있는 현은호의 할아버지는 이 모든 사정을 알면서도 혼약을 진행시켰다.

"이제는…… 다가갈 수도 없는 존재가 되었지만"

사곡정에서 보았던 낯선 현은호의 얼굴을 떠올렸다. 뚜렷해진 얼굴선, 짙은 눈썹과 그 아래 자리한 깊은 눈동자까지. 그러나 곧바로 오늘 들었던 귀의 목소리가 다시 떠올랐다.

네 사랑은 죽음이라.

네 사랑은 죽음이라.

빈이 꽂아 넣은 사인검에 벽사를 당해 사라지면서도 귀는 끈질기게 그런 말을 속삭였다.

"알고 있어."

그러니 더더욱 평범한 사람이 되고 싶은 거였다. 더 이상 그 누구에게도 피해를 입히지 않고 그저 자신의 존재를 속죄하는 마음으로 살기 위해.

빈이 금줄을 걸고 별당 안으로 들어섰다.

작은 정원 마당 안에는 어둠만이 가득했다. 삼월이도 다른 곳에 일을 나간 모양이었다. 그렇지 않아도 온기가 없는 곳에 더욱 적막이 감돌았다.

순간, 바깥에서 와아아 하는 환호성이 들려왔다.

"아."

빈이 가벼운 한숨을 내쉬었다.

"오늘부터 연등회라고 했었나."

연등을 밝히고 소원을 비는 행사. 신나 할 사람들의 모습이 눈에 선했다.

하지만 빈은 한 번도 그런 행사에 제대로 참가해 본 적이 없었다. 어렸을 적에는 귀를 보고 빙의당하는 체질 때문에, 그리고 커서는 그런 곳과 자신이 어울리지 않는다는 생각 때문이었다.

"당분간은 집에 박혀 있어야겠⋯⋯."

별당 안으로 들어가려던 빈의 발걸음이 멈췄다.

"안타깝지만 그러지는 못할 것 같군요."

불쑥 나타난 파려에 놀란 빈이 한 걸음 뒤로 물러섰다.

"가, 갑자기 이렇게 나타나시면 어쩝니까!"

그 말에 파려가 살짝 고개를 갸웃거렸다.

"귀도 보는 그대가 아닙니까. 이 정도는 눈 하나 깜빡이지 않을 줄 알았는데."

"그래도요! 그리고 당신과 귀는 다르잖아요."

빈의 대답에 파려가 잠깐 멈칫했다.

"⋯⋯다르다고요?"

"당연하지 않습니까. 귀들은 그저 무시하면 그만이지만 당신은 아니니까요. 완전히 다르지요."

빈의 말을 곱씹은 파려가 픽 웃으며 고개를 끄덕였다.

"어디서나 반귀 취급을 받았는데, 이런 것도 나쁘지는 않습니다."

"그래서, 갑자기 무슨 일이십니까? 여기까지 다 찾아오시고."

"나가야 합니다."

"예?"

"연등회에 귀들이 많이 나온다는 것, 모르십니까. 오늘 같이 귀혼구를 모으기 좋은 날도 없을 겁니다. 그대의 벽사 실력을 한번 보고 내가 더 가르쳐 줘야 할 게 무엇인지 판단하도록 하겠습니다."

그 말과 함께 파려가 제 손을 빈에게 내밀었다. 빈이 멍하니 그 손을 쳐다보았다. 파려가 손을 까딱였다.

"그러니, 나가자고요."

"지, 지금이요?"

"예, 지금이요. 얼른 옷을 갈아입고 오시지요. 그래도 연등회 축제인데 그런 차림새로 갈 수는 없잖습니까."

빈이 자신의 옷을 내려다보았다. 삼월이가 자기 남동생이 입던 옷이라며 가져온 것 중 하나였다. 밖에 나다닐 때 눈에 띄지 않을 수 있어 자주 입는 옷이기도 했다.

"이런 차림새는…… 별로입니까?"

빈의 대답에 파려가 미간을 찌푸렸다.

"오늘 같은 날에는 보통 백성들도 가진 것 중에서 제일 좋은 옷을 입습니다. 오히려 그런 꼴이 더 눈에 띌 겁니다."

"아……. 하지만 다른 옷이 딱히 없는데요."

"그럼 여자 옷은?"

"남자 옷이 더 많습니다. 남장으로 돌아다니는 일이 더 많아서."

파려가 고개를 저었다.

"그럼 어쩔 수 없군요."

파려가 자신이 걸치고 있는 겉옷을 풀어 헤쳤다. 빈의 눈이 휘둥그레졌다.

"지, 지금 뭐 하시는 겁니까?!"

"뭐 하는 거긴요. 내 옷이라도 좀 걸쳐야 그나마 나을 것 같아서요."

자연스럽게 파려가 자신의 옷을 빈에게 건네주었다.

"아니, 굳이 이럴 필요까진 없습니다만……."

"내 옆에 이런 꼴의 사람을 두고 싶지 않아서 그럽니다."

딱 잘라 말하는 파려의 대답에 그제야 빈이 옷을 받아 들었다. 빈이 옷을 입는 모습을 보던 파려가 혀를 차더니 빈의 뒤로 다가왔다.

"내가 시중을 들지요."

"예?"

"뭘 그렇게 놀라십니까? 어차피 전 인간도 아닙니다."

"그, 그건 그렇지만……. 옷 정도는 저 혼자서 입을 수 있습니다!"

"그 옷도 제대로 입지 못했는데 이걸 제대로 입을 수 있을 것 같습니까?"

파려가 고갯짓으로 빈이 지금 입고 있는 옷을 가리켰다.

"이건, 벽사를 하느라 흐트러져 있던 겁니다!"

"내 옷은 그대의 몸집에 비해 품이 커서 제대로 입기 더 힘들 겁니다. 그냥 내가 해 준다고 할 때 얌전히 받는 게 어떠십니까."

이어지는 파려의 말에 빈이 입을 다물었다.

파려가 빈이 입고 있던 겉옷을 벗겼다. 서늘한 밤공기가 훅 뒷덜미를 스쳐 빈이 살짝 몸을 떨었다. 그러자 파려가 매끄럽게 빈의 팔에 자신의 겉옷를 꿰어 주었다. 뒤에서 느껴지는 감각이 이상하게도 낯설지가 않았다.

마치 몇 번이고 이렇게 파려에게 옷시중을 받았던 것처럼 아주 자연스럽게 몸이 움직였다. 커다란 겉옷에선 파려에게서 나는 향기가 났고 그의 체온으로 따뜻하게 데워져 있었다.

'이러니까 꼭…… 안긴 느낌이잖아.'

파려가 솜씨 좋게 옷매무새를 정리했다. 허리 품은 띠를 둘러 정돈했고 움직이기 좋도록 손목 부분을 살짝 걷어 주었다. 그리곤 갓끈을 다시 한번 묶어 주었다.

가까이 다가온 파려의 얼굴에 빈이 숨을 훅 들이마셨다.

"그건…… 저도 할 수 있습니다."

"유행을 하나도 모르는 듯하여. 요새는 이런 식으로 묶는 게 도성 선비들 사이에서 유행입니다."

106

"무슨 그런 것까지."

파려가 빈의 모습을 훑어보곤 드디어 맘에 든다는 듯 고개를 끄덕였다.

"아까보다 훨씬 낫군요. 그럼, 갑시다."

빈이 저도 모르게 파려가 묶어 준 갓끈을 매만졌다.

"벌써 구경꾼들이 많이 나왔군요."

파려가 손을 들어 저잣거리를 가리켰다. 보통 때와는 다르게 늦은 시간에도 저잣거리에 사람들이 많았다. 저잣거리 옆을 흐르는 작은 강에는 연등회를 기념해 사람들이 소원을 빌며 강물에 띄워 놓은 연등이 불빛을 깜박이며 흘러가고 있었다.

"와……."

빈의 입에서 작은 탄성이 흘러나왔다.

연등회라는 이름에 걸맞게 강뿐만이 아니라 나무며 소원을 비는 탑 근처에도 가지각색의 등불이 걸려 있었다. 어둠을 환히 비춘 등들이 별처럼 반짝였다. 지나가는 사람들의 얼굴에도 웃음이 가득했다.

1년에 한 번 있는 연등회이니 다들 즐기려고 나온 게 분명했다. 낮에는 각종 일에 치여 살던 평민들도 제일 좋은 옷을 입고 저잣거리를 구경하고 있었다. 연등이 쭉 걸려 있는 탑 근처에서는 많은 사람들이 각자의 소원을 빌며 탑돌이를 했다.

"그래도 이렇게 나왔는데 뭔가 소원이라도 비는 건 어떤지요."

파려의 말에 빈이 잠깐 머뭇거렸다.

자신의 소원이라고 해 봤자 그저 귀혼구를 다 모아 평범한 삶을 사는 것뿐이었다. 그런 빈의 생각을 읽은 듯 파려가 말을 이었다.

"물론 귀혼구를 다 모은다, 이런 소원은 말고. 그건 내가 들어준다고 한 거니까요, 이미."

그 말에 빈이 반짝이는 연등 사이로 우뚝 서 있는 탑을 바라보았다. 그 주변을 둥글게 도는 사람들. 다들 각자의 소중한 소원을 중얼거리고 있었다. 마치 이런 게 보통의 삶이라고 말하고 있는 듯했다.

주어진 운명을 저주하지도 않고, 사랑을 위해 귀들을 벽사하지도 않으며, 매일매일을 목숨 걸듯 살아가지 않는 이들.

"평범하게 소원을 생각해 보는 겁니다. 그대나 나나."

불을 밝힌 연등 아래로 파려의 옆모습이 비쳤다. 이승과 저승을 모두 보는 두 존재가 이렇게 아무렇지도 않게 사람들 사이에 섞여 소원을 생각하고 있다니. 한 번도 생각해 보지 못한 일이었다.

지금 이 순간만큼은 빈도 보통 사람이 된 기분이었다. 꼭 꿈만 같았다.

빈이 자신에게 이런 꿈같은 순간을 만들어 준 파려를 몰래 곁눈질로 보았다. 파려는 눈을 살짝 감은 채 소원을 빌었다. 언제나 창백한 듯한 그의 얼굴에도 지금만큼은 생기라고 해도 좋을 무언가가 옅게 어려 있었다.

탑을 도는 사람들 사이에서 빈도 가만히 눈을 감았다. 그러고는 가만히 소원을 읊었다.

'그저 평범한 사람이 되어…… 조용히 살 수 있기를.'

그게 빈이 바라는 전부였다.

눈을 뜨자 앞에서 빈을 바라보고 있던 파려와 눈이 마주쳤다. 그의 유리알 같은 눈동자엔 무언가 이름 붙일 수 없는 감정이 묘하게 일렁이고 있었다.

"왜……."

왜 그렇게 보느냐고 물어보기도 전에 파려가 헛기침을 하며 시선을 돌렸다.

'뭐지.'

순간 빈의 시선을 받은 파려도 당황스러웠다.

눈을 감고 있는 그 모습이, 꼭 자신이 아는 존재와 닮아 있어서.

'그럴 리가 없는데.'

파려가 얼른 마음을 가다듬고는 다시 빈을 바라보았다.

"소원도 다 빌었으면 가시지요."

"인간이 아닌 그대 역시 누군가에게 빌 소원이 있습니까?"

빈의 물음에 파려가 애매한 미소를 지었다.

"인간들의 부(富)를 관장하는 나라도 내 마음대로 할 수 없는 게 있습니다. 나는…… 찾아야만 하는 존재가 있어 이승에 머물고 있는 것입니다."

"찾아야만 하는 존재?"

"그저 죽어 가는 구렁이였던 나를 다시 살리고 업신의 자리에 올려 준 분이 계십니다."

채령에게도 제대로 해 주지 않았던 이야기가 이상하게 서문빈 앞에서는 자연스럽게 흘러나왔다.

"내 존재 이유며, 앞으로 살아갈 이유며, 내가 만약 죽는다면 그분을 위해 죽으리라, 그리 다짐하게 만든 분입니다."

그렇게 대답하는 파려의 옆얼굴은 그동안 보지 못했던 어떤 감정에 물들어 있었다.

그걸 본 빈이 나직이 말했다.

"그분을 사랑하는군요, 파려는?"

그 말에 파려가 깜짝 놀라 빈을 쳐다보았다.

"······예?"

"그렇지 않습니까. 어떤 한 존재 때문에 살고 그 존재 때문에 죽고, 나의 모든 이유가 거기에 매달려 있다면 그 존재를 사랑하고 있는 것이지요. 사랑에 빠진 업신이라. 한 번도 생각해 본 적이 없는데."

그렇게 말하며 미소 짓는 빈을 파려는 멍한 시선으로 바라보았다.

"내가, 그분을 감히······ 사랑한다고요."

"사랑이라는 감정에 '감히'라는 말은 어울리지 않습니다. 스스로도 막을 수 없는 마음이지 않습니까."

파려.

순간 파려가 눈을 크게 치떴다. 빈의 목소리 위로 그분의 목소리가 겹쳐 들리는 것 같았다.

커다란 대궐, 지옥도의 가장 높은 자리에 앉은 그분의 모습. 아래로 떨어지는 열세 줄의 구슬 사이로 보이는 그 얼굴.

내 너에게 파려라는 이름을 준다. 이는 칠보 중 하나이니, 너의 비늘이 수정을 닮았기 때문이다.

수정처럼 빛나는 이름.

태어나 한 번도 자신의 비늘이 아름답다 생각해 본 적이 없었건만, 그 한마디로 파려는 스스로를 받아들일 수 있게 되었다.

그 한마디에, 파려는 자신의 모든 것을 그분께 바쳤다. 그런데 마음까지 전부 내어 준 줄은 미처 깨닫지 못했다.

"어서 그분을 찾으셨으면 좋겠습니다."

이어지는 빈의 말에 파려가 되물었다.

"……그분을 찾게 되면 나는 원래 있던 곳으로 되돌아갑니다. 그래도요?"

"그게 뭐가 문제란 말입니까?"

"내가 되돌아가면 그대가 벽사하는 일도 도와주지 못합니다."

파려의 대답에 빈이 가볍게 웃음을 터뜨렸다.

"고작 그런 것 때문에요? 별걸 다 신경 쓰십니다. 귀혼구는 지금까지도 저 혼자 잘 모아 왔습니다. 다만 파려의 도움을 받으면 더 빨리 모을 수 있지 않을까 싶었던 것뿐이고요. 이승의 존재도 아닌 그대를, 나 편하자고 붙잡아 둘 수도 없지 않습니까. 그대가 이곳에서 찾아야 할 사람을 빨리 찾는다면 그 역시 좋은 일입니다."

차분하게 이어지는 빈의 대답에 파려의 얼굴에 뜻 모를 감정이 퍼졌다.

"지금까지 인간들은 다들 악다구니나 쓰는 존재인 줄 알았는데요."

"예?"

빈의 되물음에 파려가 농담 섞인 말투로 대답했다.

"다들 나에게 원하는 것이 많았거든요. 부와 권력, 명예와 이루고 싶은 것들……. 아마 내가 그들을 떠난다고 하면 그들은 나를 따라 저승까지도 쫓아올걸요."

하나를 들어주면 두셋을 달라고 하는 게 사람이라고 생각했다.

"이렇게 시원하게 보내는 이를 보니, 오히려 이상한 오기가 생기는데요."

빈이 어이없다는 듯 웃었다.

"대체 그런 오기를 부려서 무엇 합니까."

"뭐, 아직은 우리 둘 다 소원이 이뤄지려면 요원한 듯하니 일단은 오늘 일에 집중토록 하지요."

파려의 말에 빈도 고개를 끄덕였다.

옆에서 사람들이 이야기하는 소리가 들려왔다.

"……저번에는 도성 바깥에서 다리가 여덟 달린 송아지가 태어났다지요?"

"그것만이 아니라 저기, 제항포에는 갑자기 물고기 떼들이 우수수 바닷가에 밀려왔다고 하더만."

"그게 다 무슨 일이래요? 나라 안이 흉흉한 것이 꼭 뭔

일이라도 날 것 같습니다."

도성 안팎으로 괴이한 일들이 발생한다는 건, 빈도 몇 번 들어 알고 있었다.

그렇지 않아도 벽사를 하는 귀들의 모습이 근래 들어 더욱 괴기하게 바뀌고 있었다. 아무래도 뭔가 심상치 않은 건 사실이었다.

"이게 다 나랏님의 기운이 약해 그런 것이 아닐까요."

"어린 나이에 왕의 자리에 오르셨으니……. 그동안 국정 역시 전하보다는 영의정 대감께서 거의 맡아 하지 않으셨습니까."

"하나 전하의 연치도 찼고 또 새로운 신진 무리들이 대거 기용된 것을 봐서는 이번에는 어떻게 판이 흘러갈지 모르겠습니다."

"아, 동부승지 현은호를 위시한 무리들 말이지요?"

낯익은 이름이 이야기 중에 튀어나왔다. 그 말에 빈은 심장이 아래로 덜컥 떨어지는 느낌이었다.

"전하께서 가장 아끼는 신하라는 말은 들었습니다. 도성 내에서도 인기가 하늘을 찌른다던데요."

"아마 딸을 가진 사대부라면 다들 눈독 들이고 있을 겁니다. 뭐 하나 빠지는 게 없으니 말이에요. 조선 팔도 일등 신랑감이라고 하더군요."

일등 신랑감.

빈이 입술을 깨물었다. 이미 현은호는 그의 길을 달려가고 있었다.

'나 역시……'

이제는 과거에서 벗어나 평범한 사람으로 살아야만 했다. 그러기 위해서는 귀혼구를 모으는 일에 더더욱 집중을 해야 했고.

"얼른 귀를 찾아 벽사를……"

"파려 님."

빈의 말이 사람들 사이에서 갑자기 등장한 어린 동자의 인사로 끊겼다.

입꼬리는 하늘로 올라가 웃고 있지만 텅 빈 눈은 웃음기 하나 담고 있지 않아 미묘하게 불쾌한 느낌을 주는 얼굴이었다. 동자를 알아본 파려가 미간을 찌푸렸다.

"네가 여기까진 무슨 일이냐?"

"전륜 님이 찾으십니다."

"지금?"

파려의 물음에 동자의 눈동자가 뒤집혔다. 옆에 있던 빈이 그 모습에 흠칫 몸을 떨었다.

흰자로 가득한 눈이 번득였다. 아까와는 다르게 높낮이가 없는 목소리가 동자의 입에서 흘러나왔다.

"미천한 뱀 주제에. 미천한 뱀 주제에. 미천한 뱀 주제에."

거기까지 말한 동자가 다시 입꼬리를 끌어 올렸다.

"전륜 님이 찾으십니다."

파려가 어쩔 수 없다는 듯 빈을 보았다.

"아무래도 오늘은 날이 아닌 듯싶군요. 부르시는 분이 계시거든요."

빈이 괜찮다는 듯 고개를 저었다.

"괜찮습니다. 정보는 알려 주셨으니 오늘 벽사는 저 혼자 진행해도 됩니다."

"……그럼 다음에 보도록 하지요."

그 말과 함께 파려가 동자와 모습을 감추었다.

"파려를 오라 가라 할 수 있는 급이라면……."

아마 모르긴 몰라도 꽤나 높은 지위의 존재인 듯했다. 덕분에 혼자 남겨진 빈이 멍하니 오가는 사람들을 지켜보았다. 파려가 있을 때는 느끼지 못한 외로움이 빈에게 스며들었다.

아무리 좋은 걸 봐도 빈에게는 그 감정과 시간을 나눌 사람이 없었다. 그게 지금까지 이런 축제에 빈이 제대로 참가하지 않은 이유였다.

"됐어, 이번 연등회 기간에는 해야 할 일이 있으니까."

벽사를 한다고 다 귀혼구가 나오는 것도 아니었다. 어

느 정도 급이 되는 귀들을 벽사해야만 겨우 얻을 수 있으니, 이번 연등회 기간 동안 귀를 잘 물색해야 파려에게 내놓을 만한 결과물을 얻을 수 있으리라.

"와!"

저쪽에서 옅은 환호성이 들려왔다. 빈의 시선도 자연스레 그쪽을 향했다.

그 순간, 서로의 눈이 마주쳤다.

"어……."

먼저 입을 뗀 건 현은호 쪽이었다. 빈이 얼른 고개를 돌리려 했지만 이쪽으로 다가오는 은호가 조금 더 빨랐다.

"당신은 그때, 사곡정의…… 맞지요?"

이제 와서 아니라고 하기에는 너무 시선이 정면으로 맞부딪친 터라 빈은 그저 가볍게 고개를 끄덕였다.

"내가 그대를 얼마나 찾았는데! 이런 곳에서 뵙습니다."

"……값어치 하는 얼굴엔 흠집이 없어서 다행입니다."

빈의 대답에 은호가 웃음을 터뜨렸다.

"오늘도 그대는 내 얼굴부터 보십니다? 그대가 구해 준 덕분에 이리 말짱합니다."

능청스럽게 대답을 받는 은호를 보며 빈은 어떤 표정을 지어야 할지 몰라 그저 눈만 깜박였다.

그때는 몰랐지만 지금은 이 사내가 어릴 적 자신의 유일한 동무였으며 어쨌거나 정혼자라는 사실을 알고 있기 때문이었다.

'웃으니, 어릴 적 얼굴이 남아 있는 것 같기도 하고.'

자신의 얼굴을 빤히 바라보는 빈을 보며 은호가 엷은 미소를 지었다.

"그렇게나 제 얼굴이 맘에 드십니까? 뚫어지겠습니다."

"아, 그, 그 무슨 말을……. 그냥 신기해서 봤습니다. 신기해서!"

"하긴 이리 잘생긴 얼굴은 신기할 만도 하지요."

계속 함께 있다간 현은호에게 말려들 것 같아 빈이 얼른 잘 가라는 인사를 하려던 참이었다.

"은호 도령, 그분은 누구십니까?"

뒤에서 들려온 미려한 목소리에 빈이 멈칫했다.

척 봐도 대감집 마님으로 보이는 차림새는 단아하면서도 기품이 넘쳤다. 은호가 얼른 그 여자를 향해 고개를 숙였다.

"아, 저번에 바깥에서 한 번 만난 선비인데 우연치 않게 여기서 또 만나게 되어……."

"그래요?"

채령의 눈이 서문빈을 향했다.

자신의 신분을 숨긴 채 휘와 함께 참석한 연등회였다.

이것으로 내명부에서 왕이 중전을 멀리한다는 소문이 사그라들 것까지 계산한 계획이었다. 파려에게 의뢰한 풍운뢰우제의 일이 있기 전까지는 휘와 완전히 대립하는 모양새를 보이고 싶지 않았기 때문이었다.

'하지만 이런 걸 볼 줄은 몰랐는데.'

파리한 안색의 남자를 채령이 머리끝부터 발끝까지 훑어보았다. 어디 하나 딱히 눈에 띄는 구석은 없었다. 하지만 단 하나, 저자가 걸치고 있는 옷. 그것만큼은 채령도 잘 아는 물건이었다.

채령이 한 발짝 더 빈에게 다가갔다. 갑작스러운 움직임에 빈이 뒤로 몸을 빼지도 못한 채 그대로 채령의 시선을 받아 냈다.

채령의 아름다운 얼굴이 빈의 시야 가득히 들어왔다.

긴 속눈썹이 흔들렸다. 채령이 살짝 고개를 옆으로 미끄러뜨렸다. 그러고는 빈의 귓가에 속살거렸다. 빈만이 들릴 만한 목소리로.

"……인간이 아닌 것과 있었군요?"

그 말에 빈의 눈이 커졌다. 빈이 채령을 바라보았다.

놀란 빈의 시선에 채령의 입술 끝이 심술궂게 올라갔다. 도대체 자신의 오라버니가 뭐가 아쉬워서 저런 사람에게 옷까지 주어 가며 신경을 썼는지 알 수가 없었다.

"당연히 알지요. 그것은 내가 내린 옷감으로 지은 옷이니까."

그 말에 빈이 채령의 얼굴을 보았다.

둥근 눈, 그 뒤로 비치는 한 줄기 욕망.

뒤에 있던 남자가 빈의 어깨를 잡아다 뒤로 물렸다.

"그렇게 바라볼 분이 아니시다."

채령이 살풋 웃었다.

"괜찮습니다, 금위대장."

옆에 있던 금위대장이 고개를 숙였다. 은호가 얼른 빈을 제 뒤로 물렸다.

"송구합니다."

가장 뒤에 서 있던 휘가 나섰다.

"먼저 정체를 숨긴 건 우리 쪽이 아니냐."

그제야 모든 상황을 파악한 빈이 자리에 엎드렸다.

지금 제 앞에 이 나라의 국본이 서 있었다. 땅을 짚은 손이 와들와들 떨렸다. 옆에 선 은호가 가볍게 빈의 어깨를 건드렸다.

"괜찮습니다. 지금은 그저 연등회를 즐기러 나오신 것입니다."

"은호의 말이 맞소. 자리에서 일어나도록 하시오. 오히려 다른 사람들 눈에 띌까 염려스럽군."

휘의 말에 빈이 조심스럽게 자리에서 일어났다. 하지만 차마 고개를 들 수는 없었다.

남장을 한 채 벽사가 일을 하는 자신의 정체가 혹시라도 발각된다면 집안에 누를 끼칠 수도 있었다.

"그래, 은호와 아는 사이라고."

이어진 휘의 질문에 빈이 어떻게 대답해야 할지 몰라 난 감한 표정을 지었다. 옆에서 은호가 대신 입을 열었다.

"저를 도와 전하의 일을 처리했던 벽사가입니다."

그 말에 휘가 살짝 흥미롭다는 표정을 지었다.

"은호가 도움을 받을 줄도 알았다니, 처음 안 사실이로 군. 워낙 자기 잘난 맛에 사는 느낌이라 남에게 도움을 받 을 거라곤 생각하지 못했는데."

농이 섞여 있는 휘의 말에 은호가 손을 내저었다.

"전하, 그건 오해십니다."

그 모습에 휘가 가벼운 웃음을 터뜨렸다.

"이렇게 나오니 꼭 예전 같군. 사가 시절 말이야."

휘가 빈을 보며 말했다.

"그대도 우리와 함께하지 않겠소? 이렇게 만난 것도 인 연인데."

옆에서 채령이 고개를 끄덕였다.

"신첩 역시 좋다고 생각합니다."

자신의 앞에 있는 이들이 누구인지 알고 있는 이 상황에서 빈이 그 명을 거스를 수는 없었다.

"은혜가 하해와 같습니다."

겨우 그렇게 대답한 빈이 뒤에 섰다.

휘와 채령의 옆으로 평범한 복장을 한 궁녀와 근위대가 섰다. 그 뒤로 은호가, 자연스럽게 빈은 그 옆에 서게 되었다.

"갑자기 이렇게 되어 송구합니다."

전혀 송구하지 않은 은호의 말투에 빈이 어이없다는 듯 헛웃음을 지었다.

"뭐, 다른 선약이 있으셨던 건 아니지요?"

당연히 없을 거라는 듯한 물음이었다. 빈이 대답을 하기도 전에 은호가 다른 걸 물었다.

"그래서 이름이 어떻게 됩니까?"

"예?"

"내가 그대를 어찌 불러야 하느냔 말입니다. 그대는 내 이름을 알지 않습니까."

당연히 알 수밖에 없는 이름이었다.

잊으려 해도 잊을 수가 없던 이름, 현은호.

빈이 은호를 바라보았다. 자신의 이름도, 함께했던 기억도 모두 새하얗게 잊어버린 저 얼굴.

'이 정도는 그의 목숨을 살리면서 당연히 각오한 일이지마는……'

하지만 어쩐지 지금은 아무것도 모르는 은호의 얼굴에 섭섭한 마음이 들었다.

"……당신도 내 이름을 압니다."

툭 튀어나온 빈의 말에 은호가 그게 무슨 말이냐는 듯 고개를 갸웃거렸다.

"내가 그대의 이름을 안다고요? 어떻게요? 내가 정신을 잃었을 때 알려 줬던……."

"쉿."

빈이 입술에 손을 올렸다. 잠깐 주변을 살피며 빈이 말을 이었다.

"아무래도 전하께서는 궁으로 돌아가시는 것이 좋겠습니다."

"왜……."

"삿된 것들이 느껴집니다. 이번 연등회에 귀들이 많이 나올 거라는 이야기, 듣지 못했습니까?"

그 말에 은호의 표정이 굳었다. 그때, 뒤에서 익숙한 목소리가 들렸다.

"은호! 아무래도 전하께서는 환궁을……. 어? 그때 보았던 그 선비님?"

진우가 빈의 얼굴을 알아보았다. 은호가 그렇게 됐다는 듯 고개를 끄덕였다. 진우가 잘됐다는 듯 말했다.

"이렇게 된 거, 선비님한테 한 번 더 부탁합시다!"

"예?"

"이쪽, 그러니까 관상감에 속한 이들은 전하와 함께 환궁해야 합니다. 그러면 연등회의 귀들을 조사할 사람이 없지 않습니까."

진우의 말에 옆에 있던 휘가 고개를 끄덕였다.

"그게 좋겠군. 나 역시 이만하면 연등회를 다 즐겼고 더이상 밖에 나와 있어 봤자 시간 낭비가 아니겠는가. 다들 환궁토록 하지."

그렇게 말한 휘가 생각났다는 듯 아, 소리와 함께 뒤를 돌아보았다.

"동부승지는 저자와 여기에 남아 삿된 것들이 무엇인지 조사하도록."

그 말에 모두 고개를 숙였다. 휘가 가장 먼저 등을 돌려 걸었고 그 뒤를 다른 사람들이 따라 나섰다. 진우가 덥석 빈의 손을 잡았다.

"이렇게 된 것, 부탁합니다. 저번처럼 은호에게 제 부적들을 주고 갈 터이니 귀들을 조사만 해 주시지요."

"하지만……."

"물론 필요한 게 있으시면 걱정 말고 사시지요. 일단 돈은 현은호가 지불할 테니까요. 그렇지?"

진우의 말에 은호가 어이없다는 표정을 지으면서도 고개를 끄덕였다. 진우가 얼른 품 안에서 부적이며 벽사 도구들을 꺼내 은호에게 안겨 주었다.

"그럼 부탁하네."

"이러려고 아는 척을 하셨던 겁니까?"

빈의 물음에 은호가 이번에는 정말로 미안하다는 표정을 지었다.

"이렇게 일감을 떠맡을 줄은 저도 몰랐습니다. 정말로 미안합니다."

"왕실과 관련된 일이니 하지 않을 수도 없고."

빈이 이마를 짚었다.

귀를 벽사하는 거야 원래 하려 했던 일이니 상관없었지만, 자신이 벽사를 하는 것이 다른 사람들에게 이런 식으로 알려질 거라고는 생각하지 못했다.

"목숨값에 이어 이런 식으로 일거리까지 받게 하다니. 도대체 현은호, 당신은……"

무심코 은호의 이름을 부르던 빈이 말을 멈췄다.

"이름을 불러 주시는군요?"

"……됐습니다. 귀들이나 쫓으시지요. 저번에 만났을 땐 벽사가 흉내를 잘 내시던데 오늘도 그래야 할 겁니다."

빈의 엄포에 은호가 웃었다.

"알겠습니다, 알겠어요. 옆에서 단단히 보필하도록 하지요."

빈이 가볍게 한숨을 쉬고는 다시 한번 움직이는 사람들 사이를 주의 깊게 쳐다보았다. 분명 뭔가가 느껴졌다. 하지만 모습이 제대로 보이지 않았다.

'그렇다면 아마 사람 모습을 한 채로 숨어 있는 거겠지.'

사인검을 쥔 손에 힘이 들어갔다.

이렇게 사람들의 기가 휘몰아치는 곳에선 귀들을 찾아 내기도 어려웠다. 게다가 오늘은 옆에 견습생까지 한 명 딸려 있는 꼴이었으니.

"귀들이 보이기는 합니까?"

빈의 물음에 은호가 어물쩍 대답했다.

"그때는 보였는데……. 사실 좀 오락가락하긴 합니다. 진우의 말로는 제가 벽사의 기운을 가지고 태어났지만 그걸 제대로 살릴 기회가 없었다더군요."

"잘한 일입니다."

"예?"

"이쪽 세계에는 아예 처음부터 발을 들이지 않는 게 좋으니까요. 벽사의 기운을 가지고 태어났더라도 가장 좋은 건, 그런 기운을 쓸 일이 없는 겁니다."

그렇게 말하는 빈을 은호가 가만히 바라보았다.

"힘들 것 같습니다."

이어진 은호의 말에 빈이 그와 시선을 맞췄다.

"이 세상 하나 살아가기도 벅찬데 그대는 이승뿐만 아니라 저승의 것들도 보고 듣지 않습니까. 두 몫을 살아 내는 거나 마찬가지니……."

빈이 고개를 돌렸다.

'어째서. 모두 잊었을 텐데.'

그 말은 어릴 적, 은호가 자신에게 해 줬던 이야기와 똑같았다.

그러니 내가 함께 있어 줄게. 내가 네 몫을 조금이라도 들어 줄 수 있다면.

자신의 얼굴을 보며 다정한 목소리로 그리 말하던 어린 은호의 모습이 지금과 겹쳐 보였다.

'달라지지 않은 점도, 있구나.'

자신을 빤히 바라보는 빈을 보며 은호가 살짝 부끄러운 듯 미소를 지었다.

"그렇게 보실 것까지는 없는데요. 다른 사람들에게 제 잘난 맛에 산다는 소리를 많이 듣긴 합니다만, 그렇다고 남들에 대한 공감이 없는 건 아닙니다."

빈이 픽 웃었다.

"그래도 갖춰야 할 건 다 갖추고 계시는군요. 역시 조선
팔도 일등 신랑감이라는 말이 아깝지가 않습니다."

"아, 또 어디서 그런 이야기를 듣고 오신 겁니까."

"듣지 않으려 해도 사람들이 그 말만 하는 통에요."

그 말에 은호가 씁쓸한 미소를 지었다.

"그 이야기는 됐습니다. 귀나 잡으러 가지요."

일부러 말머리를 돌리는 은호를 보며 빈이 시선을 내렸
다. 일등 신랑감이라고 불리는 현은호, 그리고 다른 사람
들은 알지도 못하는 그의 정혼자인 자신. 그 생각을 하니,
또 마음 한쪽이 아려 왔다.

바로 앞에 있는데도 알아보지 못하는 정혼자.

이게 맞다는 생각이 들면서도 저런 표정을 짓고 있는 은
호를 골려 주고 싶었다.

'이 정도는 괜찮겠지.'

빈이 은호의 앞에 섰다. 그러고는 손을 들어 올려 그의
눈을 가렸다.

"뭐, 뭐 하시는 겁니까?"

갑자기 눈이 가려진 채로 은호가 물었다. 손 아래로 떨
리는 은호의 속눈썹이 나비의 날갯짓처럼 느껴졌다.

"가만히 계세요. 귀 잡는 것을 도와준다 하지 않으셨습니까."

은호의 뒤에 걸려 있는 연등의 아스라한 빛이 그의 잘생긴 얼굴 위로 흩뿌려졌다.

멀리서 들려오는 아이들의 환호성, 불어오는 바람에 실린 현은호의 향기.

이렇게 손에 닿아 있는데도, 그는 왜 이다지 멀어 보이는지.

빈이 눈을 가린 은호를 향해 고개를 기울였다. 그러자 연등 불빛에 길게 늘어진 두 사람의 그림자가 맞닿았다.

오로지 그림자만이.

이 세상의 서문빈은 현은호에게 어울리는 짝이 아니었으니, 닿을 수 있는 건 그림자뿐이었다.

빈이 바로 눈앞에 있는 은호의 얼굴을 천천히 훑었다.

그래, 이거면 됐다. 더 이상 욕심내면 안 되는 거다.

"……됐습니다."

그 말과 함께 빈이 은호의 눈을 가렸던 손을 풀고는 몸을 뗐다. 은호가 어리둥절한 표정으로 빈을 보았다.

"뭡니까?"

"귀를 볼 수 있어야 물리치든 뭘 하든 할 것 아닙니까. 내가 가지고 있는 기운을 조금 나눠 주었습니다. 한 시진

정도는 갈 겁니다."

"아. 그런 것도 있습니까?"

은호가 고개를 들어 사방을 바라보았다.

그러자 아까는 볼 수 없었던 것들이 시야에 들어왔다. 어룽거리는 그림자, 수풀 속을 지나다니는 기묘한 짐승들, 공중에 떠돌아다니는 작은 포자들까지.

"이게……."

놀란 표정의 은호를 보며 빈이 고개를 끄덕였다.

"이게 내가 보는 세상입니다. 어떠십니까?"

처음이었다. 누군가에게 자신의 세상을 보여 준 것은.

누구도 궁금해하지 않고 보려 하지 않았던 서문빈의 세상. 그걸 바라보는 은호의 눈동자가 커졌다.

"그대는…… 이런 세상에서 살고 있었군요."

잠시 빈을 보던 은호가 손을 뻗었다.

빈이 저도 모르게 눈을 살짝 감았다. 은호의 손이 빈의 어깨에 닿았다.

"아, 미안합니다. 어깨에…… 작은 귀 하나가 새처럼 앉아 있길래."

"아, 그런…… 거였군요. 하하!"

그제야 빈이 자신이 너무 민감하게 행동했다는 것을 깨닫고는 얼른 표정을 풀었다. 은호의 손이 닿은 어깨 부분이 괜히 홧홧했다.

"그럼, 가시죠!"

헛기침을 하며 빈이 괜히 큰 소리로 말했다. 은호가 그런 빈의 뒤를 따랐다.

"이쪽으로 몰아 주십시오!"

빈의 외침에 은호가 얼른 품 안에서 진우의 부적을 꺼내 들었다. 괴이한 짐승 모양을 한 귀들이 그것을 보고는 이리저리 날뛰었다.

"도망칠 순 없다!"

은호의 도포 자락이 날렸다. 빈이 만들어 놓은 진법 안으로 귀들을 몰아넣는 것이 은호가 해야 할 일이었다. 자기의 움직임을 피해 도망치려는 귀들을 은호가 검으로 막아 냈다. 검신에 붙여 놓은 부적에서 그때마다 빛이 뿜어져 나왔다.

키에엑!

목을 긁는 듯한 소리가 귀들의 입에서 터져 나왔다. 하지만 은호도 뒤로 물러서지 않았다.

"지금입니다!"

빈의 말에 화답하듯 은호가 커다랗게 검을 휘둘렀다.

순간 은호의 뒤로 마치 보름달이 뜨듯 밝은 광휘가 모습을 드러냈다. 그 빛에 동물귀들이 악다구니를 쓰며 뒤로 물러났다.

하지만 뒤에는 빈이 만들어 놓은 진법이 자리하고 있었다. 준비된 진법에 귀들이 닿자마자 거센 불길과 함께 타올랐다.

"너희들 가야 할 곳으로 되돌아가라!"

마지막 빈의 말과 함께 귀들의 모습이 완전히 불에 휩싸여 사라졌다. 빈이 귀가 사라진 쪽을 향해 눈을 감고는 가는 길을 위한 진언을 입 속으로 외웠다.

은호가 숨을 커다랗게 내쉬며 이쪽으로 왔다.

"다 정리된 겁니까?"

"예, 일단은요."

빈이 사방을 둘러보았다. 오늘 밤 벽사한 귀들은 대부분이 동물귀였다.

'하지만 그 모양새가 조금 이상했지.'

본디 귀들은 자신이 살아 있을 적 모습을 닮기 마련이었다. 그러나 오늘 본 동물귀들은 여러 동물을 섞어 놓은 모습이었다. 최근 들어 그런 이상한 모양의 귀들이 늘었다.

'무언가 잘못된 게 분명한데.'

하지만 빈으로서는 그저 짐작만 할 뿐이었다. 그런 생각에 잠긴 빈 옆에 은호가 털썩 앉았다.

"생각보다 더 힘이 드는 일입니다, 이거."

"혼백을 감당하는 일입니다. 정신적으로도 육체적으로도 소모가 심하지요. 게다가 그대는 이런 일을 처음 해 보는 거니 당연한 거고요."

"……이런 일을 얼마나 자주 하는 겁니까?"

"글쎄요, 굳이 일하는 날을 세어 보지는 않잖습니까. 나도 비슷합니다."

그 말에 뭔가를 잠깐 생각하던 은호가 입을 열었다.

"그럼 이 연등회 기간 동안만이라도 내가 그대를 도와주겠습니다."

"예? 그럴 필요까지는 없는데……."

"전하께 명받은 것도 있으니까요. 이 귀들이 왜, 어떻게 갑자기 이리 많이 나오게 된 건지 단서는 찾아야 하지 않겠습니까."

"그래서 나를 따라다니겠다고요?"

은호가 빈을 보았다.

"그러면 안 되겠습니까?"

그렇게 말하며 웃는 현은호. 빈은 그 얼굴이 자신이 알던 어릴 적 현은호의 얼굴과 겹쳐 보여 안 된다는 말을 할 수가 없었다. 대답을 머뭇거리는 빈을 보며 은호가 말했다.

"침묵은 긍정으로 받아들이겠습니다. 그럼, 우리 내일은 또 언제 만날까요?"

파려가 동자의 뒤를 따라 너른 정원 안으로 들어섰다.

무엇 하나 살아 있는 것이 없는 정원은 옥으로 만든 나뭇잎과 보석으로 이뤄진 꽃, 수정 연못과 태엽으로 정교하게 만들어진 가짜 새로 장식되어 있었다.

"이쪽입니다."

동자가 고개를 숙이고는 자리를 떠났다.

거기에는 커다란 흔들의자 하나가 있었다. 파려가 두 손을 공손하게 모으고는 아무것도 없는 의자에 고개를 숙였다. 파려의 검은 머리칼과 붉은 귀걸이가 어깨를 타고 흘러내렸다.

"오도전륜대왕님을 뵙니다."

파려가 고개를 들자 비어 있던 의자에 여자가 나타났다.

오도전륜대왕.

그것은 저승 시왕(十王) 중 가장 깊은 열 번째 지옥을 관장하는 대왕의 이름이었다.

기골이 장대한 여자의 얼굴 반은 웃는 낯을 한 각시탈로 가려져 있었고 입은 옷은 화려한 비단이 겹겹이 날리는 차림새였다.

"미친 뱀, 구렁이야. 잘 있었느냐?"

거칠고 낮은 목소리가 사방을 웅웅 울렸다. 여자가 발걸음을 옮기자 쿵 하는 소리와 함께 정원에 놓인 커다란 돌들이 떨렸다. 파려가 고개를 조아렸다.

각시탈 아래 보이는 입술이 위로 치켜 올라갔다.

"너 있어야 할 곳은 내팽개치고 이승에 나가 있으니까 좋으니?"

한 발짝 움직일 때마다 지진이 일어난 것처럼 흔들리는 걸음걸이였다. 파려는 쓰러지지 않으려 온몸에 힘을 주었다. 전륜이 그걸 알아채고는 웃었다.

"전륜 님의 하해와 같은 은혜 덕분에 제가 이리 이승에서 편하게 지낼 수 있는 게 아니겠습니까?"

파려의 대답에 전륜이 피식 웃었다. 전륜의 각시탈이 파려의 모습을 훑었다.

"인간의 세상이야 늘 같은 것이 아니냐? 그저 탐욕과 헛된 것만이 가득하지. 그리고…… 너 역시 마찬가지다."

전륜이 파려를 향해 가볍게 손짓했다.

"컥……."

동시에 아주 강한 힘이 아래로 잡아당기는 것처럼 파려가 땅바닥에 무릎을 꿇었다.

"참 이상하지. 꼭 자신의 분수를 모르는 것들이 가장 설쳐 대거든."

파려의 무릎이 닿은 땅바닥이 아래로 점점 내려앉았다.

"어디 구렁이 주제에 나 전륜의 앞에 그리 모가지를 꼿꼿하게 세우고 있는지 모르겠구나. 뱀이라면 응당 그에 맞게 몸을 땅바닥에 납작 붙여 기어야 하지 않느냐?"

그 말에 파려의 고개가 땅으로 처박혔다. 꼭 보이지 않는 발이 파려의 머리를 짓밟고 있는 것 같았다. 파려의 긴 머리칼이 땅 위에 제멋대로 흐트러졌다.

"이제는 저승으로 돌아오라는 내 말이 말 같지 않았던 거니?"

"소, 송구합니다……. 하지만 전륜 님도 아시다시피 저는 염라 님의 권속……! 윽!"

"존재하는지 아닌지도 모르는 염라와 이렇게 바로 눈앞에 있는 나 전륜을 두고 저울질하는 것이냐?"

땅에 머리를 박은 채 파려가 그분의 얼굴을 떠올렸다.

자신이 살아가는 이유, 자신이 죽을 이유.

그분을 사랑하는군요, 파려는?

서문빈의 목소리가 귓가를 울렸다. 파려가 입술을 깨물었다. 스스로도 막을 수 없는 마음, 그 사랑이라는 감정을 품었기에 파려는 늘 그분을 찾아다닐 수밖에 없었다.

"드릴 말씀이 없습니다."

이런 상황에서도 자신의 밑으로 오겠다는 말은 꺼내지

않는 파려를 향해 전륜이 손을 뻗었다. 그 손에 파려의 목이 잡혔다.

우악스러운 손놀림에 파려가 컥컥 숨을 내뱉었다. 각시탈의 웃는 눈이 파려를 쳐다보았다. 파려가 발버둥 쳤지만 전륜의 힘을 이길 수는 없었다.

"그래. 염라가 널 그렇게 싸고돌며 먹여 키웠지. 죽어 가던 구렁이 새끼를 말이야."

쯧, 전륜이 혀를 차고는 손을 풀었다.

파려가 그대로 바닥에 고꾸라졌다. 비웃음을 머금은 얼굴로 전륜이 파려를 내려다보았다.

"왜. 그러니까 네가 정말로 염라의 무엇이라도 된 것 같았니? 응?"

전륜이 나긋한 목소리로 물었다.

"염라는 참 뭐랄까. 좀 이상했지. 하긴 그러니 너 같은 목숨을 싸고돌았겠지만. 염라를 이해해 보려고 나도 여우 새끼를 하나 키워 봤지만 글쎄, 잘 모르겠던걸. 저승의 왕들에게 중요한 것은 생이 아니라 죽음이니까."

바닥에 무릎을 꿇은 채 파려가 주먹을 쥐었다. 자신을 욕하는 것은 참을 수 있었지만 염라를 욕되게 하는 건 그게 전륜이라고 해도 참을 수가 없었다.

"그래서 구렁아, 염라의 흔적은 찾았니?"

그렇게 묻는 전륜의 목소리는 은근했다.

"네가 이승을 전전한 지 오래되었는데 염라를 찾았다는 이야기는 들리지가 않아서 말이야."

하지만 그렇게 말하는 전륜의 얼굴에는 절대 염라를 찾을 수 없을 거라는 기색이 비쳤다.

"어쩌면 염라는 이런 네 쓰임을 미리 예지라도 했던 걸까? 이승에서 태어나 저승에서 길러진 구렁이, 네가 아니라면 누가 이렇게 이승에서 오래도록 발을 붙이고 염라를 찾을 수 있었겠어. 그걸 충(忠)이라 불러야 할지, 아니면 모자라다 해야 할지."

파려가 바닥에 손을 짚은 채 거친 숨을 몰아쉬었다.

"염라의 자리는 저승 시왕 중에서도 가장 중요한 대들보 같은 자리. 그런 자리를 이렇게나 오래 비워 두었으니 탈이 생기는 것도 이제 시간문제야."

전륜이 자리에서 일어났다.

"너도 잘 알고 있지 않느냐? 순리에 어긋난 것은 오래 견디지 못한다. 염라의 부재가 길어지면 길어질수록 저승은 무너진다."

전륜이 원하는 게 뭔지 파려는 확실하게 깨달았다.

사라진 염라 대신 그 자리에 오르고 싶은 것이다. 저승 시왕 중 가장 깊은 열 번째 지옥을 관장하는 오도전륜대왕이 아니라, 모든 저승과 죽음을 다스릴 수 있는 제왕 중의 제왕 자리에.

"아직은 구렁이 너 역시 염라의 행방에 대해 아무것도 모르는 듯하니, 어쩔 수 없지."

전륜이 아쉽다는 듯 입맛을 다셨다.

"언제든 염라의 흔적을 찾는다면 말해 주렴, 구렁이야. 물론 날 속일 생각은 하지 않는 게 좋을 거다."

바닥에 무릎을 꿇은 파려를 향해 그렇게 말한 전륜이 나가라는 듯 고개를 저었다.

비틀거리며 나가는 파려의 뒷모습을 보며 전륜이 마음에 들지 않는다는 표정을 지었다.

"……어쩐지 예감이 좋지 않단 말이지."

염라의 부재가 길어질수록 저승 자체가 흔들렸다. 전륜이 자신의 손을 내려다보았다.

"이 손으로 직접 염라의 혼을 깨트렸건만. 왜 아직까지 염라의 완전한 소멸이 느껴지지 않는 걸까? 왜, 어째서."

모든 것의 죽음 이후를 다스리는 염라의 자리에 올라 사(死)를 관장하기 위해서는 죽음 전의 삶을 적어도 한 번은 거쳐야 했다. 삶과 죽음은 떼어 놓을 수 없는 관계였기에 생을 이해하지 못하는 자는 죽음을 다스리는 염라가 될 수 없었다.

"그건 염라의 세 번째 삶이었어."

저승의 왕. 망자와 죽음을 다스리는 자.

그런 염라가 가장 취약할 때는 바로 삶을 거치기 위해 생을 얻는 그 순간이었다.

이승의 몸과 목숨을 입고 다시 태어나기 전, 전륜은 그 때를 정확히 노렸다. 본디 큰 존재를 해하면 그만큼 큰 업을 받는 게 순리였으나 염라로서의 급을 벗고 이승의 삶을 얻는 순간이었으니, 그때의 염라를 해한다고 해서 전륜이 받을 업도 없었다.

"그렇게까지 했는데, 왜."

염라가 어딘가에, 살아 있다. 어떤 모습으로든.

그 생각은 악몽처럼 전륜을 따라다녔다. 그렇게나 염라의 자리에 오르기 위해 발버둥을 쳤는데 돌아온 건, 아무 것도 없었다.

"그럼, 확실하게 없애 줘야지. 염라가 어디서 어떤 모습을 하고 있어도……."

나는 찾아내서 당신을 죽일 것이오.

각시탈 뒤 전륜의 눈이 어둡게 빛났다.

"전륜 님."

파려를 데려왔던 동자가 전륜을 불렀다.

"그래. 무슨 일이지?"

"이번에 이승에 가서 보니, 쓸 만한 장기짝이 있는 것 같습니다."

"장기짝?"

"예. 저승 시왕이신 전륜 님의 존재가 이승에 그대로 현신하는 것은 힘든 일이지 않습니까."

이 세상은 커다란 저울과도 같다.

저승의 큰 존재가 이승에 강제로 나타난다면 그만큼 더 큰 타격을 입는다. 그렇기에 지금까지 전륜이 직접 이승으로 나가 염라의 존재를 찾아낼 수 없었던 것이다.

"그렇지."

"그럼 전륜 님의 일부분을 담을 수 있을 정도로 견고한 그릇을 가진 인간을 장기짝으로 사용하시면 어떻겠습니까?"

동자가 새까만 눈을 깜박였다.

"전륜 님의 강림을 감당할 만한 욕망을 가진 인간, 그중 단단한 그릇을 가진 인간을 찾아내는 겁니다. 그런 자가 있다면 전륜 님이 그 인간에게 강림하셔서 이승에서도 권능을 사용하실 수 있을 겁니다. 또한, 그 인간의 삶을 빼앗는 방법으로 염라의 자리에 오르기 위한 최소 조건인 '삶의 경험' 또한 충족할 수 있을지도 모릅니다."

구미가 당기는 듯 전륜의 한쪽 입꼬리가 살짝 올라갔다. 전륜의 몸이 부풀어 올랐다.

"아하, 하! 그런 방법이 있었구나! 굳이 직접 살지 않아도 그 경험을 가질 수 있단 말이지?!"

"예. 전륜 님께서 어찌 그런 삶을 직접 겪으셔야 한단 말입니까. 있는 것을 빼앗으면 그만입니다."

마음에 든다는 듯 전륜이 깔깔 소리 높여 웃었다.

"좋다! 너는 나의 그릇이 될 만한 인간을 찾아라. 그 인간을 통해 염라를 완전히 소멸시키고 삶을 빼앗아 내가 그 자리에 올라야겠구나!"

전륜의 웃음소리에 보석으로 만들어진 정원이 우줄우줄 흔들렸다.

"아기씨?"

삼월이 거울을 들여다보는 빈의 뒤에서 고개를 내밀었다. 빈이 깜짝 놀라며 손에 들고 있던 향낭을 떨어뜨렸다. 삼월이 그 향낭을 집어 빈에게 건네주었다.

"무슨 일이세요? 몇 번이나 불렀는데도 모르시고."

"아……. 그냥 잠깐 다른 생각을 하느라."

"향낭은 무슨 일로요? 오늘도 벽사를 나가시는 것, 아니셨어요?"

"응? 어어, 맞지. 내가 다른 나갈 일이 뭐 있겠어!"

허둥지둥 향낭을 받아 숨기는 빈을 보며 삼월이 눈을 가느다랗게 떴다.

"뭔가 수상쩍은데요. 벽사를 가시는데 왜 벽사 도구가 아니라 쓸모도 없는 향낭을 챙기시는 거죠?"

"이건, 이건 그러니까…… 아, 맞아! 귀들이 싫어하는 향이거든. 요새 벽사가들 사이에서 유행이라고 해서 하나 받아 왔어."

"그래요?"

삼월이 고개를 갸웃거렸다.

"오늘 나갈 준비를 하시는 게, 꼭 어디 좋아하는 분이라도 만나러 가시는 것 같아서요. 갑자기 옷을 갈아입으시질 않나, 향낭을 챙기시질 않나."

그 말에 빈의 얼굴이 붉어졌다.

"그게 무슨 말도 안 되는 소리야! 만나는 거라곤 귀밖에 더 있나."

"그러니까 말이에요. 그런데 왜 이리 단장에 신경을 쓰세요?"

빈이 헛기침을 했다.

"아무래도 연등회 기간이잖아. 다른 사람들도 다 좋은 옷을 입고 나오는데 나만 허름하게 하고 다니면 오히려 눈에 띌 확률이 높다고."

그제야 겨우 이해가 간다는 듯 삼월이 고개를 끄덕였다.

"그럴 수도 있겠네요."

빈이 안도의 한숨을 가볍게 내쉬었다.

"그럼 다녀올게. 밤늦게 돌아올 것 같으니 먼저 자고 있
어도 돼."

"어휴, 제가 어찌 그러겠어요. 바느질할 것도 많으니 하
면서 기다리고 있을게요. 다녀오세요, 아씨!"

삼월이의 인사를 받으며 빈이 얼른 바깥으로 나왔다.

따스한 볕이 쏟아져 내리는 날이었다. 빈이 소맷자락에
숨긴 향낭을 가만히 만졌다.

현은호가 신경 쓰이는 건 사실이었다. 다른 장신구는 할
만한 게 없으니, 그나마 생각해 낸 게 향낭이었다. 적어도
같이 있을 때 좋은 향기가 나면 자신의 마음이나마 편할
것 같았다.

"그래, 이건 그냥…… 예의인 거지. 절대 내가 다른 마음
을 먹은 게 아니라고."

현은호는 자신이 여자라는 사실도 모르지 않는가.

"그것도, 자신의 정혼자인데."

은호와 함께 벽사를 하며, 그에게서 어릴 적 모습이 하
나씩 보일 때마다 심장이 조여드는 것만 같았다.

그럴 때마다 더욱 정신을 단단히 붙잡아야 한다며 스스
로를 다그쳤지만 그럴수록 흔들리는 마음을 자각하는 셈

이었다.

"도대체…… 현은호는, 정혼자인 서문빈을 어떻게 생각하는 걸까."

함께했던 모든 기억이 사라진 지금 현은호에게 서문빈은 그저 언젠가는 잘라 내야 할 사람, 그 이상도 이하도 아닐 거였다.

"영영 아무것도 모르겠지."

이렇게 함께 벽사를 다닌 선비가 서문빈이라는 것도.

귀 들린 자신을 포근하게 감싸 주던 일도.

그 무엇도 우리를 갈라놓을 수는 없다며 속삭이던 일도.

함께 비를 맞으며 뛰어다니던 일도.

"은호……."

죽어 가던 은호의 손을 잡고, 그저 이 사람의 목숨만은 살려 달라 그리 빌었던 일도.

전부 서문빈만의 것이었다.

오롯이 혼자서 떠안아야 할 기억들. 은호에게는 남아 있지 않은, 반쪽짜리 추억.

"선비님."

뒤에서 들려온 현은호의 목소리에 빈이 얼른 표정을 가다듬고는 고개를 돌렸다.

"일찍 나오셨습니다."

"아, 마침 사는 곳이 근처라서요. 혹시 그대도 이곳에 사십니까?"

그 말에 빈이 아차 하는 표정을 지었다.

서문가와 현가는 엎어지면 코 닿는 지척이었다. 그래서 오늘 만나기로 한 장소도 집 근처였다. 빈이 자신의 생각 없음에 대해 속으로 혀를 찼다.

"그래요? 몰랐습니다. 오늘도 하루 종일 벽사를 하려면 시간이 없을 텐데 쓸데없는 이야기는 말고 가시지요."

"아, 드릴 게 있습니다."

은호가 품속에서 무언가를 꺼내 빈에게 주었다.

"이게…… 뭡니까?"

옅은 분홍빛이 도는 옥에는 복숭아가 새겨져 있었다. 끈이 달려 장신구로 차기에 좋게 만들어진 물건이었다.

"그, 별건 아닙니다만. 진우가, 아, 연등회 때 저를 부탁한다고 했던 이가 박진우입니다. 그자 역시 벽사가 출신인지라. 그런데 진우가 이번에 벽사에 좋은 물건들이 바다 건너 들어왔다 해서요."

설명에도 빈이 대답 없이 작은 옥 장신구를 쳐다만 보고 있자 은호가 허둥지둥 말을 이었다.

"그중에서도 지니고 있으면 좋다고 하길래, 하나 가져왔습니다. 생긴 것도 예뻐서요."

자신의 대답이 변명처럼 들린다는 걸 은호도 알고 있었다. 이렇게까지 뭔가를 챙겨 줄 사이는 아니었으니까. 하지만 진우의 눈총을 받아 가면서까지 굳이 하나를 골라 온 건.

'그냥 주고 싶었으니까.'

그게 전부였다. 다른 선물을 생각해 보았으나 아는 게 없었다. 무엇을 좋아하는지, 어떤 느낌을 선호하는지. 아직까지도 이름조차 몰랐으니, 당연한 거였겠지만.

하고 다니는 모습도 수수해, 차라리 그럴 바에는 벽사에 도움이 되는 걸 선물하는 게 낫겠다 싶었다.

이 사람을 보고 있으면, 이상하다는 마음에서 시작해 이상하다는 마음으로 끝났다.

다른 사람에게 시킬 수 있는 일인데도 굳이 직접 나서서 함께 벽사하러 다니길 자청한 것도 그런 이유에서였다.

옆에 있어 주고 싶고 도움이 되고 싶었다. 이 사람이 웃는 걸 한 번이라도 더 보고 싶었다.

자신이 왜 이러는지는 알 수 없었지만.

"……감사합니다."

은호의 선물을 받아 든 빈이 작은 목소리로 대답했다.

그것을 내려다보는 빈의 표정에는 여러 가지 감정이 섞여 있었다. 이런 식으로 현은호에게 무언가를 받을 줄은 몰랐다.

"받아 주시는 겁니까?"

"받지 않으면 받을 때까지 여기에 서 있을 거잖습니까."

"이젠 저를 잘 아시는군요."

"하지만 이게 처음이자 마지막입니다."

"알겠어요, 알겠어. 그럼 어디에 하고 다니실 겁니까? 그래요, 여기 사인검 손잡이에 장식으로 달아 두는 건 어떠십니까. 벽사의 검에 벽사의 옥이라, 잘 어울리지 않습니까?"

빈이 선물을 받아 준다는 것에 신난 은호가 들뜬 목소리로 말했다. 그런 은호를 보며 빈이 살짝 미소를 지었다.

"이런 점은 어릴 때와 똑같……."

거기까지 말한 빈이 입을 닫았다. 은호가 그런 빈을 이상하다는 눈빛으로 바라보았다.

"어릴 때와 똑같다고요?"

"아, 아닙니다. 말이 잘못 나왔습니다. 제가 어떻게 그대의 어린 시절을 안단 말입니까? 그렇지 않습니까?"

어색하게 하하 웃으며 빈이 얼른 말머리를 돌렸다.

"여기에 이렇게 걸어 두니 예쁘군요. 감사합니다, 잘 사용토록 하지요."

은호 역시 뭔가 이상하다는 걸 느꼈지만 더 캐물을 수가 없었다. 보름 전까지만 해도 얼굴도 몰랐던 사람이 자신의 어린 시절을 알고 있을 리가 없었기에.

"그럼 가 볼까요?"

짤랑짤랑짤랑!

방울 소리와 함께 빈이 큰 소리로 벽사경의 주문을 외웠다. 도망치는 잡귀들은 뒤에 서 있던 은호가 맡았다. 그래도 몇 번 해 봤다고 벽사를 하는 은호의 움직임이 꽤 그럴듯했다.

주문과 함께 빈의 사인검이 허공에 빛나는 진을 그렸다. 검의 손잡이에 달린 분홍빛 옥 조각이 함께 움직였다.

미리 준비한 것들이 있기에 이번 벽사 역시 생각보다 쉽게 끝낼 수 있었다. 하지만 벽사당한 귀들의 잔해를 보는 빈의 표정은 그리 밝지만은 않았다.

"왜요, 이번에도 귀혼구가 나오지 않았습니까?"

은호의 물음에 빈이 고개를 저었다.

"그건 문제가 아닙니다. 다만, 최근에 나타나는 귀들의 모습이 더욱 이상해지고 있습니다."

"이상해지고 있다고요? 본래 이런 모습이 아니란 말입니까?"

"이 정도로 기묘한 모습은 아니었습니다. 아무래도 귀의 숫자가 늘어난 것도 이런 영향이 있지 않나 싶고요."

"비슷한 이야기를 진우에게도 들은 적이 있습니다. 귀들의 느낌이 달라졌다고요."

"도성 안팎으로 괴이한 일들이 많다더니, 이유가 있는 것은 분명한데……."

빈의 어두운 얼굴을 보며 은호가 부러 쾌활한 목소리로 답했다.

"벽사에 대해선 오늘은 그만 생각하는 것이 어떠십니까? 지금 당장에는 뭘 생각해도 답이 나오지 않을 겁니다."

"그건 그렇습니다만……."

은호가 고개를 들어 해가 다 저문 하늘을 바라보았다.

"그리고 오늘은 연등회의 마지막 날이 아닙니까."

그게 무슨 뜻이냐는 듯 자신을 바라보는 빈을 향해 은호가 말했다.

"본래 연등회는 살아 있는 자들이 소원을 비는 때가 아닙니까. 그래도 이번 연등회 기간 중요 장소의 귀들은 다 벽사했으니 우리도 살아 있는 사람답게 연등회의 마지막을 즐기면 어떻겠습니까?"

"……살아 있는 사람답게."

빈이 은호의 말을 되뇌었다.

"아직 시간이 좀 남았습니다. 함께 가시지요."

그렇게 말하는 은호를 보며 빈이 저도 모르게 옷 안쪽에 넣어 둔 향낭을 확인했다. 은은한 꽃향기가 아직 나고 있었다.

어차피 연등회가 끝나면 더 이상은 보지 않을 사이였다.

이번이 마지막.

그러니, 마지막을 즐겨 보는 것도 나쁘진 않으리라. 거기까지 생각한 빈이 고개를 끄덕였다.

"좋습니다."

"잘 생각하셨습니다! 제가 저번에 봐 둔 풍광이 좋은 장소가 있거든요. 거기로 모시지요. 아마 그대 맘에도 들 겁니다."

빈이 미소를 머금은 채 은호 옆을 함께 걸었다.

"그런데 당신은 꽤 높은 자리에 계신 양반님이 아니십니까? 이렇게 저와 내리 3일을 함께 벽사를 하러 다닐 시간이 있는지는 몰랐습니다."

빈의 말에 은호가 살짝 당황스러운 표정을 지었다.

"뭐, 이것도 어명 중의 하나니까요. 그리고……."

잠깐 머뭇거리던 은호가 천천히 뒷말을 이었다.

"그대와 함께 있으면 이상하게 마음이 편합니다. 재밌기도 하고요."

"마음이 편하다고요……?"

은호가 고개를 끄덕였다.

"예. 겸사겸사 제 목숨을 구해 준 보답도 하고요. 아, 저 쪽으로 가야 합니다."

앞서 걷는 은호의 뒷모습을 보며 빈이 찌르르 떨리는 제 심장께를 꾹 잡아 눌렀다.

이건 아니었다.

이런 식으로 흔들리는 건 원치 않았다. 빈이 입술을 꾹 깨물었다.

은호가 뒤를 돌아보았다.

"뭣 하십니까? 오지 않으시고요."

"예, 갑니다."

빈이 겨우 발걸음을 옮겼다.

두 사람 옆을 지나치는 연등회 인파 속 사람들이 힐금힐금 현은호를 바라보는 게 그제야 느껴졌다.

"애, 저길 좀 봐! 엄청 잘생긴 선비님이야!"

"어디…… 와! 어디 하늘에서 뚝 떨어진 것 같네."

사람들의 수군거림 속에서도 현은호는 익숙하다는 얼굴이었다.

다른 사람의 시선과 찬사를 받는 데 익숙한 은호의 모습, 그 역시 서문빈이 모르는 모습이었다. 죽을 고비를 넘긴 그가 모든 기억을 잃고 새로운 곳에서 과거 시험을 준비했다는 말은 소문으로 들었다.

그 후 일부러 은호에 대한 이야기는 듣지 않으려 했다. 한번 연이 끊어진 사람이었다. 볼 낯도 없었고, 잊는 것이 좋다고 생각했다.

그렇게 지금 제 앞에 서 있는 건, 과거의 그림자 같은 건 한 톨도 남아 있지 않은 현은호였다.

"선비님?"

이쪽을 돌아보는 은호의 얼굴, 목소리, 옅은 미소.

서문빈은 울고 싶었다. 동시에 웃고 싶었다.

현은호가 어떤 모습이든, 서문빈은 현은호를 다시 눈에 담을 수밖에 없었다.

결국, 종내에는 또 이렇게 되는 거였다. 그가 자신을 송두리째 잊어버려도, 이렇게 바로 앞에 있는 자신이 누구인지 알아보지 못해도.

또다시 서문빈은 현은호의 뒷모습을 좇는 거였다.

"뭘 그리 보십니까. 설마 새삼 제 잘생긴 얼굴을 보는 건 아닐 테고요."

은호가 농담 섞인 말투로 물었다.

"그러게 말입니다. 오늘 보니 또 새삼스럽습니다."

"무슨 일입니까? 이리 선선히 인정을 다 해 주시고?"

"오는 길 내내 양쪽에서 사람들이 그대의 얼굴 칭찬하는 소리를 들었더니 말입니다."

"아, 뭐."

새삼스럽지도 않다는 듯 은호가 대답했다.

"그래서 밖에 나갈 때는 부채로 얼굴을 가리는 게 습관인데 오늘은 그대와 함께 있어 깜박했군요."

"……일등 신랑감이라던데요. 혹여, 정해진 혼처는 있습니까?"

생각할 틈도 없이 그냥 흘러나와 버린 물음이었다.

빈이 입을 다물었다. 갑자기 그런 걸 왜 물었는지, 말을 주워 담고 싶었다.

'도대체 그런 걸 물어서 뭘 하려고! 없다고 하면 순순히 받아들일 수는 있고?'

스스로가 너무 바보 같았다. 하지만 엎질러진 물이었다. 그냥 은호가 모른 척 이야기를 돌려도 괜찮을 것 같다고 생각하며 고개를 들었다.

뒤로 보이는 건 사람들이 소원을 빌며 강에 띄워 놓은 많은 연등들.

수없는 연등이 각자의 소원을 담은 채 둥실둥실 떠내려가고 있었다. 강물에 연등의 불빛이 비쳐 마치 금물을 풀어 놓은 듯 보였다.

별세계에 온 듯한 느낌.

강둑 위로 늘어진 버드나무의 잎사귀가 바람에 쓸리는

소리가 났다.

"있습니다."

은호의 목소리가 그 위로 내려앉았다.

"아주 오래된 정혼자가요."

그렇게 말하는 현은호의 목소리는 담담했다. 오히려 놀란 건 빈이었다. 이런 식으로 숨기지 않고 대답할 줄은 몰랐으니까.

"예?"

"다들 놀라긴 합니다. 물론 알 만한 사람들은 아는 공공연한 비밀이기도 하지만요. 글쎄요, 이제는 저도 어떻게 될지 모르는 혼담이라."

그렇게 말하는 은호의 옆모습에 어딘지 모르게 수심이 드리워져 있었다.

"어떻게 될지 모른다니……."

"제가 답을 하나 했으니 그대도 제 질문에 답을 해 주시지요. 귀혼구를 모으는 이유는 뭡니까?"

훅 들어온 질문이었다.

"진우처럼 집안 대대로 벽사를 해 온 거면 모르겠는데, 그대는 그런 것도 아닌 것 같고. 벽사를 하고 나면 나오는 귀혼구는 왜 모으는 건지요?"

빈의 허리춤에서 잘강이는 색색의 구슬들.

"저도 솔직히 답했으니, 그대도 솔직히 답해 주셨으면
합니다."

그 말에 빈이 잠깐 생각에 잠겼다.

어차피 무슨 대답을 하든, 은호는 자신이 서문빈이라는
사실을 모를 거였다. 그렇다면 이 순간만큼은 솔직해져도
되지 않을까.

"……평범한 사람이 되어 조용히 살아가고 싶거든요. 그
리고 그렇게 조용히 사랑하고 싶고요."

"조용히 사랑하고 싶다고요?"

"나는 벽사가들 중에서도 특이한 경우입니다. 태어날 때
부터 저승과 이승을 모두 보았지요. 덕분에 어릴 때부터
귀들에게 몸을 빼앗기는 일이 많았습니다. 주변에 있는 이
들은, 전부 이런 나 때문에 다치거나…… 죽었습니다."

내 동생 환이.

어린 나이에 남동생이 요절한 것도 전부 자기 탓이라고
빈은 생각했다.

"지금이야 이리 귀들을 다루는 방법을 익혀, 그나마 어
느 정도 조절할 수 있지만 언제 어떻게 될지 모릅니다. 나
는 그야말로…… 시위를 팽팽히 당긴 활인 셈이지요. 언제
어떻게 화살이 날아갈지, 그리고 그게 어디에 맞을지 모릅
니다."

이미 그렇게 남동생을 잃고 은호를 죽을 위기에 빠뜨렸다. 다시는 그런 일을 겪고 싶지 않았다.

"귀혼구 108개를 모으면 원래의 운명으로 되돌아갈 수 있다 합니다. 이런 뒤틀린 운명도, 평범한 사람의 것으로 되돌아갈 수 있을까 싶어 이리 모으는 것입니다."

마음속에만 담아 두었던 진심이 오늘만큼은 술술 풀려 나왔다.

현은호는 자신이 누구인지 영영 모를 테니까.

"그렇게 평범한 사람이 된다면, 내가 태어나고 이 세상에 존재한 그 자체를 속죄하는 마음으로 조용히 살고 싶습니다. 이런 내가 누군가와 이어진다는 생각은, 감히 마음에 품지도 않습니다. 그러니 조용히 살며 조용히 사랑하고 싶습니다. 그게 내가 할 수 있는 전부일 테지요."

그 말에 은호가 뭐라 대답할지 몰라 머뭇거렸다. 이윽고 한마디 물음이 겨우 은호의 입술에서 흘러나왔다.

"……괜찮습니까?"

"예?"

빈이 되물었다.

"그대는, 괜찮냐는 겁니다. 그 뒤틀린 운명을 그대가 가지고 싶어서 가진 것도 아니잖습니까. 어디로 날아갈지 모르는 화살을 마음에 두고 전전긍긍하며 살아가는 건 그대의 몫이고요. 나는 그런 그대가…… 왜 이리 안타까워 보이는지 모르겠습니다."

순간 눈물이 나올 뻔했다.

빈이 얼른 고개를 돌렸다. 이런 모습을 보여 주고 싶지 않았다.

은호의 대답은 예전과 똑같았다. 자신의 이야기에 가장 먼저 괜찮으냐고 물어봐 준 유일한 사람.

이러면 계속 착각하고 싶어지잖아. 아직도 그가 나를 생각한다고.

어쩌면 우리가 다시…….

밀려 나올 것 같은 마음을 꾹 누른 빈이 겨우 입을 뗐다.

"괜찮아지려 노력하고 있습니다."

"그래요. 노력하면 안 될 일이 뭐 있겠습니까. 저도 그대의 노력을 옆에서 응원하고 싶습니다."

남실거리는 물결에 떠가는 소원 연등.

"우리도 하나 띄워 볼까요?"

어느새 저쪽에서 연등을 받아 온 은호가 빈을 향해 물었다. 무거워진 분위기가 연등 하나에 확 달라졌다.

"그래도 중요한 행사인데, 안 하기엔 아깝잖아요."

연등이 빈과 은호 사이에 불을 밝혔다.

"이쪽에 띄워야 아래로 잘 흘러갈 것 같은데……."

빈이 연등을 든 채 강 쪽으로 내려갔다. 어디에 등을 내려놓으면 좋을지 고민하며 빈이 한 발 더 내디뎠다.

"어……?"

앞으로 기울어진 빈의 몸이 휘청거렸다. 땅인 줄 알고 디딘 곳이 물풀만 가득한 강물이었던 것이다.

"잠깐……!"

빈이 강물로 빠지기 전, 단단히 허리를 감아오는 손이 있었다. 그러자 빨려가듯 빈의 몸이 뭍으로 당겨졌다.

"아."

시야 가득히 들어오는 그 얼굴.

그늘로 가득한 이곳에서도 오로지 밝게 빛나는 그 존재.

둘의 시선이 가까이에서 맞부딪쳤다.

"조심하셔야지요."

다정한 목소리. 은호가 빈의 손을 잡고 안전한 곳으로 데려왔다.

"이런 날 강물에 빠지면 고뿔이 들 겁니다. 어디 젖은 곳은 없으시지요?"

은호가 빈의 모습을 꼼꼼히 확인했다.

"괜찮습……."

그렇게 대답하던 빈의 말이 막혔다.

빈의 옷자락 사이에서, 은호가 뭔가를 발견했다. 은호의 손에 들린 오래된 종잇조각. 그게 무엇인지 빈은 단번에 알아챘다.

"왜, 이게 그대의 품에서……?"

혼란스러운 눈빛으로 은호가 빈을 내려다보았다.

빈의 심장이 쿵 떨어지는 것 같았다. 어쩔 줄 모르겠다는 눈으로 빈이 은호와 그의 손에 들린 종이를 보았다.

"소, 송구합니다!"

빈이 연등을 떨어뜨린 채, 황급히 고개를 숙여 보이고는 그대로 도망쳤다.

"선비님, 선비님!"

은호가 빈의 뒤를 따라가려 했지만 연등회의 마지막 날을 즐기러 나온 인파에 밀렸다.

"선비님!"

빈의 뒷모습이 사람들 사이에 섞여 사라져 버리고 말았다. 은호가 믿을 수 없다는 눈으로 사방을 둘러보았다. 하지만 은호에게 남은 건, 오로지 빈의 옷자락 사이에서 발견한 종잇조각뿐이었다.

"어째서, 왜……."

은호가 멍하니 제 손에 들린 쪽지를 확인했다. 안에 적힌 내용은 짧았다.

'서문 아씨께, 현은호 드림.'

그건 분명 현은호, 자신의 어릴 적 글씨체였다. 자신이 쓴 기억도 없는 쪽지를, 왜 저 이름 모를 선비가 가지고 있었던 걸까.

창백한 안색, 남자치고는 높은 목소리.

방금 전, 허리를 끌어안을 때 느껴졌던 가느다란 뼈대.

"설마."

그럴 리가 없다.

그러나 아무리 생각해도 답이 나오지 않았다. 은호가 책상 위에 놓인 종이를 다시 한번 들여다보았다. 그런다고 해서 안에 적힌 내용이 바뀌는 건 아니었다.

"서문 아씨께, 현은호 드림……."

혹시 몰라 가지고 있던 옛날 일기와도 글씨체를 비교한 후였다.

분명 그건 자신의 글씨가 맞았다. 하지만 기억을 아무리 되짚어 보아도 서문가에 편지를 보낸 일이 없었다.

"너무 어릴 때라 기억이 안 나는 건지."

그러나 이게 진짜라고 해도 한 가지, 왜 이걸 그 선비가 가지고 있었는지는 여전히 의문점이었다.

연등회 기간 함께했던 그의 얼굴을 떠올렸다.

"결국 방법은 하나겠군."

쪽지를 품 안에 집어넣고는 은호가 자리에서 일어났다.

"직접 가 보는 수밖에."

서문가는 지척이었다.

은호의 집에서 조금 더 들어가면, 외딴곳에 자리 잡고 있는 집. 인기척이 느껴지지 않는 서문가의 대문을 보며 은호가 잠시 망설였다.

이렇게 서문가를 직접 방문하는 건 처음이었다. 들어가서 대체 뭐라고 해야 할지도 고민이었다. 머뭇거리던 은호의 뒤에서 놀란 목소리가 들렸다.

"혀, 현가의 도련님?!"

눈을 휘둥그레 뜬 하인이 이쪽을 바라보고 있었다.

함께 서 있던 다른 하인들도 비슷한 얼굴이었다. 쏟아지는 시선에 은호가 작게 헛기침을 했다.

"동부승지에 오르셨다는 얘기는 들었습니다! 감축드립니다!"

"아, 고맙네. 내가 왔다고 고해 줄 수 있겠나?"

"정, 정말로 이 댁에 찾아오신 게 맞으셔요?"

"내가 어디 못 올 곳이라도 왔는가?"

"어휴! 그건 아니지요! 다만 오늘은 나리도 마나님도 계시지 않으십니다."

"그럼 아씨께서는?"

그 말에 하인의 얼굴에 당혹감이 스쳤다.

"아, 아씨께서는……. 잘은 모르지만 별채에 계실 겁니다."

"그래? 그럼 아씨를 뵈어야겠네."

그 말에 하인들이 수군거렸다.

일단 도성 안에 소문이 자자한 현은호가 이렇게 서문가에 찾아온 것도 그러려니와 그것도 아씨를 찾는다는 말에 다들 놀란 것이었다. 도성 최고의 미남이 왔다는 소식에 여자 하인들이 우르르 몰려나와 은호의 얼굴을 힐긋힐긋 바라보았다.

"아, 아씨는, 그것이……. 삼월이, 삼월이 어디 있느냐!"

하인이 삼월의 이름을 불렀다. 마침 별당 쪽에서 나오던 삼월이 제 이름을 부르는 소리를 듣고 이쪽으로 달려왔다.

"무슨 일로 부르, 에구머니나!"

서 있는 현은호를 보고는 삼월이 놀라 커다랗게 소리쳤다. 하지만 얼른 머리를 조아렸다.

"도, 도련님! 송구합니다, 송구합니다!"

"괜찮네. 아씨께서 지금 별당에 계시는가?"

그 물음에 삼월의 표정 역시 미묘해졌다. 옆에서 하인이 삼월을 재촉했다.

"지금 도련님께서 하문하고 계시는데 얼른 대답을 올리

지 않고 뭐 하는 게야?"

"그, 그것이……."

하인의 말에도 삼월의 대답은 쉽게 나오지 않았다. 그걸 본 은호가 혼잣말처럼 중얼거렸다.

"내 듣기로는 서문 아씨께서는 바깥 출입을 잘 안 하신다 하던데."

"오, 오늘은 잠깐 일이 있으셔서! 그래서 지금은 안 계십니다!"

그 말에 하인들도 그게 무슨 소리냐는 듯 삼월을 바라보았다.

"아기씨께서 별채에 안 계신다고? 그게 무슨 소리냐? 아기씨께서 나가실 곳이 어디 있다고?"

"그, 그게……."

삼월이 제대로 말을 하지 못하는 걸 보고 은호가 얼른 입을 열었다.

"그러고 보니 아씨께서 오늘 일이 있다 한 것을 내가 잊어버린 듯하군. 그럼 기다려도 괜찮으니 아씨가 들어오실 때 말해 줄 수 있겠나?"

하인이 얼른 답했다.

"그러믄요. 은호 도련님이신데. 삼월아, 뭐 하느냐? 얼른 아기씨의 별채로 모시지 않고?"

삼월이 당황스러운 얼굴로 만류하려 했지만 은호가 한 발 더 빨랐다.

"그래 주면 고맙겠군."

갑작스럽게 찾아오긴 했지만 서로 혼약이 되어 있다는 건 다들 알고 있는지 은호의 방문에 대해 놀라긴 했어도 꺼림칙하게 여기는 것 같지는 않았다. 게다가 이렇게 바로 아씨의 별채까지 안내해 주는 걸 보면 서문가 내에서도 이 혼약이 지속되길 바라는 것 같기도 했고.

하지만 은호의 앞에서 종종걸음을 치고 있는 이 몸종은 뭔가 조금 달랐다. 워낙 두문불출이어서 밖에 아는 사람도 없다는 서문가의 아씨가 자리에 없다는 것도 이상했고, 어디에 가셨냐는 다른 하인들의 물음에 제대로 답하지 못한 것도 마음에 걸렸다.

'생각해 보면 서문가의 단 하나뿐인 여식인데……. 다른 하인들은 아씨에 대해 잘 모른다는 느낌이었지.'

"그…… 이쪽에서 조금 기다려 주실 수 있으신지요. 제가 다과상이라도 봐 오겠습니다."

삼월의 말에 은호가 눈을 들어 자신의 앞에 있는 별채를 바라보았다.

은호의 눈썹이 살짝 꿈틀거렸다. 본채와 꽤 떨어진 곳에 있는 별채는 누가 봐도 관리가 소홀했다. 여기저기에 나 있는 풀들과 삭아 가는 나무, 떨어진 기왓장 조각들이 은호의 눈에 들어왔다.

그야말로 이 별채 자체가 덩그러니 놓인 짐짝 같았다.

"서문빈……."

이 별채에 살고 있을 서문빈 역시 비슷한 꼴일 것이다. 그제야 은호는 자신이 아씨에 대해 입에 올릴 때 왜 다른 하인들이 그런 표정을 지었는지, 별채로 오는 길이 왜 이리 멀었는지, 삼월이 처음에 왜 당황스러운 얼굴이었는지 깨달을 수 있었다.

돌아 나서려는 삼월에게 은호가 물었다.

"대체 이게 다 무슨 일이지?"

삼월이 머뭇거렸다.

"이게 무슨 일이냐고 물었다. 왜 아씨께서 이런 별채에 살고 계신 거지? 게다가 이 금줄은 다 무엇이고? 마치 귀신이라도 나올 것 같은 모습이구나."

그 말에 삼월의 얼굴이 굳었다.

"그걸 정말 모르셔서……."

뭐라 말을 하려던 삼월의 목소리는 거기서 끊겼다. 고개를 저은 삼월이 은호를 바라보았다.

"주제넘지만 한 말씀 드리겠습니다, 도련님. 저는 솔직히 오늘 갑자기 도련님께서 왜 저희 아씨를 찾아오셨는지 모르겠습니다.”

삼월의 목소리에는 가시가 있었다.

“제가 도련님을 돌려보낼 수 없으니 망정이지, 아니었더라면 별채에 도련님을 들이지도 않았을 겁니다.”

“그러니까 그게 무슨……”

“아기씨께서는 곧 오실 겁니다. 손님맞이에 흠이 있으면 뒷말을 듣는 건 결국 아기씨일 테니 전 이제 다과상을 봐오겠습니다.”

그 말만을 남긴 채 삼월이 뒤도 돌아보지 않고 자리를 떴다. 생각보다 더한 냉대에 은호가 고개를 갸웃거렸다.

물론 정혼자의 집에 처음으로 찾아오는 거긴 했다. 하지만 혼약을 맺고서도 혼례를 치르기 전까지 얼굴 한번 보지 않는 부부들이 많았다. 그렇기에 그동안 찾아오지 않은 것을 저리 탓할 수는 없었다.

“알 수가 없군.”

쓰러져 가는 별채에서는 싸한 향냄새가 났다. 마루에 앉은 은호가 늘어져 있는 금줄을 손으로 한번 건드렸다. 본디 금줄은 아이를 낳은 산모의 방에 삿된 것들이 들어가지 못하도록 치는 거였다. 그런데 혼인도 하지 않은 이의 방에 금줄이 달려 있었다. 이걸 본다면 다들 미쳤다고 할 게 분명했다.

167

점점 더 기묘했다. 도대체 자신의 정혼자, 서문빈은 어떤 사람이란 말인가.

"서문빈."

지금까지 한 번도 관심을 두지 않았던 이름이었다.

어릴 적 정해진 자신의 정혼자, 마치 늘 그 자리에 있는 가구처럼 놓아 둔 이름.

정말로 서문빈과 자신이 혼인할 거라고는 생각지 않았다. 어머니가 저리 열심히 매파들을 만나는 걸 보면 언젠가는 자신의 옆에 설 여인의 이름이 바뀌겠거니 그렇게 짐작만 하고 있을 뿐이었다.

"그러나, 아직은 서로의 정혼자니까. 신경을 아예 안 쓸 수가 없지."

바스락.

불어오는 바람에 마루 끝에 놓인 바구니 안에서 뭔가가 바스락거리는 소리를 냈다. 은호가 살짝 몸을 기울여 바구니 안을 들여다보았다.

"이건……?"

은호의 입에서 놀란 목소리가 흘러나왔다.

바구니 안에는 편지로 보이는 낡은 종이들이 수북이 쌓여 있었다. 그리고 그 종이들에는 하나같이 낯익은 글씨가 빽빽이 적혀 있었다.

떨리는 손으로 은호가 종이들을 열어 보았다.

서문 아씨께. 오늘은 날이 좋습니다. 숙부께서 보내 주신 당과를 조금 보내드립니다.

······그때 함께 갔던 들판에 꽃이 많이 피었다 합니다. 다음에는 함께······.

서문 아씨께. 강물이 언 것을 보셨습니까? 얼음이 더 두껍게 얼면 같이······.

"대체, 이게 왜······."

자신이 보낸 적도 없는 편지들이, 함께한 기억도 없는 시간들이 그 바구니 안에 고스란히 쌓여 있었다.

얼마나 많이 펴 보았는지 편지의 접힌 부분이 너덜너덜했다. 이 자리에 앉아 가만히 편지를 들여다보았을, 누군가의 모습이 떠오를 정도로.

은호의 얼굴이 굳었다. 뭐라고 설명할 수 없는 기분이 그를 덮쳤다. 분명 뭔가 자신이 놓치고 있는 게 있었다.

혼약을 맺어 놓고도 정혼자가 없는 것처럼 다른 혼처를 찾던 어머니, 서문가의 아씨에 대해 물으면 어물쩍 넘기던 현가의 하인들.

그리고 지금 여기 이렇게 남아 있는 자신의 필적까지.

"도대체 뭘 숨기고 있단 말인가!"

현은호 자신만 모르는 뭔가가 있었다.

은호가 자리에서 일어나 별채의 방문을 열어젖혔다. 이 일에 대한 단서가 더 남아 있을지 몰랐다.

서문빈의 방 안을 본 은호의 표정이 기묘하게 변했다.

서문빈의 방에는 보통 여인들의 방처럼 반짇고리나 꽃병풍, 혹은 소일거리로 읽는 서책 같은 건 없었다. 대신 벽 한쪽에 고이 모셔 놓은 검과 활이 가장 먼저 눈에 들어왔다.

깃털을 단 화살들. 뭔가를 빼곡하게 적다가 만 종이들.

은호가 벽에 걸린 무기들을 바라보았다. 물론 활은 여염집 아낙네들도 심심풀이로 쏠 수 있다고 하지만 검은 아니었다.

게다가 그 검은, 분명 은호도 본 적이 있는 검이었다.

은호가 멍하니 벽에 걸려 있는 검을 바라보았다.

"인년, 인월, 인일, 인시에 만든 사인검……."

그리고 검의 끝에 달린 건, 자신이 벽사가 선비에게 주었던 그 옥 장신구였다.

손가락으로 그 장신구를 천천히 매만졌다.

은호의 호흡이 살짝 가빠졌다. 이젠 정말로 확실했다.

사곡정에서 자신의 목숨을 구해 주고, 연등회 기간 내내 함께 벽사를 한 그 사람이, 바로 자신의 정혼자인 서문빈이라는 것이.

방 안은 어떤 절박한 공기로 가득 차 있었다.

그날 들었던 이야기가 떠올랐다. 평범한 사람으로 조용히 살기 위해 귀혼구를 모은다는 서문빈의 대답. 자신 때문에 많은 사람들이 해를 입었다는 이야기.

방 안에서는 다시는 상황이 그렇게 흘러가도록 두지 않겠다는 일종의 다짐이 뚝뚝 흘러나오고 있었다.

스스로를 해치고, 입 다물게 하고, 귀들을 벽사해 귀혼구를 모으는 일을 해내서라도 평범한 사람이 되어 조용히 살고 싶다는 그 다짐.

"서문빈, 도대체 당신은 누구란 말입니까……?"

바깥에서 누군가의 발걸음 소리가 났다.

은호는 그것이 자신이 기다리던 이의 발걸음 소리라는 것을 바로 알아챘다.

이상한 일이었다. 얼굴 한번 본 적 없다 여겼던 자가 다가오는 소리를 이리도 확실하게 분간할 수 있다니.

은호가 방문을 나서 다시 마루에 선 순간, 정원의 꽃나무 뒤에서 누군가의 그림자가 움직이는 게 보였다.

정원에 피어 있는 것은 하얀 동백꽃.

늦겨울에 이미 피고 졌어야 할 동백꽃은 이 계절과 맞지 않았다. 눈송이 같은 흰 꽃이 새파란 동백 잎 위에 뚝 떨어져 있는 것처럼 보였다.

'대체 이곳은……'

이 별채에 발을 들인 순간부터, 은호는 뭔가에 홀린 기분이었다.

동백나무 뒤에서 치맛자락이 움직였다.

"여기까진 무슨 일이십니까?"

익숙한 목소리가 던지는 물음.

그 물음과 함께 동백꽃 하나가 땅바닥으로 뚝 떨어졌다. 땅 위에 떨어진 흰 동백꽃을 보며 은호가 생각했다. 동백은 충정을 뜻하기도 하지만 꽃잎이 아니라 꽃째로 떨어지는 그 모양새가 꼭 모가지가 떨어지는 것 같다 해 사대부의 집에는 심지 않는다는 것을.

"……서문빈?"

은호가 그 이름을 부르자 꽃그늘 아래 숨어 있던 그림자가 살짝 움직였다. 손을 가만히 제 가슴께에 올리는 듯한 모양새. 반짝이는 나뭇잎 사이로 여인의 옆얼굴이 희미하게 보였다.

"이름을 기억하고 계실 줄은 몰랐습니다. 아, 동부승지의 자리에 오르신 것 뒤늦게나마 축하드립니다. 미처 그 말씀을 드릴 기회도 없었군요."

"기회가 없었다기보다는…… 그냥 영영 말을 하지 않을 생각이 아니었습니까?"

땋아 내린 머리카락 위로 햇살이 미끄러져 내렸다. 그리고 그 끝에 달린 붉은 댕기.

그것을 본 은호가 눈을 깜박였다.

언젠가 꿈속에서 저것과 같은 댕기를 본 적이 있었다. 강가에서, 약속을 하며. 그때도 그 소녀의 얼굴은 잘 보이지 않았다. 지금처럼.

"굳이 말을 하지 않아도 괜찮은 사이가 아닙니까."

꽃나무 그늘 뒤에서 그런 대답이 흘러나왔다.

말을 하지 않아도 괜찮은 사이.

지금 은호와 빈이 서 있는 정원의 거리가 마치 넘을 수 없는 바다처럼 느껴졌다.

"그럼 이제 말씀해 주시지요. 오늘 갑자기 무슨 바람이 불어 이렇게 저를 찾아오셨는지요?"

빈의 목소리는 단정했다. 하나의 꼬투리도 잡히지 않겠다는 듯.

은호는 그게 마음에 들지 않았다. 표면적이라고는 하나 자신과 빈은 벌써 정혼을 맺은 지 오래된 사이였다. 그런데 이렇게 남남보다도 못하게 말하다니.

은호가 저도 모르게 마루에서 내려와 빈이 있는 나무 바로 뒤로 다가갔다.

"내가 그동안 그대에게 신경을 많이 못 쓴 듯하여……."

"신경을 못 쓴 것보다는 그냥 영영 신경을 쓰지 않아도 좋을 사이가 되고자 함이 아니었습니까?"

아까 은호가 말한 그대로 빈이 돌려주었다.

은호의 말문이 막혔다. 솔직히 옷자락에서 나온 쪽지만 아니었어도 여기까지 찾아오진 않았을 것이다.

꽃나무 뒤에서 그림자가 움직였다. 나뭇잎 틈새로 살짝 내리깐 속눈썹이 보였다.

"지금까지 아무런 관심도 두지 않으셨으면서 이제 와서 왜 그러시는지 연유를 들을 수 있겠습니까?"

"연유라니요. 그저……."

"그저 갑자기 불쌍해져서요?"

이어지는 말에 은호가 대답하지 못했다. 빈이 다시 입을 열었다.

"저도 그렇게 그대와 다시 만날 줄은 몰랐습니다. 도성에 올라왔다는 이야기를 듣고 곧 우리의 혼약이 깨지겠거니 생각했을 뿐입니다."

빈이 숨을 들이마셨다.

"……사곡정에서 만난 것도, 연등회에서 그리 함께 다닌 것도 모두 우연입니다. 본의 아니게 정체를 숨겼으나 그게 내 뜻이 아님을 그대도 알 것입니다."

함께 다녔던 선비가 자신이었음을 인정하는 말을 듣자마자 은호가 동백나무를 돌아 빈의 앞에 섰다.

훅.

시원한 풀향이 퍼졌다. 그 향에 빈이 눈을 들어 보면.

"아."

시야 가득히 들어오는 건, 그 눈빛.

서늘한 얼굴과 대비되는 뜨거운 시선. 순간, 빈은 세상의 모든 빛이 죄 자신을 향해 쏟아지는 기분이 들었다. 퍼붓는 빛줄기가 빈의 머리칼과, 콧등과, 둥근 어깨와, 저고리 고름에 맺혀 뚝뚝 흘렀다.

"서문빈."

빈의 바로 앞에 선 은호가 이름을 불렀다.

겨우 그것만으로도 고이 접어 넣어 두었던 마음이 다시한번 아릿하게 떨렸다. 고치에서 빠져나오는 나비처럼 날갯짓을 했다. 한번 자라난 마음은 꺾을 수도 없고 가릴 수도 없는 것이었다.

빈이 시선을 돌렸다. 아니, 돌리려고 했다. 하지만 은호에게 손을 잡혀 그럴 수가 없었다.

"그래요. 이해하겠습니다. 벽사를 다닌다는 것까지는 그동안 그대가 말씀해 주신 것들로 이해하도록 하겠습니다. 하지만……."

은호가 서문빈의 얼굴을 읽듯이 보았다. 슥 훑고 지나가는 게 아니라 한 줄 한 줄 의미를 생각하며 읽어 나갔다.

"저 편지들은 무엇입니까? 바구니 안 가득히 담겨 있는 '내' 편지 말입니다."

은호의 말에 빈이 눈을 감았다.

가장 들키고 싶지 않았던 것까지 전부, 고스란히 들키고 말았다.

"말씀해 주시지요. 난 그대와 사곡정에서 처음 만난 게 아닙니까? 도대체 어째서, 내가 쓴 편지들이, 그것도 아주 오래전에 쓴 편지들이 그대에게 있는 건지요!"

그 질문에 빈이 가만히 숨을 들이마셨다.

"꼭 알아야겠습니까? 이미 다 지나간 일들입니다."

"어떻게 저걸 그저 다 지나간 일이라고 말할 수 있습니까? 어떻게!"

은호의 목소리는 격앙되었다.

하지만 오히려 빈의 얼굴엔 표정이 사라졌다. 이미 몇십 번이고 몇백 번이고 상상했던 일이었다. 언젠가는 겪어야 할 그런 일.

연습한 대로 말은 막힘없이 흘러나왔다.

"그게 맞으니까요. 이미 지나갔고, 끝난 일입니다. 그대 가 이렇게 다시 들쑤신다 해도, 바뀌는 것은 없습니다. 저 에 대한 이야기는 이제 대충 아시겠지요. 그대가 과거에 급제했을 때부터 언젠간 이런 날이 오리라 생각했습니다."

"무엇을……."

"어차피 그대가 원하는 것도, 내가 원하는 것도 같습니다. 우리의 길은 이미 나뉘어 있던 겁니다. 다른 가문과 정식으로 혼사를 맺고 싶으신지요. 그렇게 하십시오. 나 역시 이 혼약을 계속하고 싶지 않습니다."

"……뭐라고요?

빈의 말에 은호가 되물었다. 그러나 빈은 눈썹 하나 꿈쩍이지 않았다.

"그때 말씀드리지 않았습니까. 나는 그저 평범한 사람이 되어, 조용히 살고 싶다고요."

"그리고, 조용히 사랑하고 싶다고도 하셨지요. 그렇지 않습니까?"

"우리의 관계에 그 어떤 것도 의미를 부여하지 마십시오. 그 어떤 의미도 소용없을 테니 말입니다."

"소용없다고요? 아무 의미도 없다고요?"

현은호는 이상했다.

빈이 이렇게 도망치면 안 된다는 생각이 들었다. 자신을 바라보는 서문빈의 저 얼굴, 그 표정.

"그런데 왜! 그런데 왜 그대는 나를 지금 그런 표정으로 보시는 겁니까? 예?"

은호가 빈의 얼굴을 들여다보았다. 마음의 문을 내린 그

틈 사이로, 보이는 흔들리는 감정들.

"나는 이제야 그대의 얼굴과 목소리를 알았는데 그대는 왜…… 꼭 나를 사랑했다가 그대로 포기한 것만 같은 얼굴을 하고 있습니까?"

은호의 말은 아주 잘 벼린 검처럼 빈의 마음을 얇게 저며 냈다.

시작도 하지 않은 마음과 이미 정리를 끝내 버린 마음의 간극.

은호의 말이 천천히 내려앉았다.

빈은 정말 그냥 울고 싶었다. 지금껏 쌓아 온 벽이 아무런 소용도 없게, 비처럼 내려 버리면 정말 저더러 어떡하라고.

하지만 여기서 빈이 할 수 있는 말은 오직 하나였다.

"여기서 헤어지는 것이 맞습니다, 우리는."

서문빈은 누군가를 사랑해서, 행복해질 수 없었다. 그건 서문빈에게 허락된 것들이 아니었다.

"제가 말했지 않습니까. 나는 언제 어디로 쏘아질지 모르는 화살을 품고 있는 사람이라고요. 그리고…… 지금껏 내가 했던 일들에 대해 속죄하며 살아야 합니다. 그러니 나를 더 이상 붙잡지 마십시오."

그렇게 말한 빈이 고개를 숙였다.

"그럼, 돌아가 보십시오. 평안히 가시길."

흔들림 없이 자신의 옆을 스쳐 지나가는 빈을 은호가 잡지도 못한 채 바라보았다.

뚝.

다시 한번, 흰 동백꽃이 아래로 떨어졌다.

방 안으로 들어온 빈이 저도 모르게 다리에 힘이 풀려 그대로 주저앉고 말았다. 온몸에서 힘이 빠져나간 것 같았다.

'이게 맞아, 이게 맞는 일이야……'

빈의 뺨을 타고 뚝뚝 흘러내린 눈물이 바닥에 방울방울 떨어져 흔적을 남겼다.

이해할 수 없었다.

서문빈은 그동안 자신이 현은호라는 사실을 알고 있었다. 그러면서도 아무렇지도 않게 대했다.

"내가 알아차리지 못했더라면 아마 끝까지 속였겠지. 이름도 알려 주지 않고, 그냥 지나가는 사람처럼."

이상했다. 그리고 그 편지들.

분명 자신이 기억하지 못하는 것들이 있는데 그게 언제의 일인지, 어느 정도 기억을 하지 못하는 건지도 알 수가 없었다.

게다가 자신을 쳐다보던 그 얼굴.

차마 지울 수 없는 감정들이 남아 있는 그 얼굴은…….

"분명 나를……."

"……은호? 지금 내 말 듣고 있나?"

진우가 은호의 눈 앞에서 손을 흔들었다. 그제야 은호가 상념에서 깬 진우를 바라보았다.

"어?"

"또 무슨 생각을 하길래 내 말을 하나도 안 듣고 있어?"

"별것 아닐세."

"별거 아니긴. 얼굴을 보니 뭔가 골치 아픈 일이 생긴 모양인데."

"됐네. 무슨 일인가?"

"아, 저번에 사곡정에서 가져온 명단으로 영의정 쪽 사람들을 조사하고 있었는데 말이야. 특이한 사람이 하나 나왔어."

"특이한 사람?"

"요새 도성에 다시 돌아온 소문난 점사가 하나 있거든. 웬만한 미래는 다 맞히고 돈만 알맞게 지불하면 소원이란 소원은 다 이뤄 준다는군."

"그런데?"

"그런데 이 점사가 역시 영의정 쪽 사람인 것 같아. 중전마마께서 이 점사의 집을 몰래 들른 적이 있다는 사실을 알아냈거든. 사곡정 사건 이후로 계속해서 벌어지는 해괴한 일들도 그렇고……. 그래, 자네도 보지 않았는가. 귀들의 모습이 점점 이상해지는 것 말이야. 왠지 연관이 있을 것 같거든.”

“영의정이 삿된 것에 손을 댄 게 정말이라는 건가.”

“여기 그 점사가의 얼굴을 그려 놓은 게 있네. 어때, 본적 있나?”

진우가 내민 초상화를 은호가 힐긋 바라보았다. 자신이 그런 사람을 알고 있을 리가 없다는 생각에 그냥 보는 척만 하고 넘길 생각이었다.

“……?!”

그러나 종이에 그려진 얼굴은, 은호도 본 적이 있는 얼굴이었다.

몰려든 뱀들 사이로 희미하게 보였던 그 얼굴. 또렷이 보지는 못했지만 워낙 특이한 얼굴이기에 확실히 기억할 수 있었다.

“진우, 혹시 내가 사곡정에 쓰러져 있을 때 말일세! 나를 구해 주었던 선비 말고 다른 사람은 없었나?”

“갑자기? 으음, 다른 사람은 없었던 것 같은데. 하지만 워낙 상황이 상황이었던지라, 기억이 잘 나지 않아.”

그 말에 은호가 고개를 살짝 저었다.

이런 얼굴의 사내가 옆에 있었다면 진우도 바로 기억해 냈을 것이다. 그 자리에 저 사내만 없었다는 것은.

'게다가 점사가라니. 그렇다면 벽사의 일에 밀접하게 닿아 있는 자가 아닌가!'

사곡정에 있었던 영의정의 사람, 낯선 점사가 사내.

그리고 그와 함께 있었던 서문빈.

'만약…… 빈이 영의정과 관련이 있다면?'

정말로 그렇다면 자신은 어찌해야 할까.

자신은 왕의 신하였다. 함께 공부한 벗이자 성심을 가장 잘 헤아릴 수 있는 믿음직스러운 신하. 만약 서문빈이 영의정의 편에 섰다면, 자신은 신하의 도리를 다해 그들을 축출해야 했다.

그런데 왜.

하얀 동백꽃 사이로 흔들리던 그 눈동자가 왜 계속 생각나는지 알 수가 없었다.

"이자에 대해 알아봐 주게, 진우."

은호가 그 말만을 겨우 내뱉었다.

3장
풍운뢰우제

은은한 꽃 향이 나는 차가 이 나라에서 가장 고귀한 여
인 둘 사이에 놓였다.

　대비가 자신의 앞에 앉아 있는 중전 한채령을 바라보았
다. 소박한 옷차림에 순한 눈을 깜박이며 앉아 있는 채령
이었지만 대비의 눈에는 그저 제 모습을 숨기고 혓바닥만
을 날름거리는 뱀처럼 보였다.

　'아비나 딸이나.'

　대비가 속으로 중얼거렸다.

　중전이 들어온 후, 궁 안의 분위기도 콕 집어 말할 순 없
지만 뭔가 이상하게 바뀌었다.

　대비가 채령의 뒤에 서 있는 상궁들을 바라보았다. 메마
른 눈동자가 살아 있는 사람들 같지가 않았다.

　"그래, 중전께서는 요새 편안하시오?"

"예. 대비마마와 전하께서 계시니 신첩이 해야 할 일이 뭐 있겠습니까. 다만 보고 따르는 것뿐이지요."

"이번 연등회에 주상과 함께 나가셨다 들었습니다."

"그것이 벌써 대비마마의 귀에까지 들어갔습니까."

그렇게 대답하는 채령의 얼굴엔 보란 듯한 미소가 걸려 있었다. 아무리 다른 후궁들이 주상의 총애를 차지했다는 소리가 들려와도 자신의 자리는 이렇게 굳건하다는 걸 보여 주는 듯했다.

"원자는 어찌 지내는가?"

대비의 그 말에 채령의 눈이 살짝 가느다래졌지만 그뿐이었다. 채령이 다시 고개를 살짝 숙이며 대답했다.

"하루가 다르게 쑥쑥 크고 있습니다. 얼굴이 정말 전하를 많이 닮았답니다. 마마께서도 한번 보러 오시지요."

채령의 그 말에 대비는 대답 없이 차를 마셨다.

그 모습을 채령이 가만히 노려보았다. 아이가 벌써 두 살이 되었는데도 세자 책봉에 대한 말이 나오지 않았다. 대비 역시 그 선택에 힘을 실어 주려는 듯 낳았을 때를 제외하면 한 번도 따로 아기를 보러 오지 않았다.

내명부 안에서도 이제 이야기가 슬슬 나오고 있었다. 어쩌면 왕이나 대비께서는 다른 아이를 세자로 원하고 있는 건지도 모른다는 소리가.

'어리석은 것들.'

채령이 속으로 혀를 찼다. 아무리 그렇게 발버둥을 쳐 봤자 왕과 중전 사이 적자 소생을 어떻게 할 수 있을 리가 없었다. 다만 대치 상태가 길어질수록 자신의 입지가 흔들리는 게 마음에 들지 않을 뿐이었다.

'내가 어떻게 이 자리까지 올랐는데.'

채령이 가볍게 숨을 내뱉었다.

한씨 가문에서 하나뿐인 딸로 태어나 오로지 왕비의 자리에 걸맞은 교육을 받아 왔다. 자신은 이 나라에서 가장 고귀한 여자가 되기 위해 태어난 사람이었다.

처음으로 자신의 남편감이라는 남자를 보았을 때, 채령은 그저 이렇게 생각했다.

'저것이 나를 왕비의 자리에 올려 줄 사다리로구나.'

누가 사다리에게 다정이나 사랑 혹은 다른 것을 원하겠는가. 그저 사다리는 사다리 노릇만 잘하면 그만이었다.

휘의 위에 있던 다른 왕자들이 차례로 죽어 가는 것을 볼 때 채령은 자신이 한 계단씩 올라가고 있다고 느꼈다. 그때 사다리 위에 있던 한채령의 손을 잡아 주었던 건 그 누구도 아닌, 하나뿐인 오라비였다.

'파려.'

채령이 속으로 그 이름을 조그맣게 불렀다.

파려를 떠올리면 자신이 어디에, 어떤 상황에 있건 마음이 놓였다. 자신이 태어나기 전부터 한씨 가문에 터를 잡은 업신, 파려.

채령의 아버지인 한길전은 우연하게 자신의 집으로 굴러 들어온 복을 두 손으로 꽉 쥐었다. 업신은 본디 집에 기거하며 그 집에 돈과 복을 가져다준다는 존재였다. 그런 존재를 한길전이 놓칠 리가 없었다.

채령의 삶 모든 부분에는 파려가 있었다. 가장 첫 기억도 파려의 얼굴이었고 자신이 했던 첫말도 파려였다. 태어날 때부터 같이 지냈으니 정말로 가족 같은 존재였다. 그래서 호칭도 오라버니가 된 거였고.

어떤 인간이 저승의 존재를 오라비라 부를 수 있을까.

파려는 자신을 두려워하지 않는 채령을 퍽 아꼈다. 그래서 심심풀이로 이것저것을 가르쳤다. 채령은 자연스럽게 파려의 옆에서 글자를 익히는 동시에 귀 다루는 법을 배웠고, 그림을 그리며 함께 부적 만드는 법을 익혔다.

그런데 연등회 날에 보았던 자그만 체구의 사내, 그자가 감히 오라버니의 옷을 입고 있었다. 파려가 종종 다른 인간들과 어울린다는 것은 알고 있었다. 파려는 '그분'을 찾기 위해 여기저기 정보를 수집하며 다녔으니까.

그러나 이번엔 느낌이 묘했다. 어쩐지 마음이 불편했다.

어떻게든 시간을 내 파려의 집에 다시 한번 찾아갔지만 이승에 없다는 말만 듣고 돌아서야 했다. 파려가 이승의 자리를 비우는 것 역시 가끔 있는 일이었다. 그런데도 왜 이렇게 가슴 한구석이 불안할까.

"⋯⋯중전?"

대비의 부름에 채령이 퍼뜩 정신을 차렸다. 하지만 티가 나지 않도록 가만히 웃은 후 고개를 숙였다.

"예, 대비마마."

"곧 풍운뢰우제가 있다는 것은 중전께서도 아시지요?"

"예. 제사를 위해 만반의 준비를 하고 있습니다."

"아, 그래요?"

이쪽을 바라보는 대비의 눈길에는 의심이 묻어 있었다. 채령 역시 대비가 왜 저러는지 알고 있었다. 대비의 목소리가 낮게 찻상 위에 퍼졌다.

"작년과 같은 일이 한 번 더 일어난다면⋯⋯ 그대로 묵과하지 않을 겁니다."

"작년과 같은 일이라면⋯⋯."

채령이 짐짓 모른 척 말꼬리를 흐렸다. 대비의 눈썹이 살짝 위로 올라갔다.

"주상 전하께서는 심약한 성정을 타고나셨소. 그런 주상에게 어떤 변고라도 생긴다면 이 나라의 가장 웃어른으로

서 가만히 두고 보지 않겠다는 말이오."

심약한 성정.

그 단어에 하마터면 채령은 웃음을 터뜨릴 뻔했다. 그것을 겨우 참아 낸 채령이 현숙한 중전의 흉내를 내며 고개를 끄덕였다.

"저 역시 그렇게 생각합니다. 걱정 마십시오, 대비마마. 제가 옆에서 전하를 잘 보필토록 하겠습니다."

"풍운뢰우제를 주관하는 것은 전하와 중전이니 나 역시 더 이상 왈가왈부하진 않겠소."

"망극하옵니다."

채령이 은은한 미소를 띤 채 인사를 올렸다. 대비가 자신을 하나씩 뜯어보는 시선이 느껴졌지만 그런다고 해서 한낱 평범한 인간이 자신의 계획을 눈치챌 리가 없었다. 찻잔을 집어 들며 채령은 파려가 남긴 전언을 떠올렸다.

자리를 비우긴 했어도 채령이 부탁한 대로 풍운뢰우제의 준비는 모두 끝나 있었다.

파려가 모아 준 귀들, 그것이면 아마 이번 제사에서 심약한 성정을 가진 왕을 놀라게 하기에 충분할 것이다.

'혹은 더한 사건을 벌이거나.'

차를 한 모금 넘긴 채령이 속으로 고개를 끄덕였다.

어차피 일을 벌일 바에야 좀 더 확실하게 벌이는 것도

나쁘진 않았다.

'풍운뢰우제가 열리기 전에는 돌아오신다고 했지.'

이번 제사에는 파려도 참석하겠다고 했다. 본디 인간사에 관심이 없고 궁의 일이라면 귀찮은 건 딱 질색이라며 지금껏 자진해서 궁의 행사에 온 적이 없던 파려였다.

'기껏해야 내 책봉식에 온 게 전부였는데 갑자기 풍운뢰우제에 참석한다니. 역시 뭔가 심상치 않아. 대체 오라버니께서는 뭘 하고 계시는 건지.'

와드득.

이른 아침, 어전회의가 파하고 돌아가는 조정 대신들의 신발 아래 얇게 깔린 서리가 소리를 내며 부서졌다. 조정의 너른 박석 위로 한 겹 깔린 서리가 새하얬다.

"여름에 갑자기 서리라니요!"

"중요한 제사가 있기 전에 이런 일이라니, 원."

관복 자락을 펄럭이며 나가는 대신들이 걱정스러운 얼굴로 중얼거렸다. 한 해의 농사는 날씨에 달려 있었다. 제때 비가 내리고 제때 해가 뜨고 적당하고 알맞은 하늘의 뜻이 있어야 했다. 그리고 이 나라에 하늘의 뜻을 제대로 가져올 수 있는 사람은 가장 고귀한 왕밖에 없었다.

부덕의 소치.

대신들의 눈은 그렇게 말하고 있었다. 본디 왕의 재목이 아닌 자를 그 자리에 올려 두면 이런 꼴이 난다고. 왕의 기가 허약하여 왕의 자리를 버텨 내지 못하기 때문이라는 상소들이 올라오기 시작했다.

"벌써 여기저기서 상소들이 올라왔더군."

질린다는 표정으로 휘가 상소문들을 바닥에 던졌다. 앞에 앉아 있는 은호와 진우가 바닥에 뒹구는 상소문들을 바라보았다.

"도대체 나를 이 자리에 올린 것들이 누군데! 이제 와서 내가 왕의 자리에 앉을 만한 그릇이 안 된다고 해?"

휘의 목소리에는 분노가 서려 있었다.

"어린 나이에 보위에 올랐을 땐 그저 좋았겠지. 아무것도 모르는 나를 원하는 대로 할 수 있었으니까! 이제야 나의 생각을 펼치려 하니 내가 왕의 재목이 못 된다고 하는군."

"전하, 고정하십시오. 하나하나 반응하는 것 자체가 저들이 원하는 일입니다."

은호의 말에 그제야 휘가 용포 자락을 펄럭이며 자리에 앉았다.

"요새 너무 예민해져 있어. 매일 밤, 잠도 제대로 자지 못한다고."

그렇게 말하는 휘의 눈은 붉게 충혈되어 있었다.

"아직도 좋지 않은 꿈을 꾸시는 겁니까?"

진우의 물음에 휘가 고개를 끄덕였다.

"근래 들어 더 자주 꾸는 것 같아. 아무래도 앞두고 있는 게 있어서 그렇겠지."

휘가 무슨 걱정을 하는지 진우도 은호도 잘 알았다.

작년 풍운뢰우제 중간에 휘가 헛것을 보고 쓰러진 일이 있었다. 그때의 일로 대신들도 휘의 기가 약해 이 나라를 제대로 다스리지 못한다는 식으로 이야기를 했다. 그런저 런 일들이 휘의 기운을 더욱 갉아먹고 있었다.

"제사의 규모를 줄이는 것은 어떻습니까."

진우의 말에 옆에 있던 은호가 입을 열었다.

"그럴 순 없네. 다른 것도 아니고 날씨를 주관하는 신들 께 올리는 제사일세. 규모를 줄인다면 백성들의 동요가 더 커질 테지. 게다가 아직 일어나지도 않은 일을 가지고 두 려워하는 모습을 보인다면 왕가의 위신도 떨어질 것이고."

은호의 말에 휘도 고개를 끄덕였다.

"동부승지의 말이 맞아. 어떻게든 해내야겠지. 이제 와 서 규모를 줄이는 것도 있을 수 없는 일이고."

잠깐 생각하던 휘가 진우에게 물었다.

"그래서 이번 제사에 기용할 수 있는 벽사가가 몇이나 되는가?"

"아, 그것이……. 영의정파인 벽사가들을 제외하면 그 숫자가 많지는 않습니다."

그 말에 휘의 얼굴이 어두워졌다.

관상감 내에도 영의정의 그림자가 짙게 드리워져 있었던 것이다. 진우가 말을 올렸다.

"관상감에 속한 자는 아니지만…… 연등회 때 보았던 그 벽사가는 어떠십니까?"

그 말에 은호가 고개를 돌렸다.

"연등회 기간을 통해 은호와도 꽤 친밀감을 쌓은 자이고, 믿을 만하다고 봅니다."

"아, 아니. 잠깐……."

은호가 말리기도 전에 휘가 좋다는 듯 고개를 끄덕였다.

"생각해 보니 그자가 있었군! 그자는 내 얼굴도 알지 않나. 게다가 궁과는 상관없는 자이니 더더욱 이번 일의 적임자겠어!"

"전하, 그자는……!"

말하려던 은호가 입을 다물었다.

여기서 자신이 서문빈의 정체에 대해 한마디라도 흘린다면 빈이 어찌 될지 장담할 수 없었다. 감히 주상 전하 앞에 성별을 속이고 나선 점, 귀들을 보고 듣는 체질을 타고난 점, 그리고 어쩌면 영의정 쪽과 관련이 있을지도 모른다는 점까지.

모든 것이 무사하지 못할 이유였다.

'여기서 헤어지는 것이 맞습니다, 우리는.'

그렇게 말하던 서문빈의 목소리가 떠올랐다.

헤어지는 게 맞다고? 그걸 누가 정할 수 있단 말인가. 은호가 결심한 듯 고개를 숙였다.

"전하의 명을 받잡겠습니다. 신이 그자를 데려오도록 하지요."

은호가 마음속으로 빈에게 속삭였다.

'아니요. 우리는 다시 만날 겁니다. 그것도 가장 지엄한 어명을 통해서요.'

까악깍깍.

"어머, 까치가 우는 걸 보니 기쁜 손님이 오려나 봅니다."

삼월의 말에 화살촉을 손보던 빈이 고개를 들었다. 정원 나무에 앉은 까치가 몇 번 더 힘차게 울곤 푸드덕 날갯짓을 했다.

연등회 이후 파려가 통 모습을 보이지 않았다. 살아 있는 인간이 아니니 딱히 걱정이 되진 않았지만 그래도 안 보이니 신경이 쓰이는 건 사실이었다. 귀혼구령을 흘깃 바라보았다.

"이만큼 모았으면, 잘했다 칭찬을 좀 해 주실 텐데."

"예? 뭐라고요, 아기씨?"

삼월의 물음에 빈이 아무것도 아니라는 듯 고개를 저었다.

이제 정말 벽사에만 신경 쓰면 됐다. 그날 이후, 현은호는 찾아오지 않았다. 그렇게 일방적으로 혼사를 파하고 쫓아냈으니 당연한 일이었다.

'그래, 이게 맞는 거지.'

빈이 고개를 끄덕이며 생각했다. 어쩌다 잠시 길이 겹치게 되었지만 그뿐이었다. 미련을 남기면 안 됐다.

"아기씨! 손님이 오셨습니다!"

멀리서 하인이 커다랗게 소리쳤다. 별채 쪽으로는 더 이상 오지 않으려는 듯, 우뚝 선 채 고개만 한 번 숙이고는 곧 사라졌다.

"보세요, 아기씨. 제 말이 맞죠? 방물장수라도 왔……."

신난 얼굴로 자리에서 일어나던 삼월의 말이 뚝 끊겼다. 무슨 일인가 하고 고개를 빼서 본 빈의 표정도 굳었다.

그곳엔 현은호가 서 있었다.

"그대가 여기엔 무슨 일로 다시 왔습니까?"

그 물음에도 이쪽으로 들어오는 은호의 발걸음은 머뭇거림 하나 없었다. 푸른 도포 자락을 펄럭이며 이쪽으로 온 은호가 빈을 향해 말했다.

"나와 함께 가야겠습니다."

"갑자기 그게 무슨 말씀입니까? 내가 왜 그대와……."

"이는 주상 전하의 지엄한 어명입니다."

이어지는 은호의 말에 빈이 이해하지 못한 채 눈을 깜박였다.

"전하께서 연등회 때 그대를 본 것을 기억하시곤 이번 풍운뢰우제에 전하를 보필하라 명을 내리셨습니다."

"……주상 전하께서?"

어명.

그 말이 빈을 옭아맸다. 은호가 마지막 쐐기를 박았다.

"지금 나는 주상 전하의 명을 받은 신하로서 이 자리에 있는 것입니다. 그러니, 어명을 받은 서문빈은 이에 응하도록 하시오."

"아기씨, 정말 가시려고요?"

빈의 옷 수발을 들면서도 삼월이 재차 물었다. 현은호가 직접 가져온 옷은 하급 관리 복장이었다.

"그럼 어쩌겠느냐. 어명이라는데."

"이러다 만약 들키면 어쩝니까. 다른 분도 아니고 무려 이 나라의 왕을 속인 일이 될 텐데요!"

"여기서 어명을 받들지 않아도 죽음뿐이다."

"도대체 은호 도련님은 무슨 생각이신지……! 왜 중간에서 말리질 않고!"

"어명을 어찌 말릴 수 있었겠느냐."

그렇게 말한 빈이 벽사 도구들을 챙겼다. 마지막으로 사인검을 들어 올리던 빈이 검 끝에 달려 있는 분홍빛 옥 장신구를 보았다. 굳이 떼는 것도 우스워 그냥 두었다.

"다녀오겠다. 기다리지 말고."

"어찌 기다리지 않을 수가 있어요! 혹시 마님께서 찾으시면 제가 잘 둘러대겠습니다."

이어진 말에 빈이 씁쓸한 미소를 지었다.

자신이 이렇게 사라진다면 가장 먼저 가슴을 쓸어내릴 이들이 바로 제 부모였다.

"알겠다."

방문을 나서자 기다리고 있던 은호가 보였다. 순간 심장이 쿵 내려앉는 기분이었다. 다른 사람도 아닌, 서문빈을 위해 기다리고 있는 현은호.

그 광경을 본 것만으로도 심장이 쿵쿵 뛰었다. 빈이 입술을 깨물었다. 아직도 은호의 모든 것에 하나하나 반응하는 제 모습이 너무 싫었다.

"다 준비됐습니까? 그럼 가시지요."

은호의 뒤를 빈이 따랐다. 가는 길 내내 은호는 한마디도 하지 않았다.

정말로 해야 할 일을 하고 있다는 느낌뿐이었다. 빈 역시 잠자코 그 뒤를 따랐다.

"받으시지요."

은호가 궁을 출입할 수 있는 명패를 주었다.

"누가 물어보거든 관상감에 새로 부임한 사람이라고 둘러대세요."

"……알겠습니다."

빈이 고개를 들어 궁궐을 바라보았다. 자신이 이곳에 오리라고는 상상하지도 못했다.

구중궁궐.

빈이 눈을 들어 궁궐을 바라보았다. 모든 것에 위엄이 넘쳤다. 하지만 그 위엄만큼이나 피로감이 느껴졌다. 모든 것 하나하나에 신경을 써야 하는 가장 고귀한 자들의 피로감.

궁녀들이 종종거리며 궁 안을 가로질렀다. 오늘 있을 풍운뢰우제를 새벽부터 준비하는 모양새였다. 궁녀들이 서문빈을 향해 가볍게 고개를 숙였다.

"……아!"

그제야 자신의 차림새를 떠올린 빈이 얼른 궁녀들의 인사를 받았다. 몇몇 궁녀들이 그런 빈의 얼굴을 힐끔거리곤 자기들끼리 뭐라 속삭이며 웃음을 터뜨렸다. 새들이 지저

귀는 것 같은 웃음소리 사이로 "잘생기셨네!"라는 말들이
흘러나왔다.

그 소리에 빈이 머쓱한 표정을 지었다. 자신의 생에 이
렇게 당당히, 그것도 왕의 청을 받아 궁에 오게 될 줄은 상
상도 하지 못했다. 은호는 궁궐의 깊은 곳을 잘도 찾아 들
어갔다.

"전하께 고해 주게."

은호가 내관에게 말했다. 내관이 고개를 숙이곤 안으로
들어갔다.

그제야 진짜로 자신이 궁궐의 심장부까지 왔다는 게 느
껴졌다. 등골에 식은땀이 나는 기분이었다.

"곧 전하를 만나게 되실 겁니다. 절대 전하의 용안을 봐
서는 안 됩니다. 아시겠습니까?"

은호의 말에 빈이 고개를 끄덕였다. 연등회 때 얼굴을
보았다고 하나 제대로 기억나지 않았다.

"들어오십시오."

소리도 없이 문이 열리고 내관의 뒤를 따라 은호와 빈이
들어섰다.

"여기서 기다리시면 됩니다."

고개를 바닥에 대고 있자 내려진 비단발 뒤로 목소리가
들렸다.

"연등회 때 과인을 만난 것을 기억하느냐?"

"황공하게도 기억하옵니다."

빈이 고개를 숙이며 대답했다.

"연등회 기간 동안 동부승지를 도와 귀들을 벽사했다지. 그것을 높이 사 이번에도 내가 너를 부른 것이다."

"영광이옵니다, 전하."

"이번에도 동부승지를 도와 오늘 있을 풍운뢰우제에서 과인을 지켜 주었으면 한다."

"여부가 있겠습니까."

"제사는 낮부터 시작될 거다. 그 전에 필요한 준비를 마치고 합류할 수 있도록 하라. 나머지는 들어오는 이들과 상의토록."

빈이 다시 한번 고개를 숙였다.

그 말을 남긴 채 비단발 너머의 휘가 자리를 떠났다. 옆에 있던 은호가 입을 열었다.

"일어나셔도 됩니다."

자리에서 일어나던 빈이 살짝 몸을 휘청였다. 긴장한 상태에서 꿇어앉아 있었던 탓이었다.

"빈……!"

저도 모르게 나간 은호의 손이 빈의 몸을 잡았다.

"아."

잡은 손이 금방 떨어졌다. 어색한 침묵이 둘 사이를 지나갔다. 은호가 조용히 입을 열었다.

"제사는 오늘 낮부터 밤까지 이어집니다. 낮에는 정해진 신성한 숲에서 신하들까지 전부 참여하는 공식 제사가 있을 것이고 밤에는……."

은호가 말꼬리를 흐렸다.

"밤에는?"

"밤에는 주상 전하와 중전마마만이 참여하는 제사가 따로 있습니다. 우리가 해야 할 일은 혹시라도 있을 삿된 것들에게서 전하를 보호하는 것입니다. 다른 것들은 신경 쓸 필요가 없습니다. 오로지 전하의 안전만이 최우선 사항입니다."

은호의 목소리에는 사사로운 감정이라곤 하나도 섞여 있지 않았다. 예의 바르지만 딱딱한 태도였다.

은호가 제사 장소를 간략히 그렸다. 그리고 머뭇거림도 없이 주요 참석자들의 자리를 하나씩 짚어 주었다.

"풍운뢰우제는 매년 있는 제사 중에서도 상당히 큽니다. 전하와 중전마마께서는 여기, 제가 진행되는 곳에 서 계십니다. 제사가 끝나면 왕실 사람들, 그리고 특별히 초청받은 사람들만 참가할 수 있는 연회가 있습니다."

은호가 천천히 말을 이었다.

"연회의 상석에는 대비마마께서 자리하실 겁니다. 이쪽으로 전하와 중전마마께서, 그리고 오늘의 연회를 준비한 숙빈마마가 이쪽에. 이 아래로는 내명부의 후궁들이, 여기에는 대신들이 앉습니다."

빈이 은호가 그려 준 것들을 머릿속에 집어넣었다.

"우리가 가장 경계해야 할 사람은 다름 아닌…… 중전마마입니다."

"중전마마를요?"

"예. 현재 전하와 중전마마의 관계는 그리 좋지 않습니다. 아직까지 중전마마 소생의 대군이 세자로 책봉되지 못한 데는 그런 이유도 있지요. 가장 큰 이유는…… 중전마마의 아버지가 영의정 한길전이라는 사실 때문일 겁니다."

"영의정 한길전……"

중얼거리는 빈을 바라보던 은호가 여상한 목소리로 말했다.

"당신도 영의정에 대해 잘 알고 있지 않습니까. 그의 심복과 함께 일하고 계시니 말입니다."

그 말에 빈이 눈썹을 찌푸렸다.

"그게 무슨 소립니까? 내가 영의정의 심복과 일을 한다고요?"

"아, 모른다고 하실 참이셨습니까? 제가 괜한 이야기를 했습니다. 모르는 걸로 해 두지요."

은호의 말에 빈이 손을 내저었다.

"은호, 그대가 무슨 말을 한 건지 내가 정확히 알아야겠습니다. 꼭 나를 영의정의 편에 선 사람처럼 말씀하고 계시지 않습니까?"

"……아니라고 할 수도 없지 않나 싶어서요."

"그러니까 그렇게 생각한 연유를 물었습니다, 지금."

빈과 은호의 눈이 마주쳤다. 은호의 표정에는 아무런 변화가 없었다. 그저 가만히 빈을 바라만 보고 있었다. 그 눈빛이 빈의 마음을 날카롭게 후벼 파는 것 같았다.

"정말 모르십니까? 사곡정에 있을 때, 우리 말고 다른 사내가 하나 더 있었지요? 긴 검은 머리에 검은색 옷을 입은, 어딘지 모르게 이상한 자 말입니다."

"파려를 말씀하시는 겁니까?"

"그자의 이름이 파려였군요. 그자가 영의정의 심복이지 않습니까."

서문빈의 표정이 천천히 굳었다.

"파려가…… 영의정의 심복이라고요?"

그제야 빈은 연등회에서 만난 여인이 했던 말의 의미를 깨달을 수 있었다.

그 여인이 내린 비단으로 지은 옷을 가지고 있던 파려.

그 여인은, 곧 중전. 영의정 한길전의 하나밖에 없는 딸이자…… 파려의 존재를 알고 있던 자.

그 말은 결국 파려가 이승에서 터를 잡고 사는 집안이 영의정의 집안이라는 것을 의미했다.

"설마 그걸 이제 안 것은 아니지요?"

"……이제 알았다고 하면 믿어는 주실 겁니까?"

빈의 되물음에 은호가 대답하지 못했다. 그런 은호를 보곤 빈이 고개를 내저었다.

"됐습니다. 제가 누구와 함께 있건 그건 그대가 신경 쓸 일이 아니지 않습니까?"

"빈……."

은호가 뒤늦게 뭐라 답하려 했지만 그보다 먼저 진우가 방 안으로 들어왔다.

"죄송합니다. 잠깐 점검할 것이 있어 조금 늦었습니다."

진우가 앉아 있는 빈을 보았다.

"정식으로 인사드리지요. 관상감 직장, 박진우라 합니다. 이미 선비님과는 여러 번 얼굴을 보았지요. 그래도 이리 궁에서 다시 보게 되니 느낌이 새롭습니다. 풍운뢰우제도 잘 부탁드리겠습니다."

"저 역시 마찬가지입니다."

진우가 가운데 놓인 연회 장소 그림을 보고는 말을 이

었다.

"연회에 대해 설명을 들으신 것 같군요. 더 궁금한 사항이 있으신지요?"

빈이 입을 뗐다.

"전하를 보필하는 벽사가들은 전하와 얼마나 가까이 있게 됩니까? 또 어떤 도구를 사용해도 되는 겁니까?"

진우가 고개를 끄덕이며 대답했다.

"필요하다면 전하의 바로 뒤에 자리할 수 있습니다. 하지만 몸에 지닐 수 있는 것은 한계가 있습니다. 전하의 가까운 곳에 가는 것이니 날붙이는 제한됩니다. 물론 이것들은 낮의 제사에 한정된 이야기이긴 합니다. 보는 눈이 없는 밤의 제사에는 어느 정도 벽사 도구를 소지할 수 있으나, 낮에는 안 됩니다."

그 말에 빈의 얼굴이 어두워졌다.

"제가 사용하는 벽사 도구들이 대부분 날붙이인데, 그럼 이것들이 다 소용없겠군요."

빈이 품 안에서 사인검과 작은 은장도, 작게 만든 화살들을 꺼냈다. 끝없이 나오는 물건들에 진우의 눈도 휘둥그레졌다.

"이것들 다 직접 만드신 겁니까?"

"예. 아무래도 벽사 도구는 손에 맞는 편이 더 좋아서요."

"대단하십니다."

"하지만 이것들을 다 사용할 수가 없으니, 생각보다 힘들겠군요. 지키는 데 한계가 있을 듯한데……."

"지금 관상감에도 벽사가들이 부족하여, 답답한 상황입니다."

곰곰이 생각하던 빈이 입을 열었다.

"그렇다면 차라리 삿된 것이 제사 중에 나타난다 해도 주상 전하께 해가 가지 않도록, 미끼를 두는 편이 어떻습니까?"

"미끼요?"

"예."

빈이 고개를 끄덕였다.

"저는 원래 귀를 끌어당기는 운명을 가지고 태어났습니다. 지금은 스스로의 몸 정도는 지킬 수 있는 부적을 사용하고 있습니다만 그것들을 모두 떼어 놓는다면……."

"삿된 것이 나타난다 해도 주상 전하보다는 선비님을 노리겠군요?"

"그렇습니다. 귀들이라면 저를 보고는 그냥 지나치지 못할 테니까요."

"허어, 한 번도 생각해 보지 못한 방법이군요. 하지만 지금으로서는 그 방법뿐……."

"안 됩니다!"

커다란 은호의 목소리에 빈과 진우, 둘 다 은호를 쳐다보았다. 은호도 자신이 그렇게 큰 소리를 냈다는 걸 자각하고는 얼른 입을 다물었다.

"아니, 그러니까…… 내 말은, 어떻게 사람을 미끼로 쓰냐는 겁니다. 그러다가 빈, 아니, 선비께서 잘못되면 어쩌려고요?"

그 말에 진우도 아차 싶었는지 입을 열었다.

"그것도 그렇긴 합니다. 나서서 직접 미끼가 되는 것이니, 선비께서 위험할 확률이 너무 높겠군요. 물론 지금 나온 방안 중 가장 좋은 방법입니다만……."

빈이 살짝 눈썹을 찌푸렸다.

이런 반응은 처음이었다. 늘 죽음과 귀에 둘러싸여 살았고 다른 사람들 역시 누구 하나 서문빈의 안위에 대해서는 생각해 주지 않았다. 그렇기에 이런 반응이 돌아올 거라고는 생각해 보지 못했다.

"하지만 다른 방도를 생각할 시간도, 여유도 없지 않습니까."

"어찌 위험해질 것을 알면서도 사지로 걸어가라고 할 수 있겠습니까. 차라리 복잡하더라도 다른 방법을 강구해 주십시오. 그것은 안 되겠습니다."

진우가 중간에서 어찌 할 바를 몰라 했다. 그러더니 잠깐 생각하다 소리쳤다.

"그, 그럼! 미끼를 여럿 두면 어떻습니까?"

은호가 눈썹을 찌푸렸다.

"미끼를 여럿 둔다?"

"은호에게 연등회 기간의 벽사 이야기를 전해 들었습니다. 선비께서 은호에게 귀를 보는 능력을 잠시 나누어 주셨다지요? 혹시 그 미끼가 되는 능력도 빌릴 수 있는지요?"

진우의 말에 빈이 생각에 잠겼다.

"비슷한 것을 해 본 적은 있습니다."

"좋습니다. 그럼 저와 은호도 미끼가 되면 어떻습니까. 그럴 수 있다면 선비님 혼자 미끼가 되는 것보단 훨씬 나을 것입니다."

"차라리 그게 낫겠군."

은호가 답했다. 그러나 이번에는 빈이 머뭇거렸다.

"짧은 시간 동안이라면 간단하게 옮길 수 있지만, 오늘 하루 종일 능력을 옮기려면 그 방법이 조금……."

"어떤 방법입니까?"

은호의 질문에 빈이 고개를 살짝 숙이곤 대답했다.

"이런 경우, 그 사람의 몸에…… 제가 직접 글씨를 써야 합니다."

"몸에 글씨를요. 일단은 팔에 쓰면 되지 않을까요?"

진우의 말에 빈이 더 작은 목소리로 말했다.

"하루 내내 그 상태를 유지하려면, 몸 전체에…… 써야 할 겁니다."

그 말에 은호가 책상을 쾅 내려쳤다.

"그렇다면! 내가 할 수밖에 없겠군. 진우, 그대는 관상감의 다른 준비로도 바쁘지 않나!"

"응? 아닌데? 준비 거의 다 끝…… 뭐야? 왜 이러는 건데?"

은호가 진우를 질질 끌고 바깥으로 내보냈다.

어이없다는 표정을 짓는 진우를 향해 은호가 활짝 웃어 보였다.

"바쁠 터인데 어서 가 보게나. 미끼에 관한 이야기는 내가 알아서 처리하겠네. 응! 얼른 가!"

진우를 내보내고 문을 쾅 닫은 은호가 빈을 보았다.

"도대체 생각이 있습니까, 없습니까?! 그런 소리를 하다가 그대의 정체가 들키기라도 하면 어쩌려고요!"

"내가 벗는 것도 아니잖습니까. 왜 그렇게 화를 내시는 겁니까?"

당당한 빈의 대답에 은호가 한숨을 내쉬었다.

"됐습니다. 그건 저만 하겠습니다."

"그럼 벗으십시오."

"예?!"

뭐가 문제냐는 듯 빈이 말을 이었다.

"아까 내가 한 말을 듣지 못한 겁니까? 온몸에 글씨를 써야 합니다. 당연히 벗어야지요."

"자, 잠깐만……."

은호가 얼굴을 손으로 가렸다. 빈이 한쪽에 놓여 있던 벼루를 가져와 먹을 갈았다.

"시간이 없습니다. 몸 전체에 내 이름을 적으려면……."

"뭐라고요? 그것도 그대의 이름을 적어야 한다는 겁니까?!"

"'내' 능력을 나누어 주는 일이니까요. 그래도 얼굴이나 보이는 부분에는 안 적겠습니다."

"그건 당연하지요!"

그렇게 대답하는 은호의 얼굴은 새빨갛게 달아올라 있었다.

"왜요. 부끄러우십니까? 그냥 나를 남자라고 생각하십시오. 연등회 내내 그렇게 다녔잖습니까. 어차피 몰랐으면 마음에 걸릴 일도 없었을 텐데요."

"지금 그게 되겠습니까?"

"하겠다고 한 건, 은호 그대입니다."

빈이 눈썹 하나 까딱하지 않고 먹을 갈고 붓을 준비했다. 은호가 저도 모르게 혀끝으로 입술을 축였다. 사방을 둘러보던 은호가 늘어져 있던 비단발을 찢었다.

"뭐 하는 겁니까?"

찢은 비단 조각을 가지고 이쪽으로 온 은호가 말했다.

"아무리 그래도 남녀가 유별한데 어찌…… 그런 모습을 보일 수가 있겠습니까. 눈이라도 가리세요."

"……눈을 가리면 글씨를 어찌 쓰라고요."

"제가 어디에 써야 할지 짚어 드리겠습니다. 바르게 써야 능력이 옮겨 오는 건 아니지요?"

"그건 아니지만."

"그럼 됐습니다."

은호가 비단 조각으로 빈의 눈을 가렸다. 순간 느껴지는 은호의 손길에 빈이 놀라 입을 다물었다. 그것도 모른 채 은호는 미끄러지지 않도록 단단하게 매듭을 묶는 데 집중했다.

"이 정도면 된 것 같군요."

"……정말 별걸 다 하십니다."

"조금만 기다리세요."

눈을 가리자 나머지 감각들이 더욱 예민해지는 기분이

었다.

빈의 귀에 앞에 있는 은호가 옷을 벗는 소리가 들렸다. 옷자락끼리 부딪치는 소리며, 비단이 미끄러지는 소리 등이 평소보다 크게 들려왔다. 아까와는 전혀 다른 분위기가 방 안에 가득 찼다.

'이러니까 더 이상하잖아.'

빈이 속으로 중얼거렸다. 은호가 자리에 앉는 소리가 들렸다. 도대체 지금 그가 어떤 모습으로 제 앞에 앉아 있을지 상상하고 싶지가 않았다. 그랬다간 온 얼굴이 다 빨개질 것이기에.

"되었습니다. 자, 일단 팔에 먼저……."

빈의 손에 은호가 먹물을 묻힌 붓을 쥐여 주었다. 그러고는 부드럽게 손을 이끌어 제 팔에 가져다 댔다. 손에 닿은 감각에 빈이 움찔거렸다.

삼월이나 자신의 것과는 전혀 다른 탄탄한 감촉과 그 아래에 있는 근육의 움직임이 낯설게만 느껴졌다.

'눈을 가리지 말 걸 그랬나.'

빈이 속으로 생각했다. 눈을 가리니 오히려 다른 감각들이 더 예민해져서 느낌이 이상했다. 손끝에 느껴지는 은호의 피부, 단단한 느낌, 가까이서 들리는 은호의 숨소리, 시원한 향기. 그런 것들이 빈의 솜털을 오소소 일으켰다.

"그럼, 쓰도록 하겠습니다."

하지만 여기서 안대를 벗을 수도 없었다. 빈이 잡생각을 최대한 비워 내려고 노력하면서 천천히 붓을 움직였다. 붓 끝이 은호의 피부 위에 글자를 만들어 냈다.

빛날 빈(彬).

서문빈의 이름이 자신의 몸 위에 그려지는 것을 은호가 가만히 보았다. 차가운 먹물의 느낌도, 털로 만든 붓의 감촉도 생경했지만 서문빈의 이름이 자신의 몸 위에 쓰이는 것을 보는 게 더 기묘한 느낌이었다.

은호가 눈을 들어 빈을 바라보았다. 이렇게 눈을 가리고 나서야 빈의 얼굴을 제대로 볼 수 있었다. 모순적인 일이었다. 둥근 이마와 버선의 끝부분처럼 아름답게 솟은 코, 그 아래로 자리한 입술.

은호가 가만히 빈의 입술을 보았다. 그리고 저도 모르게 다른 쪽 손을 들어 빈의 얼굴로 가져갔다.

"……은호?"

갑작스러운 상황에 빈이 붓을 든 채 그대로 멈췄다. 은호가 그제야 자신이 무슨 짓을 한 건지 깨닫고 황급히 손을 치웠다.

"아, 그, 거기에, 먹물이, 먹물이 묻어 있어서……."

"그렇군요. 놀랐습니다."

214

"송구합니다. 그, 얼른 쓰시지요."

그 말에 빈이 다시 주의 깊게 붓을 움직였다. 그 옆에 다시 한번, 다시 한번.

현은호의 팔에 서문빈의 이름이 가득 찼다. 빈이 손끝으로 자신이 썼던 자리를 짚어 가며 아래로 내려가면 은호가 자연스럽게 다른 쪽 팔을 내밀었다. 은호의 도움으로 다시 빈이 붓을 움직였다. 다른 쪽 팔에도 빈의 이름이 자리를 잡았다. 잠깐 고민하던 은호가 천천히 등을 돌렸다.

"손을 뻗어 주시지요."

무슨 상황인지 모르는 빈이 손을 살짝 앞으로 뻗자 은호가 어깨 뒤로 제 손을 넘겨 빈의 손을 잡아 주었다. 그리고 어깨의 시작점에 가져다 댔다.

"아."

가린 눈앞에 은호의 맨등이 펼쳐져 있다는 것을 깨달은 빈이 작게 소리를 냈다. 다시 한번 어색한 분위기가 둘 사이를 감돌았다. 하지만 머뭇거리고 있을 수만은 없었다. 곧 있으면 풍운뢰우제의 시작이었다.

빈이 얼른 손을 들어 은호의 너른 어깨 끝을 살짝 짚었고 곧 다시 붓을 움직였다. 순간 은호가 몸을 가볍게 떨었다.

"……간지러우십니까?"

빈의 물음에 은호가 차마 대답하지 못하고 고개를 떨궜

다. 빈이 침착하게 말했다.

"조금만 참으십시오."

"송구합니다."

"송구할 게 뭐가 있겠습니까."

그 말을 끝으로 둘 사이에 이야기는 다시 끊겼지만 은호는 빈이 잡고 있는 붓 끝도 자신 못지않게 떨리고 있다는 것을 알아차렸다.

그렇게 현은호의 몸에 서문빈의 이름이 가득 찼다.

"성― 남― 유― 단 사― 사― 공― 명……"

한 박씩 길게 끈 노랫소리가 소나무 숲을 가득 메웠다.

풍운뢰우제의 대려궁이 장중한 음색을 끌었다. 맑은 특종 소리가 울렸고 편경의 음을 따라 노래가 이어졌다.

풍운뢰우제는 남교의 소나무 숲에서 이루어졌다. 서문빈은 진행되는 제사를 지켜보았다. 검은 칠을 한 육면고인 뇌고가 설치되었고 중앙의 풍운뢰우의 신위를 보필하듯 산천과 성황의 신위가 있었다. 노래의 끝은 '신은 강녕을 내리소서'라는 축원으로 마무리되었다.

낮의 제사는 무탈하게 끝났다. 제사를 주관하는 왕과 중전의 모습을 보며 빈이 숨을 가볍게 내쉬었다.

왕의 옆에 선 중전의 얼굴은, 연등회 때 보았던 그 여인이 맞았다. 다행히 중전은 빈을 알아보지 못하는 눈치였다.

이어진 연회에 참석하기 위해 왕실의 일원들과 초대를 받은 고관대작들이 자리를 옮겼다.

빈과 은호 역시 왕의 뒤를 따랐다. 연회 장소는 제사가 있던 소나무 숲 바로 옆에 자리한 작은 별궁이었다.

짝!

사람들이 전부 앉자 박 소리가 연회의 시작을 알렸다.

앉아 있는 사람들의 상 가득히 수라간에서 정성을 다해 만든 음식들이 차려졌다.

가운데 펼쳐진 화문석 위로 여령들이 손에 꽃을 들고 춤을 추며 올라왔다. 선율에 맞춰 여령들이 나긋하게 움직였다.

"성공적인 풍운뢰우제를 감축드리옵니다, 전하."

좌의정이 일어나 말했다.

"이번 연회에 숙빈께서 많은 공을 들이셨으니, 모두 즐겨 주셨으면 좋겠습니다."

좌의정은 숙빈의 외삼촌이었다.

"그래요, 숙빈께서 애를 많이 쓰셨지. 좌의정의 말대로 즐겨 주시기 바라오."

휘가 좌의정의 말을 받았다. 휘의 칭찬에 반대편에 앉아 있는 숙빈이 부끄럽다는 듯 고개를 숙였다. 중전인 채령은 가만히 자리에 앉아 그렇게 오가는 덕담을 듣고만 있었다.

빈과 은호는 휘의 뒤에 그림자처럼 서 있었다.

진우와 관상감의 다른 벽사가들은 저 멀리 신하들과 함께 앉아 있었다.

빈이 슬쩍 자신의 옆에 서 있는 은호를 바라보았다. 흔들림 하나 없이 서 있는 은호의 모습이 겨우 두어 발짝 옆에 있을 뿐인데 너무나 멀어 보였다.

앞에 앉아 있는 왕과 왕비. 화려한 옷을 차려입은 내명부의 후궁들. 수많은 대신들.

'여기가 바로 현은호의 세상이구나.'

빈이 그런 생각을 했다.

자신이 알 수 없던 현은호의 세상. 권력과 아주 가깝고 화려한 것들로 둘러싸인 세상. 그것을 보는 빈은 어쩐지 점점 자신의 크기가 줄어드는 기분이었다.

서문빈은 아무것도 아니었다.

진짜 정체조차 누구에게도 말하지 못한 채 서 있는 서문빈과, 동부승지라는 직책으로 왕과 가장 가까이 서 있는 현은호.

순간 바람이 불어와 은호의 소맷자락이 날렸다. 그 사이로 드러난 은호의 팔에, 자신의 이름이 적힌 게 보였다. 빈이 못 볼 것이라도 본 것처럼 얼른 시선을 돌렸다.

'내 이름이 쓰인 현은호라니……'

보이지 않는 곳에는 저것보다 더 많이 자신의 이름이 적혀 있을 거였다. 빈이 입술을 꼭 깨물곤 고개를 푹 숙였다. 그걸 상상하니 어쩐지 부끄러웠다.

그사이 여령들의 춤이 끝나고 커다란 병풍이 들어왔다. 장수를 뜻하는 무늬들을 전부 자수로 놓은 화려한 병풍이었다. 사람들이 그 크기와 호화로움에 놀랐다.

"저것은 무엇인가?"

대비의 물음에 숙빈이 일어났다.

"오늘 풍운뢰우제를 기리는 마음으로, 왕실의 가장 웃어른이신 대비마마께 제가 드리는 선물이옵니다. 장수와 부귀를 뜻하는 무늬들을 전부 손으로 직접 수놓아 만든 하나뿐인 병풍입니다."

그 말에 대비가 흐뭇한 미소를 지었다.

"숙빈만이 나를 생각해 주는군. 고맙소."

대비가 숙빈이 앉아 있는 쪽을 보았다.

"오늘 숙빈이 나를 위해 이렇게 선물까지 준비해 주었으니 나 역시 숙빈에게 무엇을 해 주어야겠지."

그 말에 신하들이 맞다는 듯 고개를 끄덕였다. 그들은 왕의 총애가 숙빈에게 이어질 거라 보는 숙빈파의 신하들이었다. 게다가 숙빈은 보란 듯이 대비의 지지까지 받고 있었다.

"숙빈, 원하는 것을 말해 보시게. 내가 줄 수 있는 것이라면 무엇이든 주겠으니."

다들 숙빈이 무엇을 말할지 관심 어린 눈동자로 바라보았다. 대비가 직접 내린 선물을 가질 수 있는 것만으로도 특권이었다. 오늘 받은 선물은 앞으로도 숙빈이 대비에게 총애받는다는 사실을 상기시키는 역할을 할 것이었다.

"무엇이든 좋네."

대비가 인자한 목소리로 말했다. 숙빈이 가운데로 나와 예를 갖춰 인사했다. 그러고는 청아한 목소리로 입을 열었다.

"제가 대비마마께 바라는 것은……."

숙빈의 눈이 잠깐 왕이 앉아 있는 곳을 향했다.

"대비마마의 가장 큰 자랑거리이신 주상 전하께 제가 직접 술 한 잔을 올리는 영광을 내려 주시는 것이옵니다."

그 말에 앉아 있던 다른 후궁들이 서로를 쳐다보았다.

왕의 뒤에 서 있던 빈과 은호 역시 그것을 느꼈다. 이런 공식적인 자리에서 중전도 아닌 빈이 직접 왕에게 술을 올리는 것. 미묘한 파란이 일었다.

앉아 있던 휘 역시 살짝 고개를 들었다. 과연 대비가 어떻게 나올지 쳐다보는 모양이었다. 그러나 대비는 놀라는 기색 하나 없이 기분 좋은 웃음을 터뜨렸다.

"하하! 주상 전하를 생각하는 숙빈의 아름다운 마음씨가 크오. 이런 자리에서 나에게 그런 것을 선물로 내려 달라 할 줄은 몰랐는데."

대비가 휘가 있는 쪽을 보았다.

"주상의 성심은 어떠시오? 숙빈의 아름다운 마음을 받겠는지요?"

대비가 이렇게 나오는 이상, 휘로서도 뭐라고 할 수가 없었다. 여기서 숙빈의 잔을 받지 않으면 불효를 행하는 것이었으니까.

그러나 이 잔을 받으면 이렇게 많은 이들이 보는 앞에서 숙빈의 편을 드는 듯한 모습을 보이게 되었다. 그렇다면 중전과 영의정이 어떻게 나올지는 불 보듯 뻔한 일이었다.

이제까지 영의정의 세력을 축출하기 위해 노력해 왔지만 지금 당장 이런 식으로 등을 돌리자는 게 아니었다. 적어도 겉으로는 중용을 지키며 영의정과 중전을 이용할 수 있는 데까지 이용해야 했다.

그러나 대비의 표정은 휘에게 말하고 있었다.

이제는 선택을 해야 할 때라고. 언제까지 누구의 편도 들지 않고 권력을 가질 순 없다고.

휘가 대답을 머뭇거렸다. 긴장감이 사방으로 퍼졌다.

숙빈이 가볍게 고갯짓으로 궁녀를 불렀다. 그러자 궁녀

하나가 술잔과 주전자를 들고 옆으로 섰다. 숙빈이 잔을 들었고 궁녀가 술을 부었다.

찰랑이는 잔.

"전하."

숙빈이 휘를 불렀다. 고민하는 휘의 옆에서 단정한 목소리가 흘러나왔다.

"숙빈이 이토록 전하의 다정을 갈구하는데 술 한 잔 받아 주시는 것이 어떻습니까."

지금까지 입을 다물고 있던 중전 채령의 말이었다.

"내명부의 수장인 저 대신 숙빈이 대비마마께 선물을 올렸으니, 이젠 전하께서 저 대신 숙빈의 노고를 치하해 주시지요."

그 말에 대비와 숙빈을 비롯한 다른 모든 사람들의 눈이 채령에게 쏠렸다. 채령은 자애로운 미소를 짓고 있었다.

"그것이 숙빈이 원하는 것이라지 않습니까, 전하."

질투 따위는 없는 현숙한 중전의 대답이었다.

휘는 채령이 무슨 생각인지 알 수가 없었다. 하지만 지금 이 상황을 벗어나려면 일단은 채령의 저 대답을 받는 수밖에는 없었다.

"대비마마께서도, 또 중전께서도 이리 말씀을 해 주시니 청을 받지 않을 수가 없소. 올라오시오, 숙빈."

숙빈의 얼굴이 환하게 밝아졌다.

"성은이 망극하옵니다, 전하."

숙빈이 술이 찰랑찰랑 담겨 있는 잔을 휘를 향해 내밀었다. 그 장면을 보던 빈의 시야에 뭔가가 잡혔다.

'저건……?'

술잔에 깃든 무언가가 엷은 안개처럼 피어올랐다. 휘가 숙빈의 손에서 잔을 받아 들었고, 천천히 자신 쪽으로 당겼다.

그리고 그 뒤로 채령의 웃는 낯이 들어왔다.

'중전이, 웃었다?'

상황만을 놓고 본다면 지금 중전은 공연히 숙빈에게 밀린 꼴이었다. 굳이 나서서 말을 얹지 않았더라면 숙빈이 이렇게 고관대작들 앞에서 직접 왕에게 술을 올리는 일도 없었을 것이다. 그러나 중전은 일부러 한마디 거들어 숙빈이 왕에게 술을 올릴 수 있도록 했다.

'왜?'

불길한 예감이 강하게 빈의 뒷덜미를 타고 흘러내렸다.

하지만 자신이 이 판에서 어디까지 나설 수 있는지 알 수가 없었다. 만약 나섰다가 혹시라도 자신의 생각이 틀렸다면?

정체를 숨기고 왕의 명을 받아 이곳까지 들어온 여자가,

감히 후궁이 왕에게 올리는 잔을 막아서는 것. 그것이야말로 위험한 일이었다.

그렇게 된다면 이곳에서 자신의 정체가 탄로 나는 것을 물론이요, 가족들마저 이 사건과 연루될 수 있었다. 자신의 존재가 누군가에게 불행이 되는 일은 더 이상 하고 싶지 않았다.

술잔이 휘의 입에 닿기 직전.

"전하!"

커다란 목소리가 왕을 불렀다. 휘가 움직임을 멈췄다.

"신 동부승지, 전하께 감히 청 하나를 드려도 되겠습니까?"

빈이 옆을 바라보았다. 은호가 어느새 왕의 앞에 나서 있었다.

한쪽 무릎을 꿇고 휘를 올려다보는 은호의 모습을 멍하니 바라보았다. 도대체 지금 은호가 무슨 짓을 하려는지 알 수가 없었다.

빈의 턱을 타고 식은땀이 주룩 흘러내렸다. 가슴이 두방망이질 쳤다. 예감이 좋지 않았다.

휘가 술잔을 내려놓고 말했다.

"그래, 동부승지. 무슨 청이 있길래 이리 고하는가."

은호가 고개를 숙였다.

"전하, 소신은 사가 시절부터 지금까지 전하의 곁에서 충심을 다했습니다. 그것은 전하께서도 잘 아실 것입니다."

휘가 그렇다는 듯 고개를 끄덕였다.

"신하로서 당연한 일이긴 하나, 집을 잘 지킨 개에게는 고기를 주는 법이 아니겠습니까? 그러니 전하께서도 소신에게 선물을 하나 내리시는 것이 어떻겠습니까."

청산유수처럼 나오는 현은호의 말에 휘가 웃었다.

"이런 동부승지의 모습은 처음인데. 정말로 원하는 게 있나 보군. 그래, 그 청이 무엇이오?"

은호가 슬쩍 고개를 돌려 빈을 바라보았다. 그러고는 머뭇거림 없이 대답했다.

"소신에게 그 술잔을 상으로 내려 주시지요."

연회장 안이 찬물을 끼얹은 듯 조용해졌다.

신하들이 전부 놀란 눈으로 은호를 바라보았고 술잔을 올린 숙빈의 얼굴은 분노로 새빨갛게 달아올랐다.

빈은 은호가 자신과 같은 것을 보았다는 걸 깨달았다. 그래서 뭔가 이상함을 감지하고는 바로 휘가 술을 마시지 못하도록 한 거였다.

"동부승지! 지금 자네가 무슨 말을 하는지는 알고 지껄이는 겐가?"

숙빈이 노여움에 찬 목소리로 말했다. 하지만 은호는 그저 미소 띤 얼굴로 고개를 한 번 숙일 뿐이었다.

"숙빈마마, 전하께서도 제 충심을 인정해 주시지 않았습니까. 숙빈마마의 잔을 받을 수 있다면 그것은 전하께서 내리는 상인 동시에 숙빈마마께서도 상을 내리는 일이 될 것입니다."

부드러운 은호의 말.

그 말에 숙빈이 빠르게 머리를 굴렸다.

도대체 동부승지가 왜 저리 나오는 건지는 알 수 없었지만 여기서 동부승지와 대립하는 건 누가 봐도 좋은 모양새가 아니었다. 그걸 알아챈 숙빈이 얼른 만면에 웃음을 머금었다.

"그렇다면 이 잔을 받은 동부승지가 나에게도 충정을 바친다는 의미로 알아들어도 되겠소?"

"여부가 있겠습니까. 저의 충정은 주상 전하와 왕실의 것입니다."

휘가 만면에 웃음을 띤 채, 고개를 끄덕였다.

"좋소. 그렇다면 이것을 나와 숙빈이 동부승지에게 내리는 상으로 하지."

휘가 들고 있던 술잔을 은호 쪽으로 뻗었다.

은호가 조심스러운 발걸음으로 걸어가 휘가 직접 내린 술잔을 받아 들었다.

"성은이 망극하옵니다, 전하."

은호가 휘와 대비, 그리고 숙빈을 향해 절을 올렸다. 그러고는 천천히 술잔을 입에 가져다 댔다.

휘의 뒤에 서 있는 빈의 얼굴이 눈에 들어왔다. 빈이 두려움에 찬 눈동자로 고개를 저었다. 그러면 안 된다는 뜻이었다.

하지만 지금 이 상황에서, 현은호가 물러설 곳은 없었다. 은호가 빈을 향해 가볍게 미소를 지었다. 어떤 결과가 오든 자신은 괜찮다는 의미였다.

천천히 잔에 입을 댄 은호를 바라보는 시선이 하나 더 있었다. 채령이었다.

아까보다 더 진한 미소가 채령의 입가에 퍼졌다. 활짝 웃고 있는 채령의 얼굴을 본 순간, 은호는 뭔가 심상치 않음을 감지했다.

'왜, 웃고 있는 거지?'

하지만 이미 술잔은 은호의 입술에 닿아 있었다. 뜨거운 술이 목을 타고 넘어가자마자 이상한 느낌이 아래서부터 타고 올라왔다.

위잉!

기묘한 소음과 함께 세상이 핑 돌았다.

'이게 무슨······!'

다채로웠던 시야가 일순 흐려지며 색들이 물 빠지듯 희미해졌다. 남은 건 흑과 백의 세상뿐.

휙.

세상이 거꾸로 뒤집혔다. 그러자 저 아래 깊은 지옥으로부터 그림자들이 올라왔다. 스멀스멀 기어 온 그림자들은 웃고 있었다. 꼭 채령이 그랬던 것처럼.

웃으면서 울고 있고 울면서 웃고 있었다.

왔구나 왔구나 왔구나 우리에게 왔구나.

그림자들의 입 구멍이 벙싯벙싯 움직였다. 그들이 은호의 몸에 하나씩 달라붙었다. 눅진한 감촉에 오소소 소름이 돋았다. 그림자들에게 잡혀 버린 팔이 제멋대로 움직였다. 은호가 색이 빠진 사방을 바라보았다.

"전하께서 직접 내리신 술잔을 받다니 동부승지로서도 가문에 길이 남을 영광일 것입니다."

"하하, 동부승지가 전하의 성은에 감복하여 제대로 예도 올리지 못하는군요."

사람들의 목소리가 마치 물속에서 듣는 것처럼 멀리서 웅웅거렸다.

왕이 내린 술을 마셨으니 다시 한번 예를 갖춰야 했다.

"윽……."

하지만 몸이 마음대로 움직이지가 않았다. 온몸에 달라

붙은 그림자들이 은호의 몸을 가지고 놀았다. 머리카락이 쭈뼛 서고 손가락들이 기묘하게 움직였다.

"동부승지, 어서 전하께 예를 올리지 않고 무엇 하시오?"

누군가의 목소리가 들렸지만 은호는 눈 하나 깜박이지 못한 채 그저 그 자리에 서 있어야 했다.

죽여라 죽여라 죽여라 저자의 목에서 피를 보자 뎅겅 에 헤라디아 뎅겅.

은호의 귓가에서 그림자들의 목소리가 또렷하게 들려왔다.

깨갱깨갱깨갱, 부서지는 꽹과리 소리처럼 들리는 죽음의 소리. 즐거운 풍악 소리 사이로 그림자들이 은호의 손을 허리춤의 검에 닿게 만들었다.

은호가 이를 꽉 깨물었다. 이렇게 많은 사람들이 보는 앞에서 검을 꺼내는 것은 그 자체가 역모였다.

'안 돼, 안 돼!'

하지만 그림자들의 목소리가 이제는 귓가가 아니라 바로 은호의 머릿속에서 들려왔다.

함께 가자. 이 세상의 왕과 함께 죽음의 길을 걷는 충직한 신하가 되어라.

은호의 손에서 혈관이 불뚝 솟아올랐다. 하지만 은호의 저항에도 땅에서 솟아 나오는 그림자들의 숫자는 배가 되어 은호를 잡아당겼다.

그리고 그 광경을, 저 멀리서 채령이 웃는 얼굴로 바라보고 있었다.

'아.'

그제야 은호는 채령의 속셈을 알아차렸다. 처음부터 채령은 여기까지 생각하고 있던 거였다. 저 영민한 눈이 그저 왕인 휘만을 망가뜨리려 계획한 게 아니었다.

숙빈이 올린 잔, 그것을 받아 들 수밖에 없는 휘, 그리고 다시 그것을 막을 현은호.

왕이 가장 아끼는 젊은 신하가 고관대작들이 모인 앞에서 왕을 향해 검을 겨눈다면.

그것이야말로 휘와 현은호, 그리고 이 술잔을 올린 숙빈까지 한 번에 해치울 수 있는 가장 좋은 방법이었다. 채령은 그 모든 것을 염두에 두고 있었다. 휘의 옆에 앉아 있는 채령의 얼굴에 짙은 웃음이 퍼졌다. 채령의 조그마한 입술이 소리도 없이 그렇게 말했다.

'네가 무엇을 어찌하겠느냐.'

몰려오는 그림자들이 은호의 온몸을 잡아당기고 잠식해 갔다.

"동부승지가……."

"왜 저리 서 있는……."

사람들의 속삭임이 웅웅댔다.

가만히 서서 높은 곳에 있는 휘를 노려보고 있는 현은호를 모두가 이상하게 바라보았다. 은호의 손이 천천히 허리춤에 있는 검을 향했다.

생글생글 웃고 있는 채령의 미소가 짙어졌다. 휘의 얼굴이 슬쩍 굳었다.

휘의 아래쪽에 서 있던 내금위 병사들이 은호를 보며 경계 태세를 갖추었다. 기묘한 긴장감이 흘렀다.

서 있는 은호의 턱을 따라 땀방울이 흘러내렸다. 여기서 아주 조금이라도 검을 뽑는다면 그대로 자신은 물론이고, 집안의 모든 이들이 참형을 당할 것이 뻔했다. 하지만 은호의 몸에 붙은 그림자들도 물러서지 않았다.

인간은 우리에게 진다 인간은 우리에게 진다 안온한 죽음으로 오라.

그림자들의 목소리가 여러 겹으로 한데 뭉쳐 울리며 은호의 손을 조금씩 움직였다. 은호가 겨우 고개를 들어 휘의 뒤쪽을 바라보았다. 파리한 안색을 한 채 서 있는 서문빈의 모습이 시야에 들어왔다.

"……빈."

은호가 그 이름을 나직하게 읊조렸고 그 순간.

싫어 싫어 싫어 싫어 싫어!

은호의 몸에 붙어 있던 그림자들이 새된 비명을 질렀다.

"무슨……!"

은호가 빈의 이름을 입에 담자, 몸에 적어 두었던 서문빈의 글자들이 은호를 보호하려는 것처럼 반응했다. 은호의 사지에 무겁게 달라붙어 있던 그림자들을 글자들이 그물처럼 움직여 끌어 내렸다. 은호의 몸이 훌쩍 가벼워졌다.

"허억……!"

숨이 돌아왔다.

"동부승지?"

휘의 목소리가 들렸다. 은호가 얼른 정신을 가다듬었다.

"예, 전하. 소신이 잠시 몸이 좋지 못하여 결례를 범했습니다."

땀이 송글송글 맺힌 얼굴로 은호가 겨우 고개를 숙였다.

"……주상 전하의 하해와 같은 은혜에 다시 한번 감사드리옵나이다."

뭔가 이상함을 눈치챈 휘가 얼른 입을 열었다.

"동부승지는 들어가도 좋소."

은호가 얼른 예를 올리고는 빠른 걸음으로 뒤로 빠졌다. 슬쩍 옷자락을 걷으니 빈이 적어 두었던 글자가 물에 적신 듯 번져 있었다.

빈이 옆을 지나쳐 가는 은호를 보았다.

"은호……."

빈의 부름을 은호는 들은 체도 하지 않은 채 자리를 옮겼다. 당장 그 뒤를 쫓아가고 싶었지만 빈은 자리를 비울 수가 없었다.

거친 숨소리를 내며 은호가 무작정 뛰어나갔다.

최대한 연회장으로부터 멀리 벗어나는 것이 상책이었다. 조금이라도 제정신을 잡고 있을 때, 도망쳐야 했다.

별궁 근처의 숲에 다다른 은호가 나무둥치를 잡고 뜨거운 숨을 몰아쉬었다. 몸에 식은땀이 비 오듯 흘렀다. 온몸을 타고 오르던 그림자에게 잠식당했던 시야가 아직도 어찔했다. 이런 기분은 처음이었다. 자신의 몸이지만 자신의 것이 아닌 기분, 제멋대로 움직이던 손과 흑백으로 보이던 시야.

"빈, 그대는 늘 이런 세상을 살았다는 말이지요……."

자신이 본 것들.

그건 자신이 서문빈의 능력을 일부분 받았기 때문에 보인 거였다. 그리고 그 귀들에게서 목숨을 구해 준 것도 빈의 능력이었다. 빈이 몸에 써 준 글자들이 그림자가 완전히 정신을 잠식하지 못하게 막아 주었다.

몸이 아직도 떨렸다. 그동안 빈이 왜 그렇게 다른 사람들을 피하며 살아 왔는지 깨달을 수 있었다. 보이지 않아야 할 것을 보고 듣는다는 건 이런 의미였다.

귀에게 먹히면 스스로를 통제할 수 없게 되었다. 언제 어떻게 다른 사람을 해할지 모른다고 생각하니, 자기 자신이 무서워졌다.

"이래서, 그대가……"

"은호!"

빈의 목소리가 들렸다.

"은호, 어디에 있습니까!"

은호가 눈을 꾹 감은 채, 자리에 주저앉았다.

지금 자신이 대답하면, 이대로 빈을 끌어안고 싶을 것만 같았다. 그건 빈이 바라지 않을 것인데도.

주저앉은 채로 은호가 고개를 숙였다. 그러나 곧 다정한 음성이 머리 위로 내려앉았다.

"여기 있었군요. 은호."

얼마나 뛰어다닌 건지 빈의 얼굴에 땀방울이 맺혀 있었다. 빈의 손이 자연스럽게 은호의 젖은 눈가로 향했다.

"왜 이런 곳에 숨어 계십니까. 그대는 이런 곳에서 숨어 있을 사람이 아니잖습니까."

다정한 말과 함께 빈이 은호의 눈물을 닦아 주었다. 은호가 멍하니 빈을 올려다보았다.

"왜……?"

은호의 눈에 비친 빈의 모습은 뭔가 이상했다. 은호의 속눈썹이 떨렸다. 빈이 고개를 살짝 갸웃거렸다.

"왜 그런 얼굴로 보십니까?"

거기엔 어둠보다 더 깊고 깊은 어둠이 있었다.

그리고 서문빈은 그 어둠 속에서, 은호가 한 번도 보지 못한 성장(盛裝)을 한 차림새였다.

"빈……?"

은호가 멍하니 그 이름을 불렀다. 이상했다.

피처럼 붉은 옷에는 금실과 은실로 화려한 꽃 모양이 수놓아져 있었고 어깨 뒤로는 청옥과 마노가 꿰어진 망토가 길게 늘어뜨려져 있었다. 머리에 쓴 면류관에는 진주와 호박이 알알이 달린 줄이 앞뒤로 열세 줄씩 있었다. 고귀한 황제의 옷차림을 하고 있는 빈의 모습은 정말 이질적이었다.

빈과 함께 있을 때면 늘 이어져 있다는 느낌이 들었다. 그런데 지금 이 순간만큼은 빈이 자신으로부터 아주 멀리 있는 기분이었다. 손을 내밀어도 잡을 수 없고 이름을 불러도 들을 수 없을 만큼 아주 먼 곳에.

"도대체 왜 그대가 이런 옷을 입고 있단 말입니까?!"

은호의 물음에 빈은 영문을 모르겠다는 표정이었다. 은호에게 손을 뻗은 빈이 외쳤다.

"은호! 도대체 지금 뭘 보고 있는 겁니까!"

은호가 평상시와는 다른 상태라는 걸 금방 알아차릴 수 있었다.

어쩌면 자신의 체질을 나눠 받은 상태이기에 이러는 건지도 몰랐다.

탁!

빈이 뻗은 손을 은호가 뿌리쳤다.

"……은호?"

은호의 표정이 일그러졌다. 뭔가 이상했다.

빈의 손이 닿는 순간, 심장이 옥죄어 오는 느낌이었다. 자신의 안에 있는 무언가가 빈에게 반응하고 있었다. 은호는 본능적으로 알 수 있었다. 이게 무슨 상황인지 알 수는 없어도 지금 서문빈의 곁에 있으면 자신이 위험해진다는 걸.

"도, 돌아가십시오……!"

빈에게서 멀어지며 은호가 목소리를 짜냈다.

"무슨 일입니까?! 갑자기 왜……."

"못 들었습니까? 가시라고 했습니다!"

빈의 얼굴에 충격이 퍼져 나갔다. 그동안 한 번도 은호가 이런 식으로 말한 적이 없었다. 은호는 자신이 뭐라고 하는지도 모른 채 되는대로 말했다.

"그대가 말한 것처럼 우리의 인연은 이미 다 끝난 게 아닙니까? 여기서 저와 함께 있을 이유가 있으십니까?!"

순간 빈의 얼굴에 놀람이, 다음엔 분노가, 마지막으로 체념이 깃들었다.

그건 분명 빈, 자신이 했던 말이었다. 이미 끝난 인연.

이렇게 다시 들을 줄은 몰랐지만.

은호가 모든 힘을 짜내 마지막으로 외쳤다.

"내 앞에서 사라지라고요!"

빈이 작게 숨을 들이켰다.

"그대가 이렇게까지 말한다면 내가 더 이상 여기에 있을 면목이 없겠습니다."

은호의 등줄기에 식은땀이 흘러내렸다. 더 이상, 버틸 힘이 없었다.

빈이 마침내 고개를 돌렸다. 그러고는 뒤 한번 돌아보지 않고 숲을 빠져나갔다. 은호의 시야가 희미해졌다.

"빈, 빈……"

그대로 쓰러진 은호가 빈의 이름을 되뇌었다.

나무가 불온한 바람에 우줄거렸다. 나무 그림자들이 쓰러진 은호를 덮었다. 그리고 다시 한번 그림자가 움직인 순간.

누군가 은호의 앞에 서 있었다.

"……너?"

은호의 눈썹이 찌푸려졌다. 앞에 선 사내는 은호도 아는
자였다.

파려.

영의정의 수족.

유리알 같은 눈에는 일렁이는 불길이 담겨 있었다. 쓰러
져 있던 은호가 중얼거렸다.

"그때는 몰랐지만…… 지금 보니 확실하군. 너는…… 이
세상 존재가 아니지?"

그 말에 파려가 은호의 목덜미를 잡아 올렸다. 그러고는
물었다.

"넌 누구냐."

흘러나온 목소리에는 살기가 가득했다.

"넌 누구길래! 어째서 네놈이 그분의 조각을 가지고 있
단 말이냐!"

"……조각?"

그러나 파려는 은호의 질문에 답할 생각이 없는 듯했다.

"이승에서 그분의 기운이 느껴져서 한달음에 뛰쳐나왔
건만! 왜 네놈이! 인간인 네놈이!"

파려가 제 얼굴을 은호에게 가져다 댔다.

믿을 수가 없었다. 어째서 염라 님의 영혼이 이 남자에

게서 느껴지는 건지 몰랐다. 하지만 파려의 눈을 속일 수는 없었다.

"분명, 이것은……"

온몸이 떨렸다. 이 남자가 가지고 있는 것은 염라의 영혼 조각이었다.

"그랬기에 지금까지 그분을 찾을 수 없었던 거였어."

어째서 이 남자가 염라 님의 조각을 가지고 있는 건진 알 수 없었지만 적어도 지금까지 염라 님이 돌아오지 못한 이유는 깨달을 수 있었다.

염라로서의 격, 기억, 힘을 가지려면 가장 기본적으로 염라의 영혼이 온전히 있어야 했다. 그런데 이렇게 영혼 자체가 조각이 나 누군가의 그릇에 들어갔다면.

'그럼 남은 부분 역시 염라 님으로서의 기억도, 힘도 전혀 없을 것이다. 내가 지금까지 염라 님을 찾지 못한 것도 당연한 결과일 테고.'

온몸의 피가 빠져나가는 기분이었다.

무슨 연유인지는 모르겠지만 지금 이 순간, 남자의 몸 안에 잠들어 있던 염라의 조각이 반응했다. 그 미약한 기운을 읽었기에 파려가 여기까지 올 수 있었던 것이다.

현은호의 목덜미를 움켜잡은 파려의 손에 더욱 힘이 들어갔다.

콰드득.

목덜미를 파고드는 불같은 아픔이 느껴졌다. 은호가 숨을 들이켰다.

자신을 내려다보는 붉은 눈동자가 보였다. 이쪽으로 내려온 검은 머리칼 사이, 지옥의 불처럼 선명한 붉은 눈.

"네가 왜! 네가 왜!"

파려의 울부짖음을 따라 초목이 웅웅거렸다. 등 아래에 느껴지는 지면도 꿈틀거리는 것만 같았다.

"나만이 그분께 선택받은 자란 말이다, 나만이!"

파려가 그렇게 외치면서 은호의 목덜미를 잡은 손에 더욱 힘을 주었다.

"너 같은 유한한 존재가 도대체 왜 그분의 기운을 가지고 있냔 말이다!"

촤악!

날카로운 소리와 함께 파려의 얼굴에 상처가 났다. 은호가 겨우 뽑아 든 자신의 검을 들고 파려를 노려보았다.

"도대체…… 무슨 소리를 하는 거냐."

은호가 겨우 숨을 몰아쉬며 물었다. 파려는 답을 하지 않고 그대로 다시 은호에게 달려들었다.

챙!

은호의 검과 파려의 검이 부딪쳤다. 이번에는 은호도 밀리지만은 않았다.

은호의 머리 뒤에 빛나는 광배가 드리워졌고 동시에 은호의 검이 파려를 수세에 몰리게 만들었다.

그걸 본 파려의 얼굴이 일그러졌다. 금방 알 수 있었다. 이것은 염라의 조각이 자신을 담고 있는 그릇을 지키기 위한 반응이었다.

"염라시여······!"

파려의 입에서 낮은 웃음소리가 흘러나왔다.

"하하······! 하하하!"

그 웃음소리에 은호가 자세를 가다듬었다. 파려가 고개를 들었다.

"그렇구나. 내가 여기서 널 죽일 수는 없겠구나."

염라의 영혼이 완벽히 모이지도 않은 상태에서 조각을 담은 그릇인 이 인간을 죽인다면 조각이 머무를 곳이 없었다. 적어도 염라의 나머지 부분을 모두 찾을 때까지는 이자를 살려 두어야 했다. 또한 염라의 영혼이 이렇게 되었다는 것은 자신만이 알아야 할 사실이었다.

파려가 은호의 얼굴에 손을 댔다.

파려의 몸에서 흘러나온 기운이 은호를 덮었다. 은호가 바닥으로 쓰러졌다. 기운을 덧씌워 두었으니 염라의 조각이 이자의 몸에 있다는 것을 다른 이가 알아챌 가능성은

더욱 낮아질 거였다.

"그렇다면 이제 내가 해야 할 일은 염라 님의 나머지 부분을 찾는 것⋯⋯."

파려의 유리알 같은 눈 뒤로 불꽃 같은 욕망이 타올랐다. 이승에 나온 후 처음으로 찾은 단서였다. 절대 놓칠 수 없었다.

"염라 님, 조금만 기다리십시오. 제가 가겠습니다."

화르륵.

횃불에 옮겨붙은 불이 고요한 전각 안에 일렁이는 그림자를 드리웠다.

'간만이군.'

휘가 나무패를 손에 들고 천천히 움직였다. 아주 오래된 나무 냄새와 짙은 향내가 코를 찔렀다. 분명 중전인 채령이 옆에 서 있었지만 이 전각 안에 꼭 자신 혼자만 있는 듯한 느낌을 지울 수가 없었다.

풍운뢰우제는 지금부터 시작이었다. 낮의 제사는 왕실의 다른 일원들과 신하들에게 보여 주기 위한 것. 진짜 제사는 오로지 왕과 중전만이 참여할 수 있는 이 밤의 제사였다.

천지신명과 왕이 직접 소통하는 제사. 한 해의 안위를

기원하는 것.

'기원이라……'

휘가 입술을 깨물었다.

나라의 임금으로서 신에게 다가간다는 것은 겉으로 보기엔 축복이기도 했지만 한 명의 인간으로서는 힘에 부치는 일이기도 했다. 신들은 이해할 수 없는 방식으로 움직였고 돌아가는 거대한 운명의 수레바퀴 안에서 인간 하나하나를 살피지는 않았다.

그들에게는 아주 긴 시간도 찰나였고 천리 길도 손바닥 안이었으니까. 유한한 존재로서 그들이 보는 세상을 이해한다는 건 있을 수 없는 일이었다. 그래서 무서웠고 또 두려웠다. 매번 이런 일을 할 때마다 도망치고 싶었다.

'그런데 어찌하여 중전은……'

휘가 곁눈질로 제 옆에 선 중전을 보았다. 위부터 아래까지 붉은 옷으로 휘감은 채령의 얼굴에선 그 무엇도 읽어낼 수 없었다.

오늘 낮에 있던 연회에서도 그랬다. 숙빈이 자신에게 잔을 올리는 행위를 눈감아 주고 또…….

아─.

어둠 속에서 흘러나온 목소리에 휘가 흠칫 몸을 떨었다. 하지만 다시 몸가짐을 가다듬었다. 높낮이 없는 소리가 어

둠 속에서 흘러나왔다. 많은 목소리였다. 하지만 기이할
정도로 일정한 높이의 소리는 꼭 한 사람이 여러 입으로
내는 소리같이 들렸다.

아—.

눈이 어둠에 익었는지 전각 안의 모습이 어렴풋이 보였
다. 3면이 층층이 제단으로 둘러져 있었고 층의 제단마다
깎아 만든 목상들이 빼곡하게 자리했다. 저마다 다른 모습
의 목상들은 춤을 추는 것처럼 비틀린 모습이었다. 무언가
말하고 싶어 하는 것 같기도 했고 혹은 그 안에서 빠져나
오고자 발버둥을 치는 것처럼 보이기도 했다. 화려하게 채
색되어 있었지만 오로지 눈만이 검은 동자 없이 희게 비어
있었다.

휘의 등으로 식은땀이 주르륵 흘렀다.

보위에 올라 이 제사를 처음 지냈을 때는 놀라 쓰러지기
도 했다. 그러나 그때도 중전 채령의 얼굴은 똑같았다. 둥
글고 순한 눈동자에는 자애로운 미소만이 자리했다.

3일 정도 고열에 시달렸다. 자신의 장인어른이자 연달
아 왕을 섬긴 신하이기도 한 한길전은 딱 한 번 찾아왔다.
그리고 태연한 얼굴로 말했다.

"덕분에 올해 농사가 망하겠습니다."

그해 정말로 농사가 망했던가. 기억이 잘 나지 않았다.

244

휘가 이 전각 바깥을 떠올렸다. 밖의 어둠 속에는 은호와 다른 벽사가들이 있을 것이다. 그렇게 생각하니 그나마 마음이 놓였다.

벽에 걸린 커다란 그림을 휘가 가만히 바라보았다. 어둠 속에서 어슴푸레 빛나는 일월도. 굽이치는 바다 위에 뜬 해와 달이 스스로 빛을 냈다. 어둠에 눈이 익숙해진 탓이라고 하기엔 유독 그 두 천체만이 빛났다.

해와 달이 빛을 비추는 가운데 일월도의 너른 바다에 흰 거품이 일었다. 붙박여 있던 반원과 같은 파도가 천천히 움직이기 시작했다. 위아래로 들쑥날쑥 움직이던 파도가 곧 일렁였다.

쏴아아, 쏴아아.

파도가 치는 소리가 그 위에 덧입혀졌다. 저 멀리서부터, 그리고 점점 가까이.

밀려오는 파도가 발치에 부딪쳤다. 의복의 끝자락이 물에 젖어 들어 갔다. 하지만 휘는 아랑곳하지 않고 계속 발걸음을 옮겼다. 안으로, 안으로.

우리 왕을 바치니— 우리 왕을 바치니—.

노래는 여는 장을 향해 가고 있었다. 파도는 어느새 허리를 거쳐 가슴께까지 올라와 있었다. 휘가 쓰고 있는 면류관의 구슬이 파도의 움직임에 흔들렸다. 무겁게 치는 파도에 휩쓸리지 않기 위해 정신을 쏟다 보니 제대로 머리가 돌아가지 않았다. 문득 휘가 옆을 보았다.

'왜……?'

옆에 선 채령의 입꼬리가 올라가 있는 게 똑똑히 보였다. 이해할 수 없었다.

항상 은은한 미소를 머금고 있긴 했지만 자신의 기분을 직접적으로 나타내는 일은 지극히 드문 중전이었다. 그런데 지금 대체 무엇이 중전을 그리 즐겁게 한단 말인가.

그런 의문이 드는 순간.

어슴푸레 바다 위를 비추던 해와 달이 툭 사라졌다. 새카만 어둠이 그를 맞았다.

"무, 무엇인가! 이 내관! 이 내관 거기 있느냐!"

휘가 커다랗게 소리쳤다. 옆으로 손을 뻗었지만 중전이 있다고 생각한 자리엔 아무것도 없었다. 뭔가 잘못되었다는 생각이 들었다.

"여봐라!"

물에 젖은 무거운 옷가지들이 휘를 잡아당겼다. 빠져나가려고 애를 쓰는데도 도저히 몸이 움직이질 않았다.

"아무도 없는가!"

철썩이는 파도가 휘를 덮쳤다. 바닷물이 코로 입으로 들어갔다. 컥컥거리며 휘가 두 손을 내저었다.

"게 아무도 없는가!"

하문하시옵소서.

들려오는 목소리에 휘가 퍼뜩 고개를 돌렸다. 파도가 치는 물가에 희미한 그림자가 서 있었다.

"누구냐!"

전하하문하시옵소서신이그명을받잡겠나이다.

휘가 숨을 몰아쉬며 희미한 그림자를 바라보았다. 사모관대 차림을 보아 하니 조정의 대신이 분명했다. 안도감이 온몸에 퍼졌다.

"그래, 누구든 과인을 찾아올 줄 알았다! 당장 나를……"

거기까지 말한 휘의 뒷말이 이어지지 않았다. 석연치 않았다. 저 멀리 서 있는 그림자가 고개를 갸웃거리는 게 보였다.

전하신에게명을내려주소서.

그 목소리를 다시 들은 휘가 나지막이 물었다.

"……그런데 네 목소리에 왜 기쁨이 서려 있느냐?"

재차 명을 내려 달라는 목소리에는 분명 꾹 눌러 담은 기쁨의 기색이 있었다. 왕이 죽을 위기에 처해 있다면 응당 달려와 구해야 하는 게 신하 된 도리인데 저자는 계속해서 명을 내릴 것을 요구했다.

꺽꺽대는 웃음소리가 들렸다. 바닷물에 젖은 휘의 팔과

다리에 차가운 소름이 돋았다. 파도 소리가 멀어지고 웃음
소리가 가까워졌다.

빈이 어둠이 내려앉은 궁을 휘 둘러보았다.

아무런 소리도 없었다. 이 넓은 궁에 사람 하나 없는 기
분이었다. 빈이 비어 있는 자신의 옆자리를 쳐다보았다.

'도대체…….'

원래라면 이 자리에 은호도 있어야 했다. 그러나 어디에
서도 은호의 모습은 보이지 않았다.

"은호."

빈이 그 이름을 낮게 읊조렸다.

그만 물러가라고, 우리의 인연은 이미 끝난 게 아니냐고
했던 은호의 말들이 다시 한번 쟁강쟁강 귓가를 울렸다.

빈이 숨을 한번 들이켰다. 다 자신이 감당해야 할 일이
었다. 그런데도 아픈 건 똑같았다. 언젠가는 일어날 일이
라고 예상했으면서도 아픈 건 덜어지지 않았다.

"나와는 이제 정말 상관없는 사람이잖아."

그렇게 말하며 빈이 고개를 끄덕였다. 하지만 그러면서
도 빈의 시선은 전각 마당의 바깥문을 향해 있었다. 은호
가 언제 올지 싶어서. 자신은 이곳에서 전하를 보필해야
하니, 움직일 수가 없었다.

"아무리 내가 싫더라도 전하를 지키는 일인 만큼 금방 올 거라고 생각했는데."

예감이 좋지 않았다. 하지만 지금 빈이 할 수 있는 일은 없었다.

스윽.

뭔가의 움직임에 빈이 고개를 들었다. 어둠이 깔린 마당을 누군가가 지나쳐 갔다.

흔들림도 없는 걸음걸이로 제사가 있는 전각을 향한 남자. 내관인가 싶어 가느다랗게 눈을 뜨고 보는데 다른 사람들이 속속 드러났다.

"뭐야······."

하나가 아니었다.

전각을 둘러싼 마당에 수많은 사람들이 섰다. 불도 없는 밤에 그들은 똑같은 발걸음으로 전각을 향해 나아갔다. 뭔가, 이상했다.

"그림자가······ 없잖아."

사람이라면 아무리 희미해도 그림자가 있어야 했다.

형태는 있는데 그림자는 없는 것들. 햇볕 아래서 자신의 존재감을 드러내지 못하는 것들.

인간이 아닌 것들.

그것들이 순식간에 제사가 있는 전각 안을 향해 물밀듯

이 들어갔다. 빈은 자신이 해야 할 일이 무엇인지 알았다. 가져온 사인검을 꽉 쥐었다. 그러고는 그들이 들어간 전각을 향해 돌진했다.

쾅!

문을 열어젖힌 빈이 큰 소리로 휘를 불렀다.

"전하!"

전각 안은 어두웠다. 어둠을 사인검으로 베면서 빈이 커다랗게 외쳤다.

저들이 원하는 것은 분명 하나일 것이다. 굳이 오늘 같은 때에 왕이 있는 곳으로 몰려들었다는 건.

'귀의 마음인가, 아니면 사람의 마음인가.'

그도 아니면 귀의 마음을 이용한 사람의 술수일 것이다.

오래전에 꺼진 듯 바닥을 뒹구는 횃불을 바라보았다. 제사를 위해 준비한 것들이 보였으나 그 어디에도 사람의 모습은 보이지 않았다.

"전하! 어디 계시옵니까!"

크게 외쳤지만 어디서도 답은 돌아오지 않았다. 빈이 검을 든 채 주변을 살폈다. 전각의 세 면을 채운 목상들을 바라보았다.

"……"

수백 개의 목상들은 전부 한곳을 바라보고 있었다. 그들의 눈동자가 가리키는 방향을 본 빈이 검을 고쳐 쥐고 천천히 움직였다.

벽을 가득 채운 일월도는 깨끗했다.

그림 앞에 선 빈이 그 안에 그려진 굽이치는 파도와 달, 태양을 보았다. 빈이 일격에 일월도를 베었다.

찌지직!

베인 일월도가 펄럭이는 듯싶더니 곧 커다랗게 부풀어 올랐다. 그리고 그 사이로 바닷물이 쏟아져 나왔다.

"전하!"

쏟아지는 바닷물 사이로 엉망이 된 왕의 모습이 보였다. 물을 먹어 정신을 못 차리는 게 분명했다. 다급히 다가간 빈이 서둘러 숨을 확인했다.

'아직 살아는 있다!'

무슨 일인지는 알 수 없었지만 지금은 왕의 목숨을 구하는 게 먼저였다. 휘를 어깨에 들쳐 메려던 빈이 그 뒤에 매달려 있던 것과 눈이 마주쳤다.

명을내리시오명을내리시오명을내리시오!

휘의 등에 매달려 곤룡포를 흔들며 악을 쓰는 그것은 빈이 마당에서 봤던 것처럼 관복을 차려입고 있었다.

"네 이놈! 당장 있던 곳으로 돌아가라!"

빈이 사인검을 휘둘러 그것을 베어 넘겼다. 그것이 붙들고 있던 곤룡포의 한쪽이 함께 찢겨 나갔다. 벽사의 힘을 실은 사인검을 맞은 귀가 비명을 지르며 사라졌다.

"전하! 정신이 드십니까?"

몸을 흔들었지만 휘는 눈을 뜨지 못했다. 주변을 살핀 빈의 얼굴이 새하얗게 질렸다. 아까 전각 안으로 들어왔던 귀들이 둥그렇게 이쪽으로 모여들고 있었다.

저언하통촉하여주시옵소서.

통촉하여주시옵소서.

종묘사직을위해여기서죽어주시옵소서.

죽어주시옵소서!

기기괴괴하게 우는 귀들이 이쪽을 향해 무릎을 꿇고 기었다. 기고 울면서도 착실하게 휘를 노렸다. 휘를 감싼 빈이 사인검을 휘둘러 댔다.

"여기가 어디라고 오느냐!"

펄쩍펄쩍 뛰어 대는 귀들이 빈의 검을 피하면서 다가왔다. 빈이 귀들의 숫자를 셌다. 얼추 스물은 넘어 보였다. 이만한 숫자들을 처리하는 방법이 없는 건 아니었다. 하지만 누군가를 지키면서 그 방법을 쓰기에는 무리가 있었다.

'일단은 눈속임으로라도 주의를 끌어야겠어.'

빈이 재빨리 주변을 살폈다. 이 귀들이 원하는 게 왕이라면 그와 비슷한 기운을 가진 물건으로 귀들을 속이는 것이 좋을 듯했다. 그 사람의 기운을 많이 담고 있는 물건.

빈이 재빨리 검을 치켜들었다. 휘가 입고 있는 곤룡포를 반으로 나눈다면 충분히 눈속임을 할 수 있을 것 같았다. 빈의 검이 곤룡포를 향했다.

그러나 순간.

챙강!

누군가 빈의 검에 맞섰다.

"누가 궁 안에서 이런 극악무도한 짓을 한단 말인가!"

갑자기 들이닥친 남자가 빈의 사인검을 받아 냈다.

"누구……!"

빈의 말이 이어지지 못했다. 불을 뿜을 듯 강렬한 기개의 눈빛이 보였다. 여기저기 찢어진 옷자락에 뺨에 난 상처, 흙물이 든 신까지 온몸은 엉망진창이었지만 그의 기백을 가리지 못했다. 흘러내린 머리칼이 이마 위에서 춤을 추었다.

현은호였다.

"감히 주상 전하를 해하려 하다니 그 죄는 죽음으로 갚아야 할 것이다!"

그렇게 외친 은호가 빈을 바라보았다.

서로의 시선이 부딪쳤다.

영원 같은 찰나가 흘렀다. 은호의 얼굴에도, 빈의 얼굴에도 뭐라 형용할 수 없는 표정이 퍼져 나갔다. 서로의 검이 가까워졌다가 다시 멀어졌다.

"도대체…… 그대가 왜?"

방금 전까지만 해도 살기를 머금고 있던 은호의 검이 거짓말처럼 뚝 멈췄다.

은호가 다시 눈을 떴을 때, 그는 깊은 산골짜기에 쓰러져 있었다.

온몸이 부서지는 것처럼 아팠다. 이미 해가 다 진 상황에서 겨우 감에 의지해 내려오니 궁이 보였다. 은호는 검은 옷을 입은 남자가 했던 말을 떠올렸다.

'어째서 네놈이 그분의 조각을 가지고 있단 말이냐!'

그 남자는 이승의 존재가 아니었다.

그런 존재가 자신에게 했던 말. 그건 자신의 몸 안에 있으면 안 될 것이 있다는 뜻이었다.

"도대체 그것이 무엇이길래, 날 죽이지도 못하고 그리 갔단 말인가."

은호가 고개를 저었다.

그게 뭐든 일단은 살아남았으니 다행이었다.

"빈……."

은호가 겨우 눈을 들어 궁을 바라보았다. 예정대로라면

벌써 밤의 제사가 시작할 시간이었다. 그리고 빈 역시 그곳에 있을 테고.

"그런데 저건 무엇이지?"

은호의 눈에 뭔가 이상한 것이 보였다.

궁을 향해 몰려드는 먹구름 같은 것. 그걸 보는 순간, 좋지 않은 예감이 온몸을 휘감았다. 은호가 몸을 일으켰다. 몸이 아픈 것 따위는 잊어버린 채, 궁을 향해 달려갔다.

가쁜 숨이 차올랐다.

기묘하게도 궁 안에는 사람 하나 없었다. 무슨 일이 일어날 것을 미리 알고 다 도망친 것처럼.

은호가 땅바닥에 떨어져 있는 검을 주워 들고선 밤의 제사가 있을 전각으로 뛰어갔다.

"전하!"

찢어진 용포, 쓰러진 휘의 모습. 그리고 보이는 것은.

누군가 검을 든 채 쓰러진 휘를 노리는 모습이었다. 더 생각할 틈도 없이 은호가 휘를 노리는 검을 받아 냈다.

"누가 궁 안에서 이런 극악무도한 짓을 한단 말인가!"

검끼리 부딪치는 소리가 전각 안을 울렸다.

그 안에 고여 있는 삿된 흐름이 은호의 피부를 스쳐 지나갔다.

"감히 주상 전하를 해하려 하다니 그 죄는 죽음으로 갚아야 할 것이다!"

그렇게 외치며 은호가 검을 쥔 팔에 힘을 주었다.

그리고 왕을 시해하려 했던 자의 얼굴을 쳐다보았다. 순간, 얼빠진 소리가 입에서 흘러나왔다.

"도대체…… 그대가 왜?"

왕을 향해 검을 휘두른 자는 다름 아닌, 서문빈이었다.

믿을 수 없었다.

정말로 빈이 영의정의 사주를 받아 이렇게 움직이는 걸까? 그래서, 그 인간이 아닌 존재와도 함께 있었던 거고?

휘청거리는 검을 간신히 붙든 채 믿을 수 없다는 눈빛으로 은호가 빈을 보았다. 대체 어떻게 해야 하는지 하나도 알 수가 없었다.

거기에 오늘 낮에 보았던 환시 속 빈의 모습.

왕의 복장을 하고 있던 그 광경이 떠올랐다. 그것은 설마, 이런 미래를 예지하는 거였나.

왕을 죽이고 그 자리를 차지하려는 자들의 편에 선 서문빈의 미래를.

"은호!"

빈이 은호의 이름을 불렀다. 퍼뜩 정신을 차린 은호가 본능적으로 몸을 옆으로 움직였다. 그와 동시에 뒤에서 은호를 노리던 귀에게 빈이 검을 찔러 넣었다.

"이게 무슨?!"

서문빈의 능력을 나누어 받은 게 아직 유효한지 은호의 눈에도 귀들이 보였다.

사람이 아닌 것들, 그러나 사람 흉내를 내며 이승에 붙어 있는 것들.

기울어진 사모, 찢어진 흉배, 피에 젖은 도포 자락.

그것들의 행색이 은호의 눈에 들어왔다. 이상한 소리를 그르륵거리며 이쪽을 향해 다가오는 귀가 한둘이 아니었다.

"내가 아닙니다."

짧은 그 말만으로 은호는 빈이 무슨 이야기를 하려는지 깨달았다.

휘의 목숨을 노리는 쪽은 자신이 아니라 다른 것이라는 말. 빈이 서둘러 말을 이었다.

"나를 믿을 수 있겠습니까?"

은호가 반사적으로 고개를 끄덕였다.

"그대를 믿습니다!"

그 말에 빈이 자신이 쥐고 있던 사인검을 은호의 손에 넘겼다. 은호가 검을 쥔 순간, 커다란 파동이 은호를 덮쳤다.

"저건 연등회 때 우리가 상대했던 귀들과 차원이 다릅니다. 도대체 누가, 어떤 목적을 가지고 이곳에 불러들였는지 알 수는 없지만……."

빈이 숨을 헐떡이며 말을 이었다.

"지금 저것들이 노리는 것은 주상 전하의 옥체입니다. 그러니 은호, 그대는 내가 준 검으로 전하를 보호하십시오. 다른 벽사 도구가 없으니 지금으로서는 그것으로만 귀들을 베어 넘길 수 있습니다."

"그럼 빈, 그대는요?!"

그렇게 묻는 은호의 목소리가 다급했다. 빈이 은호를 보았다.

"이제 어쩔 수 없겠습니다. 내가 저것들을 유인하는 수밖에요."

빛날 빈.

사람은 이름을 따라간다고 했던가. 저승과 이승을 모두 볼 수 있는 빈의 육체는 귀들에게는 어둠 속 하나의 불빛처럼 보였다. 환하게 빛을 내며 그들의 눈을 사로잡는 육체를 귀들이 마다할 리 없었다.

"말씀하셨던 것처럼, 미끼 역할을 하시겠다는 겁니까?!"

은호의 물음에 대답하지 않고서 빈이 입고 있던 웃옷을 벗어 던졌다.

그건 혹시 몰라 껴입고 있던 벽사용 옷이었다. 옷 안쪽에 꿰맨 부적들이 지금까지 귀로부터 빈의 몸을 보호해 주었다.

빈이 그것을 벗어 버리자마자 휘에게 향해 있던 귀들의 눈이 일순, 한꺼번에 빈을 바라보았다.

그야말로 일사불란한 움직임이었다.

은호의 몸에 소름이 돋았다. 그제야 은호는 빈이 가진 운명에 대해서 여실히 깨달을 수 있었다. 저 정도로 귀들이 달려드는 몸을 가지고 살아간다는 것. 그것은 이승에서 저 혼자만 지옥을 살아 내는 것과 똑같았다.

빈의 풀어 헤쳐진 머리칼이 품이 넉넉한 남자 두루마기 위에 흩날렸다.

그런 빈의 모습은 살아 있는 사람 같지 않았다. 현은호 자신이 잡을 수 없는, 마치 저 먼 어디에서 온 다른 존재 같았다.

은호는 그제야 빈이 자신을 계속해서 밀어내려 했던 이유를 어렴풋이나마 깨달았다.

보통 사람은 절대 이해할 수 없는 영역. 그건 빈의 세계.

은호가 저도 모르게 빈을 향해 손을 뻗었다. 그러나 그 손은 닿지 못했다.

한 발짝 앞으로 나선 빈이 저를 보며 침을 뚝뚝 흘리는 귀들을 노려보았다. 귀에게서 눈을 떼지 않은 채 빈이 낮은 목소리로 말했다.

"나는 궁과 가장 가까운 강으로 갑니다. 내가 나서면 귀들이 다 따라나설 겁니다. 그러나 남은 귀가 있을지 모르니 그대가 남아 전하를 보필하십시오. 이 주변이 안정되거든 당장 어의를 불러 전하를 보게 하고 관상감에게 이 일을 알려야 할 것입니다."

빈이 은호를 바라보았다.

그 눈빛에 어떤 깊은 감정이 깃들어 있다는 것을 은호는 깨달았다.

"혹여 내가 돌아오지 못하면…… 시체라도 찾아 건져 주십시오. 내 마지막 부탁입니다."

더 많은 이야기는 할 수 없었다.

가가각가가가각!

귀들이 빈을 향해 달려왔다. 새까만 귀들이 구름처럼 빈에게 달려들었다. 동시에 빈이 전각 바깥으로 달려 나갔다.

"아……."

은호는 그것을 멍하니 바라볼 수밖에 없었다. 자신이 이곳에서 할 수 있는 일이 없다는 걸 느꼈기 때문이었다.

이 세계는 서문빈의 세상.

서문빈이 지금껏 보아 온 시야.

"내가 할 수 있는 건……."

은호가 멍한 표정으로 전각 안을 살폈다. 수십의 귀가 나간 자리는 텅 비어 있었다. 이 상황이 머릿속에 들어오지 않았다.

아직있다아직있어.

들리는 소리에 은호가 퍼뜩 정신을 차렸다. 빈의 뒤를 따라가지 않은 몇이 남아 여전히 이쪽을 바라보고 있었다. 은호가 빈이 준 검을 고쳐 잡았다.

"나에게 맡겨진 일을 해야지."

하나라도 남아서 빈의 짐을 덜어 줄 수 있다면 환영이었다. 쓰러진 휘 앞으로 나선 은호가 손을 까딱였다.

"네 죽을 자리가 이곳이다."

턱 끝까지 숨이 찼다. 하지만 멈출 순 없었다.

맨몸으로 귀들과 상대하려면 적어도 물가에는 도착해야 했다. 물은 예로부터 이 세계와 저승을 잇는 관문이었다. 조금이라도 더 빨리 귀들을 저승으로 보낼 수 있는 최적의 전투 장소였다.

물 흐르는 소리가 들렸다.

'보인다!'

빈이 흘깃 뒤를 바라보았다. 자신의 뒤를 쫓아 달려오는 귀들의 떼가 보였다. 전각 안에 있던 귀들은 대부분 이쪽으로 온 듯했다. 그나마 다행이었다. 그만큼 은호가 처리해야 할 귀들이 적다는 뜻이었으니까.

"은호……."

빈이 사인검을 들고 있던 은호를 떠올렸다.

보통 사람은 사인검에 손을 댈 수도 없었다. 벽사만을 위해 만들어진 사인검은 벽사가의 기를 운용하여 작동했다. 그렇기에 평범한 사람이 사인검에 손을 대면 바로 모든 기를 빨려 몸에 무리가 갔다.

하지만 벽사의 기운을 타고난 은호였다. 그러니 지금으로서는 맡길 수밖에 없었다. 은호라면 사인검을 사용해도 살아남을 수 있을 거라고.

어둠 속에서 강 물결이 보였다. 시작도 끝도 알 수 없이 흐르는 강물이 오늘따라 더 요요해 보였다.

낯익은 광경이었다.

예전, 은호는 잊고 서문빈만이 기억하는 그 과거에 여기서 현은호를 잃을 뻔했으니까. 어두운 수면, 그 아래로 끌려가던 은호. 그를 살리기 위해 다른 생각은 할 겨를도 없이 뛰어들었던 물속.

지금은 또 다른 이유로 이곳에 와 있었다. 빈이 휙 뒤로 돌았다.

"자, 와라! 너희들이 가지고 싶어 하는 게 여기 있다!"

귀의 눈들이 화살처럼 날아와 박혔다. 육신을 향한 그들의 욕망이 날것으로 느껴졌다. 두근거리는 자신의 심장 소리가 터질 듯 들렸다. 어차피 더 도망칠 힘도 없었다. 여기서 저것들을 벽사하지 않으면 자신이 잡아먹히리라는 건 당연한 사실이었다.

'……몇이나 견딜 수 있을까?'

다섯까지는 해 본 적이 있었다. 하지만 그 이상은.

빈이 더 이상 도망칠 구석이 없다는 걸 알아챘는지 귀들이 춤을 추듯 겅중겅중 뛰면서 이쪽으로 향했다.

어이— 어어이—.

누군가를 부르는 듯한 목소리였다. 손을 크게 흔들며 귀들이 빈에게 다가왔다. 아는 사람이라도 만난 것처럼. 빈이 천천히 강물 쪽으로 뒷걸음쳤다. 귀들은 입을 찢고 웃어 댔다.

저혼령— 한심하고가련하네—.

목소리는 빈이 움직인 만큼 똑같이 따라왔다.

죽음길을못면하고 어이— 어이—.

그제야 빈은 뒤에 따라붙는 어이가 누군가를 부르는 소리가 아니라는 걸 깨달았다. 부르는 게 아니라 곡을 하는 거였다. 죽을 이를 위해 미리 초상을 치르는 소리였다.

"이미 뒤진 새끼들이 말이 많아."

빈이 이를 드러내고 도발했다. 귀들이 겅중거리면서 빈에게 달려들었다.

하릴 없이 죽었으니 젊은청춘이내몸을어찌헐거나.

바로 귓가에서 들려오는 목소리는 축축하고 끈적거렸다. 귀들이 부르는 노래는 빈도 잘 아는 노래였다. 죽은 이의 혼령을 위로하고 극락세계로 천도하기 위한 제사에서 원혼의 한을 풀기 위해 부르는 노래.

"동방에는 청제신장, 남방에는 적제신장!"

그 뒤를 빈이 받아 부르며 귀의 목덜미를 잡아당겼다. 목이 쭈욱 늘어나는 귀를 보면서도 빈은 눈 하나 깜짝하지 않았다.

"서방에는 백제신장, 북방에는 흑제신장."

귀의 머리를 잡고 빈이 몸을 돌려 그것을 강물에 빠뜨렸다. 물속에서 켈켈 웃는 소리가 났다. 빈이 머리를 잡은 손에 더욱 힘을 주었다. 그리고 재빨리 품속에서 자그마한 거울을 꺼냈다.

"보아라! 그리고 되돌아가라!"

자신의 모습이 거울에 비친 귀가 물속에서 기묘한 소리를 내며 몸을 뒤틀었다. 빈이 그런 귀의 허리를 발로 밟아 강물에 완전히 고꾸라뜨린 후 그대로 몸을 띄워 옆에 있는 귀에게 달려들었다.

"중앙에는 황제신장, 청조는발령구천웅원뇌성보화천존신장천장신장대장신지하신장대장—"

빈이 부르는 해원경이 점차 빨라졌다.

이번엔 소맷자락에서 소리 나지 않는 방울들을 꺼냈다. 원래는 하나의 대에 붙어 있던 것들인데 가지고 다니기 편하라고 알알이 찢어 놓은 것이었다. 옆에서 악다구니를 쓰며 달라붙는 귀의 입에 방울 한 움큼을 집어넣었다.

"사라져라!"

손에 든 거울로 귀의 턱을 올려 쳤다. 귀의 몸에서 있을 리도 없는 뼈가 으스러지는 소리가 났다. 빈의 이마에 땀이 송글송글 맺혔다.

"와라, 탐이 나지 않아?"

빈의 눈이 번뜩였다. 숫자를 믿는 건지 귀들은 잔뜩 몸을 부풀리고 빈을 둥그렇게 에워쌌다. 빈이 허리춤에서 버드나무 손잡이가 달린 가느다란 채찍을 꺼내 들었다. 다리가 여덟 달린 소에 씐 귀를 벽사하고 얻은 가죽으로 만든 채찍이었다.

한 발 한 발 물 안으로 들어서며 빈이 채찍을 휘둘렀다. 채찍 끝에 달린 작은 돌기들이 와다글와다글 소리를 내며 귀들에게 날아가 붙었고 동시에 귀들이 불에라도 닿은 듯 온몸을 뒤틀었다.

아아아아아!

귀들의 비명을 듣는 빈의 입술이 자신도 모르게 말려 올라갔다. 빈은 자신이 웃는지도 모른 채 호령을 하고 땅을 두드리며 벼락과 같이 다른 귀들을 잡아다 물속으로 집어넣었다.

"감히 누가 누구의 앞을 막는가! 누가 누구의 길을 막아!"

어쩌면 이것들을 모두 벽사할 수도 있겠다는 생각이 들었다.

품속에 지니고 있던 진사(辰沙) 부적을 꺼내 들었다. 피처럼 붉은 진사를 곱게 갈아 쓴 부적들이었다.

"만만기월속거천리 옴급급여율령!"

부적이 닿은 귀들이 물속으로 빠지거나 고꾸라졌다.

꽝꽝꽝!

빈이 고개를 훅 들었다. 커다랗게 내리꽂는 소리는 꽹과리 소리였다.

갑작스러운 소리에 빈이 멈칫하자 둥그렇게 모여 있던 귀들이 미꾸라지 떼처럼 한꺼번에 빈에게 달려들었다. 파도처럼 밀려든 귀들이 빈의 손을 감아쥐고 채찍과 거울을 떨궈 냈다. 어두운 그림자에서 허연 손들이 밀려 나와 빈의 옷자락을 잡았다.

가자가자가자.

수십이나 되는 귀들이 한꺼번에 빈의 몸에 들어섰다. 귀들에게 잡힌 빈이 부적을 잡아 붙이려 했지만 그마저도 여의치 않았다. 웅성대는 귀들의 말소리가 머리를 울렸다.

셀 수 없이 많은 귀가 빈의 몸에 들어찼다. 빈이 제 몸에 붙은 귀들을 떨쳐 내려고 했지만 이미 손과 발이 제대로 움직이지 않았다. 빈의 시야에 가득 찬 귀들의 얼굴이 보였다.

귀의 손들이 빈의 온몸을 얽어 잡고 물속으로 끌어 내렸다. 옷자락, 허리끈, 소매, 머리카락까지. 해초처럼 단단히 잡아끄는 귀들의 무게가 온몸을 무겁게 만들었다.

별도 보이지 않는 그믐이었다. 귀들이 빈의 몸을 잡고 강물 아래로 한없이 끌어 내렸다. 귀들의 노랫소리가 끝나지 않는 돌림노래처럼 울렸다.

가옵시오가옵시오우리황천으로떠납시오.

물이 목을 넘어 폐부로 들어왔다. 숨이 가빠지고 시야가 뿌옇게 변했다. 몸 안으로 들어온 귀들이 꽹꽹거리는 소리를 내며 온몸을 들썩였다.

마지막 숨이 빈의 입에서 흘러나왔다.

시체를 찾아 달라고 부탁해서 다행이었다. 그리고 떠오른 것은 은호의 얼굴.

연등회 마지막 날, 강에 빠질 뻔한 자신을 붙잡은 채 마주친 그 얼굴.

잘라 내야 한다는 걸 알면서도 지금까지 미련하게 숨겨

왔던 마음. 굳이 이름을 붙이지도 않았다. 그저 숨기고 감추고 없는 척해 왔다. 어차피 끝날 것들에 이름을 붙여 뭐하겠는가. 그런 생각이었다.

은호가 바구니 속에서 오래된 편지를 발견했을 때.

혹시나 싶었다. 잊은 기억들이 그것을 보고 조금이라도 떠오르지 않을까.

은호는 늘 빈의 곁에 있어 주었다. 아무도 찾아오지 않는 별당에 웃음소리가 날 때는 오로지 은호가 찾아올 때뿐이었다. 얼굴을 보지 못할 때면 늘 손수 편지를 써 이런저런 작은 선물과 함께 보내 주었다.

빈이 귀에 시달릴 때도, 남동생이 갑작스레 죽었을 때도, 늘 은호는 빈의 곁을 지켰다.

그가 내리쬐는 태양 같은 사랑에 빈은 겨우 목숨을 붙들고 있었다.

하지만 언제고 다른 이를 해할 수 있는 자신이 은호의 곁에 있어선 안 됐다. 결국 지금도, 또 이렇게 되어 버리지 않았는가.

'나쁘지 않아.'

빈이 속으로 그렇게 생각했다. 나쁘지 않다고.

이 생, 결국 현은호를 위해 죽을 수 있어서 차라리 좋았다. 귀들이 붙잡은 대로 속절없이 물속으로 끌려 들어갔다. 빈이 눈을 감았다.

"빈!"

은호가 큰 소리로 서문빈의 이름을 불렀다.

겨우 궁 안의 귀들을 전부 없애고 말을 달려 빈이 말했던 강으로 달려왔다. 그러나 어디서도 빈의 모습이 보이지 않았다. 불안한 마음이 도저히 진정되지 않았다.

"빈! 어디에 계십니까!"

하지만 현은호의 목소리는 몰아치는 강물 소리에 먹히고 말았다.

어둠 속에 흐르는 새카만 강물. 그걸 보자 은호가 저도 모르게 말을 뒤로 물렸다. 순간 은호의 기억을 스쳐 지나가는 건 그 꿈이었다.

강에 서 있던 자신과 얼굴을 모르는 소녀.

"왜……."

순간 머리가 깨질 듯이 아파 왔다. 은호가 가쁜 숨을 몰아쉬며 말에서 내렸다. 지금은 빈을 찾는 게 먼저였다. 하지만 흐려지는 시야에 몸을 제대로 가눌 수가 없었다.

"빈, 빈……!"

서문빈이 어디서 무엇을 했건 이제는 상관없었다.

지금 당장은 빈이 살아 있는지 아닌지가 가장 중요했

다. 이런 식으로 서문빈을 보내는 것은 견딜 수가 없었다.

은호가 사인검을 쥔 손에 힘을 주었다. 이제야 겨우 서문빈을 조금이나마 이해할 수 있었다.

"이제야 조금 당신이 사는 세상을 이해하게 됐는데, 왜……"

순간 강의 한가운데서 기묘한 움직임이 포착됐다.

강물의 흐름과는 반대로 흘러가는 물결. 일견 잔잔해 보였지만 물이 반대로 흐를 수는 없는 노릇이었다. 은호가 사인검을 든 채로 아무런 망설임 없이 강물을 향해 뛰어들었다.

그 사랑은 죽음이라 그 사랑은 죽음이라.

검은 물속에서 그 소리가 들렸다. 사인검을 쥐고 있어서인지 휘돌아 가는 물살 사이로 어지럽게 움직이는 귀들의 머리가 보였다. 물고기처럼 눈꺼풀이 없어 툭 튀어나온 검은 눈을 번들거리는 귀의 모습.

은호가 물살을 가르며 움직였다. 곧 시야에 그 모습이 들어왔다.

수많은 귀들이 먹잇감을 발견한 물고기 떼처럼 한곳에 둥글게 모여 있었다. 그것은 거대한 공처럼 보였다. 물살의 흐름마저 바꾸어 놓을 정도로 거대한 공.

'저게……'

말이 나오지 않을 정도였다. 하지만 분명 저기에 서문빈이 있을 거였다.

은호가 마음을 다잡고 모여 있는 귀들을 향해 사인검을 휘둘렀다. 사인검에 닿은 귀들이 비명을 지르며 물살 속으로 흩어졌다.

은호가 귀들 사이로 손을 뻗었다.

'제발, 제발!'

속으로 그렇게 외치며 은호가 빈을 찾아 손을 휘저었다.

"윽!"

은호의 입에서 짧은 비명이 터졌다. 힘이 빠진 은호의 어깨를 귀가 날카로운 이빨로 깨문 것이다. 이미 파려에게도 당한 어깨였다. 순간 팔에서 힘이 빠져 사인검을 놓칠 뻔했다. 하지만 은호는 초인적인 힘을 발휘해 다시 손에 힘을 주었다. 여기서 놓치면 이대로 끝이었다.

은호가 다쳤다는 것을 알아차린 귀들이 몸에 달라붙었다. 그때마다 무거운 돌덩이가 하나씩 몸에 매달리는 기분이었다.

"빈!"

은호가 빈의 이름을 부르는 순간, 은호의 주위에 환한 빛무리가 어렸다.

으아아악!

그 빛무리에 은호의 몸에 달라붙어 있던 귀들이 소리를 지르며 떨어져 나갔다. 앞에 떼를 지어 몰려 있던 다른 귀들도 흩어졌다. 흩어진 귀들 사이로 떨어진 꽃잎처럼 팔랑이는 서문빈의 모습이 눈에 들어왔다.

깊은 물 아래로 떨어지는 서문빈을 향해 은호가 손을 뻗었다. 어깨의 상처에서 나온 피가 물속으로 퍼져 나갔다. 하지만 은호는 아픈 줄도 모르고 서문빈의 손을 붙잡았다.

서문빈과 현은호의 손이 서로 엉기는 순간.

은호.

거울처럼 비친 모습. 그리고 들려오는 목소리.

일렁이는 물결 사이로 다른 시간대의 모습이 비쳤다. 은호가 눈썹을 찌푸렸다.

'무슨…….'

물결 사이로 비치는 건, 어린 시절의 현은호.

그것을 본 은호가 놀라 저도 모르게 물을 들이켰다. 순간, 숨이 부족했다. 거센 소용돌이와 귀들을 상대하는 것만으로도 이미 충분히 힘에 부쳤다.

그건 물결 사이로 비친 어린 시절의 자신도 마찬가지인 것 같았다.

저 멀리 보이는 건 강바닥에 쩍 벌리고 있는 거대한 귀의 입. 그 안으로 휘돌며 빨려 들어가는 검은 물풀들.

살려 줘 살려 줘 제발!

어린 은호가 그렇게 외치는 소리가 은호에게도 들렸다. 거울처럼 빛나는 물결 너머로.

은호의 기억에는 없는 장면이었다. 지금 눈에 보이는 이 광경이, 자신이 잃어버린 과거라는 걸 은호는 깨달았다.

죽을 고비를 넘겼다는데 물어봐도 대답해 주지 않던 사람들, 빈의 바구니에 들어 있던 언제 보냈는지 모르는 자신의 편지들, 혼수상태인 자신의 손을 잡고 울던 누군가.

콱!

강바닥에 입을 벌린 채 있는 귀의 긴 촉수가 어린 은호의 목덜미를 칭칭 감았다. 새하얗게 질린 얼굴과 손. 그대로 물속으로 가라앉는 푸른색 쾌자 자락.

......*빈, 빈!*

어린 은호가 귀에게 잡혀 물 아래로 가라앉으며 빈의 이름을 외쳤다.

그리고 누군가 어린 은호를 향해 아래로 내려왔다.

정신을 잃은 어린 은호를 잡아채는 가녀린 하얀 손. 은호는 자신의 숨이 막혀 오는 것도 느끼지 못한 채 그 광경을 멍하니 바라보았다.

오로지 어린 은호만을 바라보는 곧은 눈빛. 어두운 물속에서 날리는 흰 치맛자락.

은호의 깜빡이는 시야 속에 붉은 댕기를 휘날리며 내려오는 사람은, 그 누구도 아닌.

서문빈이었다.

어린 서문빈이 아래로 가라앉는 어린 은호를 향해 손을 뻗었다.

내뻗은 둘의 손이 맞닿았고 빈이 강바닥 아래 귀가 은호를 다시 가로채기 전에 수면 위로 올라갔다.

위로 올라가는 빈의 붉은 댕기가 자국처럼 남았고 곧 수면 위로 사라졌다.

은호, 은호…….

늘 궁금했다. 생사를 오가던 자신의 옆에서 그리도 슬프게 제 이름을 부르던 이가 누구였는지. 밤낮을 가리지 않고 옆을 지키던 이가 누구였는지.

"빈……."

은호의 입에서 빈의 이름이 흘러나왔다.

서문빈은 이미 자신의 목숨을 한 번 구했었다. 은호는 그제야 자신이 처음으로 서문가에 찾아갔을 때, 빈이 자신을 보던 눈빛의 의미를 깨달을 수 있었다.

하얀 동백꽃 아래, 아롱거리던 꽃그늘 아래서 사랑을 먼저 끝낸 자의 표정을 짓고 있던 서문빈.

과거 자신이 써 주었던 편지들. 그 안에 켜켜이 깃들어 있던 이야기와 시간과 감정을 빈만이 지금까지 고이 간직하고 있었던 것이다.

그게 맞는 거라고 생각했겠지.

상처받고 잊히는 것에 익숙한 그대는 당연히 그게 맞다고 여겼겠지.

제 마음을 팔아서라도 남에게 상처를 주고 싶지 않다는, 빈의 의지가 이렇게 발현되었을 거라곤 생각해 본 적이 없었다.

빈은 그 모든 걸 마음속에 묻고는 단 한 마디도 하지 않았다. 그게 자신에게 내려진 당연한 벌이라고 생각하듯.

'그대가······.'

은호가 붙잡은 빈의 손을 단단히 틀어쥐었다. 그렇다면 이제는 자신이 서문빈을 구할 차례였다.

과거에 빈이 그랬듯이.

그리고 빈이 한마디도 하지 않았던 모든 이야기를 다 들어 줄 생각이었다. 현은호에게서 퍼져 나온 빛이 강물 아래를 훤히 비췄다. 그 빛에 귀들이 악다구니를 썼다.

싫어 싫어 싫어 싫어 싫어!

그러나 은호의 빛을 이겨 낼 순 없었다.

"나의 빈에게서 떨어져라!"

귀들의 손아귀에서 서문빈의 옷자락이 찢겼다. 찢긴 옷

자락이 귀들과 함께 아래로 가라앉았다.

자유로워진 빈의 몸이 둥실 떠올랐다.

빈을 안은 채 은호가 수면 위로 올라왔다. 서로 맞잡은
손, 그 손을 타고 지금까지 서문빈만이 간직하고 있던 기
억들이 파도처럼 은호에게 밀려왔다.

'이건…….'

은호의 동공이 커졌다. 잃어버린 자신의 기억이었다.

"그게 무엇이냐."

어린 은호가 그렇게 묻자, 서문가의 하인이 고개를 연거
푸 숙였다.

"아이고, 도련님. 도련님이 보실 만한 것이 아닙니다."

"무엇이냐고 물었다."

되묻는 어린 은호를 향해 하인이 손 뒤에 숨긴 것을 보
여 주었다. 거기에는 꽃이었던 것처럼 보이는 게 있었다.
반쯤 녹아내린 것 같은 기묘한 모양새.

"그러니까 보실 만한 것이 아니래도요."

하지만 은호는 그 꽃을 손으로 헤쳐 보았다.

녹아내린 꽃이었지만 거기엔 서문빈의 기대감이 깃들
어 있었다. 은호는 알 수 있었다. 빈이 이러려고 꽃을 꺾은
게 아니라는 걸. 그건 그저 아름다운 것을 가까이하고 예

쁜 것을 보고 아끼는 마음을 품는 사람의 본질적인 습성이
었다.

그러나 그 아이는, 서문빈은 그러면 안 되는 존재였다.

그걸 스스로도 알고 있었다. 하지만 그러면서도 가끔은
다른 사람처럼 살기를 바랐다.

"도련님께 드리겠다고 예쁜 것만 골라 꺾으셨는데……"

하인의 말에 은호가 고개를 끄덕였다.

그래서 은호는 같은 꽃이 심긴 커다란 화분을 빈에게 선
물했다.

"꽃구경은 함께 이렇게 하면 돼."

그렇게 말하는 은호를 향해 웃는 빈의 낯이 꽃보다도 더
밝았다.

귀에게 홀린 빈이 연못의 붕어들을 모조리 죽인 날에도,
정신없이 울던 서문빈의 옆에는 현은호가 있었다. 볼을 가
득 적시던 그 눈물을 남김없이 닦아 주었다. 강아지가 죽
었다며 핏기 하나 없는 목소리로 말했을 때도, 함께 죽은
강아지를 뒷동산에 묻어 주었다.

"내가 명복을 빌어도 될까요?"

그렇게 묻던 서문빈의 목소리는 덜덜 떨리고 있었다.

차라리, 나도 빈과 같은 것을 볼 수 있다면.

그렇게도 생각했던 것 같다. 빈을 정말로 이해해 줄 수

있는 사람이 한 명이라도 있다면.

점점 밖으로 나가는 일이 적어지는 빈을 보면서 은호는 자신이 해 줄 수 있는 일이 없어 속상했다. 과거 준비를 시작하면서 빈과 만날 수 있는 날이 점점 더 줄어들었다.

그러다가 그 사건이 일어났다.

"도련님."

그렇게 은호를 부른 하인의 목소리는 두려움에 질려 있었다.

"서문가의 도련님께서 어젯밤 명을 달리하셨다 합니다."

"빈은? 빈이는 어찌하고 있느냐? 가 봐야겠다."

가장 먼저 떠오른 건 빈의 얼굴.

서문가에서 장차 대를 이을 남자아이를 얼마나 아끼는지는 현은호도 잘 알고 있었다. 그렇기에 귀가 들리는 빈을 더욱 경계했던 것이다. 언제 어떻게 빈이 남동생을 해칠지 몰랐으니.

"어차피 서문 아씨를 뵙지는 못하실 겁니다."

"그래도 가 봐야겠어."

"아이고! 가시면 제가 마님께 불호령을 듣습니다, 도련님!"

"왜, 부정이라도 탄다시더냐?"

은호의 물음에 하인은 대답하지 못하고 우물쭈물했다.

"너만 말을 하지 않으면 된다. 알겠느냐?"

그런 하인을 두고 향한 서문가엔 흰 등이 내걸려 있었다.

죽을 때가 되지 않은 자의 장례는 이렇게 조용하다는 걸 현은호는 그때 처음으로 알았다. 울음소리도 차마 내지 못한 이들의 눈물이 가득했다.

열 살도 되지 못한 이의 관은 작디작았다. 오색 종이꽃으로 치장된 꽃상여가 나갔고 만장(挽章)의 행렬이 그 뒤를 따랐다. 상복을 입은 사람들, 그러나 서문가의 가족 중에 한 사람이 없었다. 하도 밖에 나오지 않아 외간 사람들에게는 서문가의 첫째 딸도 죽은 게 아니냐는 소문이 돌 정도였다.

은호는 장례 행렬을 구경하는 사람들 사이를 가로질러 서문가의 가장 후미진 곳으로 향했다.

"빈!"

은호의 부름에 겨우 고개를 든 서문빈의 얼굴은 예상했던 것처럼 그늘져 있었다.

끌어안았던가?

아마 그랬던 것 같다.

품 안에 들어온 둥근 어깨는 말라 있었고 온몸은 낙엽처럼 바스락거렸다. 그저 수심과 눈물만이 서문빈을 채우고 있는 것 같았다.

"은호, 은호……."

젖은 목소리.

"제가 아닙니다. 제가 아니에요!"

아무도 믿어 주지 않은 그 말을 빈이 다시 한번 했다.

"알고 있습니다. 빈의 탓이 아닙니다."

"저 애 가는 길을 보지도 말라 하십니다. 누이가 되어 어찌 피붙이가 마지막으로 가는 길도……."

은호가 얼른 담 아래 엎드렸다.

"올라가십시오."

"네?"

"지금 막 상여가 길을 돌아 나서고 있습니다. 제 등에 올라타면 담 너머로 보일지도 모릅니다. 어서요!"

그 말에 주저하던 빈이 엎드린 은호의 등 위로 올라섰다. 며칠 새 맘고생을 해 말랐는지 등 위로 오른 서문빈은 바람이 불면 날아가지 않을까 싶을 정도로 가볍게 느껴졌다.

그렇게 빈의 모든 시간에, 현은호가 있었다.

그리고 현은호의 모든 시선 끝에 서문빈이 있었다.

이어 밀려오는 기억들은 빈의 집에서 읽었던 편지들의 내용이었다. 아무것도 하지 않아도 그저 둘만 있으면 행복했다.

하지만 그 모든 시간이 무색하게 현은호는 다 잊어버리

고 말았다.

전부.

"하!"

수면 위로 겨우 올라온 은호가 축 늘어진 빈을 끌어안고 커다랗게 숨을 내쉬었다.

분명 방금 전까지만 해도 미친 듯이 휘몰아치던 강물은 언제 그랬냐는 듯 고요했다.

"빈, 빈!"

은호가 자신의 어깨 위에 늘어져 있는 빈의 이름을 불렀다. 하지만 빈은 속눈썹 하나 움직이지 못한 채 아무 반응이 없었다. 그런 빈을 겨우 물가까지 데리고 나온 은호가 젖은 빈의 뺨에 자신의 손을 가져다 댔다.

얼음장처럼 차가운 빈의 뺨이 느껴졌다. 그 위로 뜨거운 물방울이 방울방울 떨어졌다. 은호는 그제야 자신이 울고 있다는 것을 겨우 알아차렸다.

"빈, 안 됩니다. 안 된다고요……!"

은호가 울면서 쓰러져 있는 빈의 몸을 붙잡았다.

드디어 잃어버렸던 자신의 기억을 되찾았다. 드디어.

언제나 서문빈의 옆에 있던 현은호. 그런 현은호를 믿던 서문빈.

"당신이 왜 나를 그런 눈빛으로 바라봤는지 이제야 알게 되었는데……."

자신이 쓴 편지를 지금까지 고이 간직한 서문빈.

알아보지 못하는 자신을 한 번도 탓하지 않았던 서문빈.

'나는 이제야 그대의 얼굴과 목소리를 알았는데 그대는 왜…… 꼭 나를 사랑했다가 그대로 포기한 것만 같은 얼굴을 하고 있습니까?'

자신이 했던 그 말을 빈이 어떤 마음으로 받아들였을지, 은호는 차마 헤아릴 수 없었다.

'여기서 헤어지는 것이 맞습니다, 우리는.'

'……지금껏 내가 했던 일들에 대해 속죄하며 살아야 합니다.'

그렇게 대답한 빈의 심정이 어땠을지.

은호가 쓰러져 있는 빈의 손을 잡았다.

"그대가 나를 구했습니다. 내가 가장 위험한 순간엔 늘 그대가 있었다고요. 그러니, 제발 나도 그럴 수 있게 해 줘요. 제발……."

흔들리는 물결 속에서 붉은 댕기를 한 서문빈이 자신을 구하러 온 것을 보았을 때, 은호는 직감적으로 깨달을 수 있었다. 자신의 목숨을 구하기 위해 서문빈이 중요한 무언가를 포기했다는 것을. 그렇지 않았더라면 자신이 이렇게 살아남을 수 없었을 것이다.

"그래서…… 그래서 내 기억도 가져가 버린 겁니까? 적어도 나만큼은 불행해지지 말라고요?"

후두둑 떨어진 은호의 눈물들이 차갑게 젖은 서문빈의 볼에 아롱졌다.

서문빈의 모든 대답은 자신을 가리키고 있었다. 처음부터 끝까지.

아무것도 모른 건 현은호였다.

"붙잡지 말라 하셨지요. 여기서 헤어지는 것이 맞다 하셨지요."

은호의 목소리에 눈물이 어렸다.

"하지만 난 이렇게 그대를 보낼 수가 없습니다. 나에게도 다시 한번 사랑을 시작할 기회라도 주세요, 네?"

은호가 누워 있는 빈의 뺨을 떨리는 손으로 쓰다듬었다.

"그러니 제발, 일어나 주세요. 나에게도 기회를 주세요, 빈. 제발, 제발."

은호가 고개를 숙였다. 이렇게 보낼 순 없었다.

"죽으면 안 됩니다. 절대로, 죽으면 안 됩니다."

은호가 중얼거렸다. 빈의 몸은 물에 푹 젖었는데도 너무나 가벼워서 금방 사라질 것처럼 느껴졌다. 이렇게 작은 몸으로, 그 세월을 살아 냈다. 그리고 저 많은 귀들을 이끌고 여기까지 왔다. 자신의 목숨이 위험해질 것을 알면서도 빈은 늘 자신이 옳다고 여기는 선택을 했다.

"그래서 나에게 당신의 시신을 찾아내라 할 작정이셨습니까? 정말로요? 어찌 그런 말씀을 나에게 하신단 말입니까. 빈, 빈……!"

현은호의 눈물이 떨어진 서문빈의 눈썹 끝이 미세하게 흔들렸다.

열린 빈의 시야로 세상이 보였다.

"은호……?"

서문빈의 모든 것이었던 현은호.

그의 얼굴은, 빈이 잘 알고 있는 그 모습이었다. 은호의 얼굴을 보자마자 빈은 그가 모든 기억을 되찾았다는 것을 알 수 있었다.

"빈!"

은호가 깨어난 빈을 끌어안았다.

제 품 안에서 느껴지는 맥박과 숨소리에 은호가 안도의 숨을 내쉬었다.

"왜, 왜 그러셨던 겁니까……!"

그 물음에 빈이 은호를 가만히 바라보았다.

어떻게 해서든, 현은호만큼은 자신과 관련 없는 사람으로 살길 바랐다. 당겨진 시위에 언제 해를 입을지 전전긍긍하지 않고 그만큼은 행복하게 살았으면 했다.

하지만 결국 현은호는 다시 서문빈의 곁으로 왔다.

먼 길을 돌아서 결국 다시 이 자리였다.

"그대를 처음 본 순간부터, 이상했습니다. 위험하지 않게 지켜 주고 싶고 함께 있고 싶었어요. 그대가 나의 정혼자라는 사실을 알았지만 차마 내 마음에 이름을 붙일 수가 없었습니다."

그동안 관심 한번 가지지 않았었기에, 빈을 볼 낯이 없었다.

"하지만 내 마음은, 그날 갑자기 생겨난 게 아니었습니다. 그저 아무것도 모른 채 잠들어 있었을 뿐이지요."

"은호……."

"이젠 저를 내치지 마십시오. 우리의 마음의 끝은 늘…… 서로이지 않습니까."

잘라 내려 했지만 그럴 수 없던 마음.

차마 버리지 못해 모아 두었던 그 편지처럼, 서로에 대한 마음은 계속 남아 결국 이렇게 다시 꽃을 피웠다.

"빈……."

은호의 말이 끊겼다.

눈물에 엉겨 붙은 빈의 속눈썹이 바로 앞에서 보였다.

그리고 느껴지는 부드러운 입술의 감촉. 빈이 마주했던

입술을 살짝 떼고는 속삭였다.

"이제는, 이제는 나도 모르겠습니다. 그저 당신을 사랑해 왔다는 것······ 처음부터 지금까지 아주 깊게 사랑했다는 것밖에는 모르겠어요."

빈의 그 말에 은호가 젖은 빈의 어깨와 등을 감싸 안고 고개를 기울였다.

언어로 다 표현할 수 없는 대답 대신, 다시 한번 깊이 마주쳐 오는 몸짓에 빈이 눈을 감고 은호를 받아들였다.

열렬한 감정이, 그동안 숨겨만 두었던 마음이 서로를 향해 쏟아져 내렸다.

불같은 운명이 그들을 감싸 안았다.

어릴 때 일이었다.

그날도 귀에게 쫓기던 날이었다. 자신의 몸에 훅 들어온 귀는 대들보에 목을 맨 귀였던 듯 바로 몸이 허공에 붕 떴다. 바둥거리는 발. 켁켁거리며 대들보에 매달려 있던 빈을 본 삼월이 마당으로 나동그라졌고, 손에 들고 있던 세숫물이 바닥에 그대로 엎어졌다.

그 소리를 들었던가, 집 앞을 지나던 은호가 안으로 들어와 바둥거리던 빈을 들쳐 업었다. 짙은 남빛 옷자락이 아직도 눈에 선했다. "괜찮아?"라고 거푸 묻던 그 얼굴이…….

얼굴에 아롱거리는 햇살에 빈이 가만히 눈을 떴다.

낯익은 천장과 농장이 눈에 들어왔다. 몸을 폭 감싼 이불은 자신의 것이었다. 눈을 몇 번 깜박이자 옆에 물수건과 약탕기가 놓여 있는 게 보였다.

"삼월……."

문을 열며 삼월을 부르던 빈의 입술이 그대로 멈췄다.

열자마자 마루 기둥에 머리를 기댄 채 잠에 빠져 있는 현은호의 모습이 보였다.

"……은호."

빈이 가만히 은호를 불렀다.

그 이름을 부르는 것도 아까워 차마 삼켰던 날들이 있었다. 빈이 조용히 문지방을 넘어 자고 있는 은호의 앞에 앉았다.

물속에서 은호의 부름을 들을 수 있었다. 애타게 제 이름을 부르던 그 입술, 끌려 내려가던 자신을 꽉 붙잡던 그 손, 사랑이 뚝뚝 떨어지던 눈빛.

빈이 가만히 손을 들어 은호의 얼굴선을 따라 그 모양새를 덧그렸다.

자신을 죽이고, 다시 살리고, 사랑을 알게 하고, 그 끝도 보여 주고, 그리고 또다시…….

"나의 은호."

지금까지 그를 피했던 시간들이 무색하게, 그저 한 번의
입맞춤으로 모든 것이 되돌아왔다. 처음 같은 사랑으로,
아니, 어쩌면 그보다도 더 짙고 깊게.

죽은 자들의 세계는 늘 뜨거웠다. 작열하는 모래 위를
걷는 것과도 같았다. 뜨거운 원한과 죽음들이 도처에 널려
있었다. 그런 죽은 자들의 세계에서 유일하게 서늘함을 전
해 줄 수 있는 사람이 바로 은호였다.

"당신이 내 옆에 있어 주어 얼마나 다행이었는지 모릅니
다. 그러니, 이제는 앞으로도 내 옆에 있어 주세요."

"……당연한 말씀입니다."

들려오는 대답에 빈이 깜짝 놀라 은호를 보았다.

"언제부터 일어나 계셨습니까?!"

"그대가 나에게 올 때부터요."

빈의 얼굴이 빨개졌다.

"이, 일어났으면 일어난 기척을 해야 할 것 아닙니까!"

빈이 자리에서 일어나려 했다. 그러나 은호의 손이 붙잡
았다.

"……가지 마세요."

은호가 천천히 고개를 들어 빈을 바라보았다.

"지금까지 그대를 기억하지 못한 것만으로도 충분하지

않습니까. 그러니……."

서로의 시선이 부딪쳤다.

"그러니 이제는 제 곁에 있어 주세요. 안 됩니까?"

안타까울 만큼 절절한 목소리였다. 서 있는 빈의 손을
은호가 제 쪽으로 끌었다. 그 모습에 빈이 다시 자리에 앉
았다.

"그렇게 말하면 들어주지 않을 수가 없잖습니까."

은호가 웃는 낯으로 빈을 마주 보았다.

"……보는 것만으로도 이리 좋은 게 있다니요."

그 말에 빈이 손을 들어 은호의 입을 막았다.

"그런 부끄러운 말을 그렇게 불쑥불쑥하면 어쩝니까?"

"왜요. 있는 그대로 말하는 것뿐인데요."

"어릴 적에는 이런 성격이 아니었는데."

"그래서, 싫어요?"

은호가 눈썹을 살짝 아래로 늘어뜨렸다.

"이런 건 반칙이지요!"

"아. 생각해 보니 다시 만났을 때도 제 얼굴이 잘생겼다
하셨지요. 얼굴값을 해야 한다고. 어릴 때나 지금이나 제
얼굴은 쭉 마음에 드셔서 다행입니다."

은호의 농에 이번에는 빈의 귀까지 빨개졌다.

"나 역시 그렇습니다. 기억이 있으나 없으나, 나는 당신

을 사랑하게 되나 봅니다."

얼굴까지 붉게 달아오른 빈이 고개를 푹 숙였다.

"이건 정말로 반칙입니다."

"반칙은 그대가 더 많이 하셨잖아요. 그래서…… 내 기억은 어쩌다 잃게 된 겁니까?"

빈이 말을 골랐다. 어차피 다 알게 된 이상, 그것에 대한 이야기를 한 번은 해야 했다.

"큰 귀 하나가 붙었던 적이 있습니다. 아주 오래 묵은, 강바닥에 살던 무언가가 나를 발견했던 겁니다. 보통의 귀가 아니었지요. 그 귀가 나 대신 그대를…… 홀렸던 겁니다. 그러면 내가 따라올 거라고 생각하고."

은호가 물속에서 보았던 자신의 과거를 떠올렸다.

"그대가 귀에 홀렸다는 걸 알고 바로 강에 뛰어 들어가 구해 내긴 했습니다만, 귀에 홀린 인간이 목숨을 부지하는 것은 어려운 일이었습니다."

"제가…… 3일 밤낮을 앓았던 게 그때였군요."

"예, 그대의 옆에서 빌고 또 빌었지요. 그대를 살릴 수만 있다면 무엇을 가져가도 좋으니 그저 살려만 달라고. 그래서 이승의 존재가 아닌 것과 거래를 했습니다. 그는 나와 관련된 당신의 기억을 전부 가져가는 대신 그대를 살려 준다고 했지요."

빈이 천천히 말을 이었다.

"그 조건에 내가 응하지 않을 수가 있었겠습니까."

"그래서…… 내가 그대에 대한 기억을 모조리 잊고 대신 살아날 수 있었던 거군요."

"예. 차라리 다행이라 생각했습니다. 이런 나의 옆에 있느니, 그대가 새로운 삶을 살기 바랐으니까요."

"하지만 그 어떤 삶도 그대의 곁에 있는 것에 비할 수 없습니다."

은호가 빈의 손을 잡았다. 빈이 웃어 보였다.

"그때 내 소원을 들어준 것이 바로…… 파려입니다."

"파려?"

"그대가 영의정의 수족이라 말했던 그 남자 말입니다."

그 말에 은호가 숲속에서 보았던 파려를 떠올렸다.

"생각해 보니……."

은호가 말을 하려다 말았다. 굳이 여기서 파려가 했던 말을 옮겨 좋을 게 없겠다는 생각이 들었기 때문이었다.

자신이 가지고 있다는 무언가의 조각.

그게 뭔진 몰라도 아마 이 세상의 것은 아니리라. 하지만 파려가 자신을 죽이지 못한 걸 보면, 가지고 있는 게 해가 되는 건 아닐 듯싶었다.

그렇다면 구태여 그런 말을 빈에게 해 걱정시키고 싶지

는 않았다. 어쩌면 또 자신 때문에 은호가 그런 조각을 가지게 된 거라고 여길 수도 있으니.

"왜요?"

입을 다문 은호를 보며 빈이 물었다.

"아니, 아무것도 아닙니다."

"아, 궁은요? 주상 전하께선 어찌 되셨습니까?"

"잘 처리되었습니다. 전하께서는 이미 정신을 차리셨고요. 궁 안의 일도 얼추 마무리가 되었습니다. 도대체 그 귀들을 누가 다 모아 온 것인지는 더 조사해야겠지만요."

"그렇군요. 다행입니다."

잠깐 헛기침을 한 은호가 조심스레 입을 뗐다.

"그럼…… 이제 그대가 귀혼구 모으는 것을 제가 도와드려도 되겠습니까? 하나라도 더 빨리 모으면 좋잖습니까. 그거, 저 때문에 모으신 것, 맞지요?"

혹시라도 빈이 아니라고 할까 봐 덧붙여 물어보는 모양새가 퍽 귀여웠다.

"아니라고 하면 당장 눈물이라도 흘리실 기세인데요?"

"당연하죠."

뻔뻔하게 말하는 은호를 보며 빈이 웃었다.

"맞습니다. 그대 때문에 모았어요. 됐습니까?"

"도와드려도 되냐고 물은 것은요?"

"그것도 좋습니다. 하지만…… 그대는 전하의 총애를 받는 동부승지인데, 어찌 시간을 내실 수 있겠습니까?"

"빈, 그대의 일이라면 없는 시간도 내야지요!"

"그래서…… 그대는 정말 저로도 괜찮은 겁니까?"

빈이 무엇을 묻는 건지 은호가 금방 눈치챘다.

"조선 팔도 최고의 일등 신랑감이 아닙니까. 그대의 집에 드나드는 매파만 해도 여럿이라는 걸 저도 잘 압니다. 그런데…… 저로 괜찮을지요."

그 말에 은호가 당연하지 않느냐는 듯 대답했다.

"처음부터 지금까지 제 정혼자는 오로지 서문빈, 그대였습니다. 앞으로도 그대 외에는 아무도 없을 겁니다."

빈과 은호가 서로를 마주 보고 웃었다.

파려가 흑암지옥으로 들어섰다.

이곳은 저승 시왕 중 오도전륜대왕이 다스리는 가장 깊은 지옥.

아무것도 보이지 않는 암흑이 파려를 감쌌다. 하지만 파려는 자신이 가야 할 길을 알고 있다는 듯 머뭇거리지도 않고 걸음을 내디뎠다.

"파려 님."

등불을 든 동자가 파려의 앞에 섰다. 등불에 비친 동자의 새까만 눈동자가 반들거렸다.

"무슨 일로 여기까지 오셨습니까? 이 뒤로는 전륜 님의 지옥, 허락받지 않은 자는 들어오지 못합니다."

파려가 손을 들어 올려 동자의 머리를 붙잡았다.

파삭거리는 소리와 함께 동자의 머리통이 손안에서 부서져 내렸다. 까만 보석으로 만든 동자의 눈만이 바닥을 데구르르 굴러 파려를 쳐다보았다.

"이게 무슨 짓입니까. 저는 전륜 님의……."

"살아 있지도 않은 것이!"

큰 소리로 외친 파려가 동자의 눈동자까지 발로 밟아 가루로 만들었다.

"어디서 감히 나를 가로막느냐."

동자를 없앤 파려가 안으로 한 걸음 더 들어섰다. 하지만 암흑 속에서 흘러나온 검은 비단 줄이 파려의 온몸을 휘휘 감았다. 거미줄에 걸린 잠자리의 모양새가 된 파려가 온몸을 흔들었다.

"놔! 나는 전륜에게……!"

"나에게 무슨 볼일이 있느냐, 미친 뱀아."

어둠이 장막처럼 갈리며 그 안에서 전륜이 걸어 나왔다. 전륜이 걸친 옷을 본 파려의 눈이 커졌다.

"어찌 전륜께서 그 옷을 입고 계십니까?"

검은 바탕에 금사로 무늬가 촘촘히 들어간 옷은 저승 시왕 중에서도 오로지 모든 것을 다스리는 염라만이 입을 수 있는 것이었다.

전륜이 고개를 살짝 옆으로 기울였다. 호화로운 금박 무늬가 찍힌 각시탈 아래로 전륜의 입술이 위로 올라갔다.

"어차피 내가 오를 자리가 아니냐. 미리 입어 본 것뿐이란다."

"……당신이지?"

파려의 물음에 전륜이 무슨 소리인지 모르겠다는 표정을 지었다.

"감히 염라 님의 혼을 그렇게 조각낼 수 있는 존재가 너 말고 누가 있단 말이냐!"

훅!

그 말을 마치자마자 파려의 코앞으로 전륜이 한달음에 다가왔다. 눈 한 번 깜빡한 사이 바로 앞에 나타난 전륜의 얼굴에 파려가 저도 모르게 숨을 들이마셨다.

각시탈 뒤로 뻥 뚫린 눈이 보였다.

아니, 저것을 눈이라고 말할 수 있을까. 어쩌면 그저 공허, 흑암…….

"너, 뭘 알아낸 거니?"

부드러운 전륜의 목소리가 파려를 옭아맸다.

"염라 님의 혼을…… 조각내지 않았나. 전륜, 당신이!"

그 말을 들은 전륜이 와하하 웃음을 터뜨렸다. 한참을 웃어 댄 전륜이 겨우 웃음을 그치고는 파려를 보았다.

"아아, 드디어 그걸 알아주는 존재가 나왔구나. 한 번은 꼭 자랑하고 싶었단다. 하지만 지금까지는 자랑할 곳이 없었지."

"뭐라고?"

"네 말이 맞다. 나 말고 그 어떤 존재가 염라의 혼을 조각낼 수 있겠느냐. 그러니 다음 염라의 자리는 내가 차지하는 것이 맞지. 안 그러냐?"

"도대체…… 윽!"

비단 줄이 살아 있는 생물처럼 파려의 몸을 파고들었다. 전륜이 그 모습을 보며 웃었다.

"남을 휘감을 줄만 알던 뱀이, 이렇게 몸뚱이를 움직이지 못하는 걸 보니 꽤 재밌는 기분이구나."

"그러고도 네가 염라의 자리에 오르길 바라느냐!"

파려가 외쳤다.

염라의 혼이 조각나 다른 인간의 몸에 깃들어 있다는 걸 안 순간, 이 세상에서 이런 짓을 벌일 수 있는 자는 오로지 전륜뿐이라는 생각이 들었다. 같은 저승 시왕의 혼에 손을 댄 것은 무거운 형벌을 받아야 하는 중죄. 다른 시왕들도 이와 같은 이야기를 듣는다면 전륜을 염라의 자리에 올릴 생각은 하지 않을 거였다.

"네가 직접 네 입으로 염라 님을 그리 만들었다고 자백하는구나."

파려가 거친 숨을 몰아쉬며 전륜을 쳐다보았다.

"그래, 내가 그랬다. 다른 누구도 아닌 나 오도전륜대왕께서 그런 일을 하셨다. 분명 영혼을 깨트렸는데도 소멸의 기운이 느껴지지 않아, 너를 통해 이승을 감시했지. 네가 다시 태어난 염라의 조각들을 찾으면 이번에는 완벽히 없애 버리려고 말이야."

파려가 뒤를 쳐다보며 외쳤다.

"진광대왕, 송제대왕! 나오십시오!"

그 말에 전륜이 살짝 눈썹을 찌푸렸다.

어둠 사이로 저승 시왕 중 첫 번째, 세 번째 지옥을 담당하고 있는 두 시왕이 걸어 나왔다. 파려가 외쳤다.

"보십시오. 전륜이 직접 자신의 입으로 죄를 말했습니다. 저승 시왕, 그것도 염라 님의 혼을 조각냈다고 말입니다! 이제……"

짜악!

거친 파열음 소리가 들렸다. 파려의 고개가 휙 돌아갔다. 붉어진 뺨을 한 채 파려가 진광대왕을 올려다보았다.

"진광······ 대왕님?"

그 모습을 본 전륜이 커다랗게 웃었다.

"아하하! 진광 언니, 역시 호탕하시군요."

전륜의 말에 파려가 자신의 앞에 선 진광대왕과 송제대왕을 바라보았다. 그들의 얼굴은 아무런 표정도 띠고 있지 않았다. 염라의 혼을 전륜이 망가뜨렸다는 이야기를 처음으로 들었다면 저렇게 평정을 유지할 수 없었을 것이다.

"설마······."

파려가 믿을 수 없다는 얼굴로 진광과 송제를 보았다. 전륜이 깔깔 웃었다.

"구렁이야, 네가 그리 똑똑하다 여겼느냐? 하지만 언제나 네 위에 다른 이가 있음을 생각해야지. 저승 시왕 중 내가 한 일을 모르는 자가 있는 줄 아느냐? 이미 이들은 나에게 충정을 약속했다."

"진광대왕님! 송제대왕님! 다 알고 계셨던 겁니까? 그러면서도······ 어째서?! 염라 님은 그분이십니다! 이런 자가 염라의 자리에 올라갈 순 없습니다!"

진광이 천천히 입을 열었다.

"같은 저승 시왕의 손에 해를 입을 자라면 어찌 염라의 자리를 지킬 수 있겠는가. 우리는 저승의 안위를 생각한 것이야."

"말도 안 되는 변명……!"

화르륵!

파려가 말을 더 잇기 전에 그의 몸을 묶은 비단 줄에 불이 붙었다. 파려의 머리칼이 불길에 그을렸다.

"자, 그래서 미친 뱀아. 나에게 말해 주렴. 염라의 조각이 누구에게 있지?"

조각낸 염라의 조각 중 하나가 나타났다는 건 나머지 역시 이승에 있다는 걸 의미했다. 혼이 조각났으니 스스로가 염라라는 것을 자각하지 못하겠지만 만약의 경우가 있었다. 그러니 염라로서 각성하기 전에 그것들을 발견해 없애는 것이 가장 좋은 방법이었다.

"그걸…… 내가 말할 것 같으냐?"

뜨거운 불길이 파려의 피부 위를 낼름거렸다.

인간의 거죽이 불길에 그을리자 그 아래로 유리뱀 비늘이 비쳤다.

"참으로 충직한 뱀이로고. 어차피 곧 죽을 운명인데 그리 충정을 지켜서 무엇 한담?"

전륜이 손을 들어 파려의 얼굴에 댔다.

"아, 안 돼…… 으아아악!"

파려의 비명이 커다랗게 울려 퍼졌다. 하지만 파려의 눈동자에 깊숙이 찔러 넣은 전륜의 손가락은 흔들리지 않았다. 전륜의 손을 타고 파려의 눈에 암흑이 고여 들어 갔다.

"안 돼, 안 돼!"

울부짖는다 해도 전륜의 손을 벗어날 수는 없었다.

온몸을 휘감은 비단 줄들이 파려를 옴짝달싹도 못 하게 만들었으니까. 전륜이 씩 웃으며 파려의 얼굴을 보았다.

"네가 볼 수 있는 건 이제 영원한 흑암뿐이다. 어떠냐, 내가 직접 선물한 흑암이?"

파려가 멍하니 고개를 들었다.

아무것도 보이지 않았다. 그저 새카만 어둠만이 그를 감싸고 있을 뿐이었다.

옆에 선 진광과 송제가 전륜을 향해 고개를 숙였다.

"그대의 능력이 출중하여 염라의 자리에 오르기에 부족함이 없소. 우리 역시 그대를 따를 것이오."

두 시왕을 향해 전륜이 손을 내밀었다.

"좋습니다. 언니들은 나와 함께 새로운 저승에서도 시왕의 삶을 누리게 될 것입니다."

그렇게 말하는 전륜 옆으로 동자가 다가왔다.

파려가 부서뜨린 얼굴은 어느새 다시 돌아와 있었다. 동자가 깍듯이 고개를 숙인 후 전륜에게 말했다.

"전륜 님, 전륜 님께서 그릇으로 쓰시기에 좋은 인간을 찾아냈습니다."

"듣던 중 반가운 소식이군. 그래, 누구냐?"

"저 구렁이가 이승에서 직접 키운 여자아이입니다."

그 말에 전륜의 얼굴에 흥미가 돋았다. 동시에 파려가 움찔 몸을 떨었다.

"구렁이가 키운 아이라고?"

"예. 태어나면서부터 저승의 존재가 함께해 전륜 님께서 강림하셔도 버틸 수 있는 체질이 되었습니다. 또한 인간으로서도 권력을 가졌기에 전륜 님의 목적을 이루기에 좋은 자입니다."

동자의 말을 들은 파려의 입에서 이름 하나가 흘러나왔다.

"설마…… 채령이를?"

동자가 계속해서 말을 이었다.

"염라의 조각을 찾아 소멸시키는 전륜 님의 목적을 이루시고 난 후엔, 그자의 목숨과 삶을 먹어 치워 염라의 자리에 오르는 조건을 충족하시지요."

"채령이의 목숨을 먹어 치운다고!? 그렇게는 안……!"

불이 붙은 비단 줄이 파려의 목덜미를 옥죄었다.

"네가 나를 위해 마지막 선물까지 준비해 주었구나. 미친 뱀이 직접 키운 인간의 아이라니. 아주 좋다."

전륜이 손을 흔들었다.

"저 뱀을 흑암 감옥에 넣어 두라. 내가 다시 명하기 전까

301

지 뜨거운 불길이 영원히 이 뱀을 괴롭히리라."

전륜의 명에 암흑 속에서 시종들이 나와 앞이 보이지 않는 파려를 끌고 갔다.

"염라의 조각이 나타난 이상, 나 역시 시간을 끌 수는 없지. 당장 이승에서 그 아이를 만나 봐야겠다."

동자가 고개를 숙였다.

"준비하겠나이다."

"……하여 이번 풍운뢰우제 소동의 책임을 중전께서 지셔야 할 것 같습니다. 그래야 내명부의 기강도 살 것이 아닙니까? 그 제사엔 하늘과 소통할 수 있는 왕과 왕비만이 참석할 수 있는데 그것을 이리 만들었지 않습니까."

대비의 목소리는 엄했다.

앞에 앉아 있는 채령의 얼굴은 읽어 낼 수 없는 무표정으로 가려져 있었다. 옆에 앉아 있는 후궁들이 그런 채령을 바라보았다.

"내 그리 이번 제사를 잘 끝마치라 일렀거늘."

혼잣말처럼 대비가 쯧쯧 혀를 찼다.

왕이 제사 중에 쓰러졌다는 소문은 금방 퍼졌다. 그렇지 않아도 성정이 예민하고 까다로운 구석이 있는 왕이었다. 왕에 대한 이런 이야기가 퍼질수록 조정의 대신들은 젊은 왕을 멀리했다. 그리고 반대로 영의정의 영향력은 커질 거였다.

"하늘 같은 주상께서 그리 쓰러지셨는데 혼자서만 멀쩡한 것도 부덕일진대."

이어지는 대비의 말에도 채령의 표정은 전혀 변하지 않았다. 파려에게 귀를 모아 달라 이야기했을 때, 이 정도는 당연히 예상했었다.

'내가 손 한번 쓰면 놀라 나자빠질 것들이.'

채령이 속으로 중얼거렸다.

"중전의 부덕함이 이럴진대 주상께서 세자를 세우지 않는 것도 이해가 가는군."

그 말에 채령이 저도 모르게 고개를 들었다.

마주 본 대비의 얼굴에 미묘한 웃음이 어려 있었다. 그게 너의 약점이라는 걸 잘 알고 있다는 얼굴이었다. 대비가 옆에 앉아 있는 숙빈에게 말했다.

"숙빈, 주상이 별다른 일 없이 일어나셨다 하나 당분간은 잘 보살펴 드려야 할 것이오. 숙빈께서 수고를 해 주셨으면 좋겠군."

대비의 말에 숙빈이 고개를 숙였다.

"황공하옵니다, 대비마마. 소첩 최선을 다하겠습니다."

그 꼴에 채령이 묘한 비웃음을 머금었다.

중전의 부덕으로 왕이 쓰러졌으니, 숙빈더러 왕의 쾌차를 책임지라는 이야기였다. 그건 숙빈이 중전의 자리를 대신할 수 있음을 모든 사람에게 보여 주려는 수작이었다.

채령이 숙빈을 향해 말했다.

"대비마마께서 숙빈에게 큰일을 맡기셨으니 잘 끝내기를 바라야겠군요. 보시다시피 대비마마께서는 아주 조금의 실수도 용납하지 못하시니 말입니다."

비아냥거림이 섞인 채령의 말에 숙빈이 웃어 보였다.

"중전마마의 피가 되고 살이 되는 말씀, 감사하옵니다. 소첩, 중전마마를 거울로 삼아 전하를 잘 보필토록 하겠습니다."

옆에 있던 상궁들이 고개를 숙였다. 다들 불똥이 어디로 튈지 몰라 전전긍긍하는 얼굴이었다.

채령이 숙빈을 쳐다보았다. 숙빈은 후궁들 중에서 가장 권세 높은 집안 출신으로 모든 일에 채령과 대립각을 세웠다. 중전이 낳은 아들의 세자 책봉이 점점 미뤄지자 속으로 발칙한 마음을 품은 게 틀림없었다.

숙빈에게는 채령의 아들보다 더 장성한 아들이 하나 있었다. 만약 채령이 아들을 낳지 못했더라면 그 애를 세자로 삼으라는 주청이 있었을 것이다.

'큰 기대는 결국 큰 실망을 불러오는 줄도 모르고.'

채령이 자리에서 일어났다.

"그럼 소첩은 먼저 일어나 보겠나이다. 아무래도 빈들과 대비마마께서 하실 이야기가 많을 듯하여."

그 말만을 남긴 채 채령이 대비전을 나왔다. 뒤에서 저들이 뭐라고 하건 상관없었다.

한낱 평범한 인간들일 뿐이었다. 그들은 자신에게 적수가 되지 못했다. 중궁전으로 향하는 채령에게 상궁 하나가 급히 다가왔다.

"중전마마, 소원군께서 갑자기 고열이 나신다 합니다."

자신의 아들이 아프다는 소리에 채령이 슬쩍 고개를 돌렸다. 하지만 돌아오는 대답은 차가웠다. 채령이 상궁의 귀에 속삭였다.

"사람이 아프면 어의를 불러야 할 게 아니냐. 나에게는 와서 무얼 한담? 저번에도 계절갈이를 하더니 또 그런 거겠지. 알아서 잘 돌보아라."

"하, 하지만 마마……."

"알아서 잘 돌보라지 않던?"

채령의 말에 상궁이 고개를 조아렸다.

혀를 한번 찬 채령이 중궁전으로 향했다. 도대체 아들이고 지아비고 쓸모가 없었다.

어차피 아들이라고 해 봤자 한씨 집안의 피를 이 나라

최고 존엄의 자리에 올려놓기 위한 그릇에 불과했다.

"그릇이야 깨지면 또 다른 그릇을 구하면 그만인 것을……"

채령 자신이 지켜야 할 것은 자기 자신 그리고 이 한씨 집안이었다.

"이런 시기에 오라버니는 도대체 어디로 가셨단 말인가."

고운 미간이 찌푸려졌다. 대비와 숙빈이 편을 먹고 저렇게 날뛰는 데다가 왕은 자신을 업신여기고 있었다. 이럴 때에 유일하게 채령의 편이 되어 줄 수 있는 이는 파려뿐이었다.

풍운뢰우제에도 모습을 드러내지 않더니, 도대체 어디에서 뭘 하고 있는 건지 알 수가 없었다.

예감이 좋지 않았다. 요사이 그분의 흔적을 찾는다며 돌아다닐 때도, 밖에서 만난 그 벽사가에게서 파려의 흔적을 찾았을 때도.

"설마……"

나를, 우리 한씨 집안을 떠나려는 것인가.

아무래도 파려의 행방에 대해서 알아봐야겠다는 생각이 들었다. 서둘러 중궁전으로 들어선 채령의 표정이 순간 굳었다.

"이 무슨……!"

그러나 채령이 뒤로 돌자마자 겹겹의 문들이 커다란 소리를 내며 닫혔다.

쾅! 쾅!

놀란 얼굴로 달려오던 상궁의 목소리가 문 바깥에서 들렸다.

"중전마마! 중전마마!"

하지만 곧 그 소리도 저 멀리서 나는 것처럼 멀어졌다. 촛불이 하나씩 훅 훅 꺼졌다.

채령의 커다랗고 둥근 눈에 기묘한 광채가 어렸다. 당의를 떨쳐입은 채령을 가운데 두고 사방으로 그림자들이 불쑥불쑥 솟아올랐다.

그림자들의 얼굴엔 하나같이 탈이 씌워져 있었다. 휘어진 눈, 극적으로 웃고 있는 탈의 얼굴과 달리 그림자들에게서는 기세등등한 살기가 흘러나왔다. 하지만 그들에게 둘러싸여 있는 채령은 눈 하나 깜박이지 않았다.

"대체 누구냐! 누구길래, 중궁전에 이리 멋대로 들어오는가?"

그림자들이 일렁이며 채령을 쳐다보았다. 이들이 살아 있는 존재가 아니라는 사실 정도는 채령 역시 금방 알아차릴 수 있었다.

당연했다. 그들에게선 파려와 비슷한 향기가 났으니까.

"이승에 속하지도 않은 것들이, 어딜 이리 날뛰느냐!"

채령이 호통을 쳤다. 웬만한 귀들은 상대해 본 경험이 있는 채령이었다. 채령이 노리개에 달린 작은 검을 빼어 그림자들을 향해 들이댔다.

"감히 나의 처소에 이리 발을 들인 죄, 달게 갚아야 할 것이다!"

분노에 찬 채령의 목소리에 누군가의 웃음소리가 겹쳤다.

"하하하!"

낮은 목소리였다. 채령이 웃음소리가 흘러나온 뒤쪽을 바라보았다. 비단 보료 뒤에 놓인 꽃 자수 병풍이 흔들렸다. 채령의 눈이 살짝 커졌다.

'병풍에 수놓인…… 모란꽃이 흔들린다라?'

흔들리는 모란꽃을 손으로 젖히고 거대한 그림자가 이쪽으로 빠져나왔다. 그림자의 발에 채인 붉은빛 모란 꽃잎이 보료 위에 떨어졌다.

겹겹의 비단옷 자락, 거대한 모습, 화려한 꽃보관을 쓴 각시탈의 얼굴.

웃고 있는 각시탈이 채령을 쳐다보았다. 순간, 한기가 들었다. 채령은 자신의 앞에 서 있는 저 각시탈이, 뭔지는 몰라도 대단한 존재라는 걸 본능적으로 깨달을 수 있었다.

"이 나라의 중전이 잔뼈가 굵은 인간이라더니 진짜로 그렇군. 나의 호위들을 보고도 큰 소리를 내는 인간은 네가 처음이란다, 아이야."

8척은 충분히 넘어 보이는 거대한 키의 각시탈이 화려한 옷을 끌며 이쪽으로 다가왔다.

사방에 탈을 쓴 그림자들이 있으니 어디로 도망칠 수도 없었다. 하지만 채령은 두려워하지 않았다. 만약 자신을 해하려는 것이 목적이었다면 자신이 중궁전에 발을 내딛는 순간 이미 죽였을 것이다. 하지만 저들은 그러지 않았다. 그렇다면 분명 자신에게 뭔가 원하는 게 있는 거였다.

"나는 저승 시왕, 오도전륜대왕이라고 한다."

서 있던 채령이 잠깐 휘청였다.

오도전륜대왕, 저승의 깊고 깊은 지옥을 다스리는 자.

채령의 상상을 아득히 뛰어넘은 존재였다. 채령이 얼른 자세를 가다듬고 턱을 살짝 치켜들었다.

"이승의 존재가 아닌 분께서는 저에게 무엇을 원해 찾아오셨는지요?"

서 있는 채령의 주변을 각시탈을 쓴 전륜이 한 바퀴 천천히 돌았다. 채령은 그 자리에 가만히 서서 전륜을 곁눈질로 쳐다보았다.

전륜이 채령의 코앞에 얼굴을 들이밀었다.

각시탈로 가려지지 않은 얼굴의 아랫부분, 전륜의 입가

에서 희미한 죽음의 향기가 났다. 그러나 채령은 눈길을
돌리지 않았다.

"그 뱀과 같이 컸다고 하더니, 정말로 웬만한 저승의 귀
들과 비슷한 수준의 기운을 내뿜고 있구나. 좋다, 좋아."

전륜이 다시 몸을 뒤로 뺐다. 전륜의 이야기를 들은 채
령의 눈썹이 흔들렸다.

뱀이라면, 분명.

채령의 마음을 읽은 것처럼 전륜이 입을 열었다.

"그래. 널 키운 그 미친 뱀, 파려 말이다. 그 뱀이 이승을
떠났다는 것을 알고 있느냐?"

"그게 무슨 말입니까?"

"지금까지 그 뱀이 너와 너희 집안의 뒤를 봐주었다는
것을 알고 있다. 고작 업신이 이승에서 부릴 수 있는 재주
가 그만큼일진대, 하물며 나 오도전륜대왕의 권능은 얼마
일지 네가 잴 수 있겠느냐?"

이어지는 말에 채령은 온몸을 타고 오르는 소름을 느꼈
다. 그 말인즉…….

"그렇다. 나는 너에게 내 권능을 행사하려 한다. 내가 이
승에서 너를 택해, 나의 강림 그릇으로 사용하려 한다는
말이다."

"……오라버니는, 어디에 있습니까?"

채령의 물음에 전륜이 재밌다는 듯 웃었다.

"그래도 가장 먼저 그 뱀에 대해 묻는구나. 이를 정이라고 해야 할지 아니면, 그릇된 욕망이라 해야 할지?"

그렇게 묻는 전륜의 얼굴은 이미 다 알고 있다는 듯 샐쭉한 미소를 띠고 있었다.

"말씀해 주십시오!"

"뱀의 모가지는 지금 내가 틀어쥐고 있다."

"예?"

"그 뱀이 이승으로 기어 나온 목적을 너도 잘 알고 있겠지?"

"저승의 '그분'을 찾기 위함이 아닙니까."

"그래. 그 뱀이 찾던 존재가 모습을 드러냈다."

그 말에 채령의 얼굴이 굳었다. 그렇다면 이제 파려가 자신을 떠날 날도 머지않았다는 이야기였다.

"가지고 싶니?"

달콤한 전륜의 목소리가 채령의 귓가를 울렸다.

"가질 수 있게 해 주마. 내가 말했지 않느냐. 지금 그 뱀의 모가지가 나의 손에 들려 있다고."

"……그것을 전륜께서 어찌 줄 수 있다는 말씀이십니까?"

"나와 거래를 하자. 그러면 내가 너에게 뱀도 주고 내 권능도 나눠 주겠다. 네가 가장 원하는 것들이 아니냐. 너는 다른 누구도 아닌, 네 손으로 가장 높은 자리에 오르게 될 것이다.”

“가장…… 높은 자리?”

“네가 아무리 중전이라고 하나 가장 높은 자리에 오르지는 못하지 않나.”

그 말에 채령의 눈이 번뜩였다. 그런 채령의 눈빛을 읽은 전륜이 씩 웃었다.

“왕의 자리 말이다. 오르려면 그 정도는 올라야겠지.”

왕의 자리.

그건 채령이 가장 원하던 것이었다. 하지만 채령은 바로 대답하지 않았다.

“그래서 제가 전륜께 드리는 것은 무엇이지요?”

“똑똑한 아이로군.”

전륜이 천천히 자리에서 돌았다.

“나 역시 찾아야 할 사람이 있다. 그리고 그 사람은 파려가 찾는 존재와 같지. 하지만 목적은 다르다. 나는 파려가 찾는 그자를…… 없애려고 하니까.”

“당신께서 그 존재를 없앨 수만 있다면, 오라버니도 더 이상 헛된 희망을 품지 않겠군요.”

“그래. 나는 그것을 해 줄 수 있다. 나는 네가 나를 감당할 수 있을 거라고 생각한다."

"감당한다는 의미는……?"

"나의 일부분을 네 몸에 강림시킨다는 의미지. 보통의 인간으로는 절대 할 수 없는 일이지만, 너는 그 미친 뱀이 직접 키운 아이니까."

"왜 그래야만 하는 겁니까? 말씀하셨듯 당신은 저승의 왕입니다. 그런 당신이 굳이 일개 인간인 저의 몸에 강림하는 연유가 있을 것 아닙니까."

전륜이 고개를 끄덕였다.

"우리 같은 존재는 이승에 함부로 개입할 수 없다. 우리가 저승에서 가진 힘이 크면 클수록 세계 간의 반발은 더 거세지지. 그래서 전륜인 나인 채로는 이승에 머무를 수 없다."

"그래서 저를 이용하시려는 거군요."

"그래. 그리고 너는 이승에 권세를 가지고 있지 않느냐. 나는 네가 가진 이승의 권세를 이용해 그자를 찾을 것이다. 그리고 파려보다 먼저, 그자를 처리할 것이고."

채령이 가만히 생각했다.

왕의 자리.

그건 지금까지 상상만 해 오던 것이었다. 여자의 몸으로 태어나 가장 고귀한 자리에 올랐지만 그 역시 한계는 있었다. 결국 이 지위를 유지하게 해 주는 것은 왕이었으니까.

게다가 파려의 목숨이 제 손에 들어오니, 전륜의 제안을 거절할 이유가 없었다.

마지막으로 전륜이 쐐기를 박았다.

"또한 지금 네 지아비는 너를 폐서인하려는 생각을 품고 있지. 이대로 당하고만 있을 것이냐?"

"폐서인……?"

"그래. 그렇게 된다면 네가 지금까지 이룬 것이 모조리 다 무너질 테지."

채령이 미묘하게 우쭐거렸던 숙빈과 대비의 모습을 떠올렸다.

설마, 그들 역시 자신을 폐서인하려는 왕의 의중을 알고 있었던 것일까?

분노가 차올랐다. 그것들을 그대로 둘 수 없었다.

"감히, 나를……? 왕의 자리에 올려 준 것이 누군데!"

전륜이 웃었다.

"그러니, 나의 손을 잡지 않겠는가."

"……좋습니다."

채령의 대답이 떨어지자마자 전륜이 제 입에서 구슬을 하나를 토해 냈다. 붉은빛을 띠고 있는 구슬.

"삼켜라. 이것이 우리 약속의 증표가 될 것이다."

채령이 두 손으로 전륜의 구슬을 받아 들었다.

파려가 저승으로 되돌아간다면, 어차피 자신과 한씨 집안 역시 무너져 내릴 게 분명했다. 그렇다면 무슨 방법을 써서라도 막아야 했다.

게다가 휘가 자신을 폐서인하려 한다는 것까지 알았으니, 전륜의 거래를 거절할 수 없었다.

'나의 운명은, 내 손으로 개척해야겠지.'

그 다짐과 함께 채령이 전륜의 구슬을 입에 털어 넣고는 꿀꺽 삼켰다.

그걸 보는 전륜의 눈에 이채가 어렸다.

채령이 눈을 감았다 떴다. 그러자 방 안에는 아무도 없었다. 꺼졌던 촛불들이 일렁이며 다시 타올랐고 바깥에서 상궁이 문을 열었다.

"중전마마! 괜찮으십니까? 갑자기 문이 닫혀서 깜짝 놀랐습니다!"

허둥지둥 안으로 들어오는 상궁을 향해 채령이 괜찮다는 듯 고개를 끄덕였다.

"난 괜찮네. 걱정하지 말고 자네들 할 일을 하게나."

그렇게 말하는 채령의 눈동자가 새까맣게 변했다가 다시 돌아왔다. 그러나 그걸 본 자는 아무도 없었다.

"······그런고로, 부제학을 파직하고 그와 관련한 이들을 유배 보냄이 마땅하다 사료되옵니다!"

서릿발 같은 목소리가 조정을 울렸다.

"또한 관련해 자금을 모은 자들 역시 어디서 부당한 이익을 취했는지 하나하나 살펴보고 환수하심이 옳습니다."

휘 앞에서 무릎을 꿇고 있는 이는 다름 아닌 현은호였다.

"이것은 이번 사건의 증좌들입니다."

뒤에서 사람들이 두루마리를 가득 들고 들어왔다. 옆에 서 있는 다른 대신들의 얼굴이 굳었다. 그 짧은 시간에 이 정도로 준비해 왔을 거라곤 생각하지 못했기 때문이었다. 용상에 앉아 있는 휘가 그런 모습을 바라보며 만족스러운 미소를 지었다.

그렇지 않아도 얼마 전 풍운뢰우제의 사건으로 은연중에 왕실을 깔보는 자들이 생겼다는 것을 휘 역시 잘 알고 있었다. 그리고 그 사건으로 가장 이득을 얻을 수 있는 자가 영의정이라는 사실도.

그랬기에 휘 역시 빨리 다음 수를 진행시켜야 했다. 그리고 현은호는 누구보다 그런 일에 적임자였다.

"통촉하여 주시옵소서, 전하!"

커다란 목소리로 조정이 떠나가라 외치는 현은호와 몇몇 신하들을 휘가 가만히 바라보았다. 이 정도의 증좌를 들이밀었으니 영의정파들도 어쩔 수는 없었다.

현은호가 사곡정에서 구해 온 명단이 촘촘한 얼개를 짜는 데 많은 도움이 되었다. 그동안 숨어서 영의정파를 도운 이들을 전부 알아냈기에 보다 많은 증좌들을 가져올 수 있었다.

휘가 서 있는 나머지 대신들을 향해 말했다.

"그대들은 무엇을 하는 것이오? 이렇게 보이지 않는 곳에서 이 조정과 나라를 좀먹고 있는 자들이 있는데, 그대들은 멀뚱히 서서 뭘 하고 있었단 말이오?"

그 말에 몇몇 대신들이 서로 눈치를 보다가 어쩔 수 없이 자리에 앉았다.

"토, 통촉하여 주시옵소서……."

휘가 속으로 웃었다. 이런 날이 오긴 했다.

다만 오늘은 노환을 핑계로 영의정 한길전이 조례에 참석하지 않아 그의 반응을 보지 못하는 것이 아쉬웠다. 이런 분위기라면 아마 한씨 집안에서 원하던 세자 책봉을 밀어붙이지도 못할 거였다.

"이번 사건에 대해서는 엄중한 조사가 필요하겠군. 특별히 조사관들을 선임해 이번 사건의 조사를 맡기도록 하겠소."

휘의 말에 나머지 대신들이 고개를 숙였다.

조정 내에 심상치 않은 분위기가 돌 건 분명했으니 이제 이 바람에 휩쓸려 가지 않는 것이 그들에게는 최우선이었다. 휘가 고개를 끄덕였다. 조례를 파한다는 말과 함께 대신들이 어두운 얼굴로 조정 밖으로 나왔다.

"동부승지가 아주 칼을 간 모양이오."

누군가의 말에 다들 암묵적으로 동의를 표했다.

"생각보다 노련합니다. 이렇게 바로 기회를 파고들어 부제학을 날려 버릴 줄을 누가 알았겠습니까?"

"지금까지는 찾지 못했던 증좌들을 어찌 다 찾아냈을까요?"

다들 어딘가 켕기는 구석이 있었기에 마음이 다급했다.

"오늘은 부제학이었지만 내일은 저 칼이 우리를 향할 수도 있습니다."

"영의정께서는 오늘 같은 날 왜 나오지 않으신 겁니까?"

"……대감께서도 아마 오늘의 참패를 예상하고 계셨겠지요."

대신들이 착잡한 얼굴로 서로를 바라보았다.

"풍운뢰우제의 일로 세자 책봉에 대한 주청을 올리려고 했건만 일이 이런 식으로 풀리는군요."

"이 모든 일의 뒤에는 당연히 주상께서 계시겠고. 주상께서도 예전에 우리가 알던 그 어린 주상이 아니시네."

"정말 그런 것 같습니다. 동부승지를 어떻게든 우리 편으로 끌어들일 수는 없을까요?"

"한번 알아는 보지."

대신들이 나간 자리가 텅 비었다. 남은 건 은호와 휘뿐이었다. 휘가 입을 열었다.

"그야말로 호랑이 같군."

"황공하옵니다, 전하."

"그대의 분위기가 바뀐 듯한데. 무슨 좋은 일이라도 있는 건가?"

휘의 말에 은호가 빈의 얼굴을 떠올렸다.

"그에 대한 이야기는…… 모든 것이 정해지면 차차 말씀드리도록 하겠습니다."

"뭔가 있긴 있다는 거군. 천하의 현은호를 이리 미소 짓게 만든 일이 무엇인지 듣는 날을 기대하도록 하지."

"감사합니다."

그에 비해 휘의 얼굴은 좋지 않았다.

"이번 풍운뢰우제의 사건 역시 영의정 쪽의 입김이 닿았다는 증좌만 발견한다면, 확실하게 그들을 꺾어 낼 수 있을 걸세."

"신이 노력하겠습니다."

"그리고…… 된다면 나는 이것을 계기로, 중전을 폐비하려 하네."

휘의 말에 은호가 놀라 고개를 들었다.

"폐비라면?!"

"어찌 지아비를 해하려는 자와 함께할 수 있겠는가. 하물며 이 나라의 존엄한 국모의 자리는 어찌 맡기겠는가?"

휘의 말에 은호가 대답을 하지 못했다.

"그것만이 이 나라를, 그리고 나를 살리는 길일세. 나는 중전을, 끌어내릴 작정이야."

4장
수국귀전

"이리 잘생긴 분들이 벽사 일을 하시는 줄은 미처 몰랐습니다!"

벽사 의뢰를 맡긴 스님의 칭찬에 은호가 익숙하다는 듯 웃었다.

"덕분에 저희도 귀혼구를 모을 수 있었습니다. 혹여 다른 곳에서 또 귀가 나온다는 이야기를 들으시거든 알려 주시지요."

"예, 그리하도록 하지요."

스님이 두 손을 합장하며 인사했고 은호와 빈도 고개를 숙였다.

은호가 빈을 향해 오늘 획득한 전리품을 들어 보였다.

"이것 보십시오, 빈. 오늘 벽사해 나온 귀혼구만 해도 이만큼입니다!"

환하게 웃는 은호를 보며 빈이 미소를 지었다.

"그리 좋으십니까?"

"당연하지요. 그대의 소원이 곧 나의 소원 아니겠습니까. 나 역시 그대가 사는 세상을 본 적이 있으니 얼마나 힘들지 짐작은 합니다. 그러니 하루라도 빨리 그대가 보통의 운명으로 되돌아왔으면 해요."

다정한 말에 빈이 웃어 보였다.

"조정의 일만으로도 바쁠 텐데 이리 도와주어 고맙습니다."

"조정 일은 조정 일이고 그대의 일은 또 따로 시간을 내야지요, 당연히!"

이쪽으로 다가온 은호가 자연스럽게 빈의 허리를 끌어안았다. 빈이 눈을 동그랗게 떴다.

"바깥에서 이런 행동은 옳지 않습니다! 자중을 하셔야지요! 게다가 지금 저는 남장 차림이라고요."

"아무도 없지 않습니까!"

"그래도 안 됩니다."

빈이 은호를 밀어 냈다. 그대로 밀려 난 은호가 눈을 아래로 깔았다.

"지금까지 제가 그대를 알아보지 못하고 지낸 세월이 얼마인데 고작 이 정도도 못 해 주신단 말입니까?"

온몸으로 몹시 섭섭함을 표현하는 은호였다.

"조정에서는 영의정파를 잡는 호랑이라 소문나신 분이 이리 아이처럼 행동하시다니요."

"조정 안에서야 그리 불리는 거고요! 그대 앞에서는 이런 모습을 보여도 되잖습니까. ……아닙니까?"

눈치를 보는 듯한 은호의 표정에 빈이 웃으며 그의 뺨을 쓸었다.

"맞습니다. 이런 모습도 퍽 귀여우니까요."

"귀엽기만 합니까?"

"그럼 뭘 더 말해 드릴까요?"

은호가 빈 쪽으로 고개를 기울였다.

"멋지다거나, 사랑스럽다거나."

"멋집니다. 사랑스러워요."

빈의 대답에 은호의 얼굴이 새빨갛게 달아올랐다. 그걸 본 빈이 어이없다는 듯 말했다.

"말해 달라고 해 놓으시곤 정작 이리 얼굴이 달아오르시면 어떡합니까?"

"진짜로 그대가 말씀해 주시는 걸 들으니…… 아무래도 부끄러워서요."

"그대도 참. 가끔 보면 이상한 구석이 있어요. 아니, 사랑스러운 구석이라고 해야 그대의 마음에 들까요?"

"아, 그, 그건 이제 됐습니다! 충분히 많이 들었어요. 이제 가실까요?"

은호가 얼른 몸을 돌렸다. 그 뒤를 빈이 웃으며 따라갔다.

산 아래로 내려가자, 저녁 장이 서 있었다. 사람들이 구경하며 시장을 돌아다니는 것이 보였다. 은호가 생각났다는 듯 말했다.

"아, 그렇지 않아도 귀혼구를 모아두는 끈이 다 찼더군요. 이렇게 장이 선 김에 귀혼구를 모을 예쁜 끈을 하나 보는 것이 어떻겠습니까?"

그 말에 빈이 자신의 귀혼구령을 보았다. 그렇지 않아도 오늘 얻은 새로운 귀혼구를 꿰려면 줄이 모자랄 것 같았다. 빈의 생각을 읽은 듯 은호가 말했다.

"그럼 제가 그걸 선물로 드리지요."

빈이 잠깐 머뭇거리다 입을 열었다.

"그럼 저도 그대에게 선물을 하나 해도 되겠습니까?"

"당연히 좋지요! 그런 말을 왜 그리 힘들게 하십니까. 그럼 우리 같이 천천히 구경해 볼까요?"

은호와 빈이 사람들 사이로 걸음을 옮겼다.

흥정하는 상인들의 목소리, 아이들의 웃음소리, 어디선가 밀려오는 음식 냄새까지.

은호의 곁에 서서 이런 평범한 시장의 풍경을 함께 보게 될 거라곤 상상해 본 적이 없었다. 다른 사람들에겐 그저 일상일 나날들이, 빈에게는 전부 처음으로 경험해 보는 것이었다.

툭!

"아! 죄송합니다!"

옆으로 뛰어다니던 아이들이 빈을 은호 쪽으로 밀쳤다. 그 바람에 빈이 은호의 품에 안긴 상태가 됐다. 아이들이 까르르 웃으면서 미안하다고 소리쳤고 다시 시장통 속으로 사라졌다.

"괜찮으십니까?"

"……괜찮습니다."

조금 전 빈이 밀려올 때 잡은 손을 놓지 않은 채, 은호가 천천히 길을 걸었다. 차마 이만 손을 놓아 달라고 말하기엔 이 상황이 정말 꿈만 같아 빈 역시 가만히 입을 다물었다.

"바다 건너온 진귀한 장신구들 파오! 다들 구경이라도 하시오!"

들려오는 말에 빈이 그쪽을 쳐다보았다.

아닌 게 아니라 척 봐도 아름다운 장신구들이 좌판 위에 펼쳐져 있었다. 그쪽으로 다가간 은호가 반짝이는 금사가 들어간 매듭실을 들어 보였다.

"이건 어떠십니까? 끝에 매듭이 달려 있어 구슬을 달기에도 알맞을 듯합니다."

"퍽 예쁘군요."

빈의 말에 은호가 만족스럽다는 듯 고개를 끄덕였다.

"그렇다면 저는 이걸 선물로 드리지요."

"그럼 저는……."

좌판을 훑어본 빈의 눈에 선추 하나가 들어왔다.

조각된 뿔과 호박이 달린 선추는 은호가 늘 들고 다니는 부채와 잘 어울릴 것 같았다. 빈이 그것을 집어 들었다.

"늘 가지고 다니시는 부채와 어울리지 않습니까?"

그 말에 은호가 품에서 백첩선을 꺼냈다. 빈이 집어 든 선추를 부채 자루에 대 보았다. 은호가 얼른 말했다.

"이보다 더 잘 어울리는 걸 찾기 어려울 듯합니다."

"제 선물이라 덮어놓고 잘 어울린다 하시는 건 아닙니까?"

"무슨 소리십니까. 제 진심입니다, 진심!"

"그럼 제 선물은 이걸로 하지요."

빈이 은호의 부채 자루에 선추를 달아 주었다. 물건을 팔게 되어 만족스러운 장사꾼의 인사를 받으며 둘이 샛길로 나왔다.

"부채는 어쩌다 하사받으신 겁니까?"

"아……. 제 입으로 말씀드리기는 좀 그런 일화가 있습니다만."

"무슨 일화인데요?"

어쩔 줄 몰라 하는 은호를 보니 더 궁금한 마음이 들었다. 은호가 살짝 시선을 돌리며 겨우 대답했다.

"그, 제가 옆에 있으면 궁녀들이며 심지어는 새로 부임한 신하들까지 제 얼굴을 구경하느라 정신을 못 차린다고 하여…… 얼굴을 가릴 목적으로 반은 농 삼아 하사하신 물건입니다."

"미모 때문에 내린 하사품이라니. 상상해 본 적도 없는데요. 대단하시군요."

웃음기 섞인 빈의 목소리에 은호가 백첩선을 소리 나게 폈다.

"계속 그러시면 얼굴을 안 보여 드릴 겁니다."

"아니, 어떻게 그럴 수가 있습니까? 치사합니다!"

"어허, 전하께서 내리신 하사품을 망가뜨리려는 건 아니시겠지요?"

이번에는 은호가 빈을 놀렸다. 빈이 어쩔 수 없다는 듯 손을 내렸다. 그런 빈을 보며 웃던 은호가 갑자기 생각났다는 듯 말했다.

"전하의 이야기가 나와서 말인데요."

"예."

"생각해 보니 제 환시 속에서 빈 그대가 제왕의 복장을 한 적이 있었습니다."

그 말에 빈이 눈썹을 찌푸렸다.

"은호, 그대의 환시 속에서요?"

"예. 구장복을 입으시고 이렇게 면류관까지 쓰고 계셨습니다."

"언제요?"

"언제더라. 아, 그때입니다. 풍운뢰우제 때문에 그대가 제 몸에 글씨를 써 주셨던 날이요."

"그날이라면, 내 능력을 그대가 나누어 받았을 때인데. 그때, 그런 차림을 한 환시를 보았다니……."

뭔가 이상했다.

귀와 저승을 보는 눈으로 자신을 보았는데 어째서 그런 차림새로 보였단 말인가.

"……빈?"

은호의 물음에 빈이 얼른 표정을 감추었다.

"뭔가, 안 좋은 겁니까?"

"아니, 아닙니다."

빈이 서둘러 표정을 풀었다. 오랜만에 이렇게 둘이 있는 시간을 괜한 걱정으로 보내고 싶지는 않았다.

"저기에도 뭔가 신기한 것들이 있는 듯합니다. 한번 가

보지요."

빈의 말에 은호가 얼른 고개를 끄덕였다.

"자네, 솔직히 말하게. 무슨 좋은 일이 생겨 그리 웃고 다니는 거야?"

앞에 앉아 자료를 살피던 진우가 더 이상은 못 참겠다는 듯 은호에게 물었다.

함께 자료를 보던 은호가 고개를 들었다.

"티가 나나?"

"그럼. 당연하지! 저번에 주상 전하께서도 물어보셨다면서!"

은호가 대답 대신 헛기침을 했다. 진우가 다시 물었다.

"그래서, 뭔데? 밀려오는 자료에 파묻혀 산 지 꼬박 이틀이라고! 자네 이야기라도 들어야지 안 되겠어!"

은호가 슬쩍 시선을 돌리더니 입을 열었다.

"서문가의 아씨와 정말로 혼인을 치를 예정이거든."

"……뭐?!"

진우의 반응이 한 박자 느리게 터져 나왔다. 휘둥그레 눈을 뜬 얼굴을 보니 놀라긴 한 모양이었다.

"아니, 정말로? 잠깐, 서문가의 아씨를 만나 본 적은 있고? 그 집안에 대해 내가 말해 주지 않았던가? 그 집안에 좋지 않은 일이⋯⋯."

"알고 있네."

"알고 있다고?"

"서문 아씨와 직접 이야기를 했거든. 그러니, 상관없어."

"허어⋯⋯!"

진우가 놀랍다는 듯 소리를 냈다.

"자당 마님과 춘부장 어르신은? 두 분 모두 알고 계신 가? 자당 마님께서 자네의 혼처를 찾는다고 여기저기 알 아보지 않으셨나!"

"말씀드렸네. 당연히 꽤 힘들었지만, 있는 정혼을 엎을 생각이 없다고 말씀드렸네."

"자네도 참 이상한 부분에서 고집이 있어. 지금 자네 정 도라면 훨씬 더 좋은 집안의 여인을 배필로 맞이할 수 있 는데 말이야."

"좋은 집안이라. 그런 건 하루아침에 사라질 수 있는 것 들일세. 하지만 나의 사랑은, 기억을 잃는다 해도 사라지 지 않는 거거든."

진우가 이해하지 못한 얼굴로 쳐다보았지만 은호는 그 저 웃을 뿐이었다. 그때, 밖에서 내관의 목소리가 들렸다.

"주상 전하 행차시요!"

은호와 진우가 얼른 자리에서 일어났다. 안으로 들어온

휘가 손을 내저었다.

"다들 편히 앉으라."

"망극하옵니다, 전하."

책상 위에 올라와 있는 자료들을 본 휘가 고생한다는 듯
둘을 쳐다보았다.

"어떤가, 잘 진행되고 있는가?"

굳이 말하지 않아도 휘가 무엇에 대해 이야기하는지 둘
다 잘 알았다.

"예, 전하. 이번에야말로 저들을 한 번에 뿌리 뽑으실 차
례입니다."

"그대들만 믿고 있겠네. 이번에 영의정의 수족을 모두
자르고 나면 그다음은……."

휘의 시선이 저 멀리 자리하고 있을 중궁전을 향했다.

그다음은 영의정의 하나뿐인 딸이자, 내명부의 중심인
중전을 칠 차례였다.

"전하."

뒤에 있던 상선이 휘에게 고개를 숙여 무언가를 이야기
했다. 휘의 눈썹이 찌푸려졌다.

"그게 사실인가?"

"예. 이미 확인을 모두 마쳤습니다."

상선이 고개를 숙였다. 휘가 어두워진 목소리로 은호와

진우에게 입을 열었다.

"이게 우연인지, 아니면 우연을 가장한 저들의 공격인지 알 수가 없군."

"무슨 일입니까?"

은호가 물었다.

"병조참의 이만수의 큰아들, 이일학이 오늘 새벽 급사하였다고 하네."

"병조참의라 하면…… 병조에서 유일하게 영의정에게 넘어가지 않은 인물로 전하께서 직접 기용하신 자가 아닙니까?"

"맞네. 하필이면 영의정파를 도려내기 전에 이런 일이 터지다니."

옆에서 이야기를 듣고 있던 진우가 입을 열었다.

"이만수 대감의 큰아들이라면, 도성 안에서 파락호로 유명한 치로군요."

"파락호?"

휘가 물었다. 진우가 고개를 끄덕였다.

"예, 이만수 대감과는 성격이 아주 달라 주워 온 자식이 아니냐는 이야기도 있었습니다. 구하기 힘든 화초, 화려한 장신구를 좋아해 도성 안에 들어오는 기기묘묘한 것들이라면 모두 그의 손을 거쳤다고도 합니다."

"그렇군. 내관의 말에 따르면 이번 죽음에 이상한 점이 있다고 하네."

"이상한 점이라 하심은……."

"참의의 아들이 집 안에 있는 연못에 빠져 죽었다는데 사인이 익사라 아니라 질식사라고 하더군."

은호도 진우도 그 말을 이해하지 못한 얼굴이었다.

"그게 도대체 무슨 말입니까? 물에 빠져 죽었는데 어찌 사인이 질식이 될 수 있습니까?"

"죽은 이의 코와 입을 꽃잎이 콱 틀어막고 있었다고."

"꽃잎이……? 전하, 아무래도 이는 사람의 짓이 아닌 듯합니다."

진우의 말에 휘도 고개를 끄덕였다.

"나 역시 이 내관의 말을 듣자마자 그리 생각하였네."

은호가 굳은 표정으로 입을 열었다.

"혹시라도 이 일에 영의정이 관련되어 있다면, 그 올가미가 어디까지 뻗어 올지 모릅니다. 또한 이 참의는 병조 안에서 유일하게 전하께 충정을 보이는 자이니, 이대로 둘 수 없다 판단됩니다."

"나도 그리 생각하네. 그러니 일단 자네들이 한번 이만수의 집에 찾아가 상황을 살펴보고 오게나."

"알겠습니다."

은호의 말이 떨어지자마자 하늘에서 커다란 소리가 퍼졌다.

콰쾅! 쩍!

휘의 옆에 있던 상선이 놀라 열린 창문 쪽을 쳐다보았다. 하늘을 새카맣게 메운 먹구름이 궁 안에 어둠을 드리웠다.

"갑자기 이게 무슨……."

상선의 말이 이어지지 못했다.

쏴아아아!

빗방울이 쏟아지는 소리가 유독 무거웠다. 상선이 숨을 들이켜는 소리에 은호 역시 창문 너머를 바라보았다.

그리고 거기엔.

"전하, 흙비입니다!"

그렇게 고하는 목소리에는 두려움이 깃들어 있었다. 전각 난간을 때리는 빗방울이 흙 자국을 남겼다.

흙비.

초여름은 농번기였다. 한 해 농사를 좌우하는 가장 중요한 시기.

비 한 번, 햇볕 한 번이 중요한 시기에 흙비가 내린다면 올해 농사는 아주 끝이었다.

"좋은 징조가 아닙니다!"

상선이 말한 대로 정말 그것은 좋은 징조가 아니었다.

"이게 도대체 무슨 일인가."

진우가 들고 있는 지우산을 흔들었다. 맺힌 흙물이 아래로 뚝뚝 떨어졌다. 옆에 선 은호의 얼굴도 어두웠다. 아침부터 갑자기 내리기 시작한 흙비는 그칠 기미가 보이지 않았다.

"영 좋지 않군."

은호가 중얼거렸다. 본디 나라의 기운을 좌지우지하는 것은 그 나라의 으뜸인 왕이었다.

그렇기에 비가 오래도록 내리지 않아도, 혹은 강이 넘치는 일이 있어도 그 모두가 이 나라를 다스리는 왕의 탓이되곤 했다.

휘가 어린 나이에 왕위에 오른 뒤 별별 해괴한 일들이다 벌어졌다. 발이 여덟 개 달린 소가 태어나는가 하면, 어디서는 누워 있던 미륵불이 갑자기 일어나 걸어 다녔다고도 했다. 눈에 보이지 않는 무언가가 이 조정을 쥐락펴락한다는 이야기는 예전부터 떠돌았다. 아무도 직접 입에 올리진 않았지만.

그런데 이렇게 불길한 흙비가 보란 듯이 내리다니.

이 일로 가장 크게 이득을 볼 사람은 확실했다. 한길전.

도대체 그는 어디서부터 어디까지 보고 있는 것일까.

"오, 저기가 병조참의 대감의 집인 듯하군. 밖에 등불이 내걸려 있는 것을 보면."

진우가 앞이 잘 보이지 않을 정도로 내리는 흙비, 그 사이를 희붐하게 밝히고 있는 등불을 가리켰다. 지나가는 사람이 아무도 없는 대문 앞을 등불 혼자 지키고 서 있었다. 그 때문에 마치 이만수의 집만 묘하게 다른 분위기가 감싸고 있는 듯한 기분이 들었다.

"뭔가 영 느낌이 좋지 않은데."

진우 역시 같은 기분을 느꼈는지 어깨를 부르르 떨었다. 은호가 입을 열었다.

"일단은 상갓집에 온 것이니 그 예를 다하도록 하지."

"알겠네."

아무도 없는 대문을 지나자 마당 또한 아주 고요했다.

마당 한구석 흰색 차일 아래 사람들이 몇 앉아 있었지만 그들 모두의 표정도 어두웠다. 물론 상갓집에 온 손님들의 얼굴이 밝을 수는 없겠지만 모여 있는 사람들은 한시라도 빨리 이곳을 떠나고 싶은 듯 보였다.

그것을 본 진우가 조용히 속삭였다.

"집 안 전체가 과히 느낌이 좋지 않군."

"나 역시 비슷한 생각일세."

"차라리 참의 대감을 만나기 전에 집을 한번 살펴보는
게 어떻겠나?"

은호가 고개를 끄덕였다. 둘이 발걸음을 옮겼다. 좀 더
안쪽으로 들어가자 인기척도 없어 사람 사는 곳 같지가 않
았다.

낮은 담 하나를 지나치자 기묘한 광경이 눈에 들어왔다.

"저게…… 저게 다 무엇이란 말인가?"

진우가 손을 들어 커다란 연못을 가리켰다.

그리고 거기엔 연못 가득히 떠 있는 꽃, 꽃, 꽃.

이렇게 흙비가 쏟아지는 와중에도, 연못에 떠 있는 커다
란 수국꽃들은 하나같이 갓 따온 것처럼 깨끗하고 싱싱했
다. 두 손바닥만 한 커다란 수국들이 둥근 머리를 수면 밖
에 내놓은 채 둥실둥실 색색의 빛깔을 자랑하는 모습을 은
호가 멍하니 바라보았다.

현실감이 없는 광경이었다.

"이일학이 이곳에 빠져 죽었다는 말이지?"

은호의 질문에 진우가 고개를 끄덕였다.

"그렇지. 그것도 코와 입이 모두 꽃잎에 막혀서."

"확실히 괴이하군. 이 연못에 꽃을 꺾어다 잔뜩 띄워 놓
은 건 도대체 누구란 말인가?"

"아무래도 집안 사정을 잘 아는 이에게 물어보아야……."

그때 은호의 시야로 푸른빛 치맛자락이 급히 숨는 게 보였다. 그걸 본 은호가 얼른 그 뒤를 쫓아갔다.

"잠시만……!"

이쪽을 돌아보는 앳된 얼굴의 하녀는 겁에 질린 표정이었다. 불안한 시선이 어깨 너머 연못을 향했다가 다시 돌아오는 것을 은호가 눈치챘다.

이 하녀는 뭔가를 두려워하고 있었다. 그리고 자신들을 피했다. 무엇을 무서워하고 있는 걸까?

은호는 바로 궁금한 걸 묻기로 했다.

"이 집에서 일하시는 분입니까? 그럼 저 연못에 왜 저리 잘라 놓은 꽃들이 많은지 연유를 아십니까?"

그 말에 하녀의 얼굴이 순간 굳었다.

"조문객이시라면 이쪽이 아니라 사랑채 쪽으로 가셔야 합니다. 저는 다른 일이 있어 이만……."

돌아 나서려는 하녀의 뒤를 향해 은호가 말했다.

"그러고 보니 첫째 도련님께서 연못에 빠져 죽었다고 했지요? 안타깝다고 해야 할지……."

멈칫거리는 발걸음.

분명 뭔가가 있었다.

"무엇이…… 안타깝다는 말씀입니까?"

뒤를 돌아보는 하녀의 눈빛을 보며 은호는 자신이 올바

른 질문을 했다는 걸 깨달았다. 은호가 별것 아니라는 투로 말을 이었다.

"그렇지 않습니까. 잘은 모르지만 첫째 도련님이 풍류를 좋아하셨다 들었는데 이렇게 아름다운 광경을 보지 못하게 되셨으니 말입니다."

"풍류라니."

순간 하녀의 입에서 거친 말이 흘러나왔다. 그러나 곧바로 자신이 무슨 소리를 한 건지 자각한 모양이었다.

"죄, 죄송합니다. 나리! 말이 잘못 나왔습니다."

그러자 은호가 아까보다 더욱 다정한 목소리로 말했다.

"아니, 괜찮습니다. 저야 뭐, 이 댁 첫째 도련님에 대해 아는 것이 별로 없거든요. 도성 내 소문이 짜한 파락호라는 이야기는 얼핏 들은 듯도 합니다만. 아무래도 이 댁 도련님께서 풍류를 극성으로 좋아하셨나 봅니다?"

다정하게 말하는 현은호를 당해 낼 여인은 조선 내를 다 뒤져도 그리 많지 않을 거였다. 그 말에 하녀가 어느새 안심했다는 표정을 지으며 고개를 끄덕였다.

"네. 사실…… 연못을 저렇게 만든 것도 첫째 도련님의 명이었습니다."

"명이었다고요?"

하녀가 연못과 그 주변에 가득 피어난 꽃들을 가리켰다.

"화려한 장신구, 그리고 기묘한 초화. 그게 첫째 도련님이 가장 관심을 가진 것들이었습니다. 저 꽃들 역시 전부 저희가 직접 가져다가 하나하나 심은 것들이지요. 관리를 잘못해 꽃잎 하나 햇볕에 그을리기만 해도 큰 야단이 떨어졌습니다."

하녀의 시선이 연못을 향했다. 그 눈빛엔 서늘한 기운이 어려 있었다.

"수국 철이 되면 꽃이 가장 크게 필 시기에 꽃을 하나씩 따서 저렇게 연못 안에 두곤 합니다. 수국이라는 꽃 자체가 본디 물을 좋아하여 저렇게 아예 물에 담그듯 두면 오래 관상할 수 있기 때문이지요. 가장 먼저 피어난 수국부터 시작해서 하나씩 따다 연못을 채우는데, 저렇게 연못이 수국으로 꽉 차면 도련님께서는 연회를 열곤 하셨습니다."

"그야말로 호사스러운 탐미 행동이로군."

진우의 말에 은호도 고개를 끄덕였다. 이일학의 행동에서는 과한 집착이 느껴졌다.

"사실 오늘이 올해 도련님께서 정하신 연회 날이었습니다. 날씨가 좋을 때를 골라 연다 하셨는데……."

하녀가 흙비가 내리는 어두운 하늘을 올려다보았다.

"이래서야 맞는 것이 하나도 없군요."

그렇게 말하는 하녀의 얼굴엔 은은한 미소가 감돌고 있

었다.

두려움, 그리고 이번엔 미소.

"……어쩌면 꽃들의 원한일지도 모르지요."

"예?"

은호의 물음에 답하지 않고 하녀가 고개를 숙였다. 그러고는 붙잡을 틈도 없이 뒤돌아 가 버렸다. 진우와 은호가 서로를 바라보았다.

"꽃들의 원한이라……."

"결국 수국 꽃잎에 질식해 죽었으니 만약에 정말로 꽃들이 이일학에게 원한을 품었다면, 맞는 말이군."

은호가 고개를 끄덕였다.

"확실히 뭔가 이상하긴 해. 일단은 조문을 해야 하니, 올라가서 참의 대감을 뵙고……."

다시 앞마당으로 돌아가려는데 대문에서 커다란 목소리가 고압적으로 울렸다.

"물렀거라!"

내리는 흙비를 가리는 커다란 우산 아래로 사인교가 당도했다. 마당까지 밀고 들어오는 기세가 대단했다. 가마에서 내리는 자의 얼굴을 본 진우가 옆에서 숨을 크게 들이켰다.

"영의정?"

하인들의 시중을 받으며 가마에서 내리는 사람은 다름 아닌 한길전이었다. 조용한 상갓집을 바라보는 한길전의 눈에는 그 어떤 감정도 담겨 있지 않았다.

사인교에서 내린 한길전이 이쪽을 보았다. 그의 노회한 눈과 은호의 시선이 마주쳤다.

"먼저 오신 손님들이 계셨군."

한길전을 향해 은호가 고개를 한 번 숙였다.

"이곳에서 볼 줄은 몰랐네, 동부승지."

"저 또한 마찬가지입니다. 대감께서는 조문보다는 나들이에 어울리는 옷을 입고 오셨습니다?"

가시가 있는 은호의 말에 한길전이 웃었다.

"가끔은 죽는 것이 오히려 선물인 삶이 있지 않나?"

한길전의 말에 은호와 진우의 표정이 굳었다.

그러나 한길전은 머뭇거리지 않고 흙탕물이 군데군데 고여 있는 마당을 가로질러 대청마루로 올라섰다. 하인이 안쪽을 향해 영의정이 왔다는 이야기를 고했다. 한길전이 둘을 바라보았다.

"자네들도 아직 조문을 안 한 것 같은데. 같이 하지."

그 말에 어쩔 수 없이 은호와 진우도 뒤를 따랐다. 문이 열리고 안에서 초췌한 모습의 참의 이만수가 나왔다. 이만수의 두 눈이 한길전과 뒤의 둘을 훑었다.

"들어오시지요."

방 안으로 세 사람이 들어섰다. 아까 보았던 하녀가 차를 내왔다.

이만수가 한길전을 보더니 입을 열었다.

"영의정 대감께서 이리 찾아오실 줄은 몰랐습니다."

한길전의 입술이 묘하게 위로 말려 올라갔다.

"내 미리 말하지 않았소. 그때는 귀를 기울이지 않더니, 지금은 어떻소?"

그 말에 이만수의 표정이 굳었다.

"자식이 죽어 나간 이 상황에…… 큰 소리를 내고 싶지 않았건만. 대체 대감께선 뭘 원하는 겁니까?"

이만수의 목소리엔 차가운 분노가 서려 있었다.

"내가 뭘 원하는지는 이미 말했을 텐데. 나야말로 이 참의가 말귀를 못 알아들어 상당히 섭섭한 참이었소. 내가 굳이 이렇게까지 일을 해야겠소?"

쾅!

이만수가 찻상을 내려쳤다. 그러나 한길전은 눈 하나 깜빡이지 않았다.

"그래서 이제 만족하시오?"

이만수의 말에 한길전이 묘하게 웃으며 대답했다.

"이 참의도 이상한 소리를 하는군. 내가 원하는 것은 하나도 이뤄지지 않았는데 내가 어찌 만족할 수 있겠소?"

"뭐라고?"

"참의는 본보기요. 나의 청을 거절하는 자들은 이리 될 것이라는."

그 말을 하는 한길전의 시선 끝이 현은호를 향했다. 서늘한 미소가 한길전의 입가에 머물렀다.

"자식 복이 없어 딸 하나밖에 없는 나와는 다르게 참의께서는 아들이 둘이라 들었소이다. 파락호라는 소리를 듣는 첫째와 다르게 둘째는 똑똑하다지요?"

그 말의 뜻을 알아들은 이만수가 자리에서 벌떡 일어나며 소리쳤다.

"천하의 미친놈을 보았나! 지금 무슨 소리를 지껄이는지는 알고 있는 게냐!"

한길전의 목소리는 똑같았다.

"이미 한 번 보셨지 않소, 이 참의. 나는 내가 원하는 것은 어떻게든 얻어 냅니다. 선택은 물론 그대의 몫이나…….
어린 자식을 또 앞세우는 그런 비극은 막아야 하지 않겠습니까?"

"이, 이, 이놈이! 상놈의 가문이 나라를 좀먹더니 이제는 사람의 목숨으로 협박을 해?!"

"협박하는 걸 알면 좀 따라 주시지. 뭘 그렇게 바락바락

지키나."

"이미 아들 하나를 잃었는데 네놈의 말을 어찌 믿고……!"

"아버지."

들려온 목소리에 이만수의 말이 순간 멈췄고 은호와 진우의 시선도 바깥마당을 향했다.

우산을 받쳐 든 채 어쩔 줄 모르는 표정으로 서 있는 하인의 모습이 보였다. 우산 아래 쾌자를 입은 소년이 서 있었다.

한길전이 가장 먼저 입을 열었다.

"아하, 둘째로군. 똑똑하다는 소리를 들을 만하게 생겼어. 확실히 첫째보다는 아깝겠군."

"일서야, 방에서 나오지 말라 그리 일렀거늘 왜 나와서……."

이만수의 말이 끝나기도 전에 흙비가 내리는 마당으로 푸른색 쾌자가 펄럭였다. 동시에 이만수가 아들의 이름을 외쳤다.

"일서야!"

"도련님!"

옆에 있던 하인이 쓰러진 소년을 붙들었다. 이만수가 소년에게 달려갔다.

은호와 진우 역시 소년 쪽으로 서둘러 내려갔다. 하인이 소년을 흔들었다.

"도련님! 도련님!"

하지만 숨을 할딱이는 소년의 모습은 심상치 않아 보였다. 주저앉은 이만수의 뒤로 한길전이 섰다.

쏴아아아.

흙비는 계속해서 내리고 있었다. 한길전이 얼굴이 새하얘지는 소년을 힐긋 바라보았다.

"이게 다 네 아비의 부덕이다. 이 참의, 줄초상을 치르고 싶지 않으면……."

한길전이 고개를 숙여 주저앉은 이만수에게 뒷말을 속삭였다. 이만수가 입술을 깨무는 게 보였다. 한길전이 품을 뒤져 주머니 하나를 꺼내 이만수 옆에 떨어뜨렸다.

"이건 첫째 아들의 노잣돈일세. 요긴하게 쓰시게나."

주머니에서 잘그락 돈 소리가 났다.

한길전이 흙탕물 위에 엎드린 하인의 등을 밟고는 사인교 위에 다시 올라탔다.

"그럼 이 참의가 나를 찾아올 날을 기다리지. 빨리 마음을 정했으면 좋겠군."

흙바닥에 주저앉은 이만수가 한길전을 노려보았다. 사인교 위에 올라탄 한길전이 그런 이만수와 그 옆에 있는 현은호를 슬쩍 보았다.

은호를 본 한길전이 고개를 흔들었다. '가자' 하는 소리와 함께 한길전을 실은 사인교가 움직였다.

"일서야, 일서야! 눈 좀 떠 보거라! 당장 의원을 불러오지 않고 뭐 하는 것이냐!"

"아이고! 예, 예! 주인 나리!"

혼비백산한 얼굴로 하인이 자리를 박차고 나갔다. 이만수가 새하얗게 질린 얼굴로 쓰러진 소년을 붙잡고 흔들었다. 하지만 그런다고 해서 소년의 정신이 돌아 올리는 만무해 보였다.

"저희가 돕겠습니다, 참의 대감."

은호와 진우가 나섰다. 일단은 방 안으로 아이를 옮기고 의원에게 보이는 게 좋을 듯싶었다. 은호가 쓰러져 있는 소년을 얼른 제 등에 업었다.

"안으로……."

그러나 은호의 말이 이어지지 못했다.

"은호!"

옆에서 돕던 진우가 은호의 이름을 불렀다. 순간 온몸에서 힘이 빠진 듯 은호가 그대로 자리에 주저앉아 버렸기 때문이었다.

"은호! 이게 무슨 일인가!"

하지만 쓰러진 은호의 모습은 옆에 있는 소년과 똑같았

다. 헐떡이는 숨, 빠른 맥박.

"도대체 이것이, 이것이 무슨 일이란 말인가!"

"은호, 은호! 정신을 좀 차려 보게!"

그러나 진우의 목소리가 점점 멀어졌다. 은호가 온몸의
힘을 다 짜내 진우에게 말했다.

"……빈을, 서문 아씨를, 불러 주게!"

그 말을 마지막으로 은호가 정신을 놓았다.

쏴아아아.

흙비가 쏟아지는 마당에 은호의 도포 자락이 젖어 들어
갔다.

심장이 두방망이질 쳤다.

쏟아지는 흙비 사이로 빈이 정신없이 뛰었다. 우비를 입
고 지나가는 사람들이 그런 빈을 미친 여자 보듯 보았다.

하지만 지금 빈의 눈에는 그런 게 들어오지 않았다. 낯
선 하녀가 와서 전한 이야기만이 빈의 귓가를 맴돌았다.

'……동부승지 현은호가 갑자기 쓰러져 참의 댁에 모셨
습니다. 마지막으로 나리께서 아씨를 찾으셨으니, 속히 와
주시면 좋겠습니다.'

인편을 통해 이야기를 전한 사람은 다름 아닌 은호의 벗
이기도 한 진우였다.

"쓰러졌다고, 은호가."

그 이야기를 듣는 순간 온 세상이 핑 도는 느낌이었다. 도대체 무슨 연유로 은호가 그렇게 된 건지 알 수 없어 바로 참의 댁으로 향하는 길이었다. 흙비가 쏟아지건 말건, 빈을 막을 순 없었다.

쾅쾅쾅!

상중이라는 흰 등이 걸려 있는 참의 댁을 발견하곤 빈이 부서져라 문을 두드렸다.

"은호, 은호!"

안에서 하녀가 나와 문을 열어 주었다. 빈의 부름에 현 은호를 찾아왔다는 걸 안 하인이 얼른 은호가 누워 있는 사랑채로 빈을 안내했다. 사랑채의 문을 연 빈이 반듯이 누워 있는 은호를 보곤 자리에 주저앉듯 쓰러졌다.

은호의 모습. 그리고 그 뒤에 펼쳐진 깊은 그림자로 가득 채워진 연못.

빈이 놀라 숨을 삼켰다. 어두운 수면이 꿈틀거렸다.

연못 안에 검은 물처럼 가득 차 있는 그림자. 그 안에 꽉 차게 담긴 것은…….

"혼백이 아닌가……!"

온몸에 소름이 돋았다. 벽사를 하러 다니며 여러 광경을 보았지만 이런 장면은 처음이었다. 누워 있는 은호의 뒤로

이 집 안 가득히 펼쳐져 있는 것은, 혼백이 담긴 거대한 연못이었다.

그 연못에서 나온 기운이 집 안을 가득 메우고, 쓰러져 있는 은호와 옆에 있는 소년의 몸을 틀어쥐고 있었다.

"대체 왜, 이런 게 어찌……."

이런 게 안에 생길 정도라면, 이 집안의 누군가가 삿된 일을 벌인 게 분명했다.

"하지만 은호는 이 집과는 상관도 없는 사람인데, 왜 혼백 연못의 기운이 은호마저 붙잡고 있단 말인가!"

"서문 아씨……?"

뒤에서 들린 귀에 익은 목소리에 고개를 돌리자 진우와 눈이 마주쳤다.

빈의 얼굴을 본 진우가 순간 놀라더니, 설마 하는 목소리로 물었다.

"혹시, 그때 함께 있었던 벽사가 선비……?"

"아."

빈의 얼굴에 낭패감이 서렸지만 어쩔 수 없었다. 게다가 지금은 그런 걸 신경 쓸 겨를도 없었고. 빈이 고개를 끄덕였다.

"맞습니다. 이미 뵈었지요."

"허, 무슨 이런 일이……."

"지금은 그게 중요한 게 아닙니다. 은호가 어쩌다 저런 상태가 된 것인지요?"

그 말에 진우가 얼른 참의 댁에서 있었던 일을 짧게 말해 주었다. 이야기를 들은 빈이 굳은 얼굴로 고개를 끄덕였다.

"그대도 보셨습니까? 이 집에 드리워진 귀의 그림자를."

"그렇지 않아도 지금 막 집을 돌아보며 확인한 터입니다. 하지만 도대체 무엇이 문제인지……."

"혼백 연못입니다."

"예?!"

그 말에 진우의 눈이 휘둥그레졌다.

"호, 혼백 연못이라면…… 아니, 그런 짓을 도대체 누가 했단 말입니까?!"

"집 자체에 서려 있는 것을 보아 하니, 집안사람 중 하나인 듯합니다. 이쪽 도령은 참의 댁 도련님입니까?"

빈이 은호 옆에 누워 있는 앳된 얼굴의 도령을 보았다.

"맞습니다."

그 얼굴에 어린 나이에 요절한 자신의 남동생이 비쳐 보였다. 누가 이토록 귀들의 저주를 살 만한 삿된 짓을 했는지는 모르지만 지금 고통받고 있는 것은 무고한 생명이었다.

진우가 문득 생각났다는 듯 입을 열었다.

"그러고 보니 영의정이 이상한 소리를 했습니다. 첫째 아들에 이어 둘째 아들까지 줄초상을 치를 거라고요."

"영의정이……."

영의정의 한씨 일가라면 파려가 머무르던 곳이었다. 요새 통 모습을 보이지 않아 무슨 일이 있는지 걱정이 되던 터였다.

'파려와 함께 있던 영의정이라면 혼백을 다루는 법을 터득했을지도 모르지.'

빈이 은호를 내려다보았다.

그리고 은호는 영의정파를 앞장서서 물리치던 기수가 아니던가. 만약 이 일에 영의정의 입김이 닿아 있다면 은호가 쓰러진 것도 이해가 갔다.

"저는 저승과 귀들을 보는 눈을 가지고 있습니다. 그것을 은호도 잘 알고 있기에 저를 불러오라 말했던 거겠지요."

빈의 말에 진우가 고개를 끄덕였다.

"그래서 벽사가 일도 하셨던 거군요."

"이 집 전체에 드리워진 혼백 연못이 너무 큽니다. 어디서 어떻게 풀어 나가야 할지 모르겠습니다."

그때, 문이 열렸다.

"어떻게든 풀어만 주십시오!"

참의 이만수가 다짜고짜 빈의 앞에 엎드렸다. 빈이 당황스러운 표정으로 그를 바라보았다.

"내가 이 아이의 아비요. 저승과 귀를 보는 눈을 가졌다는 말을 들었소이다. 그렇다면 이 아이의 목숨을 구해 줄수 있지 않습니까? 제발, 뭐든 다 하겠으니 아들의 목숨만구해 주시오!"

이만수의 앞에 빈이 황급히 같이 엎드렸다.

"귀를 보긴 하나 이번 일은 어찌 해결해야 할지 아직 방도가 보이지 않습니다. 하지만 모두의 목숨을 구해야 하니, 최선을 다하겠습니다."

그 말에 재차 이만수가 고개를 숙였다. 그런 이만수를향해 빈이 겨우 입을 열었다.

"······귀의 일이라는 이야기에 바로 이리 반응하신 것을보면, 참의 대감께서도 뭔가 이상한 점을 느끼셨던 것이지요?"

빈의 말에 진우가 그도 그렇다는 듯 이만수를 쳐다보았다. 귀의 존재를 느껴 본 적이 없는 보통 사람이라면 이런사건이 일어났을 때 아무리 귀가 문제라고 해도 믿지 않았을 것이다. 그러나 이만수는 달랐다. 이만수의 얼굴이 어두워졌다.

"영의정의 말도 그렇지만, 일단은 첫째 아들의 죽음 자체가 괴이했소."

"괴이하다는 것은?"

"물에 빠졌지만 얼굴은 정말 멀쩡했단 말이오. 본디 성정이 밖을 나다니는 것을 좋아해 날씨가 좋으면 몇 날 며칠을 밖에서 지내기도 하는 애였소. 그랬기에 나 역시 그 애가 보이지 않아도 생각을 깊게 하지 않았지."

이만수가 침통한 얼굴로 이야기를 이었다.

"그래서 물에 빠져 있는 그 애를 발견한 건, 죽은 지 어느 정도 시일이 지난 후였소. 연못에서 이상한 냄새가 나고 벌레들이 꼬이기에 하인들을 시켜 뒤지게 했더니……"

"연못을 뒤졌다니요? 보통 물에 빠진 사람의 시체는 수면 위로 떠오르지 않습니까. 뭔가 무거운 게 몸에 달려 있었다거나……?"

빈의 질문에 이만수의 목소리가 더 가라앉았다.

"아니, 아무것도 없었소. 아무것도 없었는데 그 애의 몸은 떠오르지 않았던 거요. 그리고 연못에 띄워 놓은 수국들 때문에 바닥이 보이지 않아 더더욱 찾기가 힘들었던 거지."

"수국을 띄워 놓다니요?"

빈의 물음에 진우가 연못을 채운 수국에 대해 짧게 설명해 주었다. 옆에서 이만수가 맞다는 듯 고개를 끄덕였다.

"그래서 겨우 시신을 찾았는데, 물에 빠진 지 오래되어 다른 부분은 모두 불어 있었거든. 그런데, 얼굴만은 그렇지 않앗소. 얼굴만큼은 메마른 채로, 입과 코에서 꽃잎이 수북이 나왔던 거요. 이것이 귀의 짓이 아니면 도대체 무엇이겠소?"

"그렇군요."

"이미 첫째가 죽었소. 그러니 둘째만큼은 첫째의 전철을 밟게 둘 수 없단 말이오."

그렇게 말하는 이만수의 어깨가 덜덜 떨렸다. 빈이 조심스레 물었다.

"외람되오나 장남의 시신이 있는 방에 들어가 볼 수 있겠습니까?"

"……따라오시오."

빈과 진우가 이만수의 뒤를 따라 발걸음을 옮겼다.

복도를 지나 이만수가 방문 하나를 열자 화려한 물건들로 가득한 방 안 풍경이 보였다. 그리고 방의 가운데에는 호화로운 풍경과는 어울리지 않는 이일학의 시신이 뉘어져 있었다. 빈이 방 안을 휘 둘러보았다. 그러자 반쯤 열린 창문으로 연못 하나가 눈에 들어왔다. 내리는 빗속에서도 연못은 희붐하게 밝았다.

"저곳이……."

"맞소. 이 애가 저기서 발견되었소."

"이곳은 원래 장남께서 기거하시던 곳입니까?"

"그렇소."

"그렇다면 이 물건들 역시 다 장남이 사용하던 것이겠군요?"

이만수가 고개를 끄덕였다. 옥을 깎아 만든 꽃 모양 연적, 금사와 은사로 수놓인 병풍, 보석으로 장식한 장신구 등이 눈에 들어왔다.

"워낙 화려한 것들을 좋아했지."

빈이 시신의 얼굴 위에 덮여 있는 흰 종이를 가볍게 들었다. 그리고 동시에 숨을 한번 들이마셨다. 물론 이만수에게는 들리지 않을 정도로 작은 모양새였다.

'연못 바닥에 시신이 박혀 있었다는 것은⋯⋯.'

이일학은 겹쳐진 두 개의 연못에 빠졌다. 창 밖에 있는 진짜 연못과 이 집 안에 깔려 있는 혼백의 연못.

이일학의 시체가 떠오르지 못한 것은 혼백 연못의 귀들이 이일학의 시체를 붙잡고 있었기 때문일 것이다.

진우 역시 그것을 알아챘는지 나지막이 말했다.

"결국 저 연못이 혼백 연못과 중첩되어 있는 것이지요? 저에게는 그저 느껴지는 정도이나, 아씨께는 직접 보일 것이 아닙니까."

빈이 고개를 끄덕이곤 이만수를 향해 말했다.

"일단은 돌아간 후, 방도를 생각해 보겠습니다."

"알겠소이다. 부디 잘 부탁하오."

이만수가 연신 고개를 숙이고는 자리를 떠났다. 빈이 이일학의 얼굴을 다시 종이로 덮고는 창문 쪽으로 시선을 옮겼다.

내리는 흙비 속에서 부옇게 빛나는 연못. 그 안에 빽빽이 떠 있는 수국꽃들.

연못에 떠 있는 수국꽃은 한 덩이가 사람 머리만 했다. 커다란 수국꽃 덩이가 마치 이쪽을 쳐다보고 있는 것처럼 느껴졌다.

벌레 먹은 자국 하나 없이 매끈한 꽃잎들은 하나하나 공이 들어가 있었다. 동시에 위화감이 들었다. 이 근처의 생명력을 모조리 다 빨아먹고 자란 듯한 그런 위화감.

"기묘하지요."

옆에 있던 진우가 입을 뗐다.

"막상 이 집에 사는 이들은 말라 비틀어졌는데 저런 것들만 저리 싱싱하게 살아 있으니 말입니다."

"그렇군요."

"이 집에 드리운 혼백 연못의 귀가 은호와 둘째 도령을 저리 만든 것이라면, 이제 방법은 하나뿐이라는 것도 잘 알고 계시겠지요?"

진우의 말에 빈이 시선을 돌렸다.

"이와 관련한 귀들을 모조리 벽사해야 합니다. 물론 혼백 연못이 생겨날 정도로 많은 귀들이 자리하고 있으니 보통의 벽사로는 안 되겠지요. 다른 벽사가들까지 모조리 불러 큰 벽사를 진행해야……."

참방.

순간 빈의 귀에 물소리가 들렸다. 고개를 든 빈의 시야에 연못의 움직임이 들어왔다.

커다란 수국꽃 중 하나가 천천히 위로 들렸다.

"아."

그리고 그 아래로 보이는 무언가의 얼굴.

물에 젖은 새하얀 얼굴이 이쪽을 쏘아보았다.

참방, 참방, 참방.

이어지는 소리, 그 소리를 따라 수면 위로 드러나는 얼굴들. 이쪽을 보는 그 얼굴들엔 전부 분노가 서려 있었다.

우리는 결코 여기서 나가지 않으리라.

우리는, 우리는, 우리는.

시뻘겋게 변한 눈에서 피눈물 같은 게 흘러나왔다. 그들이 흘린 피눈물이 뚝뚝 그대로 연못에 떨어져 물을 붉게 만들었다.

"……서문 아씨?"

"죄송합니다. 잠깐 연못을 살펴보고 오겠습니다."

그렇게 말한 빈이 진우를 남기고 흙비가 내리는 바깥으로 향했다. 저기에 뭔가가 있었다.

내리는 흙비.

그리고 연못 가득히 서 있는 사람들.

빈은 말없이 연못 위에 반 정도 몸을 내놓은 채 빽빽이 서 있는 자들을 바라보았다. 흰 저고리, 파란색과 보라색 치마들, 댕기를 드린 머리들. 희미한 얼굴들 사이로 흙비가 쏴아아 내렸다. 하지만 이미 이 세상에 없는 존재를 흙비 따위가 더럽게 만들 수는 없었다. 하얀 얼굴들이 연못 가득히 떠서 이쪽을 바라보고 있었다.

첨벙.

물소리가 났다. 가장 앞쪽에 있던 여인들이 천천히 수면 아래로 내려갔다. 마치 물속에 빨려 들어가는 것처럼.

반투명한 눈이 이쪽을 한 번 향했다. 눈을 감지도 않은 채로 내려간 여인들의 모습 위로, 그들이 머리 위에 이고 있던 수국꽃들만이 다시 물 위에 떠 있었다.

"대체……."

"보이십니까?"

뒤에서 들린 목소리에 빈이 놀라 고개를 돌렸다. 처마 아래 하녀 하나가 서 있었다. 아까 이 집에 들어올 때 빈을 안내해 주었던 그 하녀였다. 그 눈빛이 찌를 듯이 선명했다.

"보이냐고요?"

빈의 되물음에 하녀가 낮은 목소리로 대답했다.

"아까 들었습니다. 저승과 귀를 보신다고요. 그렇다면…… 혹시 저 연못에도 뭔가 보이는 게 있지 않을까 싶어."

그 말에 빈이 살짝 고개를 옆으로 기울였다.

"그건 제가 여기서 볼 게 있다는 뜻처럼 들립니다만."

"언니가…… 계속 이 집에 머물고 있는 걸 저는 느낄 수 있으니까요."

"그게 무슨 말입니까?"

"언니가 사라진 이후에도 물소리가 납니다. 꽃에 물을 주는 소리지요. 가끔은 제 머리맡에 눈물처럼 방울방울 물자국이 떨어져 있기도 합니다. 언니가 곁에 있었을 때 한 말이 있어요. 잠을 잘 자지 못하겠다고. 잠을 자면 자신이 꼭 인간이 아닌 다른 존재가 되어 있는 것 같다고 했습니다. 그걸…… 저도 근래에 몇 번 느낀 적이 있거든요."

사라진 언니, 다른 존재가 되는 꿈.

"이 집에서 누가 사라졌었나요?"

하녀가 건조한 미소를 지었다.

"네, 많죠. 경화 언니가 시작이었습니다. 경화 언니는 첫째 도련님의 별채를 도맡아 청소하고 화초를 관리하는 일을 했었어요."

하녀의 시선이 수국으로 가득한 연못을 보았다.

"물론 저 수국들도요."

잠깐 입을 다문 하녀가 빈에게 다시 물었다.

"그래서 뭔가 보이십니까? 저에겐 중요한 일입니다. 그 저 사실대로 말씀해 주십시오."

그 말에는 숨길 수 없는 진심이 뚝뚝 묻어났다. 빈은 이 런 사람들의 모습을 잘 알았다. 귀에게 가족을 잃고 벽사 를 맡기러 온 자들의 얼굴이 이러했으니까. 빈이 입을 열 었다.

"저 연못에 또 다른 연못 하나가 더 있습니다. 귀들이 가 득히 모여 있는 혼백 연못입니다. 물소리를 들으셨다 했지 요. 아마 귀들이 움직이는 소리였을 겁니다. 물 자국 역시, 귀들이 오간 흔적이겠고요."

"그럼, 경화 언니가 저를 보러 머리맡까지 왔다는 건가 요?"

참방.

하녀의 물음에 대답이라도 하는 것처럼 연못에서 물소 리가 났다. 그러나 빈 말고는 들을 수 없는 소리였다.

"경화 언니라는 자의 이야기를 해 주시지요. 그래야 확 답을 드릴 수 있을 것 같습니다. ⋯⋯어차피 그대도 나에게 그 이야기를 하고 싶었던 것 같은데."

하녀가 눈을 내리깔았다. 하지만 곧 결심했는지 입을 열었다.

"경화 언니가 사라진 것이 작년 이맘때입니다. 아까 제가 말씀드렸지요? 언니가 잠을 잘 자지 못했다고요. 그즈음 경화 언니 얼굴이 유독 해쓱했어요. 꿈에 대해 말한 것도 그때입니다."

"다른 존재가 되는 꿈 말이죠. 어떤 존재가 된다는 겁니까?"

"언니가 가꾸던 화초요."

"예?"

하녀의 시선이 기묘하리만큼 생기를 내뿜는 화초에 가 닿았다.

"꿈에서 언니는 화초가 되었다고 했어요. 커다란 화분에 심겨 이쪽을 바라보는 사람의 눈길을 느꼈다고 했죠. 자신이 놓인 장소도 어딘지 말했어요. 그만큼 생생한 꿈이었다는 거겠죠."

하녀가 천천히 말을 이었다.

"그리고 어느 날 언니는 사라졌어요. 다른 사람들은 남자와 정분이 나 도망쳤다느니, 귀신이 들렸다느니 하는 이야기를 했지만 저만큼은 아니라고 생각했습니다. 경화 언니는 저와 가장 친했는걸요. 그리고 언니가 사라진 그날…… 첫째 도련님이 귀한 식물을 얻었다며 커다란 수국 꽃나무 하나를 가져왔습니다."

처마 위로 내리는 흙비가 더욱 거세졌다. 그러나 수국꽃 들은 여전히 처음 모습 그대로였다.

"그리고 커다란 화분에 심긴 그 꽃나무는, 언니가 꿈속 에서 보았던 그 자리에 놓였습니다."

이어지는 말에 빈의 얼굴이 굳었다. 하녀가 고개를 끄덕 였다.

"이상한 우연의 일치지요? 그래서 저는 몰래 첫째 도 련님 방에 들어가 그 꽃나무를 살폈습니다. 그리고 거기 에……."

그때 기억이 되살아났는지 하녀의 목소리가 떨렸다. 하 지만 곧 침착을 되찾은 하녀가 다시 입을 열었다.

"거기에 이게 있었습니다."

내민 하녀의 손에는 유리로 만들어진 자그마한 염주 구 슬이 있었다.

"첫째 도련님이 들여온 그 꽃나무의 껍질 안쪽에 이게 박혀 있었습니다. 이건 언니가 늘 몸에 지니고 다니던 염 주 구슬이에요. 어디서 흘러 들어가거나, 떨어진 게 아닙 니다. 나무껍질 안쪽에 단단히 박혀 있었거든요. 적어도 그 나무가 자랄 때부터 함께 있어야 가능한 모양새였죠."

"그게 어떻게……."

둘 사이에 기묘한 침묵이 흘렀다. 아마 같은 생각을 하고 있는 게 분명했다.

"사실, 경화 언니 이전에도 몇몇 하녀들이 사라졌다는 이야기를 들은 적이 있습니다. 작년부터는 첫째 도련님께서 꽃구경을 핑계 삼아 기생들을 집으로 부르기도 하셨고 화초에 관심이 있는 아녀자들에게 정원을 개방하기도 하셨죠."

"설마."

하녀가 고개를 끄덕였다.

"아마 다른 사람들은 모를 겁니다. 저는 경화 언니의 선례가 있었기에 정원에 온 이들을 뒷조사한 것이니까요. 그들 중 생각보다 많은 숫자가 행방불명되었더군요."

빈이 입을 다물었다.

사라진다고 해도 찾을 이가 없는 사람들, 그리고 갑자기 생겨난 혼백 연못.

"수국 꽃나무에서 염주를 찾아낸 날, 꿈에 언니가 나왔습니다."

그 말에 빈의 눈이 날카로워졌다. 꿈은 이승과 저승의 통로.

"어떤 꿈이었는지 기억하십니까?"

"다른 건 기억나지 않지만 저를 보고 있던 언니의 머리 위에……."

하녀가 울 것 같은 얼굴로 겨우 말을 이었다.

"그 머리 위에 아주 커다란 수국이 흐드러지게 펴서 이쪽으로 축 처져 있을 정도였습니다. 그게 계속 기억에 남았어요. 꼭 그 꽃이 언니의 모든 기운을 빨아먹은 것만 같아서."

하녀의 눈 주변이 붉어졌다.

"그렇지 않아도 언니는 내내 그 꽃을 돌보느라 자신을 돌볼 시간도 없었어요. 그런데 죽어서까지……."

하녀가 입술을 깨물었다.

"첫째 도련님이 저 연못에 빠져 죽었다는 이야기를 들었을 때, 솔직히 좋았습니다. 아직 천벌이라는 게 있다는 생각도 들었고요."

하녀가 방 안에 누워 있는 어린 도령을 바라보았다.

"하지만 지금 앓고 계신 둘째 도련님은 아무런 잘못이 없으십니다. 또 함께 변고를 당하신 분도, 아씨께는 소중한 사람이 아닙니까. 아씨가 여기에 왜 오신 건지는 잘 알고 있습니다. 이곳에 있는 귀들을 없애려는 것이겠지요. 그것이 산 자들을 위한 길이니까요."

빈이 아무 말도 하지 못했다.

"언니의 억울함을 풀어 달라고까지는 하지 않겠습니다. 다만 아씨의 눈에 언니가 보인다면…… 지옥 같은 이곳에 얽매이지 말고 편히 가라고 말해 주실 수 있겠습니까."

죽은 이들이 가야 할 곳은 저승이다. 그것이 순리다. 안 온한 저승으로 가지 못하는 귀들은 이 칼날 같고 가시밭길 같은 이승에 머무를 수밖에 없다.

그런데 귀가 계속해서 이승에 남아 있다는 건 속죄할 시 간을 빼서 계속 자신의 업보를 쌓는 거나 다름없었다. 순 리에 따르지 않으면 필연적으로 그 대가를 더 크게 돌려받 는다. 그것을 알면서도 이승에 남아 있다는 건, 그만큼 이 승에 남아 있는 감정들이 크다는 의미였다.

이곳에 머무는 저 귀들이 어떤 일을 당해 이곳에 남아 있는지는 상관없이 지금도 계속해서 그들이 받아야 할 업 보가 늘어나고 있는 셈이었다.

"죽어서라도 언니가 편해지는 것이 제가 바라는 모든 것 입니다. 그러니…… 제발 부탁드리겠습니다."

하녀가 깊게 고개를 숙였다. 눈물이 방울방울 하녀의 손 위로 떨어졌다. 그 마음이 어떨지 빈 역시 잘 알고 있었다.

자신 역시 어린 동생을 잃었으니까. 자신이 조금만 신경 을 기울였다면 그렇게 동생을 보내지 않았을지도 모른다 는 후회와 자책감이 엄청났다. 그런데 죽은 이가 가야 할 곳으로 제대로 가지 못한 채, 이승을 떠돌고 있다는 것을 안다면 얼마나 괴로울지.

빈이 하녀의 손을 얼른 잡았다.

"최선을 다해 노력할 것입니다. 약속드리지요."

그 말에 하녀가 고개를 들었다. 눈물 젖은 얼굴에 가벼운 충격이 퍼져 나갔다.

"아무도…… 아무도 우리 같은 사람에게 최선을 다한다는 말을 해 준 적이 없었는데. 이렇게 들을 줄은 몰랐습니다."

"그 마음을 나 역시 잘 알고 있습니다. 그러니, 도울 수 있는 만큼 돕고 싶습니다. 하지만 그러려면, 그대 역시 나를 도와주어야 합니다."

하녀가 고개를 크게 끄덕였다.

"제가 할 수 있는 일이 있다면, 뭐든지 돕겠습니다."

"그렇다면, 아까 그대가 말했던 이 집에서 행방불명된 다른 이들의 가족이나 친우들을 찾아 주실 수 있겠습니까?"

"저와 비슷한 처지의 사람들을 말이지요?"

"예. 맞습니다."

"어떻게든 해 보겠습니다."

빈과 하녀의 시선이 맞부딪쳤다. 하녀가 고개를 숙여 인사하곤 자리를 떠났다.

내리는 흙비.

빈이 숨을 길게 내쉬었다. 혼백 연못에 있는 수많은 귀들. 은호, 둘째 도령과 함께 저들까지 모두 구해 내려면…….

"그 방도밖에는 없어."

"어딜 그리 다녀오신 겁니까?"

그렇게 묻는 진우의 손에는 붓이 들려 있었다. 은호와 둘째 도령이 누워 있는 방의 창문에 진우가 쓴 듯한 부적이 붙어 있었다.

"시간이 그리 많지 않습니다. 아씨께서도 혼백 연못의 벽사에 동참하실 거지요?"

당연한 듯 묻는 진우의 목소리에 빈이 잠깐 머뭇거렸다.

벽사.

그건 늘 자신이 해 오던 일이었다.

"혼백 연못이 생기는 이유를 아십니까?"

갑작스러운 빈의 질문에 진우가 살짝 고개를 갸웃했다.

"글쎄요, 정확한 연유는 모르지만 어떤 이유로 많은 혼백이 한곳에 겹치면 생기는 걸로 알고 있습니다. 본디 사람귀가 이승에 머무는 이유는 아직 자신이 죽은 것을 인지하지 못했거나, 혹은 저승으로 가야 하는 순리를 무시하고서라도 이승에 집착이 남아 있기 때문…… 아닌가요?"

"맞습니다. 그렇기에 귀 중에서도 사람귀가 가장 벽사하기 까다롭지요. 특히나 이렇게 많은 귀들이 모여 있는 경우에는."

"그렇기에 더욱 빨리 벽사를 준비해야 합니다. 시간이 길어질수록 은호와 이 아이에게 붙은 귀들의 영향력이 더욱 강해질 것입니다. 만약 그렇게 된다면 둘의 생사는 불투명한 상황이고요."

빈이 아까 창문 너머로 보았던 창백한 귀들을 떠올렸다.

물에 젖은 새하얀 얼굴과 저고리, 치마, 댕기, 머리칼, 손톱, 눈썹…….

그들은 온몸으로 분노를 표출하고 있었다. 저승으로 가야 하는 순리를 어겨서라도 여기에서 할 일이 있는 것처럼. 빈이 하녀에게 들었던 이야기를 떠올렸다.

"저 혼백 연못이 갑자기 왜 생겼는지는 아무 관심도 없으십니까?"

그 말에 진우가 고개를 들었다.

"거기에 관심을 두어야 합니까?"

"그것은 저만큼의 혼백이 생길 만큼 어디선가 사람이 죽어 나갔다는 뜻이 아닙니까. 그리고 방금 전, 그와 관련한 이야기를 들었습니다. 분명 이 사건은 이일학이 주범이 되어……."

빈의 이야기를 끊고 진우가 물었다.

"아씨, 도성 내에 접수된 사건 중에 미결 사건이 별로 없다는 것을 아십니까?"

"예?"

갑작스러운 이야기에 빈이 눈을 깜박였다.

"아씨의 말처럼 저렇게 갑자기 혼백 연못이 생길 정도로 꽤 많은 사람이 죽었습니다. 그러나 이와 관련하여 접수된 사건은 하나도 없지요. 그것이 무얼 의미하는지는 아시겠지요?"

빈이 입을 열 틈도 없이 진우가 바로 대답했다.

"맞습니다. 그건 죽은 자들의 신분과 가치가 높지 않았다는 것을 의미합니다. 언제 어디서 죽어도 찾을 사람이 없는 그런 자들이요. 게다가 이미 그들은 죽은 자들입니다. 아니, 정확히 말하면 죽어서 귀가 된 자들이지요. 당연히 벽사를 해야 하지 않습니까?"

신분과 가치가 없어, 언제 어디서 죽어도 괜찮을 사람들.

그 말이 빈의 심장을 관통했다.

눈물에 젖어 있던 하녀의 얼굴이 떠올랐다. 최선을 다하겠다고 답했을 때 놀라던 그 표정. 아마 그건 그들이 어디서나 이렇게 '가치가 없는 자들' 취급을 받았기 때문이었을 것이다.

"귀는 어찌 되었던 귀입니다. 산 자들이 저들을 신경 써 줄 필요는 없다는 말입니다."

"저들은 파락호의 손에 억울하게 죽은 자들입니다!"

빈의 말에도 진우는 눈썹 하나 까딱이지 않았다.

"그래서요? 이상하군요. 아씨께서는 지금 귀의 편을 드시는 겁니까?"

"제 말뜻은 그게 아니라······."

"지금 아씨께 중요한 게 무엇인지요? 물론 아씨는 귀를 직접 보실 수 있으니, 저보다 더 귀들에게 측은지심을 가지실 수는 있겠습니다. 하지만 지금 우리가 어떤 상황에 놓여 있는지는 확실히 아셔야지요. 그렇지 않습니까?"

이어지는 진우의 말에 빈의 말문이 막혔다.

"또한 우리는 지금 병조참의 댁의 일에 관여하고 있는 것입니다, 아씨. 아씨께서는 잘 모르시겠지만 병조참의는 병조 내에서 유일하게 전하의 편에 서 있는 자입니다. 그런데 참의 댁에 삿된 것이 어렸다는 소문이 나면 어찌 될 것 같습니까?"

"······."

"주상 전하의 입지까지 달린 일입니다. 그렇기에 더더욱 이 일에 조금의 실패도 있어서는 안 된다는 말입니다. 지금 당장 저것들을 벽사하는 데만 온 신경을 집중해도 모자랄 판에, 그런 이야기에 마음이 흔들리면 안 됩니다."

"그럼 죽은 자들은……."

"당연히 지금까지 해 왔던 대로 벽사를 해야지요. 그것만이 답입니다. 그래야 은호도 살릴 수 있습니다."

벽사를 하면 귀들은 사라진다.

존재의 무. 어떤 이유로 이승을 떠나지 못했는지, 어떤 과거를 가졌는지 상관없이 그냥 사라지는 것이다.

그동안 빈 역시 벽사를 해 왔지만 그래도 지켜 온 선이라는 게 있었다. 언젠가 자신에게 벽사를 가르쳐 준 이가 했던 말이 떠올랐다.

'결국은 귀도 마음을 가진 존재니라. 이승의 모든 것은 죽으면 결국 저승으로 간다. 저승 역시 또 다른 세계일 뿐이지. 이승과 저승을 정과 사, 빛과 어둠으로만 나누면 안 된다는 말이다. 저승의 지옥들을 다 겪은 영혼은 다시 이승에서 새로운 업을 살아가는 것이니까.'

빈이 가만히 중얼거렸다.

"결국은 귀도 마음을 가진 존재니까……."

빈이 은호를 바라보았다. 지금 자신이 고민하고 있다는 것을 알면 은호는 뭐라고 말을 할까.

어떻게 귀를 벽사하지 않고 머뭇거리고 있을 수 있냐고 원망을 할까?

'아니. 은호는 그럴 사람이 아니다.'

이 사건에는 이미 죽은 이들의 혼백과 이야기까지 다 함께 얽혀 있었다.

몰랐다면 넘어갈 수도 있었겠지만 알아 버린 이상, 어떻게 할 수가 없었다. 다른 선택지가 없었다.

"저에게 시간을 주십시오."

빈의 그 말에 진우가 눈썹을 찌푸렸다.

"뭐라고요?"

"나는 저들을 일방적으로 벽사할 수 없습니다. 뭐라 말씀하셔도 좋습니다. 나는 저들의 이야기를 들어 보아야겠습니다."

"지금 이렇게 귀에 당한 은호를 앞에 두고도……!"

"진우."

옆에서 들려온 목소리에 진우가 말을 멈췄다. 은호가 바닥에 손을 짚고는 자리에서 겨우 일어났다.

"자네, 괜찮은 건가?!"

"괜찮습니까, 은호!"

진우와 빈이 동시에 물었다. 은호의 안색은 여전히 좋지 않았다.

"……귀들의 소리를 들었습니다."

그 말에 진우가 물었다.

"그게 무슨 소리야, 은호?"

"말 그대로야. 내 몸에 달라붙은 귀들이 내는 소리가 들렸네. 뭐라고 말하는지까지는 듣지 못했지만 거기에선……억울함, 분노 같은 게 느껴졌어."

은호가 빈을 쳐다보았다.

"그러니 빈, 그대가 가고자 하는 길을 걸으십시오."

그 말에 진우가 자리에서 벌떡 일어났다.

"현은호! 자네 지금 제정신인가!"

"충분히 제정신이야. 저들의 소리를 직접 들었으니……가장 잘 알지 않겠나. 그리고 서문 아씨의 실력을 가장 잘 알고 있는 것도 나일세."

"하지만 지금 가장 중요한 것은……!"

"난 믿고 있어. 아씨가 나를 죽이겠다고 이러는 것도 아니지 않나."

진우가 말도 안 된다는 듯 고개를 내저었다.

"나는 서문 아씨를 믿어. 그러니, 아씨가 원하는 대로 해주게나."

은호가 손을 내밀어 빈의 손을 잡았다.

"은호……."

"제가 말씀드렸지요? 제가 원하는 것은 곧 그대가 원하는 거라고요. 나는 그저 듣기만 했을 뿐이지만 귀들을 직접 눈으로 보시는 그대라면 더욱 이 상황을 받아들이기 어려우실 거라 생각됩니다. 그러니, 그대가 가고자 하는 길을 가세요."

그 말이 끝남과 동시에 은호의 손에서 다시 힘이 빠졌다.

쾅!

벌써 몇 번째 이렇게 문전박대를 당하는 건지 알 수 없었다. 뒤에 선 하녀가 고개를 저었다. 하녀와 함께 행방불명된 여인들을 찾아 나섰지만 생각보다 소득이 없었다.

"쉽지 않을 거라고 생각은 했지만 이 정도일 줄은……."

옆에 선 하녀가 쓸쓸한 미소를 지었다.

"그들 역시 사라진 자보다는 현재 자신들의 안위가 더 중요할 테니까요. 잃을 게 없으면 그래도 모르겠습니다만 이런 집안에서는……."

하녀가 기와집을 올려다보았다.

이일학에게 죽임을 당한 것으로 추정되는 이들 중 몇몇은 나름대로 사대부 집 아녀자들이었다.

"본디 여자들에게 요구되는 것은 스스로를 지키는 것보다 가문을 위해 목숨까지 희생하는 마음씨이니. 행방불명을 캐고 다니는 저희가 오히려 고까워 보일 수 있겠지요."

"어떤 이는 파락호라는 소문이 있어도 떳떳하게 3일간의 장례를 치르는데 어떤 이들의 죽음은 이렇게 금기시되

377

니……."

빈이 고개를 저으며 돌아 나서려는 순간이었다.

"저기."

뒤편에서 조그마한 목소리가 흘러나왔다. 빈과 하녀 모두 그쪽을 쳐다보았다. 거기엔 파리한 안색을 한 여인 하나가 서 있었다.

"지안이에 대해서 물으시는 듯하여……."

그 말에 얼른 빈이 나섰다.

"맞습니다. 혹시 지안 아씨에 대해 아시는 것이 있는지요? 행방불명된 이들에 대한 이야기를 듣고자 하는 벽사가입니다."

"벽사가라면……. 결국 지안이는 죽었단 말이군요."

그렇게 말하는 여인의 목소리는 침착했지만 슬픔이 묻어 있었다. 이미 지안의 죽음을 어느 정도 예견했다는 투였다.

"지안 아씨와는 어떤 관계십니까?"

"……그 애의 언니입니다."

빈이 그동안 있었던 일을 차근차근 설명해 주었다. 이야기를 들은 여인이 손에 얼굴을 묻었다.

"결국 그리 되었던 거군요."

"그들의 넋을 어떻게든 달래 주고자 사람들을 모으고 있습니다. 도와주실 수 있겠습니까?"

여인이 고개를 끄덕였다. 빈이 이들이 모여야 할 날짜와
장소가 적힌 쪽지를 몰래 손에 전해 주었다.

쪽지를 받은 여인이 주변을 살피곤 아무 일도 없었다는
듯 다시 집 안으로 들어갔고 하녀와 빈 역시 골목으로 나
섰다. 하녀가 남은 목록을 들여다보았다.

"저는 이쪽으로 가 보겠습니다. 벽사가 아씨께서는 사대
부 집안을 돌아 보심이 나을 듯합니다."

하녀가 종종걸음으로 떠나자 남은 건 빈뿐이었다.

"하아."

깊은 한숨이 절로 나왔다. 일단은 피해자와 관련된 사람
들을 최대한 많이 모아야 했다. 그래야 그나마 자신의 방
법에 승산이 있었다.

진우는 3일간의 말미를 주었다.

이일학의 상이 다 치러질 때까지 이 일을 해결하지 못하
면 그때는 자신의 뜻대로 벽사를 치르겠다고.

빈 역시 은호가 쓰러진 상황에서 기한도 없이 자신의 뜻
만을 내세울 수는 없기에 그 제안에 동의했다.

"앞으로 3일……."

이일학이 죽었는데도 혼백 연못이 사라지지 않고 있다
는 것은 그 죽음만으로는 그들의 남은 억울함이 다 풀리지

않았다는 의미였다. 그들은 더 많은 것을 원했다. 이일학만이 아니라 그 일가 전체를 죽음으로 몰아갈 것이었다.

결국은 참판 댁 전체를 집어삼킬 때까지.

'그렇게 된다면 저들의 다음 생 역시 없다.'

죽은 이일학은 아무래도 좋았다. 빈이 안타까워하는 건 그게 아니었다.

귀가 된 자들의 안위. 살아서도 죽어서도 누구도 신경 써 주지 않는 그들의 안위.

빈이 안타까워하는 것은 그것이었다.

이렇게 이승에서 버티는 시간이 길어질수록, 그들은 악귀밖에 될 수 없었다. 결국 자신들이 어떤 이유로 이승에 남았는지도 기억하지 못하고 그저 다른 생명을 파괴하는 것을 자신의 존재를 인정하는 수단으로 삼을 것이다.

"그렇게 되면 이제 정말로 벽사밖에는 답이 없을 거야."

그 전에 그들의 이야기를 듣고 돌려보낼 방법을 찾아내야 했다.

만약 여기서 자신이 이 일을 해내지 못하면 은호의 목숨도 위험했다. 그렇게 둘 수는 없었다.

"……불쌍한, 불쌍한지고."

낯선 목소리가 들렸다. 길가에 서서 빈을 쳐다보며 염불이라도 외듯 그 소리를 중얼거리는 건, 낯선 노파였다. 이쪽을 쳐다보는 노파의 눈빛은 바늘처럼 날카로웠다. 빈이 고개를 돌려 다른 사람이 있는지 살폈지만 이 길에는 빈과 노파 둘뿐이었다.

"많은 목숨이 발치에 깔려 있고나. 그러니 어디로 걸음을 옮겨도 곧 죽음이라."

뜻을 종잡을 수 없는 말이었다. 아무래도 정상적인 사람처럼 보이지는 않아 빈이 시선을 돌리곤 다른 곳으로 가려고 했다.

그러자 노파가 쓰고 있던 흰색 고깔모를 슥 벗었다. 그아래 자리한 얼굴, 눈빛. 그리고 손에 들고 있는 방울 부채.

그건 귀를 벽사하는 자들만이 들고 다닐 수 있는 것이었다. 그걸 본 빈이 걸음을 멈췄다.

"안쓰럽고나, 안쓰러워. 큰 운명이 저 가련한 자의 어깨에 달려 있으니."

노파가 한 걸음, 두 걸음 빈을 향해 다가왔다.

"구하고 싶소?"

짧은 물음이었지만 빈은 노파가 무엇에 대해 이야기하는지 바로 알아차렸다. 빈의 표정이 변했다.

"구하고 싶습니다."

노파가 입술을 일그러뜨리며 웃었다. 그 사이로 검붉은 잇몸이 선연하게 드러났다.

"악귀가 된 자들을 구하고 싶다라. 정말로?"

다시 한번 묻는 물음에 빈이 잠깐 머뭇거렸다.

"어떻게 죽었건 그들 역시 다른 무고한 자들의 목숨을 위험하게 하는 악귀들인데, 정말로 그들을 구하고 싶다고?"

"……한 번의 그릇된 행동이 한 존재를 완전히 망치는 일은 없어야 한다 생각합니다. 분명 지금 그들은 악귀이나, 살아생전 누군가 그들에게 손 한 번만 내밀어 주었다면 이런 일도 없었을 거라 생각합니다. 그러니 지금이라도 그들에게 손을, 기회를 내밀어 주고 싶습니다."

그렇게 대답하는 빈을 노파가 가만히 쳐다보다가 툭 물었다.

"그럼 어디까지 내놓을 수 있소?"

"어디까지라니……."

"악귀를 위해, 목숨을 내놓는 것은 어떻소?"

"목숨……?"

"저들을 벽사하지 않고 이승을 떠나도록 하는 방법."

"그 방법을 아십니까?!"

"벽사가 아닌 천도를 하는 것이지."

"천도라 함은……."

"일방적으로 귀들을 없애는 벽사가 아닌, 귀들의 원한을 풀어 주어 스스로 저승으로 돌아가게 만드는 것."

빈이 커다란 목소리로 물었다.

"어찌하면 그들을 천도할 수 있습니까?!"

"다른 벽사가들이 천도제를 주관하지 않는 이유를 아시오? 그 이유는 단 한 가지."

노파의 눈이 번득였다.

"천도를 주관하는 이가 자신의 목숨을 귀들에게 나누어 줘야 하기 때문이지. 한번 귀가 된 자가 저승으로 되돌아가려면 그들이 가지고 있는 원한을 푸는 것만이 아니라 되돌아갈 수 있는 노잣돈까지 마련해 주어야 하는데, 벽사가의 목숨이 그 값이오."

빈의 말문이 막혔다.

"그런데 할 수 있겠소? 한둘이 아닌 귀들에게, 자신의 목숨을 나누어 줄 수 있겠느냐 말이오."

"나의 목숨……."

빈이 되뇌었다. 잠깐 생각하던 빈이 천천히 입을 열었다.

"저는 한 번도 내 목숨이 중한 줄 몰랐습니다. 오히려 빨리 죽어야만 다른 이들에게 도움이 될 수 있다 생각했습니다. 그런데 제 목숨을 나누어 그들을 저승으로 안전히 돌려보낼 수만 있다면…… 그 얼마나 좋은 일이겠습니까?"

순간 노파의 눈의 희번덕 뒤집혔다. 손에 들린 방울이

부르르 떨렸다.

쟁강쟁강하는 소리가 사방을 채웠다.

"가여우니, 가여워라, 칼 위를, 불 위를 걷게 될……."

노파의 마른 손가락이 빈을 가리켰다.

"귀들에게 측은지심을 품었으니, 이제 어이할꼬? 제 목숨을, 명줄을 커다란 가위로 싹둑 잘라 나눠 준다는 이를 어찌해?"

그 목소리가 여러 겹으로 나뉘어 웅웅 울리듯 들렸다. 노파의 손에 들린 방울이 더 세차게 흔들렸다.

"갑자기 왜……."

빈이 뭐라 말을 더 잇기 전에 방울을 마구 흔들던 노파가 털썩 앞에 무릎을 꿇었다. 그러더니 커다란 목소리로 우렁우렁 외쳤다.

"뵈옵니다! 뵈옵니다!"

쾅! 쾅!

노파가 제 머리를 땅바닥에 짓찧으며 말했다. 놀란 빈이 말리려 했지만 노파의 우악스러운 힘을 막을 수 없었다.

"이게 무슨 짓입니까! 왜 나에게 이리하는 것입니까?!"

"이 세상에서 가장 가여운 운명을 타고났으니, 이리 인사를 드리지 않을 수가 있겠습니까?"

노파의 동굴 같은 입에서 웅웅거리는 목소리가 흘러나

왔다.

"악귀마저 안쓰럽게 여기는 그 마음이, 곧 가야 할 길로 그대를 이끌진대. 귀와 같은 밥을 먹는 자로서 어찌 그 길을 배웅하지 않을 수가 있겠습니까!"

노파가 웃었다.

아니 웃는 것처럼 울었다. 올라간 입꼬리에 눈물이 매달렸다.

"그게 무슨 말인지 나는 하나도……."

"모르시겠습니까? 모르시겠습니까?!"

빈의 얼굴이 해쓱해졌다. 노파는 지금 사람의 말을 하고 있지 않았다.

"결국 원래의 자리로 되돌아오게 될 것입니다! 운명과 순리를 거스르지는 못할 거란 말입니다!"

이어지는 말에 빈이 저도 모르게 귀를 막았다.

"듣고 싶지 않아, 듣고 싶지 않다고!"

그러나 노파의 입을 타고 나온 목소리는 빈의 몸에 찰싹 달라붙었다.

"우리의, 우리의……."

빈이 자리를 박차고 달렸다. 더 이상 듣고 싶지 않았다. 아니, 들으면 안 될 것 같다는 본능이 온몸을 휘감았다는 편이 맞았다.

숨이 턱 끝까지 차오르도록 달렸다.

눈물이 뚝뚝 떨어졌다. 저 멀리 어두운 하늘에 번쩍 벼락이 내리쳤다.

"가여운 운명……."

빈이 저도 모르게 노파가 한 말을 중얼거렸다.

쏴아아아.

여전히 흙비가 내렸다.

어둠과 빗속에서 이만수의 집 문 앞에 달린 등불이 금방이라도 꺼질 듯이 희미해졌다. 흰 등을 보며 빈이 마지막으로 매무새를 가다듬었다. 결국 이것이 자신이 할 수 있는 유일한 일이었다.

천도.

하나의 오차라도 있으면 안 되었다. 이일학의 손에서 죽은 자들, 그리고 은호와 둘째 도령을 위해서라도 완벽한 천도를 해내야 했다.

깊게 숨을 들이마신 빈이 참판 댁 안으로 들어섰다.

커다란 저택 안은 고요했다. 군데군데 희미하게 켜져 있는 흰 등을 제외하면 개미 새끼 하나 보이지 않았다. 그건 빈의 요구 사항 중 하나였다. 자신이 천도를 하는 동안, 방 안에 있을 은호와 둘째 도령을 제외한 다른 사람은 이곳에 자리하지 말아야 한다는 것.

조문객들을 받기 위해 마당에 쳐 놓았던 흰색 차일은 흙비에 젖어 원래의 색을 잃은 지 오래였다. 빈이 대청마루로 올라섰다.

거기엔 빈이 미리 일러 놓은 대로 준비한 것들이 놓여 있었다. 날이 잘 선 작은 검들이 궤짝 안에 가득 들어 있었다. 그것을 확인한 빈이 고개를 끄덕였다.

빈이 대청마루에 작은 제사상을 마련했다.

향을 꽂아 불을 피우고 빈 위패를 올렸다. 그리고 검은 두루마리를 꺼내 마루의 위편에 걸었다. 말려 있던 두루마리가 아래로 떨어지며 모습을 드러냈다.

두루마리엔 검은 종이가 붙어 있었다. 아무것도 없는 검은 직사각형이 뻥 뚫린 어둠의 문처럼 보이기도 했다.

그 앞에 죽은 이일학의 위패를 놓았다.

준비는 됐다. 이제 중요한 것은…….

빈이 고요한 마당 건너편의 대문을 바라보았다. 오늘, 저 대문을 건너 이곳으로 들어올 수 있는 자들은.

시간이 초조하게 흘러갔다.

분명 자신에게 직접 오늘 이 자리에 오겠노라고 말한 이들이 있었다.

그들의 도움 없이는 천도를 시작할 수도 없었다. 최대한 많은 사람이, 그들의 억울한 죽음을 잊지 않고 오늘 이 자리에 찾아와야 했다.

"제발······."

빈이 마음속으로 한 번 더 빌었다.

한 명이라도 찾아와 주길.

끼이익.

누군가 흙비를 헤치고 대문을 열었다. 빈이 자리에서 벌떡 일어났다.

"아."

손에 든 등불, 등불들.

아무 소리도 없이 그들이 빗속을 걸어 들어왔다. 등불 하나에 사람이 하나.

자리에서 일어난 빈이 한달음에 달려가 그들을 맞이했다.

"어서 오십시오."

오늘 이 자리에 모인 조문객들의 얼굴엔 아무런 표정이 없었다. 오늘 이곳에서 벌어질 일은 가장 슬픈 장례가 될 예정이었다.

맨 앞에는 오늘 장례에 가장 많은 도움을 준 하녀가 서 있었다.

그 뒤로 늘어선 다른 여인들의 얼굴이 희미한 불빛 사이로 어른거렸다. 다들 입도 벙긋하지 않았지만 그들이 품고 있는 마음들이 같다는 것은 흘러나오는 분위기만으로도 느낄 수 있었다.

이쪽을 바라보는 눈동자, 눈동자, 눈동자.

가라앉은 쌍쌍의 눈들이 말하고 있었다. 우리는 이곳에 복수를 위해서 왔다고. 선의나 용서 따위는 이곳에 없을 예정이었다.

각양각색의 여인들이 차일 아래로 들어왔다. 그들은 서로의 얼굴도 흘금거리지 않았다. 이곳에서 일어날 일을 직감적으로 알아차렸을 것이다.

여기에 참가한다고 해서 죽은 이가 돌아오는 것은 아니었다. 어쩌면 오늘 밤의 이 일이 마음에 영영 돌덩이처럼 내려앉을 수도 있었다.

그러나, 그것은 모두 미래의 일이었다. 지금 당장에 내 소중했던 사람의 죽음을 달래지 않으면 자신의 시간도 흐르지 못했다. 돌덩이처럼 내려앉을 미래가 미처 오기도 전에 천천히 죽어 갈 것이다.

여인들이 모두 마당에 들어섰다.

빈은 연못에 서 있던 그 귀들의 창백하고 투명한 얼굴을 떠올렸다. 면면이 닮아 있었다. 빈이 자리에 모인 여인들을 바라보았다.

"여러분은 오늘 이곳에서 그 누구에게도 말하지 못할 일을 겪게 될 것입니다. 미리 말해 두겠습니다. 마음에 주저함이 있다면 지금 이곳을 떠나셔도 좋습니다."

빈이 잠시 말을 멈추고 기다렸지만 그 누구도 움직이지 않았다. 이미 자신의 혈육이나 친구, 사랑하는 이를 잃은 사람들이었다. 인생의 최악은 이미 다 겪었다는 얼굴로 그들은 흙비가 내리는 살인자의 마당에 서 있었다.

빈이 고개를 끄덕였다.

"제가 죽은 이의 이름을 부르면 나와 주시길 바랍니다."

빈이 행방불명된 자들의 이름을 차례로 불렀다.

"이 참판 댁 하녀, 김경화."

가장 앞에 있던 하녀가 앞으로 나섰다. 빈이 말했다.

"손을 내미십시오."

내민 손바닥에 빈이 천천히 김경화의 이름을 썼다. 가장 먼저 이들의 몸에 자신이 직접 글자를 써 줌으로서 귀들을 볼 수 있게 하는 것이 첫 번째 일이었다.

하녀가 자신의 손에 쓰인 경화의 이름을 가만히 내려다보았다.

"언니 이름이 이렇게 생겼군요. 처음 봤습니다."

그렇게 속삭이는 하녀의 목소리는 눈물에 젖어 있었다.

빈이 다른 손에 궤짝 안에 가득히 있는 작은 검 중 하나를 쥐여 주었다. 그러고는 자리로 돌아가는 하녀의 뒷모습을 가만히 바라보았다. 하지만 슬픔에 젖어 있을 시간도 없었다. 오늘이 다 지나가기 전에 이것을 마무리해야 했다.

빈이 차례로 사람들의 이름을 불렀다. 불리는 이름에 몇몇 사람들은 흠칫 놀라거나 표정을 일그러뜨리기도 했다.

"한이야……."

쪽진 머리가 희끗한 여인이 이름을 왈칵 부르며 빈의 앞에서 눈물을 떨어뜨렸다.

주로 오래된 사건에 연루된 이들이었다. 이미 다 정리한 마음이라고 생각했지만 그게 아니었던 거였다. 그동안 그저 눈에 보이지만 않게 묻어 두었던 감정이 한꺼번에 터져 나왔다.

그런 모습을 보면서 빈은 최대한 자신의 감정이 흔들리지 않도록 꼭꼭 동여맸다. 자신이 흔들리면 안 됐다.

모든 이들의 손에 글자를 쓴 뒤, 빈이 자신을 따라오라는 듯 천천히 움직였다. 내리는 비 사이로 다시 한번 등불의 행렬이 이어졌다. 이렇게나 사람이 많은데도 고요할 수 있다는 게 더 기묘한 느낌이었다.

긴 줄은 이일학의 거처인 별채와 수국이 가득 차 있는 연못으로 향했다. 천천히, 천천히.

3일 내내 내리는 흙비에도 연못의 연꽃들은 깨끗했다. 죽어서도 자신들을 더럽게 만들 수 있는 건 없다는 듯.

찰랑.

이쪽으로 오는 여인들의 모습에 연못 아래 가라앉아 있던 귀들이 위로 떠올랐다.

거대한 수국꽃을 하나씩 머리에 인 채. 젖은 그들의 얼굴, 손, 머리칼에서 물이 뚝뚝 떨어졌다. 그 모습이 꼭 온몸에서 눈물이 흘러나오는 것만 같았다.

걸어오는 자들이 누구인지 확인한 귀들의 창백한 얼굴에 처음으로 감정이라는 게 스쳐 지나갔다.

찰랑, 찰랑, 찰랑.

여인들이 연못 쪽으로 더 다가오자 연못의 물이 더 크게 흔들렸다. 창백한 귀들의 입이 커다랗게 벌어졌다.

소리도 없는 비명이 터져 나왔다.

연못의 물이 점점 더 흔들렸다. 풍랑처럼. 수국귀들이 아우성쳤다.

네가 왜 여기에 왔느냐 너 왜 여기 있어 나의 업을 왜 네가 지려고 하느냐.

등불을 들고 선 여인들 역시 뭔가를 느낀 것 같았다. 여인들이 꺾어 놓은 수국으로 가득 찬 연못을 쳐다보았다.

"경화 언니!"

하녀의 새된 목소리가 비명처럼 날아가 꽂혔다. 소리 없는 귀들의 목소리를 대신하듯.

그 목소리에 뒤쪽에 있던 수국귀 하나가 미친 듯이 다른 이들을 제치고 앞으로 나왔다. 하녀가 말한 경화 언니일 게 분명했다.

물에 젖은 귀의 손이 하녀를 향해 뻗어 나갔다. 그리고 하녀가 언니를 끌어안았다.

"아⋯⋯."

빈이 써 놓았던 글자가 빛났고 하녀의 몸 안으로 수국귀가 끌려 들어갔다. 하녀가 속삭였다.

"언니, 언니, 내가 왔어요. 언니를 편히 보내 주려고. 그러니 걱정하지 말고 나를 이용해요."

찰랑! 찰랑!

물소리가 더 거세졌다. 다른 귀들 역시 연못을 빠져나와 그들을 위해 이곳까지 온 여인들을 향해 다가갔다.

여인들이 먼저 손을 내밀어 차가운 귀들의 손을 맞잡았다. 손이 닿는 순간, 여인들의 몸으로 귀들이 빨려 들어갔다.

동시에 연못을 가득 채운 수국들이 그대로 시들었다. 수국귀들의 기운으로 유지되고 있던 꽃들이었다. 이일학의 욕심이 빚어낸 광경.

몇몇은 빙의의 순간을 견디지 못해 몸을 휘청거렸지만 모두 금방 정신을 차렸다.

귀들에게 빙의된 여인들이 뚝뚝 눈물을 흘리기 시작했

다. 죽은 이들의 감정이 강하게 느껴졌기 때문이었다. 빈이 커다랗게 소리쳤다.

"시간이 없습니다!"

그 말을 들은 여인들의 표정이 순식간에 달라졌다. 이제부터는 그들의 몫이었다.

수국귀들은 자신들이 어떤 복수를 해야 할지 아주 잘 알고 있었다. 여인들의 몸에 빙의한 귀들이 화초들을 짓밟았다. 이일학이 그들의 피를 제물 삼아 목숨보다도 더 고이고이 키웠던 화초들이었다. 그러고는 별채로 뛰어 올라갔다.

치맛자락이 찢기든, 머리가 헝클어지든 그런 건 상관없었다. 별채로 들어선 여인들이 모두 힘을 합쳐 한가운데 놓여 있던 이일학의 관을 끌어냈다.

커다랗고 검은 목관이 새하얀 여인들의 손에 들려 아래로 아래로, 끌려 나갔다. 기우뚱, 시체가 이리저리 쏠리는 바람에 여인들도 흔들렸지만 관을 잡은 손을 놓지 않았다. 혼자서는 당해 내지 못해 이일학의 손에 죽었지만 지금은 달랐다.

쏴아아아!

내리는 흙비에 젖어 들어 가는 것도 모른 채 여인들이 움직였다. 주룩주룩 내리는 게 땀인지 눈물인지 비인지 알수 없었다.

쾅!

그들이 들고 온 관을 마당에 버리듯 내려놓았다.

아아악, 아아악!

누군가 그렇게 소리를 질렀다. 사람의 소리라기보다는 짐승의 소리에 가까웠다. 아마 본능에서 터져 나온 소리였을 것이다. 복수와 절망으로 점철되어 버린 영혼에서 터져 나온 소리.

여인들의 손이 미친 듯이 움직였다.

빈이 한 명씩 나누어 주었던 작은 검들이 번뜩이면서 허공에 궤적을 그렸다. 빛나는 궤적은 이일학의 검은 관으로 푹푹 쑤셔 들어갔다.

나무 관은 금방 너덜너덜해졌다. 뚫린 관짝 사이로 여인들이 손을 집어넣었다. 차가운 복수심에 가득 찬 손들이 관 안에 누워 있는 이일학의 시신을 우악스럽게 꺼냈다.

자신들이 무엇을 해야 할지를 확실히 아는 손놀림들이었다.

이일학의 시체는…….

뭐라고 표현해야 할까. 글쎄, 그건 딱 부잣집 아들내미의 호상처럼 보였다. 살아 있을 때와 다름없는 얼굴. 파락호라고 불리던 살아생전처럼, 힘든 일 하나 해 보지 않은 티가 나는 그 얼굴은 멀끔했다.

"고작 너 때문에……!"

고작 이놈 때문에, 겨우 한 사람의 욕망을 채우기 위해, 저 꽃들의 가장 좋은 거름으로 삼기 위해, 유흥을 위해, 누군가의 목숨보다 전혀 중요하지 않을 것들을 위해 이렇게 나 많은 이들이 살해당했다.

죽은 자의 얼굴 위로 다시 한번 난도질이 날아들었다. 신체발부수지부모라.

부모에게서 받은 신체는 결국 그자가 했던 일의 죗값을 받아 내야 했다. 몰려든 여인들이 저마다 온 힘을 짜내 검으로 이일학의 시체를 찌르고 베고 쑤시고 조각냈다.

물에 불었다가 다시 마른 손가락이 흙비 사이로 튕겨 나갔고 상투째로 잘린 머리칼이 흙탕물 위를 뒹굴었다.

그쯤 되면 올 거라고 예상했다. 본디 살아생전에도 악귀였으니.

저승길로 완전히 떠나기 위해서는 49재를 전부 지내야 했다. 이승에서의 모든 인연을 끊고 49일이 지나야만 비로소 완전히 저승에 입적이 되는 것이다. 반대로 생각한다면 49일 이전의 혼들은 불안정한 존재였다.

죽은 후에도 수국귀들처럼 이 세상에 남아 중간의 존재가 될 수도 있었고 혹은 이런 식으로 끌려 나올 수도 있었다. 이일학의 혼을 불러내려면 이 정도는 해야 했다.

'와라.'

빈이 속으로 중얼거렸다.

'......빨리 와라.'

이일학이라면 아마 자신이 저들 때문에 죽었다는 사실 자체를 인정하려 하지 않을 거였다. 거기에 자신의 시체에 저런 짓을 한다면.

빈이 난도질당한 이일학의 시체를 보았다. 그리고 정확히 그때, 이일학의 시체가 꾸물거렸다. 빈의 눈이 빛났다.

"끄으으윽......."

여기저기 잘리고 베이고 난도질을 당했는데도 이일학의 시체는 관 안에서 펄떡 일어났다. 한쪽 눈알이 빠진 채로 일어선 이일학이 짐승 같은 소리를 냈다.

"끄웨에엑!"

본디 사람보다는 짐승에 더 걸맞은 자였으니 놀랍지도 않은 소리였다.

짐승의 소리에 여인들이 순간 뒤로 물러났다. 이일학은 죽은 후에도 자신이 이렇게나 다른 이들에게 영향력을 끼칠 수 있다는 것에 만족스러운 미소를 지었다.

볼에서 반쯤 잘려 나간 살덩이를 덜렁이며 이일학이 그르렁거리는 소리를 냈다. 이미 하얗게 막이 낀 눈동자는 썩은 동태눈처럼 희뜩했다. 자신에게 칼을 휘두른 여인들을 보는 이일학의 표정은 확신에 차 있었다. 이미 살아생전 자신이 한 번씩 죽였던 이들이었다. 아무리 저들이 발버둥 쳐 봤자 자신을 이길 수 없다고 생각하고 있는 게 분명했다.

그러나 여인들은 한발 물러선 그 자리에 그대로 서 있었다. 더 이상은 도망치지 않겠다는 의지가 엿보였다.

빈이 천천히 앞으로 나섰다. 여기부터는 자신이 필요했다.

"네 이름이 이일학 맞느냐?"

인간다운 대답은 돌아오지 않았으나 자신이 죽인 피해자들을 탐욕스럽게 바라보는 그 눈이 이일학이 아닐 리가 없었다.

빈이 물소 뿔로 만들어진 활을 집어 들었다. 웬만한 사람의 힘으로는 들 수 없는 활을 빈은 한 손에 들어 시위를 당겼다. 오방색 끈이 달린 화살의 촉은 금으로 만들어진 것이었다. 무당들의 방울을 녹여 만든 금을 바른 화살은 벽사에 사용되는 제구 중 하나였다.

까드드득.

끝까지 잡아당긴 활이 소리를 냈다. 시위에 건 화살이 바르르 떨렸다. 이일학이 정확히 자신을 노려보는 순간, 빈이 시위를 놓았다.

팽!

내리는 흙비를 꿰뚫고 화살이 바람처럼 날아갔다.

콱!

이일학의 어깨에 화살이 꽂혔다. 이일학이 뒤로 휘청거렸다.

휘익!

동시에 다시 화살이 날아와 이번에는 이일학의 허리 부근에 꽂혔다. 파열음과 함께 화살이 이일학의 뒤에 있는 별채 기둥에 박혔다. 화살 때문에 이일학은 나무 기둥에 옴짝달싹도 못 하게 몸이 박혀 버린 행색이었다.

이일학이 제 몸을 마구 흔들며 화살을 뽑으려고 했지만 빈의 화살에는 자비가 없었다.

계속해서 화살들이 이일학의 살과 뼈를 뚫고 박혔다. 더이상 움직일 수도 없었다. 이일학의 회색 눈이 커졌다.

"제물이 준비되었으니 천도제를 시작토록 하겠습니다."

그 말에 여인들이 작은 검을 손에 꾹 쥐어 잡고 나섰다. 빈이 말했다.

"그대들이 들고 있는 것은 이승의 인연을 끊는 검입니다. 제물 이일학을 직접 그대들의 손으로 벽사할 수 있게 해 주겠습니다. 이일학의 혼은 저승으로 가지 못할 겁니다. 저자에게 허락된 안온함은 없습니다. 그대로 존재가 소멸되어 영원히 그 어떤 것도 되지 못할 겁니다."

빈의 말을 들은 이일학이 커다란 소리를 내며 울부짖었다. 여인들 사이로 목소리가 흘러나왔다.

"우리가 언제까지 당하고만 있을 줄 알았소?"

웅성거리는 여인들의 목소리는 점차 끓어오르는 물처럼 커졌다.

"이번에 죽이지 못하면 다음 생에 만나 너를 죽이면 돼! 그리고 그때 죽이지 못하면 그다음 생에서 죽이면 된다. 우리의 복수는 가늘지만 아주 길 것이다."

"그러니 여기서 사라져! 우리가 왜 너에게 복수하기 위해 살아가야 하는가? 이번 생에 모든 것을 끝내자."

기둥에 박혀 있던 이일학이 몸을 마구 흔들면서 소리쳤지만 그 소리마저 여인들의 분노에 찬 목소리에 먹히고 말았다.

"네가 죽인 것이다!"

여인들이 한꺼번에 이일학에게 달려들었다.

날카로운 검들이 이일학을 마구잡이로 찌르는 소리만이 났다. 그 어떤 다른 소리도 없이, 오로지 정확하게 이일학의 존재를 없애기 위해 찔러 대는 검날의 소리만이.

혼을 담은 그 움직임에 이일학의 저항이 잦아들어 갔다.

솨아아아.

내리는 흙비가 점점 가늘어졌다. 여인들의 손도 멈췄다.

이일학의 몸에는 빈이 쏜 화살과 수십 개의 작은 검들이 박혀 있었다. 그제야 숨을 몰아쉬며 여인들이 이일학에게서 한 걸음 두 걸음 뒤로 물러섰다.

이일학의 시체가 쿵 하는 소리와 함께 떨어졌다. 바람이 불었고 이일학의 시체가 순간 모래처럼 사라졌다.

빈이 자신이 걸어 두었던 검은 두루마리와 이일학의 위패를 가져왔다.

아무것도 없던 검은 종이 안에는 금색 선으로 이일학의 이름이 적혀 있었다. 빈이 두루마리와 위패를 가져와 빈 관 속으로 던져 넣었다.

빈이 천천히 뒤로 돌았다.

다 말라 버린 수국꽃으로 가득한 연못, 엉망이 된 정원, 마지막으로 수국귀 하나하나를 데리고 있는 여인들.

빈이 그들을 바라보았다.

"그대들은 이제 이승에서 떠나야 합니다. 그러실 수 있겠습니까?"

그 말에 수국귀들의 머리에서 마른 수국이 껍질처럼 바닥으로 떨어졌다. 더 이상은 그런 무거운 꽃 덩이를 이고 다니지 않아도 되었다.

"한 명씩 나와 관 안에 꽃 껍질을 넣으십시오. 그리고 나에게서 저승으로 되돌아갈 삯을 받아 가시오."

빈이 입고 있던 겉옷을 벗었다. 그러고는 그것을 죽죽 찢었다.

여인들이 한 명씩 나와 껍질처럼 말라붙은 수국을 주워 관 안에 집어넣었다. 그때마다 빈이 자신의 겉옷 조각을 하나씩 나누어 주었다.

겉으로 보기에는 그저 옷감일 뿐이었지만 거기에는 빈의 목숨이 담겨 있었다.

옷 조각을 받아 든 여인들이 빈에게 깊게 절을 올렸다.

"감사합니다, 감사합니다."

그렇게 말하는 그들의 목소리에는 진심이 묻어 있었다.

"아무도 우리를 신경 써 주지 않았는데, 마지막 가는 길 이리 환송을 받을 수 있어 기쁩니다."

그 말에 빈 역시 함께 고개를 숙였다.

모든 여인이 꽃 껍질을 벗어 냈다. 빈이 꽃 껍질로 가득 찬 관에 불을 붙였다.

커다란 불이 일렁거리며 이일학의 위패도, 관도, 꽃 껍질도 모두 집어삼켰다. 불길이 창백한 여인들의 얼굴에 온기를 나누어 주었다.

죽은 자와 살아남은 자들의 눈시울이 붉어졌다. 기약이 없는 눈물과 이야기, 한숨이 안개처럼 흘렀다. 빈이 시간이 됐다는 듯 작게 소리 냈다.

"이젠 가야 할 시간입니다."

귀들이 천천히 여인들의 몸에서 빠져나왔다. 그러자 여인들이 바닥으로 털썩 쓰러졌다. 보통 사람의 몸으로 빙의를 이만큼이나 견뎌 냈으니 당연한 일이었다. 귀들이 말없이 빈에게 깊게 고개를 숙였다.

"……."

귀들 중 하나가 소리도 없이 앞으로 나왔다. 경화 언니라 불렸던 그 귀였다.

경화가 고개를 들어 어딘가를 쳐다보았다. 그곳은 은호가 누워 있는 방이었다. 경화가 빈을 향해 손짓했다. 따라오라는 듯.

소리도 없이 방문이 열렸다. 빈이 들어온 것을 힐끗 본 경화가 누워 있는 은호를 바라보았다. 빈이 물었다.

"혹시…… 은호가 왜 이리 되었는지 아는 겁니까?"

그 물음에 경화가 고개를 끄덕였다.

그러고는 흰 손을 내밀어 은호의 품속에 있던 무언가를 꺼냈다.

"그건……."

은호가 늘 가지고 다니는 흰 부채였다. 경화의 손이 그 끝에 매달린 선추를 끊어 냈다.

"그것은 내가 은호에게 선물한……."

이것은 이일학의 물건입니다. 이것을 가지고 있었기에 이분에게도 우리의 저주가 이어졌던 것이지요.

경화의 낮은 목소리가 방 안을 울렸다. 동시에 경화의 하얀 손 안에서 화려한 선추가 모래 연기로 사라졌다.

"그렇다면⋯⋯."

빈이 눈을 깜박였다.

"은호가 이런 일을 겪게 된 것이, 내가 준 물건 때문⋯⋯이었단 말인가?"

대답 대신 경화가 고개를 한 번 깊게 숙여 보였다. 그리고 마지막으로 경화의 모습까지 사라졌다.

천도가 끝난 자리엔 이제 쓰러진 여인들과 빈, 그리고 은호만이 덩그러니 남아 있었다.

"은호⋯⋯."

왜 몰랐을까. 왜 알아차리지 못했을까.

은호가 저리 된 것이 모두 자신의 탓이었다.

또다시 자신이 은호를 죽음으로 이끌었다. 은호가 저리 된 것이 자신이 선물한 것 때문인지도 모르고.

"또 내가⋯⋯."

역시 자신은 은호의 곁에 있으면 안 되는 존재였다. 계속해서 그를 죽음으로 이끌지 않는가. 다른 누구도 아닌 자신이 사지로, 막다른 곳으로 은호를 몰아넣고 있었다.

그것도 모른 채, 이리도 천방지축으로 날뛰었다. 다시
한번, 그의 곁에 있을 수 있을 줄 알고.

순간, 온몸에 힘이 빠졌다. 흙비와 천도제로 난장이 된
바닥에 빈이 털썩 주저앉았다.

뜨거운 뭔가가 목을 타고 넘어왔다. 젖은 흙 위로 검붉
은 핏덩이가 울컥 흩어졌다. 눈앞이 어찔해졌다.

목숨값.

노파가 했던 말이 떠올랐다. 자신의 목숨을 나누어 귀들
에게 주었으니 몸이 성할 리가 없었다. 어떻게든 지탱해
보려 손에 힘을 주던 빈의 눈이 커졌다.

"⋯⋯!"

땅을 짚은 손을 따라 검은 그림자가 타고 올라왔다. 놀
란 빈이 당장 손을 뗐지만 진득한 액체처럼 따라붙는 그림
자를 막을 수는 없었다. 동시에 불처럼 뜨거운 기운이 손
과 팔에서 느껴졌다.

"이, 이게 무슨⋯⋯."

빈의 손이 닿은 바닥 근처에 있던 돌멩이들이 녹아내렸
다. 부글부글 끓는 소리를 내며 녹아내린 돌들이 바닥 아
래로 스며들어 사라졌다. 자리에서 일어난 빈이 눈앞이 어
지러워 짚은 나무 기둥에도 확 불이 옮겨붙었다.

"이게 대체 뭐란 말인가!"

빈의 손이 닿는 곳마다 불길이 훅훅 일어났다.

"안 돼, 안 돼……."

빈이 제 손을 내려다보며 중얼거렸다. 웅웅거리는 소리가 귓가를 메웠다.

타오르기 시작하는 불길 사이로 다시 그림자들이 땅바닥에서부터 쑥쑥 솟아났다. 이쪽을 바라보고 있는 얼굴 없는 그림자들.

빈의 얼굴이 새하얗게 질렸다.

오시오 오시오 오시오.

"싫어……."

입도 없는 자들에게서 낮은 목소리가 흘러나왔다. 빈이 주춤주춤 뒤로 물러났다. 귀와 저승을 보는 눈을 가지고 태어나 이상한 것들은 셀 수도 없을 만큼 보았다. 그러나 오늘은 뭔가 이상했다.

온몸에서 느껴지는 기묘한 감각. 제 손에서 타오르는 불꽃. 그리고…….

이쪽을 쳐다보는 그림자들의 시선에는 그동안 느낄 수 없었던 어떤 감정이 담겨 있었다. 뭔가가 달랐다.

흙비가 그친 하늘에 붉은 달이 걸려 있었다.

쿵.

심장 한쪽이 떨어지는 기분이 들었다. 몸 어딘가가 옥죄어 오는 감각.

저 안에 가두어 놓았던 무언가가 날뛰고 있었다.

"안 돼, 싫어……."

그게 무엇이건 간에 내보내면 안 된다는 생각이 들었다. 무엇인지는 몰라도 자신을 다 집어삼킬 것이라는 느낌.

오시오 오시오 오시오.

그림자들의 말에 빈이 고개를 저었다.

"……빈?"

순간 들린 은호의 목소리에 빈이 놀란 얼굴로 그쪽을 쳐다보았다. 그러자 겨우 몸을 일으킨 은호가 방 안에서 멍하니 빈을 쳐다보고 있었다.

빈이 뒷걸음질 쳤다. 멀어지는 빈을 보면서 은호가 이해할 수 없다는 표정으로 물었다.

"빈! 왜, 왜 그러시는 겁니까? 도대체, 이건 다 무엇이고요……."

아수라장이 된 마당. 아까 빈의 손이 닿았던 나무 기둥에서 번진 불이 은호가 있는 별채에도 옮겨붙기 시작했다.

"위험합니다! 거기서 나오십시오, 은호!"

빈이 커다랗게 소리쳤다. 그러나 귀에게 며칠 동안 붙잡혀 있다 겨우 깨어난 은호가 그렇게 바로 몸을 움직일 수 있을 리가 없었다. 게다가 옆에는 함께 깨어난 둘째 도령도 있었다.

"여, 여기가 어디예요……? 우리 집인가요? 하지만 왜……."

갑작스러운 상황에 아이의 얼굴은 희뜩해져 있었다.

"은호! 불이 옮겨붙고 있습니다! 어서 나와야 해요!"

빈이 소리쳤지만 아이까지 챙겨야 하는 상황에서 은호가 빨리 움직일 수는 없었다.

"은호! 위에!"

마음이야 당장이라도 달려가고 싶었다. 하지만 자신의 손이 은호에게 닿는다면 그가 어떤 일을 당할지 알 수 없었다. 사랑하는 사람을 제 손으로 다치게 할 수는 없었다.

"빈!"

그러나 아무것도 모르는 은호는 빈의 이름을 불렀다.

"아이를 먼저 내보내야 합니다, 도와……."

은호의 말이 끊겼다.

이쪽으로 점차 번져 오는 불길 속에서 빈의 표정은 절망으로 가득 차 있었다.

"빈, 빈! 도대체 무슨 일인 겁니까?!"

은호가 외쳤다. 자신이 아는 빈이라면 이런 상황에서 저리 가만있을 리가 없었다. 은호가 겨우 아이를 먼저 마당으로 내리곤 몸을 이끌어 아래로 내려왔다.

"빈, 또 무슨 일이 있었습니까? 왜 나를……."

"나에게 다가오지 마십시오!"

빈이 커다랗게 소리쳤다. 그러나 은호는 멈추지 않고 빈에게 천천히 다가갔다.

"빈, 내가 뭔가 잘못한 겁니까? 아니면……."

"내가!"

새된 목소리로 빈이 은호의 말을 끊었다. 빈의 뺨을 타고 뜨거운 눈물이 흘러내렸다. 이제는 빈도 확실히 알아차렸다. 지금껏 자신을 지탱해 온 뭔가가 툭 끊어져 버렸다는 것을.

이제는 돌이킬 수 없었다. 자신이 다른 무언가로 변하고 있었다. 그것이 무엇이건 간에 결코 은호의 옆에 서 있을 수 없는 존재라는 건 확실했다.

"내가…… 그대의 곁에 있으면 안 됐습니다."

"빈!"

뭔가 불길하다는 것을 느낀 은호가 자리에서 벌떡 일어나 빈의 뒤를 쫓았다.

"오지 마십시오!"

빈이 크게 소리쳤다. 그저 도망쳐야 한다는 생각뿐이었다. 자신이 은호 옆에 있으면, 결국 또 이런 일이 일어나게 될 것이었다. 자신은 은호에게 아무런 도움이 될 수 없었다.

"빈, 도대체 왜……."

순간 빈의 몸에서 불길이 일었다. 뱀의 혀처럼 날름거리는 불길이 빈의 치맛자락과 옷고름과 머리칼에 달라붙었다.

"빈! 서문빈!"

은호가 빈에게 손을 뻗었다. 불길 속에서도 은호는 빈이 자신을 바라보고 있다는 것을 알았다. 동시에, 빈이 이곳이 아닌 다른 곳에 속한 존재가 되어 버렸다는 것도 깨달았다.

뜨거운 불길 속에서도 빈의 눈물은 그대로 아래로 흘러내렸다.

"빈, 안 됩니다. 안 됩니다!"

지금 잡지 못하면 영영 빈을 잃는다는 직감이 은호의 머릿속을 스쳐 지나갔다. 그러나 이쪽을 바라보고 있는 빈의 얼굴은 뭔가를 결심한 듯 보였다. 은호가 고개를 저었다.

"아닙니다. 아니에요. 나를 이렇게 두지 마세요! 당신이 있는 곳에 나도 함께 가겠습니다! 그곳이 어디든 상관없습니다!"

은호의 말에도 빈의 표정은 바뀌지 않았다.

불길 속에서 빈이 은호를 마지막으로 보았다. 눈물이 가득 고인 눈이었다.

"은호, 나는 더 이상……."

인간의 존재가 아니라는 말을 차마 제 입으로 할 수가

없었다.

지금까지는 평범한 사람으로 돌아갈 수 있다고 믿어 왔기에 버텼던 것인데 마지막 둑까지 무너져 버린 지금, 빈을 지탱해 줄 수 있는 건 아무것도 없었다.

"단 한 번, 말하겠습니다."

빈이 있는 쪽으로부터 깊고 너른 바다 같은 무언가가, 고요한 파도처럼 쏟아져 나와 현은호를 덮었다.

"사랑했습니다, 은호."

바다와 같은 서문빈의 사랑이 현은호를 덮었고.

동시에 파도처럼 현은호를 먼 곳으로 내쳤다.

불길에 휩싸인 채 빈이 미친 듯이 걸음을 옮겼다.

이곳이 이승인지 저승인지도 알 수 없었다. 그저 자신의 온몸, 혈관을 타고 도는 저승의 기운이 펄떡이는 게 느껴졌다.

"안 돼, 싫어……"

빈이 입술을 깨물었다. 이렇게 인간으로서의 삶을 놓고 싶지 않았다.

그러나 이미 온몸에 퍼진 이 기운을 누를 수가 없었다. 가장 깊은 곳, 어딘가에 숨겨져 있던 감각들이 돌아와 본래 네가 있어야 할 곳으로 가야 한다고 외치는 것만 같았다.

"은호, 은호……."

다시는 만날 기약 없는 그 이름만이 빈의 입에서 흘러나왔다. 이제는 그 앞에 설 수도 없다는 생각에 가슴이 저려왔다.

기운이 몸에서 빠져나가는 게 느껴졌다. 수국귀들을 천도하느라 자신의 목숨을 나누어 준 것이 큰 타격으로 다가왔다.

빈도 알고 있었다. 이대로는 이승에 머물러 있을 힘도 없다는 것을.

끝없는 저승이 자신을 부르고 있었다.

쏴아아.

문득 들리는 물소리에 겨우 눈을 들어 보니 너른 강이 보였다. 검은 강물이 출렁이며 빈을 불렀다.

너를 안온히 받아 줄 수 있는 곳은 여기뿐이다 오너라.

빈이 저도 모르게 비척거리며 강을 향해 다가갔다. 자신이 은호를 구해 줬던 그곳, 그리고 은호가 다시 자신을 살렸던 강물.

빈이 멍한 얼굴로 강물 아래를 보았다. 그러자.

"이게 무슨……."

아득한 저 먼, 깊고 깊은 저승이 빈의 발치 아래, 강물 깊이 펼쳐졌다.

삼도천을 건너, 유황의 불을 지나, 열 개의 지옥은 저승 시왕이 다스리는 곳.

"저승……."

저승의 광경을 바라보는 빈의 눈에 이유 모를 눈물이 고였다. 이상했다. 왜, 이 저승의 광경이 낯설지가 않을까. 왜. 왜.

툭.

메마른 빈의 뺨을 따라 눈물이 흘러내렸다. 그러자 미쳤다고 생각한 노파에게 들었던 말이 떠올랐다.

'안쓰럽고나, 안쓰러워. 큰 운명이 저 가련한 자의 어깨에 달려 있으니.'

'가여우니, 가여워라, 칼 위를, 불 위를 걷게 될…….'

빈이 노파의 말을 되뇌었다.

"이 세상에서 가장 가여운 운명을 타고난……."

빈이 자신 앞에 펼쳐진 겹겹의 지옥을 바라보았다. 지옥, 그 안에서도 가장 가여운 운명이라면.

……라 님! 염라 님!

핑.

그 목소리를 듣는 순간, 빈이 자리에 쓰러졌다.

그건 귀의 목소리였다. 그러나 누군가를 부르는 귀의 목소리가 이리 안타깝게 들린 적은 처음이었다.

*저승이 무너지고 있습니다 어찌하여 다시 오시지 않는
겁니까?*

"왜⋯⋯?"

어느 순간, 자신의 몸에 화려한 의복이 걸쳐져 있었다.
그건 언젠가 은호가 말했던 왕의 복장과 흡사했다.

예복을 입은 자신의 모습이 강물에 비쳤다. 그리고 그
아래, 모습을 드러낸 수많은 귀들. 작은 귀들이 강기슭을
짚고 있는 빈의 손과 팔에, 옷자락 끝에 매달려 애원했다.

*버리지 마세요 저희도 어여삐 여겨 주세요 염라 님 염라
님 저희도 염라 님의 아이들입니다.*

염라 님. 우리의 빛나는⋯⋯ 왕이시여.

온 세상이 귀의 목소리로 가득 찼다. 빈이 자리에서 퍼
뜩 일어났다. 그러나 귀들은 개미 떼처럼 빈의 옷자락을
잡고 올라왔다.

"아니야, 아니야!"

그러나 차마 빈은 그것들을 털어 내지 못했다.

측은지심.

이미 그 마음을 가져 버렸기에 저들을 차마 못 본 척할
수가 없었다.

*저희를 불쌍히 여기셨잖습니까 저희에게도 자비를 베
풀어 주십시오.*

펼쳐져 있는 지옥도가, 사(死)의 세계가 오로지 서문빈만을 바라보고 있었다.

빈의 뺨을 타고 눈물이 후두둑 떨어져 내렸다.

"아니야, 나는 인간이야. 그냥 평범한 인간! 나를 왜 그런 이름으로 부르는 거야!"

빈의 새된 목소리가 사방을 울렸다.

동시에 귀들의 목소리가 뚝 끊겼다. 금방 알아차릴 수 있었다. 지금 귀들은 서문빈의 눈치를 보고 있었다.

당신께서 있어야 할 곳은 이곳입니다 다른 곳으로 가지 마소서!

귀들의 목소리가, 그들의 애처로운 움직임이 빈을 무릎 꿇게 만들었다. 절망이 파도처럼 빈을 덮쳤다.

당신께서 있어야 할 곳은…… 이곳입니다.

태어나면서부터 귀에 씐 아이라는 말을 들었고 결국 가족들마저 자신을 버렸다. 유일하게 사랑을 준 은호는 자신 때문에 목숨을 위협받았다.

하지만 언젠가는 그 모든 것을 벗어 낼 날이 올 것이라 생각했다.

평생, 원래의 운명으로 되돌아가기 위해 그렇게 애쓰고 또 애써 왔다. 모든 것을 버려 가면서 벽사를 했다. 108개의 귀혼구를 다 모으면 평범한 사람이 될 수 있다는 일념

하에.

그런데 그 모든 것이 물거품이었다.

염라 님, 염라 님!

귀들이 빈을 불렀다. 그때마다 자신의 몸이 움직이는 게 느껴졌다.

자신을 필요로 하던 은호를 붙잡아 주지도 못하던 손.

"아아⋯⋯."

빈의 입에서 짙은 탄식이 흘러나왔다. 돌아갈 순 없었다. 이미 몸이 변하고 있었으니까. 이승이 아닌 저승에 속한 존재로.

염라 님, 우리의 왕이시여 돌아오소서.

강물 아래 빛들이 둥실둥실 떠올랐다. 저승으로 향하는 입구가 강물 아래로 펼쳐지고 그 길을 따라 초롱을 든 귀들이 서 있었다.

마중을 나온 귀들이 오로지 빈만을 쳐다보았다.

염라 님 염라 님 염라 님.

그들의 목소리가 겹겹이 들렸다.

한 번도 느껴 본 적 없는 기분이 빈의 등골을 타고 흘러내렸다. 그렇게 혐오하던 것들이, 자신을 왕이라고 부르고 있었다.

"아니야, 싫어. 이럴 순 없어!"

지금까지 어떻게 버텨 냈는데. 여기서 이렇게 거대한 운명을 마주할 거라고는 생각지도 못했다.

모든 것이 헛되었다.

아무것도 바라지 않았어야 했다. 사랑도, 이유도, 제가 있을 자리도.

언젠가 어머니가 했던 말처럼 차라리 나면서 죽어 그대로 저승으로 돌아갈 수 있었다면 그것이 가장 큰 행운이었으리라.

그런데 이리 길게 살아남은 명줄이, 스스로를 갉아먹었다. 언젠가는 저도 평범한 삶을 살 수 있을 줄 알고.

빈이 두 손으로 얼굴을 가렸다. 지금까지 자신이 꿈꿔 왔던 것이 얼마나 턱없고 부질없는 것인지 뼛속까지 차갑게 느껴졌다.

은호의 손을 잡고, 그와 입을 맞추고, 앞으로의 미래를 약속했던 말들이…….

전부.

깜박이던 빛이 스러졌다.

서문빈의 세상에, 이제 빛은 없었다. 본래 있어야 할 어둠만이 가득했다.

"은호, 처음부터 우리는……."

이어지지 못할 사랑이었군요.

그 말이 채 빈의 입술에서 떨어지지 못했다. 자신이 모든 생을 다해 그토록 원하던 것은, 단 한 순간도 제 것이 되지 못했다. 아니, 자신의 세상에 존재하지도 않았던 거였다.

눈물이 안으로, 안으로.

그렇게 차오르면, 비명조차 지르지 못하고.

"차라리 내가 죽었어야 했는데. 아무것도 바라지 않고 그냥 죽었어야 했어."

염라 님 눈물을 거둬 주시옵소서.

염라 님 염라 님.

빈이 눈을 들었다. 그러자 귀들이 울고 있었다. 통곡하고 있었다.

"왜……."

그렇게 안타깝고 슬피 우는 귀들의 모습은 처음이었다. 귀들이 울면서 답했다.

염라 님은 저희의 세상, 저희의 해와 달.

염라 님께서 우시면 저희도 웁니다.

저승의 빛으로 가득 찬 강물이 흔들렸다. 빈이 눈을 감고 입술을 깨물었다.

"어찌하여……."

이렇게 무거운 짐이 제 어깨 위에 올라가 있는지 알 수 없었다.

송구합니다 송구합니다 우리 존재가 우리가 있어서 왕이 우신다 염라 님이 우신다.

저들이 빈에게 미안하다 말하고 있었다.

지금까지 자신이 벽사를 하고 피하고 도망쳐 왔는데, 저들이 빈에게 미안하다 하고 있었다.

"왜. 왜. 왜……."

그러나 이미 자신이 무엇을 선택할지 잘 알고 있었다. 이제 어쩔 수 없었다. 저들을 버릴 수가 없었다. 가엾게 여기는 마음이, 빈을 움직였다.

빈이 자리에서 일어났다. 귀들이 우르르 그 뒤를 따랐다. 지옥으로 이어진 강물.

천천히, 천천히.

빈이 강의 중앙을 향해 걸어 나갔다. 강물이 부드럽게 빈의 온몸을 받아 냈다.

그 부드러운 감촉을 느낀 순간, 빈은 이만 놓아도 되겠다는 생각이 들었다. 이승에 자신의 자리는 없었다. 은호의 옆에 설 수도 없었다.

가장 보통의 자리도 서문빈에게는 허락되지 않았다.

가옵시오 가옵시오 우리 아씨 가옵시오.

귀들의 목소리가 빈의 귓가에 재잘거렸다. 그들이 내민 손을 빈은 뿌리치지 않았다.

빈이 더욱 깊은 물속으로 들어갔다. 어깨에서, 다시 목으로, 턱으로, 눈과, 이마와 마침내…….

그리고 남은 것은 오직 물결에 부딪쳐 빛나는 달빛뿐이었다.

잔잔한 물결 아래로 빈이 천천히 내려갔다. 귀들이 든 등불이 빈을 저 먼 저승으로 데려갔다.

가옵시오 가옵시오 우리 왕님 가옵시오

그곳은 층층 지하 아주 깊은 곳

모든 영혼 다 가는 곳

삼도천 건너 바람계곡 지나 얼음강 건너

가장 깊은 그곳…….

5장
마지막 쟁탈전

흙비는 그쳤다.

그러나 궁에 드리워진 짙은 어둠은 걷히지 못했다. 이어진 일련의 조사들로 영의정의 편을 들던 조정의 신하들이 축출되었다.

"그래, 동부승지는 아직 눈을 뜨지 못하였는가?"

휘가 어두운 목소리로 물었다. 옆에 있던 촛불이 크게 흔들렸다. 진우가 바닥에 고개를 대고 엎드렸다.

"예. 제가 확인한 바로는 이 참의의 집에 있던 혼백 연못과 귀들은 모두 사라졌습니다. 같이 앓아누웠던 이 참의의 둘째 아들은 바로 정신을 차린 것을 보면 동부승지가 아직까지 눈을 뜨지 못하는 것은 다른 이유 때문이 아닐까, 추정하고 있습니다."

"동부승지 덕분에 이번 일을 이만큼이나 진행할 수 있었던 것인데."

"지금은 전하의 일에 성심을 다해 주시옵소서. 동부승지 역시 그것을 원할 것입니다."

"……동부승지와 함께 있었다는 그 벽사가는?"

휘의 물음에 진우가 바로 대답을 하지 못하고 머뭇거렸다. 벽사가가 여자이며 은호의 정혼자라는 사실은 다른 이들에겐 말하지 않은 비밀이었다.

"외람되오나 천도제가 있은 직후, 종적을 감추었다 합니다."

진우가 자신이 보았던 이 참의 댁 모습을 떠올렸다.

쓰러진 차일과 무언가 큰 불이 난 흔적, 타 버린 위패와 관, 그리고 그 주변에 아무렇게나 굴러다니는 마른 꽃잎들…….

무언가 일이 있었다는 건 알았지만 그게 어떤 일인지는 정확히 짐작할 수 없었다.

마당에 쓰러져 있던 은호를 발견해 허겁지겁 그의 목숨줄이 붙어 있는지 확인하는데, 방 안에서 은호와 함께 누워 있던 이 참의의 둘째 아들이 걸어 나왔다.

다행히 아들은 아무것도 기억하지 못하는 듯했다.

진우와 함께 온 관상감의 다른 벽사가들 역시 이 참의 댁을 조사하고 은호의 상태도 확인했으나 귀와는 관련이 없다는 이야기만 할 뿐이었다.

'서문 아씨께서는 어디로 가신 걸까.'

진우가 속으로 숨을 한번 내쉬었다.

서문 아씨가 원하는 대로 천도제를 지내게 해 준 것이 잘못이라는 생각이 들었다.

물론 표면상으로는 이 참의 댁 일도 잘 끝났고 은호에게 씐 귀들도 없어졌으니 자연스럽게 그가 정신을 차릴 때까지 기다리면 될 일이었다.

'하지만…… 감이 좋지 않아.'

그건 지금까지 대대로 벽사를 맡아 온 가문 일원으로서의 예감이었다.

은호가 눈을 뜨면 도대체 천도제에서 무슨 일이 일어났는지 물어봐야겠다는 생각이 들었다.

"동부승지가 아직 눈을 뜨지 못한 것이 마음에 걸리긴 하지만……. 해야 할 일은 해야겠지."

휘의 말에 진우가 정신을 차리고 얼른 고개를 숙였다.

"망극하옵니다, 전하."

자신의 앞에 쌓인 문서들을 휘가 바라보았다.

그것은 내일 모든 이에게 알릴 자료들이었다. 영의정이 이 참의의 집에서 입에 담지 못할 짓을 저지른 것은, 그들 내부의 결속을 다지고 거사를 벌이기 위함이었다.

"영의정께서도 꽤 애가 타셨나 보군. 이런 식으로 꼬리를 밟힐 짓을 벌인 걸 보면."

"그동안 자신에게 충성을 바쳤던 이들이 하나씩 조정에서 잘려 나갔으니, 그럴 만도 했을 것입니다."

"자신의 손자를 세자로 만들기 위해 이런 일까지 하다니."

휘가 잠시 숨을 골랐다.

"좋다. 자네는 이만 퇴궐하여 내일의 일을 준비하라. 내일 태양이 뜨면…… 이 궁 안의 판세도 바뀌어 있을 것이다."

"성심을 굳게 하시옵소서."

"그래야지, 그래야 하고말고."

휘가 고개를 끄덕였다.

"나가 보라."

"예, 전하."

진우가 뒷걸음질해 나가자 방 안에 남은 것은 휘와 상선뿐이었다. 무거운 분위기가 두 사람을 휘감았다.

"어차피 언제고 할 일이었다. 미루어 봤자 한씨 일가에게 더욱 시간을 벌어 주는 꼴이 되겠지."

이미 대비와 숙빈에게는 자신의 생각을 넌지시 이야기해 두었다.

궁의 가장 웃어른인 대비가 지지하고, 미약하지만 좌의정을 위시한 숙빈의 세력이 있었다. 그리고 은호를 필두로

한 신진 세력까지.

이어진 일들을 토대로 영의정파의 세력을 어느 정도 조정에서 끌어냈으니, 확실하게 뿌리를 뽑아야 했다.

"언제까지 내가 한씨 일가의 손에 놀아날 수는 없지."

휘가 자리에서 일어났다.

"중궁전으로 가겠다. 또한 내금위를 불러라."

상선이 고개를 끄덕였다.

붉은 용포 자락이 휘날렸다.

궁녀와 내관들 대신 횃불을 든 내금위가 휘의 뒤를 따랐다. 중궁전을 지키던 궁인들이 이쪽으로 다가오는 왕과 내금위의 모습을 보고는 소스라치게 놀랐다.

"중전마마! 중전마마!"

다급한 상궁의 목소리가 중궁전을 울렸다. 가장 앞에 선 병사들이 중궁전을 넓게 에워쌌다. 내금위장이 중궁전의 문을 열었다.

"무엄하다! 대관절 누가 존엄한 중궁전의 문을……!"

채령이 커다랗게 소리쳤지만 들어온 사람의 얼굴을 보곤 말을 멈췄다.

들어오는 건 다름 아닌 이 나라의 왕, 휘였다. 그 뒤로 내금위 병사들이 정복을 입은 채 늘어섰다. 붙잡힌 궁인들이 채령을 향해 소리쳤다.

"마마! 중전마마!"

"살려 주시옵소서! 중전마마!"

채령이 자리에서 일어났다. 비단 같은 검은 머리에 꽂힌 용잠이 바르르 떨렸다.

"전하, 도대체 이게 무슨 짓입니까? 이곳이 중궁전임을 알고는 계시는지요? 무슨 일로 내금위를 전부 불러다가 저를 능멸하시는 겁니까?"

그러나 채령을 바라보는 휘의 표정은 한 치의 변화도 없었다.

"그렇지요. 그대는 나의 비이고 중전이었지요. 그러나, 그동안 나를 한 번이라도 지아비라고 생각해 본 적이 있습니까?"

"뭐라……고요?"

휘가 천천히 채령에게 다가왔다.

"한 번이라도 나를 지아비라고 여긴 적이 있는지 물었습니다. 우리의 첫 만남을 기억하십니까, 중전?"

휘의 얼굴은 웃는 건지 우는 건지 알 수가 없었다.

"그때 중전은 나에게 그렇게 말했지요. 나는 그저 당신이 중전이라는 자리에 올라갈 수 있도록 만들어 주는 사다리에 불과하다고요. 결국 나는 중전을 원하는 자리에 올려 주었습니다. 그런데도 중전은 더 많은 걸 원하지 않았습니까? 중전이나, 그대의 아비나……."

"아버지에게 무슨 일이 생긴 겁니까?"

날카롭게 묻는 채령을 향해 휘가 피로가 쌓인 얼굴로 웃었다.

"모르는 척을 하시는 겁니까, 아니면 정말로 모르시는 겁니까?"

"아버지께서, 무슨 일을 하셨단 말입니까!"

휘가 이제는 바로 앞에 있는 채령의 얼굴을 내려다보았다. 그러고는 뒤에 선 내금위장에게 말했다.

"문을 닫아라. 중전에게만 긴히 할 이야기가 있다."

휘의 말에 내금위장이 고개를 숙이곤 중궁전에 있는 다른 이들을 모두 밖으로 끌어냈다. 그러고는 휘와 채령만을 남긴 채 문을 닫았다. 휘가 채령을 향해 말했다.

"……그대는 이때까지 항상 어질고 정숙한 중전이라는 말을 들어 왔지요. 청출어람이라고 하더니 그 말은 이런 상황에서도 적용이 되나 봅니다. 아비보다 그대가 마지막까지 더 거짓말을 잘하는 걸 보면."

짜악!

날카로운 파열음이 울렸다. 휘의 고개가 돌아갔다.

채령이 차가운 분노가 서린 눈으로 휘를 노려보았다. 채령의 손가락에 끼워져 있던 반지 탓인지 휘의 얼굴에 상처가 났다. 붉은 피가 뺨을 타고 흘렀다. 휘가 뺨을 쓸어 손가락에 묻은 자신의 피를 확인했다.

"아무래도 전하께서 미치신 것 같습니다."

"내가 미친 것 같다……. 지금껏 이렇게 하시고 싶은 걸 어떻게 참으셨습니까, 중전?"

"참은 것이 아니라 그럴 만한 가치가 전하께는 없었던 것이지요."

채령의 말에 휘가 웃었다.

"그럼 지금은 그럴 만한 가치가 생긴 겁니까? 신기하군요. 지금까지 중전의 비위를 맞추며 살았는데 이렇게 맞서고 나니 가치가 생기다니요."

"고개를 쳐들면 눌러 줘야 하는 것 아니겠습니까?"

채령과 휘의 눈빛이 부딪쳤다. 누구 하나 먼저 시선을 피하지 않았다.

"지금껏 그리 생각해 오셨던 거지요? 내가 일어나기만 하면 눌러 줄 생각으로요."

휘의 말에 채령의 눈가가 씰룩였다.

"나를 그렇게나 이용해 놓고도 정말 끝까지 너무하십니다, 중전."

"그래서 제가 전하께 못 해 드린 게 있었습니까? 전하께서 제 아비를 탐탁지 않아 하신다는 것도 잘 알고 있었습니다. 그래서 제가 언제 아비의 권력을 등에 업고 전하께 무언가를 원한 적이 있던가요? 제 가문의 누군가를 높게 올려 달라 청했던가요? 전하께서 제 아이를 세자로 책봉하지 않고 버티고 있다는 것도 알았습니다. 그러나 참았지 않습니까?"

"……그것 역시 중전께서 보시기엔 '그럴 만한 가치'가 없었기 때문 아닙니까."

휘의 말이 채령의 정곡을 찔렀다.

"언젠가는 중전의 뜻대로 이 나라가 흘러가리라 생각하셨으니 제가 그렇게 굴어도 아무 말을 하지 않은 것 아니냐, 이 말입니다."

"아버지께서 무슨 일을 하신 겁니까?"

"중전께서는 정말 모르시나 봅니다. 그대의 아버지이자 영의정께서 그대의 아이를 세자로 책봉하기 위한 물밑 작업을 펼치다 덜미가 잡혔습니다. 그리고 그 작업 중 하나엔……."

휘가 채령을 향해 고개를 기울였다.

"지금의 왕을 폐위하고 세자를 올리는 방안도 있더군요. 나의 장인어른께서는 참으로 큰 뜻을 품으셨습니다. 기울어진 가문에서 태어나 세 명의 왕을 모시며 국구의 자리까지 올랐으면 그것으로 만족하면 될 것을."

"아버지께서……?"

채령의 얼굴이 굳었다.

자신의 아들을 하루라도 빨리 세자로 책봉해야 한다는 말은 몇 번 들은 적이 있었지만 이렇게나 직접적으로 계획을 세우고 있는 줄은 몰랐다. 예전처럼 왕이 자신의 손에 놀아나질 않고 점점 조정의 세력도 흔들리는 게 눈에 보였으니 아무래도 마음이 다급했던 모양이었다.

"또한 중전께서는 궁 안에서 공공연히 사술을 행하고 삿된 것을 불러들이셨지요."

휘의 품 안에서 무언가 나왔다.

그것은 채령이 궁 안에서 만든 부적 중 하나였다. 어릴 적 파려에게서 배운 술법으로.

"이런 것도 직접 만드셨더군요."

"그걸, 어디서……!"

"아비가 품은 역심에, 중궁전의 사술과 비방, 그리고 거기에 더해 나의 몸에 이런 상처까지 냈으니."

휘가 자신의 얼굴을 가리켰다.

"중전을 무너뜨리기엔 충분한 이유들이 아닐지요?"

채령이 대답하지 않고 휘를 노려보았다.

"그대 한씨 가문의 사람들은 너무나 많은 것을 내게 바랐습니다. 그래서 나는 이번에 내가 그동안 받은 모든 수모를 차근차근 되갚아 줄 생각입니다. 그래요, 일단은⋯⋯."

휘가 채령의 귓가에 나직하게 속삭였다.

"중전을 폐서인하는 것부터 시작하도록 하지요."

그 말에 채령이 둥근 눈을 커다랗게 치떴다. 그걸 본 휘의 얼굴에 만족스러운 미소가 퍼졌다.

"내가 준 것이니, 그것을 빼앗을 수 있는 사람도 나라는 걸 기억하고 계셨어야죠."

"나를⋯⋯ 이 한채령을 중전의 자리에서 끌어내리겠다고?"

위로 치켜 올라간 채령의 눈이 무섭게 변했다. 그러나 휘는 물러서지 않았다.

한씨 가문을 일망타진하기 위해서 지금까지 기다려 온 것이다. 여기서 물러선다면 고꾸라지는 건 자신일 거라는 점을 휘 역시 잘 알고 있었다.

"그렇습니다."

"폐서인이라. 중전의 자리에 끌어내린다라, 하!"

채령이 웃음을 터뜨렸다. 그런 채령의 모습을 휘가 미친 사람 보듯 바라보았다.

한참을 웃던 채령이 뚝 웃음을 그쳤다.

"전륜이 그리 말할 때도 내 믿지 않았거늘. 오늘 이리 직접 행차하여 나에게 폐서인할 것을 알려 주시다니. 참으로 황공하기가 그지없습니다."

"전륜?"

낯선 이름에 휘가 눈썹을 찌푸렸다. 그러나 채령은 대답해 줄 생각이 없는 듯했다.

"내가 처음 대수머리를 하고 궁 안으로 발을 들였을 때……. 사람들이 모두 만세를 외치고 만복을 누리라 했지요. 그렇게 나는 이 나라의 국모이자 가장 존엄한 자가 되었습니다."

채령이 휘를 바라보았다.

"그러나 휘, 그대는 나를 피했지요. 물론 중전으로서 대접을 해 주지 않은 건 아니었습니다. 그러나 극진하고 세심한 대접 아래에는 선을 넘지 말라는 무언의 경고가 있지 않았습니까. 물론 그 경고 아래에선 전하께서 나와 내 가문을 두려워한다는 것이 느껴졌기에 재미도 있었습니다만."

채령이 천천히 휘에게 다가갔다.

"왕비의 자리를 네가 줬다고? 그래서 다시 빼앗을 수 있는 것도 너라고?"

그 둥근 눈이, 어둡게 빛났다.

휘가 뭔가 이상함을 감지했다. 밖에 있는 내금위장을 불러야 했다. 그러나 입술이 떨어지지 않았다. 몸이 돌처럼 굳어 버린 느낌이었다.

"아니, 이 자리는 내가 내 힘으로 얻은 자리다."

채령이 조용히 속삭였다.

"이제는 나도 지긋지긋해. 사내놈이라는 이유 하나만으로 왕의 자리에 오른 게 바로 너이지 않느냐? 나와 한씨 일가의 힘이 아니었다면 네놈이 과연 왕의 자리에 오를 수 있었을까?"

휘가 소리치기 위해 몸을 움직였지만 나오는 건 목 안에서 긁어 대는 소리뿐이었다.

그런 휘를 보며 채령이 피식 웃었다.

"······지금, 나에게······ 무, 무엇을······!"

휘의 입에서 겨우 그 말이 흘러나왔다.

"글쎄, 그냥 네가 받아야 할 일을 해 주고 있는 거겠지. 내가 지금껏 목맨 것은 아비, 남편, 아들······. 생각해 보니 결국 남에게 내 인생을 걸고 있더군."

채령이 중얼거렸다.

"그러니 더 이상은 지아비에게도, 아들에게도 내 인생을 걸지 않겠다. 내 인생은 나만이 책임질 수 있어. 따라서 이제는 내가······ 가장 높은 자리에 올라야겠다."

"그게 무슨······!"

"네가 나를 폐서인하기로 마음먹었으니, 나도 그러겠다

435

는 이야기다. 나는 너를 왕의 자리에서 폐위한다."

채령이 휘가 쓰고 있는 익선관을 들어 올렸다.

"이런 관이, 무슨 소용이라고."

보란 듯이 익선관을 바닥에 떨어뜨린 채령이 그것을 발로 지그시 밟았다.

"너, 너……!"

하지만 휘의 입에서 그보다 더 큰 말은 나올 수 없었다. 채령이 가볍게 손을 들자 휘의 몸이 허공으로 붕 떠올랐다.

"나는 전륜의 능력을 쓸 수 있는 자다. 이승의 왕이자, 저승의 왕이 될 사람이란 말이지."

채령이 자신의 몸에 깃든 전륜의 힘을 자연스럽게 사용했다.

"나는 본디부터 왕으로 태어난 자다."

"이것은, 반란이다…… 역모란 말이다!"

그 말에 채령이 웃었다.

"반란이라니? 역모라니?"

그렇게 되물으며 채령이 휘에게 똑똑히 말했다.

"이것은 원래 내 자리를 되찾는 것이다."

휘가 흐려지는 시야 너머로 채령을 바라보았다. 그 눈빛은, 그야말로 저승에서 올라온 자의 눈빛이었다.

정신을 잃은 휘가 바닥으로 툭 떨어졌다. 채령이 그런

휘를 한번 내려다보곤 가볍게 고개를 돌려 주위를 바라보았다.

그와 동시에 채령 뒤로 병풍이 펼쳐지듯 군복을 입은 목각 인형들이 길게 도열했다. 늘어선 인형들은 끝도 없이 벽에도, 천장에도 빽빽하게 섰다. 전륜의 힘으로 인형에 하나씩 귀를 씌운 것이었다. 저승의 힘으로 움직이는 인형은 죽지 않는 불사의 군대나 다름없었다.

그것을 본 채령의 눈이 어둡게 빛났다.

"그래, 이젠 정말로 한번 해보자꾸나."

휘가 자신의 폐서인을 거론한 이상, 돌아갈 길은 없었다. 그러니 이제는 앞으로 나아갈 수밖에.

이른 아침의 태양이 근정전 앞 조정의 박석을 비췄다.

근정전의 팔작지붕은 봉황이 날개를 편 듯 아름답게 올라가 있었고 그 뒤의 산은 병풍처럼 궁궐을 감쌌다.

왕의 전갈을 받고 입궁한 문무백관들이 조정 안에 들어섰다.

"도대체 무슨 일이랍니까? 이렇게 모두를 부르시다니."

"그러게나 말입니다. 정월이나 대보름도 아닌데 이 많은 사람들에게 알릴 만한 일이……."

각양각색의 품계를 지닌 이들이 삼삼오오 모여 이러쿵

저러쿵 말을 했다.

"그 이야기, 들으셨습니까? 영의정의 집에서 커다란 구렁이가 나갔다더군요."

"업신이 나간 게로군."

"업신이요?"

"원래 집마다 그 집을 지켜주는 업신이라는 게 있다는구먼. 구렁이처럼 생겼다고 하지? 집안이 망할 때가 되면 그 구렁이가 먼저 집을 떠난다고 하더군. 영의정의 집에 그렇게 큰 업신이 있어 그동안 승승장구해 왔던 건데…… 구렁이가 나갔으니 한씨 집안이 제대로 망할 징조인가 보오."

그 옆을 진우가 조용히 고개를 숙인 채 지나갔다. 어제 휘에게 들었던 말을 떠올렸다. 오늘이면, 정말 새로운 시대가 열리는 거였다.

영의정과 중전으로 대표되던 한씨 일가의 시대가 저물고 진짜 왕이 정치를 하는 시대.

오늘 모두의 앞에서 자신의 외손자를 세자로 세우겠다며 물밑 작업을 한 영의정에게는 역모의 혐의를, 그리고 중전에게는 폐서인의 벌을 내릴 거였다.

'하지만 왜 이리 마음이 소란스러운가.'

어젯밤 휘를 만나고 돌아가는 길에 보았던 별자리들이 뒤숭숭했다. 왕을 뜻하는 별이 깜박이기도 했고. 하지만 여기까지 와서 거사를 뒤로 물리라 말할 수가 없었다. 이미 영의정을 역모로 몰 혐의는 충분히 있었고 증좌와 증인들도 모두 준비했다. 또한 중전에게 이미 폐서인에 관한 이야기를 꺼냈을 것이다.

여기서 거사 진행을 뒤로 물린다면 한씨 일가에게 힘을 비축할 시간을 주는 꼴밖에는 되지 않았다. 어차피 인간의 길은 인간 스스로가 나아가야 할 일이었다. 하늘은 그 일을 도와주는 것뿐.

'……전하.'

대신들 사이에 선 진우가 구름무늬 보개 아래 자리한 왕의 자리를 바라보았다.

아직 휘는 모습을 드러내지 않았다. 진우가 옷자락을 들춰 제 몸에 지닌 벽사 부적을 확인했다. 궁의 기운이 하도 좋지 않아 부러 부적을 온몸에 두르다시피 하고 입궁한 것이었다. 무슨 일이 있으랴 싶지만 영의정이 엮여 있는 일이니 조심해서 나쁠 건 없었다.

게다가 아직 은호 역시 자리에 몸져누워 있는 상황이었다. 오늘 이 중요한 자리에도 참석하지 못하는 형편이었으니 자신이 은호의 몫까지 해내야 했다.

'그런데 전하께서는 왜 이리 오지 않으시는 건지……'

진우가 고개를 쭉 빼 들고 살폈지만 왕의 행차를 알리는 신호는 없었다. 슬슬 다른 대신들도 무슨 일이라도 난 게 아니냐며 서로의 얼굴을 보았다.

그러나 여전히 아무도 오지 않았다. 사람들이 묘하게 입을 다물었다. 궁내에 깔린 무거운 분위기. 이렇게나 많은 사람들이 서 있는데 궁 안은 고요했다.

'뭔가……'

뭔가 이상하다는 생각이 들었다. 사람들이 서로의 눈치를 보기 시작한 그때.

조정의 문이 열렸다.

"저건, 무슨……?"

철컥이는 무거운 쇳소리와 함께 검과 활을 든 시위대와 의금부 관원들이 몰려 들어왔다. 한 치의 망설임도 없이 그들이 조정을 둥그렇게 포위했다. 마치 사냥을 나선 사냥개들이 먹잇감을 몰아넣고 포위하듯.

"도, 도대체 이것이 무슨 짓이오!"

앞에 선 누군가 외쳤다. 하지만 대신들을 둘러싼 군사들은 아무 대답이 없었다. 그들의 손에 들린 무기들이 번쩍거릴 뿐.

'응……?'

진우의 눈에 뭔가 낯선 것이 들어왔다. 관모 그늘 아래 자리한 얼굴들, 무기를 잡고 있는 손들. 그들의 피부는 마치 무언가에 살가죽을 입혀 놓은 것처럼 흐물거렸다. 그것을 알아챈 진우가 퍼뜩 고개를 들었다.

동시에 커다란 목소리가 터져 나왔다.

"중전마마 납시오!"

그 말에 사람들이 더욱 혼란스러운 표정을 지었다. 조정 안에 무기를 든 군사들이 들어와 대신들을 전부 포위한 상황에, 왕이 아닌 중전이 모습을 드러내다니.

"무슨 일이 생겨도 단단히 생긴 모양입니다!"

누군가의 외침이었다.

조정의 바깥 대문이 열렸다. 사람들의 시선이 모두 그쪽으로 쏠렸다.

용이 새겨진 왕의 길, 어도.

그것을 밟고 오는 이는, 다른 누구도 아닌 중전 한채령이었다.

"주, 중전마마!"

화려한 대례복을 입고 대수머리를 한 채 이쪽으로 걸어오는 채령의 모습에서는 폭풍 전야 같은 분위기가 풍겨 나왔다. 대신들이 채령에게 외쳤다.

"마마! 도대체 이게 어찌 된 일입니까! 어찌 조정 안에 무기를 든 군사들이 들어올 수 있습니까?"

"마마! 전하께서는 어디 가시고 여인의 몸으로 조정에

들어오신단 말입니까!"

그 말에 채령이 뚝 걸음을 멈췄다.

"여인의 몸으로 조정 안에 들어온 게 뭐 그리 대수라고?"

"마마, 그게 무슨……."

"이 안에는 뇌물을 받은 이도, 관직을 매수한 이도, 다른 이를 죽인 자도, 음해한 자도, 돈을 빼앗은 이도, 아녀자를 겁탈한 자도 모두 떳떳하게 모가지를 세운 채 있는데 나는 고작 여인이라서 이 자리에 있을 수 없다?"

뭔가 일이 일어난 게 틀림없었다.

그러나, 그게 무엇인지 아직도 이들은 알지 못했다.

채령이 고개를 들어 조정 안에 가득히 모인 자들을 쳐다보았다. 전부 머저리들뿐이었다. 지긋지긋했다.

채령이 어도에 다시 발을 디뎠다. 그 앞을 가로막을 수 있는 자는 아무도 없었다.

모두가 본능적으로 깨달았기 때문이었다. 지금 중전을 가로막는 자는 목숨으로 갚아야 한다는 것을.

모든 조정 대신들이 보는 앞에서 채령이 가장 높은 곳, 용상에 올랐다.

용상에 앉은 채령이 쓰고 있던 무거운 대수머리를 벗어 내려놓았다. 도대체 채령이 무엇을 하는지 아무도 알지 못했다. 궁녀 하나가 비단에 익선관을 받쳐 들고 안으로 들어왔다.

채령이 그것을 받아 들었다. 오로지 왕만이 쓸 수 있는 익선관.

그것을 천천히 제 머리 위에 가져다 썼다. 누군가의 입에서 숨을 들이마시는 소리가 났다.

"오늘부로 이 나라, 조선의 왕은 바로 나이니라."

그 말을 들은 대신들이 소리쳤다.

"중전마마, 그것이 도대체 무슨 말씀이십니까!"

"어떻게 이 나라 왕의 자리에 중전마마께서 오르실 수 있단 말입니까! 이것은 역모입니다!"

그 말에 채령이 웃었다. 뒤에서 상궁이 가져다준 옥새를 들어 올렸다.

"본디 궁이 아닌 곳에서 태어나 겨우 왕실의 핏줄만을 이어받은 자를 왕의 자리에 올려 준 사람이 누구냐? 그것이 선왕의 노력이라고 할 자가 여기 누가 있느냐? 말해 보라!"

서릿발 같은 채령의 말에 대신들이 순간 뒤로 밀려났다.

하지만 이는 말도 안 되는 상황이었다. 여인이 왕의 자리에 오른다니. 그것도 이렇게 역모를 통해서.

"다들 보아라, 나 한채령은 이 나라의 왕이다!"

채령이 옥새를 들어 올렸고 그 순간, 땅에서 그림자가

불쑥 솟아 나왔다.

솟아 나온 그림자들이 서 있는 대신들을 꿀꺽 삼켰다. 채령이 불러낸 귀들에 씌인 대신들이 사지를 부들부들 떨었다. 하지만 그것도 잠시. 몸을 떨던 대신들이 다시 예를 갖춰 섰다. 그리고 서 있는 채령을 향해 두 손을 들어 올리고는 커다랗게 외쳤다.

"이 나라의 새로운 주상 전하, 만세!"

그 뒤를 따라 다른 대신들이 함께 외쳤다. 귀에 씌인 자들의 눈동자가 번들번들 빛났다. 그 모습을 채령이 흡족한 미소를 지은 채 바라보았다.

대신들 사이에 선 진우가 놀란 눈으로 이 광경을 지켜보았다. 분명 이것은 인간이 벌인 일이 아니었다. 진우가 용상에 오른 채령을 바라보았다. 인간으로서 이만한 귀들을 부릴 수는 없는 일이었다.

온몸이 차가워졌다. 이 나라가 귀의 손에 떨어진 것이다.

만세를 외치는 대신들 사이로 진우가 조심스럽게 움직였다. 지금 이곳에서 온전한 정신을 가진 이는 자신뿐이었다.

'만약 내가 부적을 챙겨 오지 않았더라면……!'

하지만 지금으로선 일개 관상감 관원인 자신이 할 수 있는 일이 없었다. 아마도 휘는 궁의 어딘가에 갇혀 있을 거였다.

'중전이 귀의 힘을 사용해 왕의 자리에 오르다니.'

이걸 은호에게 알려야 했다. 몸이 좋지 않아 오늘 은호가 참석하지 못한 게 오히려 다행이었다. 앞장서서 한씨 일가를 뿌리 뽑으려 했던 이가 은호였으니 중전이 저대로 득세한다면 은호의 목숨도 부지하기 어려웠다.

일단은 이곳을 빠져나가는 게 우선이었다.

빈이 가만히 눈을 떴다. 그곳은 아주 고요했다.

이곳이 이승이 아니라는 사실은 금방 알 수 있었다. 귀들의 소리도 어느새 들리지 않았다. 그저 보이는 광경은, 아주 오래된 궁.

주인이 없는 것들이 으레 그러하듯, 오랫동안 방치된 궁에는 시간의 더께가 앉아 있었다. 빈이 천천히 궁 안을 걸었다.

커다란 기둥들이 일렬로 도열한 복도, 층층이 보이는 궁궐의 처마들.

분명 낯선 장면이었지만 몸은 익숙하게 복도를 가로질렀다. 가야 할 곳이 어디인지 확실히 알고 있는 것처럼.

염라 님.

편린처럼 떠오르는 기억들 사이로 그 음색이 들려왔다. 분명 어디선가 들었던 목소리다. 아주아주 오래전에, 항상 함께 있었던.

제 목숨은 염라 님의 것입니다.

그렇게 말했던, 나의…….

복도의 커다란 기둥을 하나씩 지나칠 때마다 잊어버렸던 기억이 돌아왔다. 저승에서의 삶, 자신이 판결했던 수많은 영혼들, 자신의 백성이었던 귀들.

수국귀를 천도하면서 왜 그렇게나 불쌍히 여기는 마음이 들었는지 빈은 깨달을 수 있었다. 그것이야말로 저승과 귀를 다스리는 자가 가져야 할 기본적인 마음이기 때문이었다.

복도의 끝에 다다른 빈이 오래된 문을 가볍게 열어젖혔다. 그러자 어둠 속에서 양옆으로 시왕들의 거대한 초상화가 하나씩 나타났다.

"아아……."

이렇게 그려져 있는 얼굴을 보니 확실히 그들이 누구인지 생각났다.

"진광, 초강, 송제……."

함께 이 지옥에 있었던 시왕들. 빈이 천천히 발걸음을 옮겼다. 가장 안쪽에 제일 커다란 초상화가 펼쳐져 있었다.

고개를 들어 한눈에 담기도 어려운, 아래쪽을 굽어보고 있는 그 얼굴. 언젠가 은호가 했던 말처럼 왕의 복장을 하고 있는 자신의 모습.

그리고 그 아래, 자신만을 계속 기다려 온 가여운 목숨이 하나. 빈이 쓰러져 있는 이에게 다가섰다.

"······파려."

누구인지 보지 않아도 그 이름이 자연스럽게 흘러나왔다.

자신을 부르는 목소리에 파려가 퍼뜩 고개를 들었다. 하지만 파려의 눈동자에는 아무것도 비치지 못했다. 누군가 망가뜨려 놓은 파려의 눈을 본 빈이 서둘러 그 앞에 다가갔다. 그러고는 손을 뻗어 파려의 눈꺼풀 위를 스쳤다.

"파려."

다시 한번 부르는 목소리. 이번엔 파려의 유리알 같은 눈동자에서 놀라움과 기쁨, 환희와 절망, 자책감과 슬픔이 모두 번져 나왔다.

"당신이······ 염라셨습니까?"

그렇게나 찾아다녔는데 바로 옆에 두고도 몰랐다. 파려가 자책 어린 웃음을 흘렸다.

"그리도 당신만을 찾아다녔건만, 결국 저는 아무것도 몰랐습니다."

어떻게, 언제 서문빈이 스스로 염라라는 걸 깨닫게 되었는지, 그런 건 물어보지 않았다. 이제 와서 그런 건 중요하지 않았으니까.

빈이 파려를 향해 손을 내밀었다.

"너에게 이름을 준 값을, 이리 갚느냐?"

"제가 말씀드리지 않았습니까. 저에게 새로운 삶과 이름을 주신 분이 당신이니, 저의 모든 것은 결국 당신의 것이라고요."

파려가 고개를 들어 빈의 얼굴을 보았다.

어린 서문빈이 울며 자신에게 소년의 목숨을 살려 달라 했을 때부터 이어진 인연이 이렇게 되돌아올 줄은 몰랐다.

"다시 만났을 때, 이상하게 제 마음이 흔들렸습니다. 그런데 결국…… 당신일 줄이야. 역시나 제 마음의 모든 것은 당신에게만 반응하게 되어 있나 봅니다. 그걸 알아차렸든 아니든."

"나의 뱀, 나의 권속."

빈의 손이 파려의 차가운 뺨을 쓸었다.

"……이제야 제대로 숨을 쉴 수 있게 된 기분입니다."

"그 얼마나 외로웠느냐."

"외롭지 않았습니다. 언젠간 염라 님께서 돌아오실 거라, 그리 믿었으니까요. 그 모든 시간과 길들이, 전부 염라 님을 향해 있었으니 저는 행복한 존재였습니다."

결국 이렇게 다시 만날 수 있었으니, 그것만으로도 파려는 모든 것을 다 이루었다는 생각이 들었다. 물론 조금만 더, 시간이 있었다면 좋았겠지만 그것은 너무 많은 걸 바라는 거였다.

"염라 님, 저는 이제 소멸할 것입니다."

그 말에 빈의 눈동자가 커졌다.

"소멸한다고? 왜……."

그제야 빈이 아래를 보았다. 파려의 몸에서 흘러나온 검은 피가 웅덩이처럼 고여 있었다.

"마지막으로 초상화에서라도 염라 님을 느끼고 싶어 이런 몸을 끌고 여기까지 온 것인데, 그 보람이 있었습니다."

"파려, 파려……!"

이제야 그의 존재를 기억해 냈는데 이렇게 보낼 수는 없었다.

"긴긴 시간 동안, 이승에서 날 찾아다니지 않았느냐. 그런데 이리 보낼 순 없다!"

"어차피 저의 소멸은 정해진 것입니다. 울지 마십시오."

파려가 손을 들어 빈의 눈물을 닦아 냈다.

"아직 염라 님께는 해야 할 일이 남아 있습니다."

그게 무엇이냐는 얼굴로 빈이 파려를 바라보았다. 파려가 숨을 거칠게 몰아쉬었다.

"전륜이 이승으로 향했습니다."

그 말에 빈의 얼굴이 굳었다.

전륜.

저승 시왕 중, 열 번째 왕.

"염라 님의 혼을 조각낸 것도 바로 전륜입니다. 빈 염라의 자리를 차지하고 이승과 저승을 모두 자신의 것으로 만들기 위해서 말입니다!"

"전륜이……?"

"다른 시왕들도 전륜의 힘을 이기지 못하고 그편에 붙었습니다. 이제 전륜을 막을 수 있는 이는……."

파려가 빈을 보았다. 그리고 천천히 말을 이었다.

"염라의 자리에 오르기 위해선 적어도 한 번은 인간의 삶을 경험해야 합니다. 하지만 전륜은 그마저도 다른 이의 삶을 훔쳐 올 생각입니다."

"훔치다니? 도대체 어떻게……!"

"영의정의 딸, 지금의 중전. 채령이는 제가 키우다시피 한 아이입니다. 그렇기에 채령의 몸은 전륜의 강림을 받고도 견딜 수 있습니다. 전륜은 이승에서 하고자 하는 일을 다 완수하면…… 그 아이의 혼을 먹어 치워 그 삶마저 자신의 것으로 만들려 합니다."

"어찌 저승의 시왕이 되어 그런 짓을 한단 말인가!"

"원하는 것 앞에선 무엇도 개의치 않는 것이 바로 오도전륜대왕이니까요. 그러니 염라 님……. 그자를 막을 수 있는 건 이제 당신뿐입니다."

그 말에 빈의 손끝이 떨렸다.

아무리 기억이 돌아왔다고 해도 아직 자신은 완벽한 염라가 아니었다.

"내가 이승과 저승을……."

"지금 전륜을 막지 못하면 모든 순리가 다 무너지게 됩니다. 염라의 자리에 오르면 안 될 자가 오르게 되고, 떨어져 있어야 할 이승과 저승이 합쳐지게 됩니다. 그것은 필연코 파멸과 혼돈을 가져올 것입니다. 죄 없는 혼과 목숨들을 생각해 주십시오."

죄 없는 혼과 목숨.

그 안에는 분명 은호의 목숨도 있을 것이다. 빈이 누구를 떠올리는지 알아챈 파려가 낮은 목소리로 말을 이었다.

"그자에게 전륜이 부숴 버린 염라 님의 조각이 있습니다."

"……뭐라고?"

"이 또한 운명의 장난인지요. 염라 님께서 살리고자 저에게 눈물로 애원했던 그 사람에게 염라 님의 남은 조각이 있었습니다."

"은호가 나의 조각을 가지고 있다니……?"

"그자의 몸 안에 염라 님의 조각이 깃들어 있음을 제가 직접 확인하였습니다. 염라 님께서 그동안 자신이 염라라는 사실을 자각하지 못해, 그 조각 역시 그저 인간의 몸에 잠들어 있는 데 그쳤습니다만……"

"그게 없으면 그자는 어찌 되느냐?"

이미 짐작하고 있으면서도 빈은 물어볼 수밖에 없었다.

"그자의 운명은 이미 끊어졌어야 할 것. 다행히 염라 님의 조각을 받아 지금껏 목숨을 부지한 것에 지나지 않습니다. 염라 님의 조각을 되돌려 받는다면 그자의 목숨은 부지키 어려울 것입니다."

그 말에 빈이 눈을 감았다.

"하지만 그것이 없다면 진정한 염라로 각성하실 수 없습니다. 아마…… 전륜을 상대할 만한 힘도 가지시지 못하게 되겠지요."

거기까지 말한 파려가 가쁜 숨을 내뱉었다.

"제 이번 생은 여기까지인가 봅니다. 좀 더 당신을 일찍 찾아내지 못한 저를 용서해 주십시오."

"그게 무슨 말이냐, 용서는 내가 구해야 하는 게 아니냐. 아직 너를 보내 줄 때가 되지 않았는데……"

"저 때문에 염라 님께서 눈물을 흘려 주셨잖습니까. 저는 그것만으로도 충분합니다."

파려가 천천히 손을 들어 올렸다.

"어차피 저는 이리 두어도 죽을 목숨. 마지막으로…… 염라 님께 도움이 되어 드리고 싶습니다. 부디 저의 마지막 힘을 받아 주세요.”

그 말에 빈이 고개를 저었다.

“안 된다. 어떻게 마지막까지 너에게…….”

“저는 좋습니다. 어쩌면 이것이 이번 생 제가 살아 온 이유일지도 모릅니다. 그러니, 꼭 받아 주십시오.”

“파려, 파려!”

파려가 마지막으로 빈을 바라보았다.

그래도 이번 생의 끝은 이렇게 사랑하는 이의 품 안에서, 눈빛을 받을 수 있어 다행이었다.

‘다음 생이 있다면 그때는 조금 더.’

파려의 마지막 숨이 끊어지자 염라에게서 받았던 인간의 모습이 사라지고 그의 본디 모습인 유리뱀, 반짝이는 비늘을 가진 그 모습만이 남았다.

내 너에게 파려라는 이름을 준다. 이는 칠보 중 하나이니, 너의 비늘이 수정을 닮았기 때문이다.

언젠가 그리 말했던 자신의 목소리가 떠올랐다.

“파려…….”

유리뱀의 비늘 조각을 빈이 소중히 집어 들었다. 그의 소멸을 헛되게 할 수는 없었다.

집어 든 파려의 조각이 곧 빈의 손안에 녹아들었다. 그와 함께 파려가 가지고 있던 힘도 빈에게 흡수됐다.

"아."

그리고 밀려오는 감정과 기억들은 전부 파려의 것.

죽어 가던 파려가 처음으로 염라를 보았을 때의 감정, 그것은 이 세계에서 처음으로 자신의 존재가 받아들여진 경험이었다. 자신의 목숨까지도 전부 염라만을 위해 쓸 것이라 다짐하는 파려의 모습과 이승에 올라와서도 언제나 염라만을 생각했던 나날들이 전부 빈에게 쏟아져 들어왔다.

그건 아주 오래되고 방대한 감정. 유리뱀이자 업신이었던 파려의 이야기.

빈이 결국 자리에 쓰러져 눈물을 쏟았다.

"너를 위해서라도, 나는 다시 일어서겠다."

긴 울음 끝에 빈이 그렇게 말했다.

그렇다면 이제 염라이자 빈이 향할 곳은 단 한 군데였다. 자신을 부르는, 그곳.

"전륜."

빈의 눈동자가 번득였다.

"아악! 제발, 제발 살려만 주십시오!"

"저희는 아무 죄도 없습니다! 나리, 나리!"

사람들의 비명 소리가 곳곳의 집에서 흘러나왔다. 하지만 사람들이 그렇게 애원을 하건 말건 나졸들은 아무런 표정도 없이 사람들을 끌어냈다.

"주상 전하의 지엄한 명이다. 지금 감히 어명에 반발하는 게냐?"

"나리, 그게 아니옵고…… 컥!"

뭐라 말을 하려던 남자가 나졸의 발에 채여 땅바닥을 굴렀다. 뒤에 선 아낙네가 그런 남자의 옆으로 달려왔다.

"이보시오! 아무리 어명이라고 한들, 사람의 목숨보다 중하단 말이오? 도대체, 이것이……!"

촤악!

그러나 아낙네의 말은 이어지지 못했다. 나졸이 빼 든 칼에서 핏방울이 방울방울 떨어졌다. 남자의 몸이 쿵 하는 소리와 함께 옆으로 쓰러졌다. 아이들이 울면서 이쪽으로 뛰어왔다. 여자가 얼른 아이들을 막았다.

"들어가! 들어가 있어!"

나졸이 여자의 머리채를 잡은 채 물었다.

"저 애들이랑 같이 집을 불태워 줄까?"

"제, 제발! 아이들만은 살려 주시오. 가겠소! 가겠소!"

두 손을 모아 비는 여자의 말에 나졸들이 눈 하나 깜짝하지 않고 고개를 끄덕였다. 그러고는 여자를 포박해 뒤에 있는 다른 나졸에게 넘겼다.

"자, 다들 봤겠지? 한 집당 한 명씩이다. 누구라도 좋으니 알아서 자원하도록. 그렇지 않으면…… 이 집안 꼴이 나게 될 것이다."

나졸이 남자의 시체를 발로 한번 차 보였다.

죽은 자의 입에서 피가 쏟아져 내렸다. 그 장면을 본 사람들 모두 두려움에 떨었다.

"다른 곳으로 도망을 치거나, 혹은 없다고 숨겨 봤자 아무 의미가 없을 것이다. 도성은 모두 포위되었다. 이곳에서 밖으로 나갈 수 있는 자도, 들어올 수 있는 자도 없다는 뜻이다. 그러니 너희는 어명을 받으라!"

그 말에 사람들이 벌벌 떨었다.

이런 괴이한 어명이 내려온 지 벌써 사나흘이 지났다. 도성에 있는 각 집마다 한 명씩, 궁으로 보내라는 것.

처음에는 그게 무슨 뜻인지 몰라 다들 왕이 하라는 대로 했지만 어명이 떨어진 지 하루도 되지 않아 궁 안에서 무슨 일이 일어났는지 전부 알게 되었다.

"도대체 어찌하여 이 나라의 어버이인 주상 전하께서 백성들의 목숨을 뺏는단 말입니까! 우리는 아무런 죄도 짓지 않았습니다!"

나이가 지긋한 노인 하나가 지팡이를 짚으며 바깥으로

나왔다.

나졸들이 서로 고갯짓을 했다. 그러고는 그렇게 소리친 노인을 우악스럽게 잡아다가 포박했다.

"나는 살날이 얼마 남지 않아, 죽는다 해도 여한이 없다마는! 전하께서는 이 죗값을 어찌 치르시려는 겝니까!"

노인의 외침이 이어졌다. 그 말에 다른 사람들이 전부 눈물을 참고 꺽꺽거렸다.

끌려가는 사람들, 그 뒤를 울며 쫓아가는 남은 가족들.

갓으로 얼굴을 가린 채, 그 광경을 보던 두 사람이 골목 뒤편으로 빠져나갔다. 은호와 진우였다.

"궁 안에 피비린내가 가시지 않아."

진우가 은호에게 말했다. 은호의 얼굴은 해쓱해져 있었다.

"조정의 다른 대신들 전부 귀에 씌었다고. 그렇기에 지금 중전이 왕의 이름을 빌려 이런 행동을 저지르고 있는데도 아무도 말리지 않는 거겠지."

진우가 나졸들을 가리켰다.

"저들 역시 인간이 아닌 자들이야. 궁에서도 보았네. 인간과는 다른 무언가…… 아마 인형 같은 것에 귀들을 집어넣어 부리는 사술을 사용한 듯싶어."

"도대체 중전이 이런 것들을 언제 익혔단 말인가?"

"그런 건 이제 중요하지 않아. 저렇게 죄 없는 사람들을 궁으로 끌고 가 죽이는 것을 보면 분명, 원하는 것이 있어."

"원하는 것이라?"

"중전에게 이런 방도를 알려 준 존재가 원하는 거겠지. 제아무리 중전이 전하께 반역의 마음을 가지고 있었다고 는 하나, 이런 이유도 없는 짓을 벌일 리는 없네. 정말 자신 이 왕의 자리에 오르고 싶었다면, 오히려 진짜 정치를 펼 쳤어야지."

"확실히 지금 중전이 하는 짓은 귀들이 하는 짓에 가까 워 보이네."

그렇게 말한 은호의 낯빛이 순간 어두워졌다.

귀, 저승.

그것은 빈과도 연결되어 있는 세계였다. 만약 그 세계에 도 무슨 일이 생겼다면.

"……빈."

은호가 조그맣게 중얼거렸다.

자신의 운명을 깨닫던 빈의 얼굴이 아직도 고스란히 생 각났다. 절망감과 짙은 탄식과 어쩔 수 없는 슬픔이, 빈을 휘감고 있었다.

'마지막으로 본 당신의 얼굴이…….'

그렇게 정신을 잃고 깨어 보니 빈은 사라진 후였다. 그 리고 빈을 찾아 볼 새도 없이 이런 일이 벌어졌다.

지금 이런 상황에서 빈은 어디에 있을지, 은호는 그것이 걱정이었다.

"저, 저기……."

사람들의 소리에 은호와 진우도 고개를 돌려 하늘을 쳐다보았다. 거기엔 섬뜩하리만큼 검붉은 먹구름이 이 세상을 전부 집어삼킬 듯 밀려오고 있었다.

"궁 쪽일세!"

진우가 외쳤다. 불어오는 바람에, 죽음의 기운이 퍼졌다.

은호가 궁을 바라보았다. 분명 뭔가가, 아주 좋지 않은 무슨 일이 지금 이곳에서 벌어지고 있었다.

"진우, 넌 벽사가니까 그래도 조금 알겠지? 이승에 이 정도 일을 벌일 만한 귀가 얼마나 되나?"

그 말에 진우의 얼굴이 굳었다.

다른 이도 아닌 중전과 결탁해 이렇게 수많은 귀들을 부리고 저 많은 죄 없는 사람들을 죽일 수 있는 존재.

"……많지는 않지."

그 말에 은호가 고개를 끄덕였다.

"나는 궁으로 가겠네."

"뭐라고?! 자네, 지금 죽으려고 발악을 하는 겐가?"

"어차피 여기서 아무 일을 하지 않아도 죽는 건 마찬가지지 않나! 지금은 평민들의 목숨만 빼앗고 있다지만 그다음은? 악귀들이 이 짓을 멈출 것 같나?"

은호의 말에 진우가 대답하지 못했다.

"어떻게 죽건, 나는 좀 더 의미 있는 죽음을 택할 걸세."

"서, 서문 아씨는 어쩌고!"

그 말에 은호가 슬픈 미소를 지었다.

"그건…… 서문 아씨도 아마 같은 생각일 걸세. 자, 자네가 가지고 있는 벽사 도구를 다 내놓게나! 빨리!"

"그럼 차라리 나도 함께 가겠네!"

그 말에 은호가 고개를 가로저었다.

"혹시 내가 잘못되더라도 그다음을 맡아 줄 사람은 있어야 하지 않겠나. 나는 자네를 믿네."

"은호!"

진우가 안 된다는 듯 소리쳤지만 은호의 마음은 이미 단단히 굳어진 듯했다.

"내가 가는 것이 맞아. 이 일이 어쩌면…… 서문 아씨와 관련이 있는지도 모른다는 생각이 들었거든."

"서문 아씨와?!"

은호가 마지막에 보았던 빈의 모습을 떠올렸다.

빈은 인간이 아닌 다른 무언가가 되어 있었다. 저승, 혹은 귀와 관련된 무언가.

만약 이 나라를 망가뜨리는 존재 역시 빈과 비슷한 실체라면 지금 벌어지는 이 일 역시 빈과 관련된 것일 수 있었다.

"그러니 내가 가야만 하네."

그 말에 진우가 어쩔 수 없다는 얼굴로 가지고 있던 벽사 도구를 모두 은호에게 주었다.

은호가 부적들을 품 안에 챙기고 검과 활을 들었다.

"이것들 모두 일반 귀들을 상대할 정도의 수준밖에 되지 않네. 스스로 몸조심을 해야 할 거야."

"자네에게는 항상 고맙네, 진우."

"그런 말은 다녀온 후 다시 해 주게."

그 말에 은호가 한번 웃어 보였다. 그러고는 뒤도 돌아보지 않고 궁 쪽으로 내달렸다.

자신이 지금 향하는 길이 죽음으로 향하는 길이라고 해도 괜찮았다.

'빈, 그대를 다시 한번 만날 수만 있다면.'

"주, 중전마마……."

뒤에 선 상궁의 목소리가 벌벌 떨렸다. 머리단장을 하던 채령이 그런 상궁을 쳐다보았다.

"중전이라니? 지금 내가 어떤 자리에 올랐는지 정녕 모르는 것이냐?"

"저, 전하! 주상 전하!"

상궁이 얼른 자리에 엎드렸다. 그런 상궁의 옷깃이 바스락거리며 떨렸다.

"전하, 아무리 가장 높은 자리에 오르셨다 하나, 이런 무익한 행동은 그만두어 주시옵소서!"

그 말에 채령의 얼굴빛이 달라졌다.

"뭐라?"

"도성 안 죄 없는 백성들을 불러들여 이리 죽이는 것은 왕으로서의 올바른 도리가 아닙니다."

그 말에 채령이 웃음을 터뜨렸다.

"그래? 어찌한다. 내가 배운 왕의 일은 이런 것뿐인데."

"……예?"

그게 무슨 말이냐는 듯 상궁이 채령을 쳐다보았다. 그러나 채령은 그저 노래를 흥얼거릴 뿐이었다.

"저승에서는 편히 죽는 것이 가장 큰 복이거든."

"저, 저승이라니. 그것이 무슨 말씀이신지……."

채령이 흘깃 자신의 얼굴을 앞에 있는 거울에 비추어 보았다. 거기엔 그 어떤 모습도 비치지 않았다. 거울은 텅 빈 왕의 자리만을 고요히 비출 뿐이었다.

"모습이 비치지 않는 걸 보니, 이 몸도 이제 저승의 것이 다 되었군."

"전하, 무슨 말씀을 하시는 것인지 저는……!"

상궁의 말이 멈췄다.

채령의 손이 상궁의 머리를 잡았다. 그러고는 그대로 가볍게 밀었을 뿐이었다.

쿵!

숨이 멎은 상궁의 몸이 뒤로 나뒹굴었다. 채령이 아무 일도 없었다는 듯 다시 자리에 앉아 호화로운 장신구들을 보았다.

나머지 궁녀들이 눈을 꼭 감은 채 고개를 움츠렸다. 지금 눈앞에 있는 것이 자신이 모시던 중전 한채령이 아니라는 사실 정도는 알고 있었다. 적어도 자신이 아는 중전은 이런 식으로 자신을 모시던 이들을 죽이지는 않았다.

하지만 채령이 왕의 자리에 오르고, 무엇인가가 채령의 몸을 차지하고 말았다.

"간만에 이승에 나오니 재밌구나, 재밌어. 산 것들의 비명 소리를 듣는 것이 이렇게나 즐거운 일이라니."

채령의 몸을 완전히 차지한 전륜이 콧노래를 불렀다. 파려가 준비한 인간의 몸은 꽤나 마음에 들었다. 물론 몸의 주인을 완전히 죽인 것은 아니어서 자신의 능력을 다 사용할 수는 없었지만 이것만으로도 이승을 제 것으로 만들기엔 충분했다.

자신이 염라의 자리에 오를 수 있는 순간이 되면, 이 육신도 쓸모가 없어지니 그때 채령을 완벽히 죽이고 염라의 자리에 오를 생각이었다.

"문을 활짝 열어라! 내가 만든 것의 자태를 보아야겠다!"

그 말에 궁녀들이 사시나무 떨듯 떨면서 닫혀 있던 문을 열었다. 그 바깥으로는 사람들의 줄이 길게 늘어서 있었다. 계속해서 터져 나오는 비명과 우는 소리들.

그러나 전륜의 귀에는 그 모든 것들이 염라를 부르는 나팔 소리처럼 들렸다.

'어디냐, 어디에 있느냐. 네가 지금 이런 광경을 보고도 가만히 숨어 있을 수 있을까?'

전륜이 하늘을 보았다. 하늘엔 검붉은 구름이 가득했다.

이제 자신에게 남은 것은 어딘가 숨어 있을 염라를 불러 완전히 소멸시키고 이승과 저승 모두를 지옥으로 만들어, 오로지 자신의 것으로 삼는 일뿐이었다. 이승도, 저승도, 현생도, 그리고 후생도.

"모조리 나 전륜의 것이지"

전륜이 밖으로 나왔다.

"으아아악!"

죄 없는 목숨이 또 하나 깊은 바닷속으로 빠지는 소리가 났다.

또다시 한 명 더, 다시 하나 더. 칼 한 번에 끝장나는 가벼운 목숨들이 모이고 모여 바다를 만들고 있었다. 백성들을 닥치는 대로 잡아 온 이유. 그건 이 바다를 만들기 위함이었다. 목숨으로 만드는 바다.

그 모습을 전륜이 흡족한 얼굴로 바라보았다. 억울한 혼백들이 몇 모이면 작은 연못이, 그다음에는 강물이, 마지막에는 너른 바다가 만들어졌다.

그렇게 만들어진 바다는 '무저갱의 바다'라고 불렸다.

억울함과 분노, 슬픔과 좌절, 인간이 가질 수 있는 가장 비참한 마음의 혼백들만을 모아 만들어 낸 무거운 바다.

그 바다 안에 빠지는 존재는, 그대로 소멸하고 만다.

그게 어떤 존재라고 해도. 셀 수 없을 정도로 많은 혼백들에게 잡히고 잡혀 갈가리 찢기고 부서지고 무너져서 그렇게 사라지고 만다.

굳이 채령을 강림 그릇으로 선택한 것은 채령이 자신의 권능을 받아 낼 수 있는 그릇이기 때문이기도 했지만, 이승에서 무저갱의 바다를 만들기에 적합한 권력자의 자리에 앉아 있다는 점 때문이기도 했다.

굳이 자신의 손을 사용하지 않고도 염라급의 존재를 소멸시킬 수 있는 방법.

죄 없는 저 수많은 영혼들을 가져다 깊고 너른 바다를 만들어, 저 안에 염라를 밀어 넣을 것이다.

전륜이 눈을 가느다랗게 뜨고 앞을 바라보았다.

"가련한 혼백들이 겹겹이 모여 만들어 낸 바다는……."

목숨으로 빚어진 물결과 파도가 치는 무저갱의 바다.

"아름답구나."

전륜이 고개를 끄덕였다. 이제 모든 준비는 되었다.

염라가 어디에 있건, 이제 염라는 자신을 느낄 수 있을 거였다.

"언니, 어디에 있습니까? 지금 나에게 나타나지 않으면 저 애꿎은 목숨들만 더 죽게 될 거인데."

그 말에 응답이라도 하듯, 너른 조정의 마당 아래 커다란 문이 열렸다.

전륜이 단번에 그곳을 쳐다보았다.

문밖에, 이쪽을 올려다보는 두 눈동자가 있었다. 그걸 알아본 전륜의 입꼬리가 올라갔다.

"다들 무엇 하느냐! 내 언니를 맞이하지 않고!"

그 목소리에는 비웃음이 깃들어 있었다.

전륜의 말에 깃발을 들고 선 군사들이 소리도 없이 도열했다. 오색 깃발이 당당하게 휘날렸다. 종이꽃과 술을 단 거대한 북, 노랗고 붉은 옷을 입은 춤추는 여령들, 악기를 연주하는 악공들과 그 뒤로 늘어진 것은…….

계단에 선 것은 지금까지 이 나라의 종묘사직을 지켜 왔던 선대 왕들이었다. 죽은 왕의 귀들은 각 손마다 신위패를 든 채, 고개를 숙이고 단 하나뿐인 저승의 왕이 될 전륜에게 예를 갖추고 있었다.

왕들의 예를 받으며 채령의 몸을 입은 전륜이, 계단을 타고 이쪽으로 내려왔다.

귀들이 도열해 있는 길 끝에는 이제 염라의 운명을 짊어진 서문빈이 서 있었다. 멀리서 둘의 시선이 맞부딪쳤다.

화려한 화관을 쓰고 있는 전륜의 맞은편에 선 빈의 모습은 초췌하기 이를 데가 없었다. 그러나 흩날리는 머리칼 사이로 보이는 빈의 눈동자만큼은 불타고 있었다.

"언니."

전륜이 웃으며 빈을 향해 입을 열었다.

"……그 말도 간만에 들어 보는구나, 전륜아."

"정말로 돌아오긴 하셨습니다. 어땠나요, 그리 원하던 인간으로 삶을 살아 보시니. 말은 하지 않았어도 언니는 늘 이승의 삶을 동경하지 않으셨습니까. 그러니, 굳이 한 번만 살아도 될 이승의 삶을 세 번이나 살러 간 게 아니십니까?"

픽 웃은 전륜이 말을 이었다.

"그래서 이왕이면 그렇게 인간으로 살다 인간으로 죽었으면 좋았을 텐데."

"너, 이게 도대체 무슨 짓이냐."

"무슨 짓이긴요. 이게 다 언니 때문에 벌인 일이 아닙니까. 그냥, 내가 혼을 산산조각 냈을 때 알아서 소멸했으면 좋았으련만."

전륜이 쯧, 혀를 찼다.

"그렇게 살아남아서 무엇을 하겠다고 이리 다시 나오십니까."

그 말에 빈이 허리춤에 찬 사인검의 손잡이를 지그시 잡았다.

이승으로 나온 순간, 이 나라 전체에 깔려 있는 죽음의 향기를 맡을 수 있었다. 그것은 전륜이 자신에게 보내는 전언이었다.

나의 앞에 모습을 드러내라.

전륜이 원하는 것이 염라의 자리라면, 어차피 한 번은 봐야 할 운명이었다.

가고 싶지 않은 길이었다. 자신이 저승의 존재이며, 염라라는 사실도 받아들이고 싶지 않았다. 피할 수 있다면 피하고 싶었다. 하지만 이 길을 피하면 결국 자신은 영원토록 오늘의 일을 후회하게 될 것이다. 파려가 말한 대로 이 전쟁엔 이승과 저승의 모든 운명이 걸려 있었으니까.

염라이자 서문빈인 자신은, 아무것도 모른 채 죽어 갈

사람들과 귀들과 그리고……

'은호.'

그 모든 것을 저버릴 수가 없으니까.

그러니 이 길이 가시밭길이라는 걸 알면서도 걸어 들어가는 거였다. 빈이 사인검을 뽑아 들었다.

"살아남아, 너를 벌하려 이리 왔다."

그 말에 전륜이 빙긋이 웃었다.

"그래요? 그럼 한번 볼까요?"

그 말과 함께 벼락이 번쩍였다.

번갯불 사이로 무언가의 그림자들이 저 먼 근정전의 바깥에서부터 불쑥불쑥 솟아올랐다.

괭괭! 괭괭!

어디선가 커다란 꽹과리 소리가 미친 듯이 울려 퍼졌다. 그 소리를 필두로 사방에서 징과 장구 소리가 들렸다. 그 소리가 마치 태산을 두드리는 것 같았다. 어디서부터 시작이고 어디가 끝인지 모를 소리가 혼잡하게 궁 안을 채웠다. 벼락처럼 소리가 떨어졌다.

명금일하대취타하랍신다—!

광광! 광광!

징 소리와 함께 임금의 행차를 알리는 군례악이 시작됐다. 그리고 동시에 땅이 흔들리면서 그 입을 쩍 하고 벌렸다. 지하의 문이 열렸고 연기와 불이 사방을 덮쳤다. 저승에서 올라온 어마어마한 숫자의 귀들이 근정전을 둘러싸고 사방에서 파도처럼 몰려들었다.

"어찌 이럴 수가……"

바다의 모래알을 셀 수 없듯 지금 몰려든 귀의 숫자도 셀 수가 없었다.

쾅! 쾅!

어둠이 몰려든 하늘에서 불과 함께 별들이 떨어졌다. 별들이 떨어진 자리마다 거대한 그림자가 일어났다.

어허 지하장군상장군 저승대장큰대장 드옵신다!

빈이 사인검을 쥐었다. 별이 떨어진 자리에서 일어난 그림자가 조정의 가운데 섰다.

다 낡은 장군 옷을 걸친 귀였다.

손에 든 언월도가 번개를 맞아 번쩍번쩍 빛을 냈다. 살가죽이 죄 뜯겨 나간 얼굴은 뼈만이 남아서 덜그럭거리는 소리가 났다. 단 한 번도 이승으로 올라온 적이 없는 저승의 군대가 처음으로 모습을 드러냈다.

끝과 끝에 선 장군귀와 빈이 서로를 노려보았다. 장군귀의 머리가 득득 소리를 내며 돌아갔다. 뒤통수가 앞으로 왔고 얼굴이 뒤로 돌아갔다. 그러자 뒤통수에 있던 다른 얼굴이 보였다.

퀴퀴한 냄새가 훅 퍼졌다. 장군귀가 손에 든 언월도를 부지깽이처럼 이리저리 휘둘렀다. 덜걱거리는 소리를 내며 마당에 서 있던 귀들이 전각으로 올라왔다. 대들보를 타고 지붕을 타고 땅속에서 솟아나고 하늘에서 떨어지고.

빈을 보던 장군귀가 갈갈 하고 웃었다.

미련한녀석이여기에있구나. 너의자리는이제아무데도 없다.

이쪽을 향해 달려드는 장군귀를 베어 넘겼다. 하지만 목에서 떨어진 해골이 계속해서 깔깔거리는 웃음소리를 냈다.

왕께서오신다! 왕께서오신다!

그 말과 함께 쩌적 하는 소리가 났고 거대한 진동이 발 밑에서 울렸다.

쿠쿠쿵! 쾅! 쾅!

근정전을 지탱하던 굵은 기둥이 땅 아래로 꺼졌고 주춧돌이 흔들렸다. 천장에 매달려 있던 용이 바닥으로 떨어져 산산조각이 나고 옥좌가 큰 소리를 내며 반으로 갈라졌다.

전륜이 그것을 보며 웃었다. 빈이 입술을 깨물었다. 지금 자신의 힘으로는 이 귀들을 상대하는 것도 힘들었다.

"전륜……."

장군귀와 선대 왕의 귀들이 전륜의 앞에 늘어섰다.

쿵! 쿵! 쿵!

귀들이 손에 들고 있는 무기를 땅바닥에 내리쳐 일정한 박자를 만들어 냈다. 이 안에는 오로지 죽음의 그림자만이 가득했다.

"나는 저승의 시왕. 마지막 어둠을 관장하는 오도전륜대왕이다."

전륜의 눈이 빈을 향했다.

"그리고 곧 염라의 자리에 오를 자이지."

그 목소리에는 비웃음이 깃들어 있었다. 빈이 전륜을 보았다.

"어떻습니까? 언니는 이제 아무것도 아니라는 것을, 조금은 아셨지요?"

죽어 가는 혼백이 내지르는 비명이 온 세상을 메웠다.

우르릉!

먹구름이 모였다. 전륜의 얼굴에 그늘이 어둠을 드리웠다. 어둠 속에서 채령의 몸을 입은 전륜의 둥근 눈동자가 번쩍였다.

전륜이 성큼성큼 발걸음을 옮겼다. 그때마다 온 세상이 둥둥 울렸다. 빈이 중심을 잃고 쓰러졌다. 쓰러져 있는 빈에게 향한 전륜이 고개를 숙여 빈을 들여다보았다.

"이 자리는 나의 것입니다. 내가 그것을 증명해 보일 참입니다, 염라 언니."

그렇게 말하는 전륜의 목소리는 나긋했다. 이미 자신의 승리를 예감한 것처럼.

"어차피 지금의 언니는 염라도, 인간도, 그 무엇도 아니지 않습니까."

그 말이 빈에게 아프게 내리꽂혔다.

자신은 지금 완벽한 염라도, 보통의 평범한 인간도 아니었다. 그 무엇도 아닌 상태에서 발버둥 쳐 봤자 전륜에게 질 것은 당연한 결과였다.

빈이 사인검을 들어 올렸지만 그것은 곧 전륜의 발에 밟히고 말았다. 빈의 손이 바들바들 떨렸다.

"지금의 너는, 그 무엇도 아니다."

전륜이 나지막하게 속삭였다.

"너는 나에게 털끝만큼의 상처도 입힐 수 없단 말이다."

바로 코앞에 전륜이 얼굴을 들이밀었는데도 빈은 손가락 하나 까딱할 수 없었다. 전륜의 강력한 기운이 빈을 짓누르고 있었다.

"어떻느냐? 이렇게 아무것도 아닌 자가 된 기분은?"

푸욱!

전륜이 쥐고 있던 봉황잠의 끝이 그대로 빈의 어깨에 박혔다. 봉황잠의 끝을 장식한 보석이 바르르 떨렸다. 작은 신음 소리가 빈의 입에서 흘러나왔다.

뚝뚝 떨어지는 핏방울과 함께 파려의 유리 비늘 조각들이 밖으로 나왔다. 빈을 지키고자 했으나 전륜의 힘을 이기지 못하고 밀려 나온 것이다.

"파려……!"

그걸 본 전륜이 웃었다.

"죽어서도 제 주인과 함께 있고자 한 미친 뱀의 사랑이, 눈물 나는구나!"

전륜이 더욱 제 힘을 불어넣었다. 그것을 견디지 못한 파려의 조각들이 결국은 부서져 내렸다. 빈이 악다구니를 썼다.

"파려, 안 돼!"

전륜이 차갑게 말했다.

"자신의 부하 하나 제대로 지키지 못한 네가, 어떻게 저승을 다스린단 말인가."

몸을 움직이려 했다. 하지만 떨리기만 할 뿐 일어설 수도 없었다.

"이제 알겠어? 나의 세상에서 네가 지킬 수 있는 건 아무것도 없다는 이야기다."

절망감이 들었다.

결국 자신은 아무것도 할 수 없다는 생각이 빈을 휘감았다. 그런 빈을 보며 전륜이 속삭였다.

"하지만 나는 자비롭다. 이런 너에게도 마지막으로 무언가 할 수 있는 기회를 주겠다, 어떻느냐?"

"무엇을······?"

전륜이 손을 들었다.

"보이느냐?"

거기엔 너른 바다가, 아니, 죄 없는 영혼으로 만들어진 무저갱이 바다처럼 펼쳐져 있었다.

"모두 너 때문에 저렇게 된 자들이다."

"나 때문에?"

"네가 그냥 일찍 소멸했더라면 내가 이런 일까지 벌이지 않았을 것 아니냐. 저들의 목숨값은 곧 너의 몫이다."

죽어 간 자들의 혼백이 바다에서 불쑥불쑥 튀어나와 이쪽을 바라보았다.

저 눈들, 눈으로 이루어진 파도.

"네가 스스로 저 무저갱의 바다에 들어간다면, 나 역시 저들을 다시 되살려 주마."

그 말에 빈이 전륜을 올려다보았다. 전륜이 웃으며 고개를 끄덕였다.

"그것이 네가 할 수 있는 유일한 선택이다. 어찌하겠느냐, 저들을 이대로 소멸시킬 것이냐? 아니면, 너 하나의 목숨으로 저들을 구원하겠느냐?"

그런 선택지를 내민다면, 서문빈이 갈 수 있는 길은 하나뿐이었다.

"나머지 조각도 찾지 못한 너는 완벽한 염라로 각성할 수 없다. 그것은 곧, 절대 나를 이길 수 없다는 말이지. 여기서 의미도 없는 싸움을 계속할 것이냐? 아니면……."

염라 님, 염라 님, 염라 님.

바다에서는 파도 소리 대신 빈을 부르는 소리가 와다글 와다글 들려왔다.

살려 주세요 살려 주세요 살려 주세요.

죄 없는 자들의 울음소리가 길었다. 빈이 천천히 입을 떼었다.

"전륜, 그게 네가 원하는 전부냐? 내가 저 무저갱의 바다에 가라앉아 소멸하는 것?"

"그렇다."

빈이 눈을 감았다가 떴다.

"좋다. 네가 나에게 거절할 수 없는 길을 들이밀었으니, 내가 그 길을 걷겠다."

그 말에 전륜의 얼굴에 환희가 떠올랐다.

"하하하! 드디어, 나 전륜이 이곳에서 염라의 자리에 오르게 되겠구나! 뭣들 하는가! 나의 언니가 가는 길에 풍악을 울려라!"

전륜의 명을 받은 귀들이 악기를 연주하고 소리 높여 노래를 부르기 시작했다.

빈이 노랫소리를 흘려들으며 웃었다.

"내 죽는 날이 이리 잔칫날이 될 줄이야."

한 걸음.

다시 한 걸음.

무저갱의 바다를 향해 나아가는 서문빈의 발걸음을 전륜이 기쁜 웃음과 함께 바라보았다.

"이제 영원히 온 세상은 나의 것이 되겠구나."

빈의 발끝이 바다에 닿았다. 이쪽으로 쏴아아 몰려온 파도가 발등을 덮었다가 다시 쓸려 내려갔다.

"미안하다."

빈이 이 바다에 가라앉아 있을 수많은 혼백들을 향해 조용히 말했다.

"다음 생이 있다면 그때는……."

모두를 위한 빈의 마지막 기도가 바람에 흩어졌다.

바다 위로 바람이 내달리며 우우 소리를 냈다. 빈이 눈을 감은 채, 바닷속을 향해 걸어 들어갔다.

이곳은 영원의 죽음. 아무것도 없는 존재의 소멸.

그저 가라앉는.

무저갱의 바다가 빈을 맞이했다.

무거운 물이 빈의 온몸을 끌어당겼다. 손을 휘저어 봐도 잡을 수 있는 것은 없었고 사방은 오로지 바닷물뿐이었다. 깊은 어둠만이 저 아래 있었다. 쩍 벌린 영원한 죽음이 빈을 반겼다.

빈의 머리칼이 날리고 물결에 옷자락들이 휘돌아 움직였다. 이건 아주 천천히 죽음으로 향하는 길이었다.

끝도 없는 죽음의 바다 안에 가라앉고 가라앉고 다시 가라앉으면서.

그 누구도 자신을 구하러 오지 않는다는 사실을 처절하게 깨닫고 나면.

그렇게 다시는 되돌아갈 수 없는 시간에 대한 열망도 사그라들고 마침내 자기 자신이 누군지조차 잊어버린 채 그대로 살아 있기를 포기하게 되는 것이다.

전륜이 염라에게 선물한 죽음은 그런 것이었다.

그 누구의 손도 빌리지 않은 채, 스스로 죽음을 선택할 만큼의 길고 길고 긴 시간을 선물한 것이다.

차가운 바닷물이 빈의 몸을 받았다.

손가락 끝부터 굳어 가는 사지.

눈도 깜박할 수 없고, 숨마저 안으로 밀려 들어가면.

아무것도 없는 무(無)의 세상만이 있었다. 허망과 허무의 세상.

언젠가 강물에 빠졌을 때가 기억났다. 벌써 너무나 오래 전의 일처럼 여겨졌다. 귀들에게 붙잡혀 어두운 강물 아래로 내려가던 순간. 딱 죽을 것 같던 그때.

그때는.

그때는 은호가 있었다. 자신의 손을 잡아서 다시 이승으로 건져 줄 수 있는 사람이.

그러나 지금은 아니었다. 외줄 타기처럼 위태로운 인생이었다. 늘 칼 위를 걷는 사람처럼 종종거리고 아파했다. 그 끝이 결국 이런 긴긴 죽음이었다.

아래로, 아래로 떨어지는 빈의 옆으로 산산이 부서진 사랑이 눈처럼 날렸다.

짧았던 빈의 인생도, 희망도, 꿈도. 전부 그렇게 부서진 조각으로 소리도 없이 가라앉았다.

'……그러나 당신을 생각하는 마음만큼은 내 깊은 곳에 가지고 가겠습니다.'

그것만큼은 이 무저갱의 바다에서도 끝까지 간직할 마음이었다.

마지막 빛이 반짝이는 수면을 빈이 멍하니 쳐다보았다.

반짝, 반짝.

반

짝.

그게 마지막이었다. 빈이 천천히 눈을 감았다.

빈!

순간, 귓가에 익숙한 목소리가 울렸다. 그러나 빈은 감은 눈을 뜨지 않았다. 그것은 자신이 만들어 낸 환청이었다. 죽고 싶지 않아서 발버둥 치는 자의 마지막 환청.

그러니 절망과 함께 이 영원한 죽음 속으로 가라앉고 싶었다.

빈, 빈!

그러나 저 목소리는 왜 이리도 애달픈가.

가는 이의 발을 붙잡아 끝내는 돌리게 만드는 그 목소리는…….

"빈!"

진짜 목소리가 빈의 귀청을 때렸다. 그건 환청이 아니었다. 빈이 멍하니 그를 쳐다보았다. 그러자 거기엔 현은호가 있었다. 이곳만이 자신이 있어야 할 자리라는 듯.

왜 그대는 절망 가운데서도 빛나는가.

왜 그대는 무저갱의 바다에서도 나를 보고 그리 웃을 수 있는가.

왜 그대는…….

"왜……!"

눈물이 차올랐다. 빈이 힘껏 손을 뻗었다. 그 손을 놓치지 않고 은호가 잡아 주었다. 언젠가의 강물 속에서 그랬듯이.

단단한 사랑이 맞잡은 손을 통해 전해졌다.

은호의 얼굴은 사랑으로 차 있었다. 무엇으로도 숨길 수 없는 그 마음.

한달음에 궁으로 달려온 은호는 자신 앞을 가로막는 귀들을 베어 넘기고 여기까지 왔다. 궁 안에 도열한 수많은 귀들, 그리고 그 사이로 보이던 빈의 모습.

불어오던 바람, 그 바람결을 타고 들려온 빈의 목소리.

누가 무엇을 할 새도 없이 은호 역시 빈의 뒤를 따라 바다로 몸을 던졌다. 그게 전부였다. 다른 건 생각할 틈도 없었다.

"나 역시 그대를 사랑합니다. 그 말을 전하고 싶었어요."

빈이 믿을 수 없다는 눈으로 그런 은호를 바라보았다.

"어찌하여, 왜…… 내가 무엇을 위해 죽음을 선택한 것인데!"

죽음과 절망과 허무의 바닷속에서, 현은호는 사랑에 대해 말하고 있었다.

"빈, 그대가 짊어지고 있는 운명과 세상의 무게를 나는 짐작할 수 없습니다. 그러나 그대가 했던 사랑의 방식이 더 이상 내 곁에 있지 않음으로 나를 지키려 한 것이라면, 내 사랑의 방식은 그럼에도 불구하고 그대를 사랑하여……."

은호가 웃었다.

"그대가 내게 준 목숨까지 다시 그대의 손에 들리게 하는 것입니다."

둘의 시선이 얽혔다.

가장 깊은 무저갱의 바닷속에서도.

은호가 자신의 몸속에 잠들어 있던 무언가의 조각이 요동치고 있음을 느꼈다. 그때, 파려가 말했던 염라의 조각.

"이제 알았습니다. 나의 모든 것은 결국 그대에게 빚진 것이라고요. 그대의 희생이 아니었다면 나는 목숨을 부지하지도 못했을 것입니다. 그러니, 이렇게나마 그대에게 도움이 될 수 있어 나는 기쁩니다."

빈이 고개를 가로저었다.

어째서 그는 자신을.

다시 한번 일으키고, 또다시.

"사랑합니다, 빈. 사랑해요, 이 죽음도 우리를 갈라놓을 수 없을 만큼."

뻗은 은호의 손이 빈의 손을 끌어당겼다. 두 사람의 모습이 겹쳤다.

뜨거운 숨이 은호와 빈을 채웠다. 절망의 바다에, 사랑의 눈물이 흩뿌려졌다.

나의 빛, 나의 숨, 나의 사랑, 나의…… 빈.

은호가 그렇게 속삭였다.

빈의 눈이 커다랗게 치떠졌다. 고개를 저으려는 빈을 은호가 잡았다. 꼭 해내야 한다는 듯.

만약 그대의 무게를 내가 질 수 있다면 그렇게 했을 겁니다. 지금도, 내가 그대 대신 해 주고 싶어요. 그러나, 그러지 못해서 내가 해 줄 수 있는 일은 여기까지입니다. 인간으로 태어나, 그대의 사랑을 받을 수 있어서…….

은호의 목소리가 점차 작아졌다. 피에 젖은 은호의 손이 빈의 손을 감싸 쥐었다.

빈의 손 위에 '그' 조각이 놓였다.

현은호가 자신의 심장을 뜯어내 찾은 염라의 조각이.

은호가 희미하게 웃었다. 빈이 고개를 저었다. 그러나 은호가 속삭였다.

……나는 무섭지 않아요. 그대의 사랑은 바다니까요. 나는 그대의 사랑에 잠기는 것뿐입니다.

염라의 조각을 빈의 손에 쥐여 준 은호가 천천히 아래로 떨어졌다.

부서진 사랑의 조각들과 함께.

좌아아아악!

빈이 무저갱의 바다에 빠지고 그 뒤를 따라 인간 하나가 뛰어드는 것까지 본 전륜이 모든 것을 다 이루었다며 등을 돌릴 때였다.

커다란 물소리에 전륜의 걸음이 뚝 멈췄다. 그럴 리가 없다는 경악이 얼굴에 퍼져 나갔다. 그러나 뒤에서 들려오는 건 물에 젖은 발소리, 그리고…….

찰그랑, 찰그랑.

전륜이 천천히 고개를 돌렸다.

그러자 거기엔 한 손에 무언가의 조각을 들고 있는 빈이 있었다.

죽음의 바다에서 돌아온 이는.

열세 줄의 구슬이 달린 면류관, 칠보로 치장된 왕의 옷.

긴 머리칼이 땅에 닿아 움직였다.

열세 줄의 구슬들이 물에 젖어 반짝였다.

흔들리는 걸음걸이를 따라 빈이 천천히 고개를 들었다. 그것을 본 전륜의 눈동자가 커졌다.

"이럴 순 없어…… 어떻게 무저갱의 바다에서 빠져나올 수 있단 말인가!"

빈이 손에 들고 있던 조각을 들어 올렸다.

그것은 은호가 빈에게 건네준 마지막 염라의 조각. 그걸 전륜도 알아보았다.

"그 인간 녀석이!"

커다랗게 소리친 전륜이 빈 쪽으로 한달음에 달려갔다. 그러나 그보다 빨리 빈이 들고 있던 조각을 입에 머금었다.

콰앙!

커다란 소리와 함께 빛이 빈의 몸에서 뿜어져 나왔다. 전륜이 그 빛에 휘청거렸다.

"그래 봤자 너는 나의 힘에 미치지 못한다!"

전륜이 악을 썼다.

전륜이 자신의 그림자 속에서 검은빛이 나는 검을 뽑아 들었다. 그것은 저승 중 가장 깊은 흑암지옥에서 가장 어두운 그림자만을 가지고 벼려 만든 검이었다.

"이미 힘을 다한 자가 어찌하여 나에게 덤비겠느냐!"

빈의 사인검과 전륜의 검이 커다란 소리를 내며 맞붙었다. 면류관의 구슬들이 잘강이며 옆으로 흩어졌다가 다시 되돌아왔다. 그 너머로 전륜의 타는 듯한 눈동자가 보였다.

"전륜."

"이제는 내가 직접 너를 죽여야겠다! 업보? 너를 소멸시킬 수만 있다면 그 정도 업은 내가 지고 가도록 하지!"

몰아치는 전륜의 검에 빈이 뒤로 한 발짝씩 물러났다.

빈이 이승에 있을 동안, 차근차근 쌓아 온 전륜의 힘은 그야말로 가공할 만한 것이었다. 게다가 아직 빈은 자신의 힘을 온전히 쓸 수가 없었다.

까드드득!

다시 한번 둘의 검이 맞붙었다.

전륜의 얼굴에 미소가 깃들었다.

"그냥 무저갱의 바다에서 죽을걸 하고 후회하게 만들어 주마."

캉!

전륜의 검을 받아 내던 사인검이 결국은 힘을 이기지 못하고 부러져 저 멀리 날아가 꽂혔다. 빈이 얼른 뒤로 물러났지만 무기도 없는 채로 전륜을 당해 낼 수는 없었다.

그것을 본 전륜이 하하 웃었다.

"아무리 날뛰어 봤자 결국은 나의 손안이다."

전륜이 천천히 다가왔다. 빈이 외쳤다.

"한채령!"

그 이름에 전륜이 고개를 갸웃거렸다.

"그 이름을 네가 알고 있구나. 하지만 불러서 무엇 하느냐? 이자의 몸은 이미 나의 것이다. 너를 소멸시키고 나면 이자의 삶까지 내가 송두리째 먹어 염라의 자리에 오를 조건을 충족할 것이다."

하지만 빈은 멈추지 않았다.

"한채령! 네가 무슨 짓을 한 건지 아느냐! 이대로 저 저승 시왕에게 모든 것을 빼앗길 테냐!"

파려가 직접 키운 채령이라면, 분명 자신의 목소리를 들을 정도의 기력은 남아 있을 거였다. 아무리 그릇으로 사용되었다고 해도 결국 이 몸의 원주인은 한채령, 그렇기에 전륜을 조금이나마 막아 줄 수 있는 것도 채령이었다.

"이렇게 많은 사람을 죄 없이 죽이고 너의 나라에 지옥을 불러오려고 왕이 되고자 했던 것인가! 들으라! 네가 진짜 왕이라면, 여기서 네 힘을 보여라!"

"닥쳐!"

전륜의 일갈에 하늘이 우르릉거렸다. 전륜이 빈을 향해 일격을 날렸다.

그림자 검이 빈의 뺨을 스쳤다. 붉은 피가 아래로 뚝뚝 떨어졌다. 비틀거리는 빈을 향해 전륜이 다시 한번 검을 움직였다.

이번엔 팔이, 다음엔 허리가, 그다음엔⋯⋯.

검에 몇 번이고 베인 사지에서 피가 철철 흘러나왔다. 하지만 빈은 멈추지 않았다. 가쁜 숨이 입에서 흘러나왔지만 마지막의 마지막 순간까지 움직일 거라는 듯 전륜을 쳐다보았다.

"감히, 감히!"

전륜이 소리치며 빈을 향해 달려들었다. 이번에는 정말 죽을 거라는 생각이 빈의 머릿속을 스쳐 지나갔다.

빈이 부러진 검을 잡았다.

순간, 바람이 불어왔다.

빈이 바람이 불어온 쪽을 바라보았다. 무언가 속살거리는 소리들이, 지금 이 바람을 타고…….

염라 님 염라 님 염라 님.

이제 우리가 염라 님을 안타깝게 여기겠습니다.

속살대는 바람이 부러진 빈의 검을 타고 휘돌았다. 그러자 부러진 검을 따라 새로운 검이 만들어졌다.

그것은 무저갱의 바다를 닮은 검.

그 안에 깃들어 있는 혼들로 만들어진 검이었다.

새로 만들어진 빈의 사인검이 전륜의 검을 받아 냈다.

"무, 무슨……!"

전륜이 눈을 크게 치떴다. 그러나 뭐라 할 새도 없이 빈의 검에서 파도처럼 흘러나온 혼들이 전륜의 검을 휘감았다.

"이것들이, 이것들이!"

전륜이 아무렇게나 죽인 목숨들은 이제 전륜을 조금이라도 상처 입힐 수 있도록 빈을 돕고 있었다. 그걸 알아차린 전륜이 제 검을 뽑아 들려고 노력했지만 손이 움직이지 않았다.

"이, 이게?!"

전륜의 새까만 눈동자 중 하나가 인간의 것으로 되돌아왔다. 전륜의 눈동자가 빙글빙글 돌았다.

"너, 너, 너⋯⋯!"

"내가 바로 왕이다! 나, 한채령이!"

채령의 입에서 두 가지 목소리가 한꺼번에 흘러나왔다.

전륜이 움직이지 않는 제 몸을 내려다보았다. 원주인인 채령의 혼이 마지막으로 발악하고 있었다.

"말도 안 돼, 말도 안 돼!"

전륜이 커다랗게 악에 받친 소리를 질렀다. 온 세상이 웅웅거렸다. 빈은 그 틈을 놓치지 않았다. 빈이 검을 든 손을 커다랗게 휘둘렀다.

그 순간.

"아."

사방을 채운 귀들이 돌처럼 멈췄다. 저승과 이승이, 모두 고요해졌다.

전륜이 주저앉았다.

빈의 사인검이, 무저갱의 바다에서 올라온 검이, 전륜의 심장을 꿰뚫었다.

쿨럭!

전륜의 입에서 검붉은 피가 흘러내렸다. 전륜이 천천히

위를 올려다보았다. 그곳에는 이제.

가장 깊은 어둠, 죽음마저 뛰어넘은 영원이 서 있었다. 완벽한 염라의 모습이었다.

은호의 마지막 조각까지 모조리 흡수한 빈은 이제 염라 그 자체였다.

빈이 천천히 고개를 들었다.

"너, 너, 너…… 나를 죽이다니! 이 업을, 업을……!"

전륜의 발악에 빈이 무감한 목소리로 대답했다.

"그 업 역시 나의 것이다."

"싫어, 싫어……. 싫어!"

울부짖는 전륜을 보며 빈이 입을 열었다.

"사라져라, 너에게 영원한 소멸을 고한다."

그것은 염라의 판결.

모든 존재가 한 번은 거쳐야 할 마지막 선고였다. 그 말을 들은 채령의 몸에서 전륜의 존재가 사라졌다.

"……잘 가라."

빈이 마지막으로 속삭였다. 텅 빈 몸에 돌아온 채령이 그 자리에 쓰러졌다.

염라대왕이시다!

저쪽에서 어떤 귀가 외쳤다. 빈이 고개를 들었다.

구장복과 면류관, 성장을 한 염라가 다시 이 세상에 되돌아온 것을 모두가 보았다.

왕이 돌아오셨다! 왕이 돌아오셨다!

그것을 알아챈 장군귀 중 하나가 커다랗게 소리쳤다.

산호(山呼)!

늙은 할망의 목소리였다. 그러자 사방에 깔린 귀들이 커다랗게 답했다.

천세(千歲)!

다시 한번 장군귀가 손을 들어 올리며 외쳤다.

재산호(再山呼)!

천천세(千千歲)!

핏자국이 얼룩덜룩한 깃발이 바람에 나부꼈다. 그것은 왕의 즉위를 알리는 소리였다.

동시에 바다의 모래알처럼 많은 귀들이 다시 돌아온 염라에게 절을 올렸다.

빈의 얼굴은 피로했지만 아직 해야 할 일이 남아 있었다. 그것은 자신을 위해 죽은 파려와 은호, 무저갱의 혼백들 몫이었다.

"이승에 나온 저승의 그림자들은 모두 본래의 자리로 돌아가라! 이는 지엄한 염라의 말이다!"

빈의 목소리가 번갯불처럼 이 세상을 갈랐고 제 주인의 명을 들은 귀들이 쏜살같이 지하 세계로 다시 넘어갔다.

염라의 권능이 빛을 발했다.

하늘과 땅이 다시 한번 우르릉거렸다. 그러자 전류이 마음대로 헝클어 놓은 이승과 저승이 다시 나뉘었다. 저승의 것들이 끼친 영향도 원래대로 돌아갔다. 채령이 불러 놓은 나무 인형들도 사라졌고 귀들도 전부 본디 있어야 할 곳으로 갔다.

그리고 마지막으로 빈이 고요한 무저갱의 바다를 보았다. 천천히 빈이 그곳으로 향했다. 그러자 바다가 빈이 원하는 것을 내어 주었다.

빈이 바다를 향해 조용히 명했다.

"억울하게 죽은 영혼들아, 너희 역시 본래의 자리로 되돌아가라. 이것은 나 염라의 명이다."

그와 동시에 바다가 썰물처럼 빠지고 빠져 이윽고 사라졌다. 그리고 물살이 빠진 자리에는 은호가 있었다.

눈을 감은 채, 심장이 찢긴 현은호의 모습.

빈이 그런 은호의 뺨에 손을 가져다 댔다. 염라의 옷 안에 은호가 감싸였다. 빈이 죽은 은호의 몸을 끌어안고 고개를 기울였다.

은호의 얼굴 위로 빈의 눈물이 후두둑 떨어졌다.

"내가…… 내가 염라가 됐습니다, 은호."

그러나 서문빈이 가장 원했던 것은 없는 세상이었다.

억겁의 시간에도, 그 모든 일을 해냈음에도 서문빈의 세상은 없었다.

텅 빈 얼굴로 빈이 중얼거렸다.

"원래의 운명은, 나에게 허락된 원래의 운명은 이것이었습니다."

이 슬픈 운명은 현은호가 준 것이었다.

그래서 받지 않을 수가 없었다.

"현은호, 그대가 주었으니 나도 이 운명을 받겠습니다. 받아서 끝까지 하겠습니다."

그 누구도 이해할 수 없는 깊은 슬픔과 비애가, 염라가 된 서문빈의 얼굴 위를 스쳤다. 이미 죽은 자의 연은 끊긴 거였다. 누구도 다시 되돌릴 수는 없었다.

"하지만, 나는 죽음을 관장하는 염라이니 그대에게 다시 삶을 줄 수는 있습니다."

그러나 삶을 준다고 해서 살아난 현은호가 예전의 현은호가 될 수는 없었다.

모든 것을 잊고 새로운 삶을 시작하는 현은호는,

"더 이상 서문빈이라는 사람도 모르고."

다른 사랑을 할 것이었고

"염라가 된 이도 모르고."

이번 생을 천수를 누리며 살 것이었다.

"그렇게 살면 됩니다."

서문빈이 은호에게서 받은 자신의 조각을 꺼냈다. 그러고는 죽음을 다스리는 염라의 권능으로 현은호의 죽음을 불태웠다.

제 품 안에 쓰러져 있는 은호의 위로 빈이 고개를 숙였다. 염라의 조각이 다시 한번, 은호의 입술을 타고 안으로 들어갔다. 뜯겼던 심장이 다시 생겨나 천천히 뛰기 시작했다. 그걸 본 빈이 슬픈 미소를 지었다.

"그대가 준 나의 운명이니, 이제 긴긴 시간 동안 사랑하는 것은 내가 하겠습니다."

희붐한 새벽녘이 밝아왔다.

그건 저승과 망자의 왕이 살려 낸 새로운 세상이었다.

한바탕 소나기가 내리고 지나간 하늘은 맑게 개어 있었다. 빗방울을 머금은 잎사귀가 햇살에 반짝였다. 영문도 모르는 수백 명의 백성이 궁에서 발견되어 집으로 돌려보내진 지 며칠이 지났다.

"글쎄, 그때 궁 안에서 무슨 일이 있긴 했나 보지?"

"그러게나 말이야. 그런데 뭐 아무도 모르니."

사람들이 두런두런 이야기 나누는 소리가 마당에서부터 들려왔다.

"우리 아랫것들이야, 뭐 별게 있겠나. 그저 올 한 해 풍년이기만 하면 됐지."

"그렇지 않아도 이번엔 날이 좋고 비가 좋을 때 내려 예년보다 훨씬 풍년일 거 같긴 하더군."

"이 모든 것이 다 아 하늘과 땅의 뜻인 게지."

사람들의 웃음소리가 밖에서 들려왔다.

절 안에 있던 남자가 마지막 절까지 올리고 자리에서 일어났다. 그의 새파란 옷자락이 마치 바다처럼 보였다.

"여어, 은호. 오늘도 여기 있었군."

진우가 문을 열고 마루에 걸터앉았다. 고개를 끄덕이며 나오는 건, 다름 아닌 현은호였다.

"이곳에 오면 소란스러웠던 마음이 가라앉거든."

"하하! 조선 팔도 제일가는 선비가 가장 많이 들락거리는 곳이 이런 산속의 절간이라는 걸 알면 다들 놀랄걸?"

놀리는 진우의 말에 은호는 그냥 웃어 보일 따름이었다.

분명 시간은 알맞게 흐르고 있었다. 봄 다음에 여름이 왔고 여름 다음엔 가을이, 가을 다음엔 겨울이 왔다. 어린 나이에 왕의 자리에 오른 휘는 선정을 펼치는 데 힘쓰고 있었고, 곧 있으면 사대부 규수들 중 어진 이를 중전의 자리에 올릴 거라는 이야기가 있었다.

모든 게 평안했다.

그러나, 이상하게 은호는 자신이 뭔가를 잊고 있는 기분이 가끔 들었다.

하얀 동백꽃을 볼 때마다, 물결치는 강을 볼 때마다, 한 번도 들은 적이 없는 누군가의 목소리가 자신의 이름을 부르는 것 같을 때마다.

"자네도 이제 얼른 혼인을 해야지."

진우의 말에 은호가 픽 웃었다.

"곧 있으면 자네가 간다고 나까지 보내려는 건가?"

"얼른 가야지. 사람들이 자네는 왜 혼인을 안 하는 거냐, 정혼자가 있는 거냐 하면서 나에게 얼마나 물어보는지 아나?"

"그거야 내가 상관할 일이 아니니까."

진우가 혀를 찼다.

"하는 짓을 보면 꼭 어디에 혼인할 사람을 꼭꼭 숨겨 두고 있는 것처럼 군다니까."

진우를 뒤로한 채 은호가 자리에서 일어났다.

절 마당 한쪽으로 아이들이 모여 있는 게 보였다. 그쪽으로 가니 이번에 새로 그린 탱화가 보였다.

"이것 봐! 너무 무서워!"

"저기 아래, 저거 못된 귀들이지?"

"옷을 다 까만색으로 입었어. 저승사자인가?"

새로 그린 탱화를 보며 아이들이 서로 이야기를 나누었다. 그 뒤에 선 은호가 탱화를 보더니 입을 열었다.

"이건 저승사자가 아니라, 사람이 죽고 난 후 심판을 하는 저승의 왕 염라대왕님의 모습이구나."

"염라대왕이요? 무서워!"

작은 아이가 그런 말을 하며 눈을 가렸다. 탱화 속 염라대왕은 검은 옷을 입은 채 나쁜 짓을 한 이들에게 벌을 내리고 있었다. 발밑에 있는 귀들은 비명을 지르는 모양새였다. 은호가 웃었다.

"무섭게 보이긴 하지만 염라 님은 그런 분이 아니란다."

아이들이 은호를 쳐다보았다.

"그럼요?!"

"음……. 누구보다도 이 세상을 지키고 싶어 하고 모든 사람을 사랑하기에 가장 힘든 지옥의 일을 맡고 계신 거지."

그 말에 아이들이 고개를 갸웃거렸다.

"가장 큰 운명을, 업을 지니고 계신 거야. 좋은 분이셔."

잘 이해하지 못하겠다는 얼굴이었지만 아이들이 큰 소리로 외쳤다.

"그럼 나도 염라 님 좋아!"

"나도!"

까르르 웃는 소리가 마당을 채웠다.

은호가 웃으며 그 모습을 바라보았다. 절의 뒤편에 있는 산신각 쪽에서 누군가 나오는 모습이 보였다. 은호가 다시 진우에게 돌아가려고 했을 때, 인사를 나누는 목소리가 들렸다.

"아이고! 간만입니다, 아씨."

"잘 지내셨습니까?"

은호의 몸짓이 뚝 멈췄다. 어디선가 들어 본 적이 있는 목소리.

은호, 은호.

은호가 천천히 고개를 돌렸다. 그리고 꽃그늘 사이로 누군가의 치맛자락이 보였다. 치마 위 드리워진 노리개에 달린 복숭앗빛 옥 장신구가 반짝였다.

꽃 아래로 나온 이와 은호의 시선이 마주쳤다.

작가의 말

안전가옥에서 두 번째 작품입니다.

'벽사진경'(辟邪進慶)이라는 단어에서 시작된 이야기가 이승과 저승을 건너 여기까지 오게 되었습니다. 읽으시는 분들에게 즐거움을 드렸다면 만족입니다.

이번 이야기에서는 여성의 이야기를 조금 더 담아 보려고 노력했습니다.

여러 가지 욕망을 지닌 여성들의 모습을 그려 내는 것은 늘 흥미진진합니다.

그동안 한 번도 써 보지 않은 배경의 이야기를 쓰는 것이 쉽지만은 않았지만 그래서 더욱 즐거웠습니다.

읽어 주신 여러분 감사합니다. 제 옆에서 항상 가장 큰 힘이 되어 주는 가족, 그리고 친구들에게도 고마움을 표합니다. 또한 저와 함께 벽사의 세계를 만들어 주신 반소현,

김보희, 이수인 스토리 PD님 감사합니다.

그럼 저는 또 다른 재미난 이야기로 돌아오겠습니다.

2023년 10월

박에스더

프로듀서의 말

《벽사아씨전》의 출간을 앞둔 지금, 긴 여행을 마친 느낌이 듭니다. 아마도 《벽사아씨전》을 통해 이승과 저승을 경험해서 그런가 봅니다. 참 묘한 여행이었습니다. 보지도 듣지도 경험해 보지도 못한 세상인데도 또렷하게 생생했습니다. 독자분들의 여행은 어떠셨을까 무척 궁금합니다.

《벽사아씨전》은 사랑하는 이를 지키기 위해 남장을 한 채 벽사를 하는 아씨, 서문빈의 이야기입니다. 귀들을 벽사하여 108개의 귀혼구를 모으면 평범한 사람으로서 자신의 사랑을 이룰 수 있다는 믿음을 갖고서.

《벽사아씨전》은 다양한 장르를 안고 있습니다. 조선 시대를 배경으로 한 판타지 로맨스, 스펙터클한 오컬트와 스릴러, 다양한 인물들의 성장 서사! 서문빈, 현은호, 파려, 채령, 전륜이란 강력한 캐릭터도 등장합니다. 사극을 좋아

하시는 분들이라면《벽사아씨전》이란 제목에 책을 집어 드셨을 테고, 마지막 장을 덮으실 땐 종전에 없었던 사극을 봤다는 새로움에 매료되셨을 거라 생각합니다.《벽사아씨전》을 읽으면서 다양한 감정의 파고도 경험하셨을 거라 생각합니다. 즐거운 여행이셨길 바랍니다.

《벽사아씨전》의 첫 만남을 만들어 준 반소현 PD님,《벽사아씨전》에 함께 매료되어 벽사의 세계에 빠져든 이수인 PD님께 감사합니다. 무엇보다도 이 멋진 세계와 멋진 인물을 창조해 주신 박에스더 작가님께 커다란 감사의 마음을 드립니다.

이 책장을 덮으시는 모든 독자분들, 박에스더 작가님의 다음 작품도 기대해 주세요!

2023년 10월
안전가옥 스토리 PD
김보희 드림

벽사아씨전

1판 1쇄 발행 2023년 10월 6일
1판 2쇄 발행 2024년 6월 13일

지은이 박에스더

기획 안전가옥
프로듀서 김보희 · 이수인 · 신지민 · 이은진 · 임미나
퍼블리싱 박혜신 · 임수빈
편집 박나래
일러스트 박민화
디자인 이경란
서비스 디자인 김보영
비즈니스 이기훈
경영지원 홍연화

펴낸이 김홍익
펴낸곳 안전가옥
출판등록 제2018-000005호
주소 04779 서울특별시 성동구 뚝섬로1나길 5, 헤이그라운드 성수 시작점 202호
대표전화 (02) 461-0601
전자우편 marketing@safehouse.kr
홈페이지 safehouse.kr
ISBN 979-11-93024-30-0 (03810)

안전가옥 오리지널